Sabine Kebir
Antonio Gramscis Zivilgesellschaft

Sabine Kebir, 1949 in Leipzig geboren, Russisch-Französisch-Italienisch-Studium in Berlin. Promotion an der Akademie der Wissenschaften der DDR. 1977-1988 Hochschullehrerin an den Instituten für politische Wissenschaft und Journalismus in Algier. Seit 1989 Privatdozention in Frankfurt/Main. Freie Publizistin in Berlin (West), Lehrtätigkeit am Institut für Philosophie der Freien Universität Berlin.

Wichtigste Veröffentlichungen:
Antonio Gramscis Kulturkonzeption, München 1980
Antonio Gramsci: Marxismus und Kultur, Hamburg 1983, 1987, 1991 (Herausgeberin und Übersetzerin)
Ein akzeptabler Mann? Bertolt Brecht und die Frauen. Berlin/Köln 1987, 1989,1990

Sabine Kebir

Antonio Gramscis Zivilgesellschaft

Alltag · Ökonomie · Kultur · Politik

VSA-Verlag, Hamburg 1991

Druck und Buchbindearbeiten: Fuldaer Verlagsanstalt
ISBN 3-87975-556-6

Inhalt

Biografischer Abriß

1891 Antonio Gramsci wir in Ales, Sardinien geboren.

1908 Lyzeumsbesuch in Cagliari. Gramsci hängt der sardischen Autonomiebewegung an, liest Croce, aber auch schon Marx.

1911 Gramsci gewinnt in einem Wettbewerb ein für Kinder unbemittelter Sarden gestiftetes Stipendium für die Universität Turin. Gleichzeitg erhält auch der ebenfalls aus Sardinien stammende Palmiro Togliatti das Stipendium.

1912 Gramsci belegt folgende Studienfächer: italienische, griechische und Weltliteratur, Geschichte, Philosophie, Sprachwissenschaft, Jura, Zivilrecht.

1913 Gramsci wird Mitglied des Partito Socialista Italiano.

1914 Mitglied der Fraktion der revolutionären Linken des P.S.I. Er beginnt Artikel für den *Grido del Popolo* zu schreiben.

1915 Gramsci verläßt die Universität. Er wird Redaktionsmitglied der Turiner Ausgabe des *Avanti.*

1916 Beginn einer intensiven journalistischen Tätigkeit: Theaterkritiken, gesellschaftskritische, politische Artikel. Vorträge über die Pariser Commune, die französische Revolution, Marx usw. Durch die Konferenzen von Kienthal und Zimmerwald wird Gramsci mit Lenins Antikriegspositionen bekannt, für die er sich engagiert.

1917 Artikel über die Oktoberrevolution. Im September, nach der Niederschlagung eines Arbeiteraufstandes, wird Gramsci Sekretär der Turiner Sektion des P.S.I. 18.-19. November: Teilnahme an einer illegalen Sitzung der »Unversöhnlichen revolutonären Fraktion« in Florenz, die die These der Notwendigekit eines aktiven Eingreifens der Arbeiterklasse in die durch den Krieg ausgelöste Krise aufstellt. Dezember: Gramsci schlägt die Gründung einer »Proletarischen Kulturassoziation« in Turin vor.

1918 Die »Unversöhnliche revolutonäre Fraktion« polemisiert offen mit der opportunistischen Leitung des P.S.I. Gramsci wird des Voluntarismus bezichtigt.

1919 Ab 1. Mai erscheint der *Ordine Nuovo*, der später zum Organ der Turiner Rätebewegung wird. Im Juni schlägt Gramsci die Umwandlung der »Internen Betriebskommissionen« in Arbeiterräte vor, was gegen Jahresende realisiert wird.

1920 13. April: Generalstreik, an dem 200.000 Turiner Arbeiter teilnehmen, der aber keine Unterstützung durch die Landesleitung des P.S.I. erhält und zugunsten der Unternehmer geschlichtet wird. Gramsci kämpft gegen die Assimilierung der Räte an die Gewerkschaften. September: Gramsci unterstützt eine Bewegung zur Besetzung der Betriebe, versucht eine militärische Arbeiterverteidigung für die besetzten Betriebe zu organisieren. Lenin bescheinigt dem *Ordine Nuovo* auf dem 2. Kongreß der 3. Internationale, als einzige Fraktion des P.S.I. die Prinzipien der Komintern voll zu vertreten.

1921 Gramsci ist unter den Mitbegründern der »Italienischen Sektion des russischen Proletkults« in Turin. Im Januar, auf dem Parteitag des P.S.I. in Livorno, spaltet sich die kommunistische Fraktion ab und gründet unter der Führung Amadeo Bordigas die Kommunistische Partei Italiens (P.C.I.), die zunächst einer sektiererischen Orientierung folgt. Die Turiner Gruppe von Gramsci und Togliatti, die unter dem Druck der wachsenden faschistischen Gefahr die Arbeitereinheit verficht und die Mobilisierung der Volksmassen anstrebt, bleibt im P.C.I. zunächst minoritär. Gramsci beginnt eine Klassenanalyse des Faschismus.

1922 Gramsci plädiert auf dem 2. Kongreß des P.C.I., der linksextremistische und sektiererische Beschlüsse faßte, für die Arbeitereinheitsfront auf der Gewerkschaftsebene. Er wird zum Repräsentanten der Partei bei der Komintern in Moskau ernannt, wo er im Mai eintrifft. 28. Oktober: Marsch auf Rom, Mussolini übernimmt die Macht in Italien. November/Dezember: Gramsci nimmt am 4. Kongreß der Komintern in Moskau teil. Er lernt seine zukünftige Frau Giulia Schucht kennen. Aus der Ehe werden zwei Söhne hervorgehen.

1923 Der faschistsiche Terror nimmt zu, ein Teil der Führung des P.C.I. wird verhaftet (Bordiga u.a.). Auch gegen Gramsci liegt ein Haftbefehl vor. Im November begibt sich Gramsci von Moskau nach Wien, um von dort aus die illegale Arbeit in Italien zu organisieren.

1924 April: Gramsci wird im Veneto zum Deputierten gewählt und kehrt unter dem Schutz der Abgeordnetenimmunität nach Italien zurück. Auf einer in Como illegal abgehaltenen nationalen Konferenz des P.C.I. kritisiert er die sektiererische Linie Bordigas, kann aber die Mehrheit der Delegierten nicht hinter sich bringen. Im August wird er durch die Komintern zum neuen Generalsekretär des P.C.I. ernannt. Oktober: die kommunistische Parlamentsfraktion schlägt den Oppositionsparteien die

Bildung eines antifaschistischen »Antiparlaments« vor, wozu es jedoch nicht kommt.

1925 Gramsci und Togliatti führen einen harten innerparteilichen Kampf für die Korrektur der sektiererischen Linie Bordigas, für das Ziel eines breiten Bündnisses der proletarischen und bäuerlichen Volksmassen gegen den Faschismus.

1926 Auf dem illegal in Lyon abgehaltenen 3. Parteitag des P.C.I. gelingt es Gramsci, die Mehrheit der Delegiertenstimmen auf seine Linie zu vereinigen, die Weichen für eine Orientierung des P.C.I. als Massenpartei werden gestellt. Am 8. November wird Gramsci verhaftet. Der Faschismus löst das Parlament auf.

1928 Gramsci wird zu 20 Jahren Haft verurteilt.

1929 Er erhält die Erlaubnis, in der Zelle zu schreiben, er darf Bücher empfangen. Hauptschwerpunkte seiner Aufzeichnungen sind die Hegemonietheorie, die Parteitheorie, der Kampf gegen vulgärmaterialistische und ökonomistische Entstellungen des Marxismus, eine scharfe Auseinandersetzung mit dem Idealismus Benedetto Croces, Aufzeichnungen zur Geschichte, Kultur, Literatur und Sprachwissenschaft.

1937 Gramsci stirbt am 27. April als Sechsundvierzigjähriger.

Vorbemerkung

Als ich diese Arbeit in den Jahren 1986-1987 in Algier verfaßte, meinte ich, daß sie einen theoretischen Beitrag zur Reformentwicklung der osteuropäischen Staaten in Richtung auf moderne Zivilgesellschaften darstellen könnte, die durch die Gorbatschowschen Neuorientierungen möglich geworden schien. Unabsehbar war noch, daß sich in einer Reihe von bislang totalitär regierten Ländern Zivilgesellschaften nicht auf reformerischem, sondern auf revolutionärem Wege installieren würden. Unabsehbar ist jetzt noch, ob die neu gegründeten Zivilgesellschaften bestehen bleiben und in welche Richtung sie sich entwickeln werden. Es ist wichtig, daran zu erinnern, daß nicht allein die Ostblockstaaten, sondern auch Länder der »Dritten Welt« um die Errichtung moderner Zivilgesellschaften kämpfen wie zur Zeit z.B. Algerien und Nepal. Selbst das Ringen für die Aufhebung der Apartheid in Südafrika ist ein Kampf um die Einbeziehung der Farbigen in das System einer modernen Zivilgesellschaft.

Stalinismus und Poststalinismus haben die im Gefolge der Französischen Revolution von 1789 entstandenen westlichen Zivilgesellschaften allein als bürgerlich-kapitalistische Herrschaftsform angesehen und bekämpft. In Osteuropa und auch in vielen Ländern der Dritten Welt waren dagegen unter dem Namen des Sozialismus Systeme etabliert, deren vormundschaftliche Strukturen eher Erben der einst dort herrschenden Feudalsysteme waren. Gewaltenteilung, Assoziations- und Medienfreiheit, die Freiheit der Künste wurden einer als niedriger angesehenen Gesellschaftsstufe zugeordnet – dem Kapitalismus. Das eigene, zentral geplante und bürokratisch gelenkte Gesellschaftssystem galt als ein höheres Entwicklungsstadium. Im Gegensatz zum Beispiel zur Tschechoslowakei hatte sich die Sowjetunion hier freilich nur der Trägheit ihrer eigenen Geschichte unterworfen, die vor der Oktoberrevolution noch keine umfassenden zivilgesellschaftlichen Strukturen hervorgebracht hatte.

Unmittelbar nach dem Scheitern der revolutionären Erhebungen im Gefolge des 1. Weltkriegs in den mittel- und westeuropäischen Ländern erkannte Antonio Gramsci die Existenz moderner Zivilgesellschaften in diesen Ländern – im Unterschied zu Rußland – als Revolutionshindernis. Und mit der Machtübernahme des italienischen Faschismus im

Jahre 1922 wurde ihm klar, daß die nunmehr wieder vernichteten »bürgerlichen Freiheiten« keineswegs die exklusiven Attribute bürgerlich-kapitalistischer Herrschaft waren, sondern zivilisatorische Errungenschaften, die auch in einer sozialistischen Perspektive nicht nur erhalten, sondern ausgebaut werden müßten. Gramsci konzipierte die Revolution in den industriell und zivilgesellschaftlich entwickelten Ländern fortan nicht als Staatsstreich, sondern als einen permanenten Kampf um zunehmende Vergesellschaftung – die freilich früher oder später zu einer Neugründung des Staates führen werde.

Aus diesen Zusammenhängen heraus wurde die »società civile« für den von 1926 bis zu seinem Tode 1937 inhaftierten Gramsci zur zentralen Kategorie seiner Forschungen, deren großer Vorzug ihre historisch-vergleichende Methode war. Diese bewahrte Gramsci vor jedweder Idealisierung einer abstrakten Vorstellung der bürgerlichen, bzw. auch einer utopischen sozialistischen Zivilgesellschaft. Vielmehr arbeitete er historische Bedingungen der Entwicklung der Zivilgesellschaft heraus, ihrer möglichen Fort- und Rückschritte. Wesentlich in seinem Konzept der Zivilgesellschaft war auch, daß er es keineswegs auf konsensuale Strukturen des Parlametarismus beschränkte. Von vornherein bezog er den ganzen Bezirk der kulturellen Überbauten (sowohl in ihren formalen als auch inhaltlichen Aspekten) mit ein, die historisch dem Parlamentarismus zum Teil sogar vorausgegangen waren wie z. B. die auf das Individuum zielende protestantische Ethik.

Mit dem an die Verantwortung des Einzelnen appellierenden Konsensprinzip als Bewegungsform der Zivilgesellschaft knüpfte Gramsci nicht an den präjudizierten Kollektivismus Stalins an, sondern an Marxens Vorstellung, daß »Alle einzeln« an Beratung und Beschließung öffentlicher Angelegenheiten beteiligt werden müßten. Aus dieser Sicht kann auch Hegemonie nicht ein für alle Mal präjudiziert werden. Sie kann nur das Ergebnis von Kämpfen innerhalb der Zivilgesellschaft sein.

Entgegen einem Grundtenor der Gramsci-Forschung war er kein Theoretiker, der den gesellschaftlichen Dynamismus vor allem von den Entwicklungen der Überbauten her verstand. Diese Arbeit weist nach, daß Gramsci von den Verschränkungen von Ökonomie, Staat und Überbauten ausging. Von seinem theoretischen Ansatz aus – der weder der Ökonomie noch der Politik ein Primat zuschreibt, sondern beide in stetiger Wechselbeziehung sieht – wäre auch der Zusammenbruch der osteuropäischen Systeme nicht als vorrangig ökonomisches, bzw. vorrangig politisches Scheitern zu sehen. Es käme vielmehr darauf an, historisch konkret zu zeigen, wie bürokratische Bevormundung und wirtschaftliche Ineffizienz zugleich sowohl die Demokratisierung als auch den Übergang zu erfolgreicheren ökonomischen Systemen verhinderten, wie sich Politik und Wirtschaft schließlich immer dramatischer gegenseitig blockierten.

Die noch nicht abgeschlossenen osteuropäischen Umwälzungen haben deutlich gemacht, daß die Existenz eines großen Sektors öffentlichen Eigentums an Produktionsmitteln *ohne* zivilgesellschaftliche Organisation keine neue historische Ära der Vergesellschaftung einleiten konnte. Damit ist der vulgärmarxistische Kanon des ökonomisch-administrativen Bruchs zwischen Kapitalismus und Sozialismus ad absurdum geführt. Freilich stößt die zivilgesellschaftliche Organisation der westlichen Systeme ohne vergesellschaftete ökonomische Basis an ihre Schranken. Die vorrangig privatwirtschaftlichen Interessen unterworfene Technologieentwicklung bedeutet die ökonomische und soziale Verelendung großer Menschenmassen nicht nur außerhalb, sondern auch innerhalb der zivilgesellschaftlich organisierten Länder. Fragen der Kontinuität und des Bruchs müssen also von der Linken völlig neu gedacht werden.

Gramscis Erkenntnis, daß in den entwickelten westlichen Ländern sozialistische Orientierungen die Zivilgesellschaft nicht zerstören, sondern – wo nicht vorhanden – entwickeln und auf einen qualitativ höheren Entwicklungsstand bringen müssen, könnte der heutigen Linken neue Perspektiven vermitteln.

Teil 1

Begriffsentwicklung der Zivilgesellschaft

1. Kapitel
Antonio Gramsci
Taktiker der Niederlage, Stratege des Sozialismus

Vergiß nicht: dies sind die Jahre
Wo es nicht gilt zu siegen, sondern
Die Niederlagen zu erfechten[1]
Bertolt Brecht um 1930

»Die Situation ist ›demokratisch‹, weil die grossen arbeitenden Massen desorganisiert, zerrieben ... sind ... die Phase, die wir durchmachen, ist nicht vom direkten Kampf um die Macht bestimmt, sondern eine Phase der Vorbereitung, des Übergangs zum Kampf um die Macht, also eine Phase der Agitation, der Propaganda, der Organisation. Das schliesst natürlich nicht aus, daß es keine grausamen Kämpfe geben kann und daß sich unsere Partei nicht sofort darauf vorbereiten müßte und bereit zu sein hat, sich ihnen zu stellen, alles andere: aber auch diese Kämpfe müssen im Rahmen der Phase des Übergangs gesehen werden, als Elemente der Propaganda und der Agitation für die Eroberung der Mehrheit. Wenn in unserer Partei Gruppen und Tendenzen existieren, die aus Fanatismus die Situation anheizen wollen, so wird man gegen sie im Namen der ganzen Partei kämpfen müssen, im Namen der vitalen und permanenten Interessen der proletarischen Revolution in Italien.«[2]
Antonio Gramsci 1924

»Eine der größten Taten der Klassiker war es, daß sie ohne jede Entmutigung auf den Aufstand verzichteten, als sie die Lage verändert sahen. Sie sagten eine Zeit des nochmaligen Aufschwungs der Unterdrücker und Ausbeuter voraus und stellten ihre Tätigkeit darauf um. Und weder ihr Zorn gegen die Herrschenden wurde geringer, noch liessen ihre Anstrengungen, sie zu stürzen, nach.«[3] Diese, von Bertolt Brecht dem Me-ti in den Mund gelegten Zeilen sind zwar wohl auf Marx und Engels gemünzt, haben aber zweifellos auch erhebliche Bedeutung für Brechts eigenes politisches Lebensgefühl gehabt. Dieses ist nicht nur von Revolutionshoffnung geprägt gewesen, sondern immer auch von einem scharfen Blick für die spezifischen Aufgaben der Neuorientierung in Niederlagen. Damit wäre die Verwandtschaft zu einem Zeitgenossen etabliert – zu Antonio Gramsci, dem Leiter der kommunistischen Partei Italiens, dessen Schriften Brecht nicht kennen konnte, dessen Name ihm jedoch vielleicht bekannt war, weil in den dreißiger Jahren mehrere internationale Kampagnen zur Befreiung Gramscis aus dem faschistischen Kerker stattfanden, die freilich erfolglos blieben.

Brechts Zeilen stammen nicht zufällig aus den dreißiger Jahren. Noch einmal mußte die Linke die Bilanz einer großen historischen Niederlage ziehen, und Brecht gehörte zu den wenigen, die sie schon vor 1933 klar sahen und anerkannten. Hier beginnt seine Verwandtschaft zu Gramsci, dem das Verdienst zukommt, die Struktur eben dieser Niederlage bereits ein knappes Jahrzehnt zuvor – am Beispiel des italienischen Faschismus – in ähnlicher Weise wie Brecht, wenn auch auf viel höherem theoretischen Niveau analysiert zu haben. Seine Schriften haben fünf Jahrzehnte vor allem – aber nicht nur – im westeuropäischen Raum Aktualität behalten. Mit seiner Überzeugung, daß die Überwindung des kapitalistischen Systems in einem strategischen, nicht etwa nur taktischen Bündnis aller nichtkapitalistischen Klassen möglich sei, welches auch beträchtliche Teile der Mittelschichten und besonders der Intellektuellen integrieren müsse, nahm Gramsci in der Tat Bestrebungen vorweg, die sich in der internationalen Arbeiterbewegung erst später herauskristallisieren und sich auch dann nur in einem Wechselspiel von Fortschritten und Rückschritten durchsetzen sollten. Des weiteren bot er eine plausible frühe Deutung der Niederlage der westeuropäischen Rätebewegungen nach dem I. Weltkrieg an. Während der halbfeudale, bestenfalls frühkapitalistisch zu nennende Zarenstaat unter dem Ansturm der russischen Rätebewegung zusammenbrach, standen die alten kapitalistischen Länder Westeuropas die auch sie im Gefolge des I. Weltkriegs ereilende hegemoniale und ökonomische Krise durch. Allen zeitgenössischen Revolutionshoffnungen und Zusammenbruchstheorien zum Trotz, begann Gramsci bereits Mitte der zwanziger Jahre zu erkennen, daß die staatsstreichartige Auslösung einer sozialistischen Revolution in den westeuropäischen Ländern nicht möglich sei. Denn in den industriell fortgeschrittenen Gesellschaften sicherten nicht allein die Gewaltinstrumente des bürgerlichen Staates die Aufrechterhaltung des bestehenden Systems ab, sondern auch ein quantitativ und qualitativ neuartiges Netz von kulturellen Tatsachen, die – in Kombination mit ökonomischen Kompromissen – ein vielfältiges und ebenfalls neuartiges Netz von sozialen Gruppierungen hervorbrachten. Das hebt nach Gramsci die Polarisierung der Gesellschaft in besitzende und nichtbesitzende Klassen zwar nicht auf, verschleiert sie aber und bewirkt, daß das allgemeine sozialpsychologische Klima nicht zur Revolution drängt. 1926, kurz vor seiner Verhaftung, hatte Gramsci geschrieben: »...in den Ländern des fortgeschrittenen Kapitalismus besitzt die herrschende Klasse politische und organisatorische Reserven, die sie beispielsweise in Rußland nicht besaß. Das bedeutet, daß die schwersten ökonomischen Krisen keine sofortigen Rückwirkungen auf politischem Gebiet haben. Die Politik folgt immer mit Verspätung und mit erheblicher Verspätung der Ökonomie. Der Staatsapparat ist sehr viel resistenter, als man oft glauben könnte, und es gelingt ihm, in Krisenmomenten viel mehr regimetreue Kräfte zu organisieren, als es die Tiefe der Krise ahnen lassen würde.«[4] Die »politischen und organisatorischen Reserven«, die die herrschenden Klassen in Rußland nicht hatten, waren »die legale, politische Freiheit« und »die religiöse Freiheit«.[5]

Diese in vielfacher Hinsicht neuen Beziehungen und Tatsachen reflektierte Gramsci mit dem Konzept der Zivilgesellschaft (›società civile‹). Sie, die zivile Gesellschaft, war in Rußland »unterentwickelt und gefroren«, der dort allmächtige Staat konnte durch einen Staatsstreich hinweggefegt werden. Im Westen dagegen »sah man im Erzittern des Staates sofort eine robuste Struktur der Zivilgesellschaft. Der Staat war nur ein vorgeschobener Schützengraben, hinter dem eine robuste Kette von Festungen und Kasematten lag ...«[6]

Hier müssen wir dem Ergebnis der in späteren Abschnitten erfolgenden Untersuchungen über die Ursprünge und Verknüpfungen der ›Zivilgesellschaft‹ bereits vorgreifen. Sie beinhaltet nicht nur die als Konsequenz des – das Individuum in die Verantwortung ziehenden – allgemeinen Wahlrechts in Westeuropa errungenen politischen Rechte der Staatsbürger, sondern auch alle im weitesten Sinne kulturellen Faktoren, »jene Aktivitäten, die heute unter die Formel ›juristisch indifferent‹ fallen, die unter der Herrschaft der Zivilgesellschaft sind, welche ohne ›Sanktionen‹ und ohne genaue ›Verpflichtungen‹ wirkt, die aber dennoch einen kollektiven Druck ausübt und objektive Resultate bei der Ausarbeitung von Sitten, Denk- und Handlungsweisen, in der Moral usw. bekommt.«[7] Zur Zivilgesellschaft sind die »sogenannten privaten Organisationen« zu rechnen, wie »die Kirche, die Gewerkschaften, die Schulen«.[8] »Die Presse ist der dynamischste Teil dieser ideologischen Basis, aber nicht der einzige: Alles, was direkt oder indirekt die öffentliche Meinung beeinflußt oder beeinflussen kann, gehört ihr an: die Bibliotheken, die Schulen, die Zirkel und Clubs verschiedener Art bis hin zur Architektur, zur Anlage der Straßen und der Straßennamen.«[9] Und in dieser Komplexität schob sich die Zivilgesellschaft als ›Festungsmauern‹ und ›Kasematten‹ zwischen die gesellschaftlichen Pole und bewirkte, daß die staatsstreichartig geführte Revolution, der ›Bewegungskrieg‹, der in Rußland noch siegreich gewesen war, im Westen unmöglich wurde. Den entwickelten kapitalistischen Gesellschaften stand ein zermürbender, womöglich langandauernder ›Stellungskrieg‹ bevor,[10] in dem gesellschaftlicher Fortschritt nur um den Preis der Überwindung des alten Arbeitersektierertums durchzusetzen sei: mittels strategischer Konstruktion ganz neuartiger antikapitalistischer Bündnisse.[11]

Der von Gramsci evozierte ›Stellungskrieg‹ dauert bis heute an. Auch Brecht, der demselben politischen Milieu wie Gramsci angehörte, lernte zu begreifen, daß er in einer langen und widersprüchlichen Transformationsphase lebte: »Wichtig ist es nur, daß wir dann auch zu unserer Zeit stehen und gerade ihren ›Übergangscharakter‹ als das eventuell Große ansehen, ohne jedes Schielen nach den Zeiten der ›Erfüllung‹ (trügerischen Spiegelungen guter alter Zeiten in unseren Köpfen).«[12]

Von der noch heute fortdauernden Aktualität dieses methodischen Ansatzes geht alle moderne Gramsciforschung aus. Obwohl auch die ›società civile‹ als wesentliche Kategorie seines Werkes durchaus allgemein anerkannt ist, fehlt doch bislang eine systematische Darstellung, die sich auf die Gesamtheit aller diesbezüglichen Gramscitexte stützt und diese wiederum zur Logik des ganzen Werks in Bezug setzt – das nur in italienischer Sprache vorliegt. Wenn sich meine Arbeit die Aufgabe gestellt hat, diese Lücke zu füllen, so steht sie einigen bisherigen Strömungen der Gramsciforschung kritisch gegenüber, die – oft aus aktuellen politischen Gründen heraus – nur verkürzte oder irrtümliche Darstellungen der ›società civile‹ und des mit ihr verbundenen Problemkreises geliefert haben. Es ist jedoch mittlerweile unmöglich geworden, daß ein Einzelner die gesamte Gramsciliteratur überblicken könnte, und selbst die vollständige Berücksichtigung der überblickbaren Literatur würde dazu führen, daß die eigentliche positive Darstellung des Themas in unproportionaler Polemik ertränke. Oft wird es daher genügen müssen, bisherige Forschungsergebnisse global zu benennen.

Während meine erste Arbeit über Gramscis Kulturkonzeption auch monographische Ziele verfolgte und nach historischen Prinzipien aufgebaut war, ist das Verfahren diesmal ein theoretisches, ohne daß dabei auf die historische Methode verzichtet würde. Zur besseren Orientierung wird deshalb eine Kurzbiographie Gramscis vorangestellt.

Das methodische Grundprinzip, das der Arbeit zugrundeliegt, ist die Überzeugung, daß jede Aktualisierung einer historischen Philosophie nur über ihre Historisierung legitim wird, d. h. über die Erarbeitung möglichst vieler konkreter Bezüge und Funktionen, die sie mit ihrer Epoche verbanden. Gerade für Gramscis ›società civile‹ erschließen sich bei Anwendung dieses Verfahrens neue, der Forschung bislang verborgen gebliebene Aspekte. Während Gramsci – wie noch hier im Einleitungskapitel (und in Kap. 6) ausgeführt wird – die Entstehung der modernen ›società civile‹ im historischen Gefolge der bürgerlichen Revolutionen ansetzt, hat er selbst ihre Bedeutung nicht in den Auseinandersetzungen zwischen Kapital und Arbeit schlechthin verstanden, sondern sie ist ihm in jener Phase der italienischen Geschichte vollends klar geworden, als der Faschismus sie »verschlucken« wollte. Durch diese Historisierung der konkreten Triebkräfte, die zur Entstehung und zur besonderen Herausformung der Kategorie führten, kommt es zur Aktualisierung eines bislang unterbelichteten Aspekts von Gramscis Denken: seiner Analyse des faschistischen Populismus, die nicht wenige methodische Anhaltspunkte zur Betrachtung moderner populistischer Phänomene – auch unter bürgerlich-liberalen Verhältnissen – bietet. (Kap. 8)

Die systematische Darstellung der ›società civile‹ erlaubt es auch, ein Lieblingsthema der Gramsciforschung neu aufzurollen: die Frage der Intellektuellen. Nach Gramscis Überzeugung finden die eigentlich geschichtsformenden Schlachten der modernen Überbauten nicht innerhalb der Hochkultur, sondern innerhalb des Alltagsverstandes, des ›senso comune‹ statt (Kap. 7). Wenn man bedenkt, daß selbst im PCI noch viele Gramscianer stolz auf dessen kulturelle und terminologische Bande zu Benedetto Croce sind, dem glänzendsten Vertreter der damaligen zeitgenössischen Hochkultur in Italien, darf sich dieser Aspekt der Arbeit ebenfalls als neuer Forschungsbeitrag darstellen, der Gramsci zu neuer Aktualität verhilft.

Die Tendenz der Linken, vor allem in der Hochkultur zu ›siegen‹, sei es als Individuen, sei es als intellektuelle Strömungen, ist noch immer stark (das Spektrum reicht von der Lukàcs-Schule in Osteuropa bis zu den Adepten der Kritischen Theorie), zum Teil sogar in kulturpolitischen Programmen verankert. Erst im letzten Jahrzehnt wuchs auch das Bewußtsein der Notwendigkeit, den Alltagsverstand, das Alltagsverhalten besser zu kennen, um sie endlich besser mitgestalten zu können.

Der Entschluß, die bislang übliche Übersetzung von ›società civile‹ mit ›bürgerliche Gesellschaft‹ durch ›Zivilgesellschaft‹ zu ersetzen, ist nicht leichtfertig zustandegekommen. Er findet seine Begründung in der Erkenntnis, daß Gramsci den Begriff mit anderen Inhalten füllte als Marx und – was eine neue Erkenntnis sein dürfte – durchaus auch als Hegel. (Kap. 3) Freilich ist er sich selbst dieser Begriffsveränderung nicht bewußt gewesen. Gramsci war, besonders im Gefängnis, weitaus weniger gut dokumentiert als es die bisherige Forschung unterstellt hat.

Während im zweiten Hauptteil der Arbeit bislang unterbelichtete Funktionen der ›Zivilgesellschaft‹ behandelt werden, sollen im ersten Teil bekannte Aspekte der Begriffsentwicklung sowie ihr theoretisches

Umfeld vervollständigt und teilweise genauer als bisher historisiert werden (Basis-Überbau, Hegemonie, historischer Block). Das Vorhaben enthält einen salto mortale. Die von großen Teilen der Gramsciforschung als idealistisch und liberal eingestufte Kategorie der Zivilgesellschaft soll hier in ihrer Verknüpfung mit Ökonomie und Zwang gezeigt werden. Auch dieser Nachweis konnte nicht anhand der bislang im Deutschen vorliegenden Übersetzungen geführt werden (die nur etwa ein Zehntel des gesamten Werkumfangs ausmachen, sondern nur durch ein tieferes Eindringen in das Originalwerk, insbesondere unter Berücksichtigung der in Deutschland wenig bekannten Artikel und Arbeiten Gramscis aus der Zeit vor dem Gefängnis.

Die zu Beginn signalisierte weltanschauliche Verwandtschaft zwischen Gramsci und Brecht geht tiefer, als es auf den ersten Blick scheinen mag. Sie ist bereits von mehreren Arbeiten bestätigt, aber wohl noch lange nicht ausgeschöpft worden.[14] Wenn sie in mehreren Passagen mitreflektiert und im 2. Kapitel ausführlicher begründet und dargestellt wird, so soll nicht nur die historische ›Notwendigkeit‹ und ›Allgemeinheit‹ von Gramscis Positionen in einer bestimmten Etappe der Arbeiterbewegung unterstrichen werden, sondern auch ein neues Licht auf eine bislang wenig beachtete Seite des bedeutendsten Dichters und Dramatikers des deutschen 20. Jahrhunderts fallen.

Auf die dem Grundanliegen der Arbeit vorgelagerten Fragen der politisch-philosophischen Stellung von Gramscis Denken, in denen ich in kritischem Verhältnis zu wichtigen Strömungen der Forschung stehe, wird hier im Einleitungskapitel eingegangen, das auch einige, zum Verständnis notwendige Schlüsselthemen Gramscis kurz referieren will.

Zunächst ist auf Gramscis Beschreibung der historischen Wende in den möglichen Kampfformen zwischen Kapital und Arbeit in Westeuropa einzugehen. Einmal fixiert er sie in der »Periode nach 1870 mit der kolonialen Expansion Europas ... werden die inneren und internationalen organisatorischen Beziehungen des Staates komplexer und massiver. Und die achtundvierziger Formel der ›permanenten Revolution‹ wird in der politischen Wissenschaft mit der Formel der ›zivilen Hegemonie‹ verarbeitet und überwunden. In der politischen Kunst geschieht dasselbe wie in der militärischen Kunst: der Bewegungskrieg wird immer mehr zum Stellungskrieg, und man kann sagen, daß ein Staat einen Krieg gewinnt, insoweit er ihn präzise und technisch in Friedenszeiten vorbereitet. Die massive Struktur der modernen Demokratien, sei es als staatliche Organisationen, sei es als Komplex der Assoziationen im zivilen Leben, stellen für die politische Kunst die ›Schützengräben‹ und die permanenten Festungsmauern der Front im

Stellungskrieg dar: das Element der Bewegung, das früher der ›ganze Krieg‹ war, wird nur noch zu einem ›Teil‹ von ihm.

Die Frage stellt sich für die modernen Staaten, nicht für die zurückgebliebenen Länder und die Kolonien ...«[15]

Während Gramsci im obigen Zitat die Entstehung der modernen Zivilgesellschaft ab 1848 ansetzt, geht er im folgenden Text von 1848 aus: »Die moderne politische Technik hat sich nach 1848 vollständig gewandelt, seit der Entwicklung des Parlamentarismus, des Regimes der Assoziationen von Gewerkschaften und Parteien, der Herausbildung breiter staatlicher und ›privater‹ Bürokratien (politisch-privater Natur, von Parteien und Gewerkschaften) und den Veränderungen, die im weiten Sinne bei der Organisierung der Polizei eingetreten sind, d.h. nicht nur als staatlicher Dienst zur Unterdrückung der Kriminalität, sondern als Ensemble der organisierten Kräfte des Staates und der privaten Kräfte, um die politische und ökonomische Herrschaft der führenden Klassen zu schützen.«[16]

Perry Anderson hat daran erinnert, daß diese Reflexionen Gramscis sowohl in ihrem Sinn als auch in ihrer aus dem Militärwesen entlehnten Metaphorik einen Vorgänger hatten, auf den Gramsci freilich keinen direkten Bezug nimmt: ein Artikel Karl Kautskys aus dem Jahre 1910. Kautsky übertrug die militärischen Begriffe der Ermattungs- bzw. Niederwerfungsstrategie von Hans Delbrück auf den Klassenkampf der Arbeiterklasse. Er präzisierte sogar – wie später Gramsci – daß die »Niederwerfungsstrategie« in Westeuropa seit der Pariser Commune nicht mehr anwendbar sei und neuen sozialen Kampfformen weichen müsse, die sich im Ergebnis der Liberalisierung, des allgemeinen Wahlrechts, notwendig machten. Diese, auf die Organisierung von Wahlsiegen hinauslaufende Arbeiterpolitik nannte Kautsky »Ermattungsstrategie«, in deren Endphase er jedoch durchaus auch noch eine Etappe voraussah, die eine »Niederwerfungsstrategie« nötig haben würde, den Generalstreik. Im alten Rußland dagegen sei auf Grund der Unterentwicklung der politischen Verhältnisse die »Niederwerfungsstrategie« durchaus noch die vorrangige. Rosa Luxemburg polemisierte heftig gegen den Artikel: Sie lehnte die differenzierende Sicht auf die Kampfbedingungen in Westeuropa und Rußland ab. Sie spürte in dieser Konzeption den beginnenden Reformismus Kautskys, übersah aber wohl die Scharfsinnigkeit des analytischen Ansatzes.[17] Detlev Albers macht darauf aufmerksam, daß auch für Otto Bauer die Problematik des »Sieges im Osten, der Niederlage im Westen« ein Schlüsselthema gewesen sei, ohne indes die Unterschiede zwischen dem »marxistischen Sozialdemokraten« Bauer und dem Kommunisten Gramsci zu verwischen.[18]

Der Inhalt von Gramscis »Stellungskrieg« geht weit über das hinaus, was Kautsky »Ermattungsstrategie« nannte. Zwar war er sich des tiefen Einschnitts bewußt, den das allgemeine Wahlrecht und seine politischen und kulturellen Konsequenzen für Westeuropa bedeuteten, aber er verfiel nicht in die Illusion, daß die Machtübernahme der Arbeitenden auf der Basis dieses allgemeinen Wahlrechts möglich sei. Er stellt sich vielmehr bereits die Frage, weshalb das Volk trotz des allgemeinen Wahlrechts dennoch eine Manövriermasse der alten herrschenden Schichten geblieben war. So geht der Realismus des modernen PCI, der darin besteht, auch dann die Machtfrage noch nicht für geklärt und gesichert zu halten, wenn es ihm gelingen sollte, 51% der Wählerstimmen an sich zu ziehen, bereits auf Gramsci zurück.

Wenn Gramsci oft als erster kommunistischer Theoretiker der Bedingungen der parlamentarischen bürgerlichen Demokratie gilt, so wird dabei jedoch vergessen, daß das historische Terrain, auf dem er seine Theorien ausbildete, der italienische Faschismus war, eine Epoche also, die den Parlamentarismus und die bürgerlichen Freiheiten gerade wieder verloren hatte. Aus dem Bewußtsein ihrer relativen historischen Fortschrittlichkeit entwickelte Gramsci den Gedanken, daß demokratische Bedingungen die *Voraussetzung* erfolgreicher Kämpfe der Arbeiterbewegung überhaupt seien. Ihm war es rasch klar, daß der direkte Übergang zum Sozialismus nach dem Ende der faschistischen Ära unmöglich sei und diese wiederum nur in einem breiten Bündnis antifaschistischer Kräfte zu überwinden sei. Das antifaschistische Bündnis würde nach dem Sieg über den Faschismus eine Verfassungsgebende Versammlung (»Constituente«) einberufen und die demokratischen Freiheiten wieder herstellen. Nur auf einem solchen Terrain wäre es der Arbeiterklasse möglich, den Kampf um die Hegemonie wieder aufzunehmen.

Genau an diesem Punkt enden die Gramsci noch möglichen politischen Prophezeiungen. Er konnte die Aufteilung Europas in Interessensphären der Großmächte, die Entstehung und lange andauernde Stabilität der beiden »Blöcke« in Europa nicht vorhersehen. Die Einbeziehung Italiens in das westliche Bündnis und in das System der multinationalen Konzerne, das dem Land einen bescheidenen, aber doch historisch neuen Anteil am Weltmarkt sicherte, und die dadurch ermöglichte »Fordisierung« der Wirtschaft sichert auch bislang die politische Herrschaft der italienischen Bourgeoisie. Die unter Togliatti vollzogene »Wende« von 1944 begann, diese neuen Faktoren bereits in die Nachkriegsstrategie aufzunehmen. Die Schwierigkeiten, das demokratische Entwicklungsmodell anstelle der sofortigen Revolution in der eigenen Mitgliederschaft durchzusetzen, waren beträchtlich — viele glaubten noch bis in die fünfziger Jahre hinein an eine »Doppelstrategie«, die sich von heute auf morgen wandeln könne.[19]

»Weil im Kampf immer die Niederlage einkalkuliert werden muß, ist die Vorbereitung der eigenen Nachfolger ebenso wichtig wie die Vorbereitung dessen, was zum Siege führt«, ist eine Äußerung des Gefangenen Gramsci, zu der sich Parteiführer im allgemeinen wohl nur selten hinreißen lassen. Wenn die Führung einer Partei und womöglich auch ein beträchtlicher Teil der Mitglieder physisch besiegt, die Existenz der Partei aber »durch objektive materielle Verhältnisse bedingt« sei, würde zumindest ein »Ferment« übrigbleiben, aus dem sich die Bewegung erneut regenerieren kann.[20]

Den bislang unbeachtet gebliebenen Fermentbegriff wendet Gramsci auch in seinen Aufzeichnungen zur italienischen Geschichte an. Er scheint mir geeignet zu sein, das Problem anzugehen, daß die Früchte des gesellschaftlichen Fortschritts selten schon von der Generation geerntet werden, die am meisten dafür gekämpft hat, ein subjektives Problem, mit dem alle großen historischen Fortschrittsbewegungen konfrontiert sind. Ausdauer und Unerbittlichkeit auch in Perioden der Niederlage beizubehalten, erfordert die bewußte Bereitschaft zur Bescheidenheit seitens der Aktivisten, möglicherweise nur ein »Ferment« gewesen zu sein. Der Fermentbegriff ist insofern typisch für Gramsci, weil er den Fortschrittsgedanken aufrecht hält, ohne indes auf einen mechanisch-materialistischen Zukunftsoptimismus zu zielen.

Während der Revolutionsbegriff Gramscis in den Gefängnisschriften einer besonderen Problematik unterliegt, wird er in den Jugendschriften in der klassischen marxistischen Weise verwendet. 1924 schrieb Gramsci im Zusammenhang mit seiner Kritik am katholischen Partito Popolare – in dem er einen Bündnispartner erhofft hatte – daß die katholische Rechte dort bislang dominiere. Sie habe ein »reformistisches Programm« geschaffen, welches die Massen glauben machen wollte, »daß die Befriedigung ihrer Bedürfnisse nach ökonomischer und politischer Befreiung zu erreichen sei, ohne die Staatsmaschine zu zerbrechen, ohne den bestehenden liberalen bürgerlichen Staat durch einen Staat der Arbeiter und Bauern zu ersetzen, ohne den Arbeitern und Bauern das Problem der Eroberung der politischen Macht zu stellen.«.[21] Derselbe Vorwurf geht an Giacomo Matteotti, den 1924 von den Faschisten ermordeten sozialistischen Abgeordneten: Er habe jener sozialistischen Richtung angehört, die eine Revolution versprach, ohne eine revolutionäre Bewegung zu schaffen, die die Basis eines Staates angriff, ohne das Problem einer neuen Staatsgründung zu stellen.[22]

Im Gefängnis verwandte Gramsci den ihm vorher sehr geläufigen Begriff der ›Diktatur des Proletariats‹ nicht mehr – er taucht nur einmal noch verschlüsselt als »Konzept der demokratisch-revolutionären Diktatur« auf.[23] Der Revolutionsbegriff wird fast nur noch in historischen Zusammenhängen verwandt, ist aber in verschlüsselter Form weiter präsent. Der ihn ersetzende Terminus der »Schaffung des Staates«[24] oder auch des Kampfes um den »Besitz des Staates«[25] ist selbstredend genug.

Ein weiteres Revolutionssynonym in den Gefängnisschriften ist der »Umsturz der Praxis«.[26] Es gibt in den Gefängnisheften auch einen philologischen Beweis des Zusammenhangs von Revolution und Staatsgründung: »Die Konzepte des Revolutionärs und des Internationalisten sind im modernen Wortsinne korrelativ zum genauen Konzept des Staates und der Klasse: wenig Staatsverständnis bedeutet geringes Klassenbewußtsein (Staatsverständnis existiert nicht nur, wenn man ihn (den Staat – S. K.) verteidigt, sondern auch, wenn man ihn angreift, um ihn umzustürzen), folglich geringe Effizienz der Parteien usw. Zigeunerhaftes Bandenwesen, politisches Nomadentum stellen keine gefährlichen Tatbestände dar, und so waren das Umstürzlertum und der Internationalismus in Italien nicht gefährlich.«.[27] Der Athos-Lisa-Bericht hat im übrigen enthüllt, daß auch der späte Gramsci in der ›Costituente‹ durchaus noch einen militärischen Aspekt der Revolution sah und vorbereitet wissen wollte.[28]

Der Bruch, der also mit der Inbesitznahme des Staates durch die Arbeitenden markiert wird, bedeutet den Beginn einer ›regulierten Gesellschaft‹ (›società regolata‹)[29]. Mit dieser Neugründung des Staates ist mehr gemeint als die Machtübernahme einer Partei, und die neuen ›Regulatoren‹ der Gesellschaft sind zweifellos keine kapitalistischen Marktmechanismen mehr.

Die jedoch von Gramsci früh wahrgenommene und tatsächlich eingetretene Vertagung des ›Bruchs‹ in Westeuropa bewirkte, daß die Klassenkämpfe hier spezifische, äußerst widersprüchliche Formen annehmen sollten. Statt der ›Revolution‹ sah Gramsci die Möglichkeit von »Passiven Revolutionen« nach dem Vorbild des Risorgimento heraufziehen: eine Evolution der kapitalistischen Gesellschaft selbst, ihre weitere ökonomische Expansion und innere Stabilisierung durch staatsdirigistische Eingriffe, aber ohne radikales Einreißen der traditionellen Klassenhierarchien.[30]

Die Ära der Niederlagen der europäischen Arbeiterbewegung sollte über Gramscis theoretischen Horizont noch hinausgehen. Sie waren geprägt vom Sieg des deutschen Faschismus und vom II. Weltkrieg. Hinzu kam die Bevormundung der Arbeiterbewegung durch den Stalinismus, die freilich nur das Zeichen ihrer eigenen Schwäche und Orientierungsarmut war. Auf Grund all dieser Faktoren entstand im modernen westeuropäischen Marxismus eine merkwürdige Arbeitsteilung: Die zentralen Fragestellungen der Klassiker wie die Ökonomie, die Staatstheorie, die Strategie des Klassenkampfs, wurden von den kommunistischen Parteiführungen ausgearbeitet, zum großen Teil in enger Anlehnung an sowjetische Ausarbeitungen. Dagegen wurde der Bereich der Kultur, der Überbauten, die Domäne der Intellektuellen, die wenig oder nur sporadische Beziehungen zur Arbeiterbewegung hatten, woraus sich die von Perry Anderson konstatierte idealistische Tendenz des westeuropäischen Marxismus von Lukàcs bis zu Marcuse und Adorno ergab.[31] Obgleich die Leistungen dieses modernen, auch sprachlich sehr theoretisch geprägten Marxismus im einzelnen bedeutend waren, war er doch nie auf ein Arbeiterpublikum ausgerichtet. Er ist von starken thematischen Fragmentierungen geprägt, die einhergingen mit einem Rückzug vom Universalismus auf europazentristische Fragestellungen – Ausdruck derselben Niederlage, die auch schon Gramscis Theoriebildung bestimmt hatte. Dennoch gehört Gramsci insofern noch zur Generation der marxistischen Klassiker, als er selbst Vollblutpolitiker war, führend beteiligt an den revolutionären italienischen Klassenkämpfen nach dem I. Weltkrieg. Freilich wandte auch er sich – in Opposition zum Ökonomismus der II. Internationale, aber, wie wir im weiteren sehen werden, auch aus konkret antifaschistischen Motiven heraus – verstärkt kulturellen Themen zu, die er unter dem Begriff der Zivilgesellschaft zusammenfassen sollte. Wenngleich auch dieses Konzept der Zivilgesellschaft auf den ersten Blick als idealistische Konstruktion erscheint, ergibt sich durch ein kontextuell angelegtes Lesen ihre materialistische Verankerung, deren Nachweis eine der wesentlichen Aufgaben dieser Arbeit darstellt.

Gramsci hat die ökonomischen Faktoren nicht nur ständig mitreflektiert, sondern selbst weitaus mehr ökonomische Analysen hinterlassen, als bisher angenommen worden ist.[32] Seine politischen Anfänge in der sardischen Autonomiebewegung Gaetano Salveminis, die das Problem des italienischen Südens und der Inseln als ein Problem der *kolonialen* ökonomischen Ausbeutung durch den industrialisierten Norden faßte (wobei Kapitalisten- und Arbeiterklasse als ein verbündeter Block mit dem gemeinsamen Ziel der Ausplünderung des Südens angesehen wurde, womit Salveminis Theorien gewisse chinesische Aufzeichnungen der sechziger Jahre über den Nord-Süd-Konflikt in der Welt vorwegnahmen), schärfte Gramscis Blick gerade für jene sozioökonomischen Vorgänge, die damals erst einsetzten, inzwischen aber mehr und mehr die heutige Welt konstituiert haben: die wachsenden internationalen Abhängigkeiten und die Hierarchisierung der Nationalökonomien. 1919, in einer Zeit, in der die europäische Linke noch zutiefst kolonialistisch eingestellt war, schrieb Gramsci bereits über die Ausbeutung der Kolonien, die im ersten Weltkrieg einen ersten Höhepunkt erreicht hatte: »Lebensmittel, Rohstoffe, alles wurde den Kolonien weggenommen, um den Widerstand der kriegführenden Völker der Metropolen zu stärken ... Für ein paar Jahre haben wir Europäer vom Tod der Farbigen gelebt: unbewußte Vampire, haben wir uns von ihrem unschuldigen Blut ernährt.« Gramsci sieht sogar bereits die Zeit der Entkolonialisierung heraufziehen: den »Klassenkampf der Farbigen gegen die weißen Ausbeuter und Brudermörder. Da ist ein ungeheuerer und unwiderstehlicher Druck einer ganzen, an Spiritualität so reichen Welt hin zur Autonomie und Unabhängigkeit.«[33]

Gramsci entging nicht die Zwitterstellung, die gerade Italien in den weltökonomischen Prozessen einnahm: Während es immer wieder versuchte, sich Kolonien in Nordafrika zu unterwerfen, war es doch selbst zugleich Opfer der internationalen Konzerne,[34] insbesondere Englands und der USA - Vorgänge, die Gramsci nicht zögert, als »kolonialistisch« zu bezeichnen. Italien sei »nach dem Sieg der Entente und der Errichtung der britischen Welthegemonie ein Volk von Chinesen geworden: Italien ist ein Markt der kolonialen Ausbeutung, eine Einflußsphäre, ein Dominion, ein Boden der Kapitulation, alles andere als ein unabhängiger und souveräner Staat.«[35] Bald erkennt er die noch größere Virulenz des Hegemoniestrebens der USA[36] im Zusammenhang mit dem Dawes-Plan. Statt seine Kriegsschulden als ungültig zu erklären (wie es die sowjetische Diplomatie vorgeschlagen hatte), versuchte das faschistische Regime sie abzuzahlen, indem es amerikanisches Kapital in Italien akzeptierte. So fügt sich, wie Gramsci beobachtet, der Ausbeutung des eigenen Kapitalismus noch die des amerikanischen hinzu.[37]

Gerade die italienische Zwittersituation hinsichtlich der wesentlichen weltökonomischen Entwicklungen führte zu besonderen Entwicklungen. Da die italienischen Kolonialkriege ökonomisch erfolglos blieben, gelang es der italienischen Bourgeoisie zu Gramscis Lebzeiten nicht, sich jene bedeutenden Profite zu sichern, mit denen über eine energische »Fordisierung« auch eine spürbare Verbesserung der Lebenslage der Arbeiterklasse hätte gesichert werden können. In seinem berühmten parlamentarischen Duell mit Mussolini (Mai 1925) charakterisiert Gramsci die besondere Widersprüchlichkeit der Situation Italiens 1. durch einen Mangel an eigenen Bodenschätzen, was implizierte, daß die Bourgeoisie die Produktion nicht entsprechend dem vorhandenen Arbeitskräftepotential ausweiten konnte, 2. durch das Fehlen von Kolonien, d.h. »die Unmöglichkeit, eine Arbeiteraristokratie zu schaffen, die permanenter Bündnispartner für die Bourgeoisie sein könnte«, und 3. durch die Frage des Südens, d.h. die Frage der Bauern und der

Emigration ...[38] Der Faschismus war nicht nur das aggressive Instrument, das noch einmal versuchen sollte, die Kolonialkriege erfolgreich zu führen, sondern gerade auch Ausdruck eines Versuchs der Krisenlösung gewesen, bei der eben keine Extraprofite zur Verfügung standen: Staatsdirigismus und eine neue, besondere Form von kulturell-ideologischer Integration: Benito Mussolinis Populismus.

Und obwohl Gramscis Konzept der Zivilgesellschaft und seine darin enthaltenen Kulturkonzeptionen auch Aktualität in den modernen bürgerlichen Demokratien haben, deren Konsenspotential in hohem Maße ökonomisch bedingt ist, d.h. aus den in der sogenannten Dritten Welt erzielten und fordistisch-keynesianisch umgesetzten Profiten entsteht, und erst in zweiter Linie von einer vielfältig reichen Zivilgesellschaft erzeugt wird, so muß doch deutlicher als bisher beachtet werden, daß Gramscis Theoriebildung in Auseinandersetzung mit dem italienischen Faschismus entstand, der gerade auf die erste und in der Tat solidere Stütze verzichten mußte. In diesem Punkt liegt zweifellos ein gewichtiges, bisher außer acht gelassenes »nationales« Motiv für Gramscis intensive Beschäftigung mit den Überbauten, aber auch für ihre spezielle Ausrichtung, die ebenfalls bislang unterbelichtet war. Während die herrschenden Klassen Italiens bis zum Ende des 19. Jahrhunderts eine besonders elitäre, dem Volk fernstehende Kultur förderten, erschien mit dem Anschwellen der sozialistischen Bewegung plötzlich ein ganz neues kulturelles Feld, auf dem beide gesellschaftlichen Pole aktiv werden mußten: der Alltagsverstand.

In der Reaktion auf den platten Ökonomismus des Stalinismus, aber auch unter dem Einfluß der chinesischen Kulturrevolution, die mit der beginnenden systematischen Gramscirezeption in Westeuropa zeitlich zusammenfiel, erschien Gramsci nicht nur als »Revolutionär der Überbauten«, sondern auch als ein Theoretiker, der die Revolution ohne Zwang konzipiert hätte, womöglich allein als inneres Aushöhlen des Kapitalismus durch privat durchzusetzende neue Lebensweisen. Wenngleich Gramscis antiökonomistische Konzeption der Kultur in der Tat auf die Möglichkeit und sogar auf die Notwendigkeit der Ansammlung alternativen kulturellen Materials in der Zivilgesellschaft vor der Revolution zielt, so hat er letztere doch nicht nur als Zäsur zwischen zwei ökonomisch-kulturellen Systemen angesehen, sondern auch als Machtfrage. Die momentane Irrealität des revolutionären Bruchs machten freilich jede konkrete Reflexion über die etwaigen Formen notwendiger Machtausübung undenkbar. Es sei hier jedoch an einen Text erinnert, in dem Gramsci sagt, es sei »schwierig auszuschließen, daß irgendeine politische Partei (der herrschenden, aber auch der subalternen Gruppen) nicht auch eine Polizeifunktion ausübt, d.h.

des Schutzes einer bestimmten politischen und gesetzlichen Ordnung. Wenn das in einer definitiven Form zu beweisen wäre, müßte die Frage anders gestellt werden, und zwar im Zusammenhang mit der Art und Weise und der Zielstellung, mit der eine solche Funktion ausgeübt wird: repressiv oder offen, d.h. hat sie reaktionären oder progressiven Charakter? Übt die gegebene Partei ihre Polizeifunktion aus, um eine äußerliche und künstliche Ordnung aufrechtzuerhalten – als Fessel für die lebendigen Kräfte der Geschichte, oder übt sie sie aus, um zu versuchen, das Volk auf ein neues Zivilisationsniveau zu heben, für dessen politische und gesetzliche Ordnung sie ein programmatischer Ausdruck ist?«[39] Gramsci erwähnt in demselben Text das organisatorische Unterscheidungskriterium zwischen einer progressiven und einer reaktionären Partei: Es liege schlichtweg in der Anwendung des demokratischen bzw. bürokratischen Zentralismus.[40]

Im weiteren Verlauf der Arbeit werden noch andere Texte vorgestellt, die sich auf den Zwang sowohl vor als auch nach der Machtübernahme der progressiven Kräfte beziehen. In ähnlichem Sinne sind übrigens auch Gramscis Aufzeichnungen zum Fordismus zu interpretieren – die, obwohl sie für Italien erst eine Prognose bedeuteten, theoretisch durchaus als ökonomischer Unterbau seiner Kulturtheorien zu gelten haben.

Die tayloristisch-fordistische Umgestaltung der amerikanischen Wirtschaft bezeichnet Gramsci auch als »passive Revolution«, weil hier eine unter Ausschluß von Arbeitermitbestimmung zustande kommende radikale Modernisierung der Industrie vorlag. Mit dem Konzept der »passiven Revolution« tastet sich Gramsci schon an eine Vorhersage fordistisch-keynesianischer Politik heran. In einem »neuen Mechanismus der Akkumulation und der Verteilung von Finanzkapital, der unmittelbar auf die industrielle Produktion gegründet ist«,[41] wird den Beschäftigten mehr als ein Lebensminimum gesichert. »Es ist klar, daß die sogenannten hohen Löhne eine transistorische Form der Verteilung sind.«[43] Für die »Nichtbeschäftigten der Mittelklassen« werden »Beschäftigungen neuen Typs, organisatorischen und nicht produktiven Charakters« geschaffen, und zwar im Rahmen von korporativen Systemen, die sich als einzige Lösung präsentieren, die »Katastrophe« zu vermeiden.[44] Hier sieht Gramsci eine, über die Analysen der Komintern hinausgehende, mittelfristige Überlebenschance des Kapitalismus. Mit dem Konzept der »passiven Revolution«, insbesondere in den Verknüpfungen mit den Entwicklungen der amerikanischen Wirtschaft und der Voraussage der zunehmenden Amerikanisierung, bzw. amerikanischen Beherrschung der europäischen Ökonomien[45] hat Gramsci seinen weitesten ökonomischen Vorstoß in die Bedingungen des heutigen Kapitalismus vollzogen. Dennoch will ich auf den provisorischen, teils unsicheren Charakter dieses Konzepts hinweisen,[46] das Gramsci auch auf den italienischen Faschismus anwendet. (Siehe Kapitel 8)

Gramsci ging – einem Zuge der Zeit folgend – davon aus, daß auch der Sozialismus zunächst diese entfremdenden, das Wesen des Menschen fragmentierenden Produktionsmethoden des Taylorismus zur Anwendung bringen müsse. Die von ihm geleitete Turiner Fabrikrätebewegung hatte eine fordistisch-tayloristisch organisierte sozialistische Planwirtschaft angestrebt. Insofern stellen die Fordismus-Aufzeichnungen auch eine Voraussicht von ökonomisch bedingtem Zwang im Sozialismus dar. Eine Argumentation, die die Unterentwicklung und ihre Konsequenzen für eine Verstärkung des Staates hinsichtlich des Arbeitszwanges, der Arbeitsdisziplin usw. in der Sowjetunion untersucht, kann sich bis zu diesem Punkt auch auf Gramsci berufen, ohne dabei in eine Legitimierung stalinistischer Verbrechen oder Deformationen des Marxismus umschlagen zu müssen, deren konkrete Herausbildung Gramsci gar nicht voll bewußt geworden ist. Wohl aber kann Gramsci einige Grundmotive zur Erforschung des konkreten Verhältnisses zwischen Notwendigkeit und Freiheit (was heißen kann: Notwendigkeit und Verbrechen) in der stalinistischen Epoche liefern. Ein zweifellos aktuelles Aufgabenfeld, denn viele Länder der Dritten Welt stehen heute in derselben Problematik.

Übrigens ist auch da, wo bei Gramsci Fragestellungen auftauchen, die der Diskussion oder den Beschlüssen der Komintern in bezug auf Westeuropa entsprungen sind, mit denen er nicht übereinstimmte (insbesondere ist hier an die sektiererischen Tendenzen Ende der zwanziger und zu Beginn der dreißiger Jahre zu denken), keinerlei Absicht zu erkennen, aus dem Rahmen der Komintern selbst auszubrechen. Allerdings war auch schon der junge Gramsci der zwanziger Jahre ein selbstbewußtes und kritisches Element innerhalb der Komintern. So verteidigte er 1924 die eigene Partei gegen die publizierten Behauptungen des EKKI-Mitglieds Dimitri Manuilski, der den Einfluß des PCI auf die italienische Arbeiterbewegung als außerordentlich schwach bezeichnet und ihre Anstrengungen im antifaschistischen Kampf gar nicht gesehen habe.[47] Daß die diplomatische Annäherung zwischen der Sowjetunion und dem faschistischen Regime in Italien im Juli 1924 ein Bankett für Mussolini in der sowjetischen Botschaft möglich machte, war ihm Anlaß für einen Protestartikel in der *Unità*. Freilich glaubte er noch, daß es sich nur um einen Berufsfehler des Botschafters Jurenev gehandelt habe, da der sowjetischen Regierung unmöglich an einer Aufwertung Mussolinis und dem damit verbundenen Schaden für die italienische Arbeiterbewegung gelegen sein könne.[48]

Der Historiker Paolo Spriano hat sich mit den Spekulationen auseinandergesetzt, die einen Bruch zwischen dem inhaftierten Gramsci und seiner Partei während der letzten Lebensjahre sehen. In der Tat sei der Kontakt nicht sehr intensiv gewesen. »Auch für Gramsci galt das Prinzip, daß über den Namen eines eingesperrten Genossen ein Kreuz geschlagen wurde.«[49] Spriano zeichnet ausführlich die Versuche der Partei nach, Gramsci durch Verhandlungen freizubekommen, des weiteren die Kontakte über den Bruder Gennaro und Piero Sraffa. Nach Spriano ist es zweifelhaft, ob Gramsci 1930 mit dem Ausschluß der drei gegen die Sozialfaschismusthese opponierenden Genossen einverstanden gewesen sei oder nicht. Jedenfalls geriet Gramsci zur selben Zeit unter den Haftgenossen in Isolation, weil er deren – über die Komintern vermittelte – Hoffnung auf einen baldigen politischen Umbruch nicht teilte und im Hinblick auf die Costituente den Bündnisgedanken mit der Sozialdemokratie nicht aufgab.[50] Nach einem Zeugnis Sraffas wollte sich Gramsci zu den Moskauer Prozessen nicht äußern, sagte allerdings, daß er die Methode für illegal halte, erpreßte Geständnisse der Angeklagten als Beweismittel gelten zu lassen.[51]

Entgegen weitverbreiteter Auffassung hat Gramsci in den Gefängnisschriften keine ausführliche Kritik des sowjetischen Systems im Sinn gehabt. Dies wäre in der Tat in Mussolinis Gefängnis leicht zu realisieren gewesen. Wir müssen auch davon ausgehen, daß er seit seiner Verhaftung Ende 1926 sehr mangelhaft informiert war, nicht nur über die weltpolitischen Ereignisse, sondern vor allem auch über die Entwicklung in der Sowjetunion. Seine Polemik gegen das vulgärmaterialistische Lehrbuch von Nikolai Bucharin, die um 1932 beginnt, könnte den Eindruck erwecken, daß er Stalin geradezu in die Hände arbeiten wollte: Der systematische Angriff auf Bucharin, der sich großer Beliebtheit erfreute und nicht so einfach aus dem Wege geräumt werden konnte wie Trotzki, war 1932 schon in vollem Gange. Darüber erfahren wir bei Gramsci nichts, vermutlich wußte er es gar nicht. Jedenfalls sieht es ihm nicht ähnlich, aktuelle Gesichtspunkte einer Polemik unter den Tisch fallen zu lassen, zumal in einer so wesentlichen Frage wie der des Bucharinismus. Dieser erschöpfte sich schließlich nicht in einem Mangel an historisierender Dialektik, sondern beharrte auf einer von Stalin abweichenden Haltung zum Verhältnis von Stadt und Land, Industrieentwicklung und forcierter Kollektivierung auf dem Lande.[52] Zu dem mit diesen konkreten Problemen verbundenen Komplex nimmt Gramsci überhaupt keine Stellung – ihm fehlten im Gefängnis die nötigen Informationen. Und noch nach 1933 bezieht er sich in einer für ihn selbst so essentiellen Frage wie dem Verhältnis zwischen Nationalem und Internationalem ausdrücklich auf die Kontinuität von Lenin zu Stalin,[53] was unter den Gefängnisbedingungen Unsinn gewesen wäre, wenn ihm das nicht Ernst war. Dabei ist es nebensächlich, ob es sich wirklich um übereinstimmende Positionen gehandelt hat, es ist nur ein Zeichen von Gramscis Praxisferne, seiner Isolierung im Gefängnis.

Das trifft offensichtlich auch schon auf die Zeit kurz vor seiner Verhaftung zu. Ein Blick auf den *Bericht an das Zentralkomitee* vom 6. Februar 1925,[54] in welchem der PCI Stellung zur Auseinandersetzung um die von Trotzki aufgeworfenen Fragen nimmt, erweckt den Eindruck, daß Gramsci weder dessen Positionen noch jene der von Stalin und Bucharin geführten Mehrheit genau kannte. Gramscis Ausarbeitungen über die Notwendigkeit, in Westeuropa einen »Stellungskrieg« zu führen anstatt des bislang nur in Rußland erfolgreichen »Bewegungskrieges«, lassen Positionen erkennen, die denen Stalins näherstehen. Da Gramscis Theoriebildung auf ein mitteleuropäisches Land mit bereits ausgebildeter Zivilgesellschaft zielte, hatte sie mit stalinistischen Denkmustern nichts zu tun. Den historisch relativierenden Schnitt, den Gramsci von vornherein zwischen dem System, das sich in der Sowjetunion herauszubilden begann, und seiner Theoriebildung setzte, ist in der Sowjetunion immer verstanden worden, weshalb sein Werk nicht verdammt, sondern lange Zeit ausgesprochen unproblematisch rezipiert worden ist.[55] Obwohl er auch wesentliche Entscheidungen der KPdSU und der Komintern scharf kritisierte und selbst bereits fortgeschrittenere Positionen durchzusetzen versuchte, wie beispielsweise seine Faschismusanalyse,[56] wäre es verfehlt, in seinem Werk eine geschlossene Kritik des Sowjetsystems unter Stalin zu vermuten. Sie wäre – unverschlüsselt – in Mussolinis Gefängnis problemloser durchzuführen gewesen, als das, was er tatsächlich unternahm: eine umfassende, aber verschlüsselte Kritik des faschistischen Totalitarismus in Italien. Daß seine Texte auch antistalinistisch gelesen werden konnten, ist freilich aufschlußreich.

Für die westeuropäische Gramsciforschung ist es noch keine Selbstverständlichkeit, davon auszugehen, daß sein eigentlicher politischer Gegner der sich zum Faschismus auswachsende italienische Kapitalismus war. Wenn Gramscis Schriften *auch* Theorien des Stellungskrieges unter bürgerlich-liberalen Bedingungen sind, dann deshalb, weil er als erster marxistischer Theoretiker bereits die Bedeutung des Verlustes der bürgerlich-liberalen Freiheiten erkannt hatte, weil er sich der Notwendigkeit ihrer Rückeroberung bewußt war, und zwar bereits in der ersten Phase der faschistischen Herrschaft. Im Februar 1924 schreibt er: » ... wenn es wahr ist, daß die Massen heute die Legalität und die Freiheit brauchen, um ihre ökonomischen Errungenschaften wiederzubekommen und weiter zu entwickeln, dann ist es auch wahr, daß die Freiheit und die Legalität heute nur wiedergewonnen werden können, wenn die Diktatur des Faschismus geschlagen wird«[57]

Während der Gründer und erste Leiter des PCI, Amadeo Bordiga, den qualitativen Unterschied zwischen Faschismus und demokratischen Herrschaftsformen der Bourgeoisie nicht sah (die er schematisch ebenso als Diktatur auffaßte), warf Gramsci bereits 1924 das Problem auf, daß es wohl schwierig, wenn nicht unmöglich sei, vom Faschismus direkt zur Herrschaft des Proletariats überzugehen. Es sei notwendig zu überdenken, »welche Zwischenetappen möglich und wahrscheinlich« sind.

Schon damals evoziert er – wenn auch nur in einem inoffiziellen Brief an die Genossen – eine »Verfassunggebende Versammlung«, die alle Parteien umfaßt, die sich für demokratische Rechte verbürgen.[58] 1925 formulierte Gramsci im ersten Lehrabschnitt für die Korrespondenzschule des PCI drei Phasen, die zur Diktatur des Proletariats führen sollten: Die erste ist der Kampf um die demokratischen Freiheiten, in dem sich das Proletariat organisieren kann, die zweite Phase zielt auf die Schaffung von Bündnissen aller potentiell »antikapitalistischen gesellschaftlichen Kräfte« und die dritte Phase sollte schließlich in die »Diktatur des Proletariats« münden.[59]

Ein historischer Sieg der Arbeitenden war für Gramsci unter den Bedingungen des Faschismus schon allein deshalb nicht denkbar, weil die Arbeiterklasse bei den vom Faschismus aufgezwungenen Kampfmethoden – einer Kombination von legalem und illegalem Terror – nicht mitziehen würde: » ... eine Klasse, die jeden Tag nach einem festen Zeitplan arbeiten muß, kann keine permanenten und spezialisierten Überfallorganisationen haben, wie eine Klasse, die viele finanzielle Möglichkeiten hat und nicht mit allen ihren Mitgliedern an eine feste Arbeit gebunden ist. In jedweder Tages- und Nachtzeit können diese professionell gewordenen Organisationen entscheidende Schläge versetzen und Überraschungsangriffe verüben. Die Taktik der Kampfbünde kann also für verschiedene Klassen nicht dieselbe Bedeutung haben wie für andere ... am militärischen Modell festzuhalten ist dumm: die Politik muß auch hier der militärischen Seite überlegen sein, und nur die Politik schafft die Möglichkeit des Manövrierens und der Bewegung.«[60]

Der konkret antifaschistische Charakter von Gramscis Werk fällt nicht auf den ersten Blick ins Auge. So gelingt es nicht immer auseinanderzuhalten, ob ein Text der Gefängnishefte auf die Zeit der faschistischen Diktatur oder auf die nachfolgende demokratische Phase gemünzt ist. Perry Anderson reagierte auf Gramscis Behauptung, daß der »inneren Zersetzung« der Partei »Kontrollen jeder Art, politische, administrative usw., die Stärkung der hegemonialen Position der herrschenden Gruppe usw.« entgegengesetzt werden müsse, mit der Bemerkung, daß die Arbeiterklasse in Westeuropa auf keinen Fall mit diesen undemokratischen Formen innerhalb ihrer eigenen Parteiorganisation werde gesellschaftlichen Einfluß bekommen können.[61] Für mich steht außer Zweifel, daß Gramsci hier von den illegalen Kampfbedingungen der Partei unter der faschistischen Herrschaft spricht, die in der Tat andere, straffere Organisationsprinzipien erzwingen als es unter demokratischen Rahmenbedingungen möglich wäre. Da sich Gramscis Parteitheorie in vielen Punkten auf die konkrete historische Phase des Faschismus bezieht, hat sie in der Tat heute an Aktualität verloren und wird auch in dieser Arbeit nicht ausführlich behandelt werden, wenngleich sie ein wichtiges Element der Zivilgesellschaft darstellt.

Insbesondere für den nichtitalienischen Leser wird kaum deutlich, daß Gramscis Gefängnisschriften zum erheblichen Teil polemische Aufsätze gegen Artikel faschistischer Bücher oder Zeitschriften waren, die er im Gefängnis abonnieren durfte. Auf Grund der Gefängniszensur bediente er sich einer Tarnsprache, die nicht nur mit Tarntermini für einen Teil des klassischen marxistischen Vokabulars arbeitete,[62] sondern zu einem im Vergleich mit den Jugendschriften neuen Sprachgestus führte. Des weiteren bediente sich Gramsci selbst in der schärfsten Polemik einer höflichen Ausdrucksweise, die auch das Unterstellen positiver Absichten beim Gegner einschloß. Nicht allein der zum Erziehungsminister avancierte Philosoph Giovanni Gentile (1875-1944) ist Zielscheibe von Gramscis Kritik im Gefängnis, sondern die gesamte faschistische Konzeption von Politik und Geschichte, Kultur, bis hin zur Sprachwissenschaft. Insbesondere entging ihm nicht der kulturpolitische Grundzug des Faschismus, der in der Person Mussolinis selbst zum Ausdruck kam: die linkslastigen Legitimierungsversuche rechter Politik, die u.a. in einem inflationär anwachsenden Gebrauch des Begriffes »rivoluzione« gipfelten, welchen der Faschismus in Italien usurpiert hatte.[63] Gerade für den deutschen Leser liegt hier eine Schwierigkeit, weil die theoretische Basis und die kulturpolitische Praxis des italienischen Faschismus nicht mit der des deutschen identisch war.

Wichtig ist auch die Feststellung, daß sich Gramscis Kapitalismuskritik nicht in seinen Faschismusanalysen erschöpfte. Der politische und kulturelle Liberalismus Benedetto Croces (1866-1952), der das Haupt der legalen antifaschistischen Opposition darstellte, ist sogar Ziel einer besonderen, systematischen Auseinandersetzung, worin sich nicht nur die Überzeugung äußerte, daß sich der Kapitalismus nicht im Faschismus erschöpft und dieser nicht unbedingt seine letzte Stufe darstellt.

Gramsci sah ja vielmehr nach der faschistischen Ära eine »liberale« heraufziehen: noch keinen »Bewegungskrieg«, aber ein günstigeres Terrain für den »Stellungskrieg«.

Das Verständnis der einzelnen Texte des verschlüsselten, tief fragmentierten, unablässig zwischen weit voneinander entfernten Themen springenden Denkens von Gramsci ist auch für diejenigen nicht leicht, die mit ihm vertraut sind, u.a. deshalb, weil es viele geschichtliche und philosophische Analysen enthält, die wiederum jeweils die Kritik von Spezialisten erfordern würden. Da Gramsci viel aus dem Gedächtnis zitierte und referierte, sind seine eigenen Quellenangaben und zum Teil auch sein eigenes Traditionsbewußtsein – wie wir des öfteren noch zeigen werden – nicht immer zuverlässig. Die Begriffe, die er nutzt, müssen aus der Logik des Gesamtwerkes heraus bestimmt werden und zwar auch, wenn er selbst bestimmte Quellen angibt: Sein eigenes Material war zu dürftig, die Lebenszeit, die er insgesamt zum Studium hatte, zu kurz und zu zerrissen, als daß sich hier nicht Ungereimtheiten eingeschlichen hätten. Wenn Gramsci den Marxismus nicht nur als »absoluten Historismus« bezeichnet hat – worauf wir später noch ausführlich zurückkommen werden – sondern auch als eine besondere Konzeption der »Immanenz«, so sind hier Probleme aufgegeben, die sich nur durch wirklichen Systemvergleich lösen lassen. Christian Riechers hat hier vorschnell bereits geschlußfolgert, daß Gramsci in der Tat in die Tradition der Immanenzphilosophie gestellt werden müsse.[64] Zwar wurde Gramsci von der Macht der Polemik gegen die neopositivistischen Formulierungen der sogenannten Grundfrage der Philosophie wirklich zu Formulierungen gedrängt, die ihn an den Rand der Immanenzphilosophie trugen. Und wenn ihm hier nicht die besten dialektischen Würfe glückten, so meinte er letztlich nichts anderes, als daß auch für den Marxismus gilt, daß »menschliche Wissenschaft ... auf die Dauer nicht straflos den Menschen aus ihrer Mitte verdrängen kann.«[65]

Gramsci selbst betont die Vorläufigkeit und Unvollständigkeit seiner Aufzeichnungen. Die Kohärenz seines Denkens muß aus der über etwa 6000 Seiten andauernden Inkohärenz seiner Schriften erschlossen werden, aus ständig wechselnden Themen, aus mehr oder weniger verschlüsselter Sprache.

Kohärenz des Denkens will freilich nicht heißen, daß Gramsci ein in sich geschlossenes politisch-philosophisches Universum geschaffen hätte oder schaffen wollte. Der Marxismus geriet nur in ganz bestimmten historischen Situationen in die Gefahr, sich in ein solches geschlossenes, in seiner Funktion religionsähnliches System zu verwandeln. Das mag hinsichtlich der konkreten Adressaten – der unterentwickelten, zum größten Teil sogar analphabetischen Massen des nachrevolutionären Rußland und Chinas zwar nicht wirklich notwendig, aber doch verständlich erscheinen. Erstaunlicherweise wurde aber derselbe Universalitätsanspruch nicht selten auch von der westlichen Linken an Gramsci gestellt, wenn auch von sogenannten antistalinistischen Prämissen aus. Dieses Religionsbedürfnis, das sich auch in den modernen Industriestaaten noch gehalten hat, ist u.a. ein Zeichen dafür, daß die Bedingungen für einen diesen Ländern angemessenen ›Bruch‹ noch nicht reif sind, obwohl er auch hier die Bedingung für soziale Gerechtigkeit darstellt und immer mehr zur Grundbedingung des Überlebens der Menschheit überhaupt wird.

Der zum Teil aus Gründen der Tarnung in den Gefängnisschriften erneuerte Sprachgestus Gramscis klingt individuell und unverbraucht. Er hat eine Rezeption in verschiedenen, zum Teil verfeindeten Lagern der Linken möglich gemacht, darüber hinaus auch ins liberale bürgerliche Lager gestrahlt, in Italien sogar bis in klerikale Kreise.[66] Im Zusammenhang mit Erneuerungstendenzen in der SPD übte Gramsci auch Anziehungskraft auf die deutsche Sozialdemokratie aus.

Ein historisierendes und zugleich aktualisierendes Studium von Gramscis Zivilgesellschaft könnte dazu beitragen, ideologische Verkrustungen innerhalb der breiten Palette der Gramsci-Rezeptionen abzubauen, die ja von potentiellen Bündnispartnern ausgeht. Bei dieser Sicht auf das mit der Zivilgesellschaft angesprochene Problemfeld kann heute jedoch nicht mehr in den Dimensionen der Dynamik einer Nation gedacht werden – was für Gramsci selbst noch charakteristisch war – oder auch nur im europäischen Rahmen. Moderne Zivilgesellschaften haben sich, insbesondere mit den im engeren Sinne kulturellen Elementen, auf dem ganzen Erdball ausgebreitet. Damit sind sie zu einem der wichtigsten Faktoren für die Herausbildung von neuen, internationalen Bündnisstrukturen geworden. Vom Inhalt und vom Charakter dieser Bündnisse auf Weltebene wird das Schicksal unseres Planeten abhängen.

2. Kapitel
Die antiökonomistischen Ursprünge des Begriffs der »Zivilgesellschaft«

Die Wiedergewinnung der Dialektik bei Gramsci und Brecht

> Ich habe gehört: daß die Elenden die Herren von morgen sind
> Das sei das Natürliche. Ein Blick genüge
> Es zu sehen. Das
> Kann ich nicht finden.[1]
> *Bertolt Brecht 1939*

Zwischen Brechts politischen und philosophischen Aufzeichnungen der späten zwanziger und dreißiger Jahre und Gramscis, etwa in demselben Zeitraum im Gefängnis entstandenen Schriften, aber auch in den von beiden vertretenen kulturpolitischen und ästhetischen Positionen, finden sich frappierende Übereinstimmungen. Bei der Annäherung von Brecht und Gramsci muß freilich betont werden, daß Brecht in erster Linie Künstler und Gramsci Politiker war, was sich sowohl quantitativ als auch hinsichtlich der Kohärenz ihrer jeweiligen Reflexionen auf beiden Gebieten bemerkbar macht. Beide waren sich jedoch der Notwendigkeit der kulturellen Versinnlichung der Politik und der Politisierung der Kultur bewußt und versuchten – jeder vorrangig auf seinem Gebiet – diese in der Arbeiterbewegung damals kaum beginnenden Prozesse in Gang zu bringen. Damals standen sie jenseits des vulgärmaterialistischen Ökonomismus der II. Internationale, aber auch desjenigen der jungen, postrevolutionären Sowjetunion, der noch manche Schatten auf Popularisierungsversuche des Marxismus warf und wirft.

Obwohl sich Gramsci und Brecht nicht kannten, sind die zum Teil bis in die Formulierungen reichenden Übereinstimmungen in ihrem politisch-philosophischen Denken keinesfalls als zufällig zu bezeichnen. Es handelt sich vielmehr um Erkenntnisse, die in ähnlichen historischen Situationen gewonnen wurden, und zwar im Verlauf von Niederlagen der italienischen und der deutschen Arbeiterklasse, einmal in den revolutionären Nachkriegsstürmen von 1920, die in Italien schon 1922 mit der Machtübernahme des Faschismus endeten, und zum anderen im Zusammenhang mit der Niederlage der deutschen Arbeiterbewegung durch den Nationalsozialismus. Die von beiden entwickelten taktischen und strategischen Positionen hätten für die Arbeiterbewegung in der damaligen Zeit effiziente Möglichkeiten der Neuformierung ihrer Kräfte bedeuten können. Da jedoch weder der Künstler Brecht noch der Gefangene Gramsci Einfluß auf die zurückgebliebenen Konzeptionen der KPD und des PCI bzw. auch der Komintern nehmen konnten, handelt es sich freilich um theoretische Positionen. Wenn sie heute als besonders fortgeschritten erscheinen, wäre es jedoch falsch, sie generell gegen die zeitgenössischen Konzeptionen der Arbeiterbewegung auszuspielen, die den im übrigen zweifelhaften Vorteil des Reflektierens am grünen Tisch nicht hatte, sondern tagtäglich zum Reagieren und Handeln gezwungen war. Es ist eine weitere Gemeinsamkeit von Brecht und Gramsci, daß sie sich im Gegensatz zu vielen anderen marxistischen Intellektuellen trotz ihrer kritischen Haltung doch immer als der Arbeiterbewegung zugehörig angesehen und verhalten haben.[2] Sie wollten sich jedenfalls die Möglichkeit nicht vergeben, in jenen kollektiven Lernprozeß einzugreifen, als der der Marxismus in der Arbeiterbewegung fortlebt, und zwar als kompliziertes Wechselspiel zwischen der wissenschaftlichen Qualität seiner Begründer und den historisch bedingten beschränkten Aneignungsmöglichkeiten durch die Bewegung selbst. Die Schwierigkeit dieses Aneignungsprozesses liegt einmal in der mangelnden theoretischen Ausbildung der Menschen, zum anderen aber auch in der Tatsache, daß sich der Aneignungsprozeß in immer neuen historischen Umfeldern vollziehen muß.

Der Weg, auf dem Gramsci und Brecht zum Marxismus kamen, hat charakteristische Ähnlichkeit. Der mechanisch-ökonomistische »Marxismus«, den die II. Internationale mit sich schleppte, übte weder Anziehungskraft auf den jungen Gramsci noch auf den jungen Brecht aus. Es ist sicher kein Zufall, daß beide über Lenin und die »praktische« Erfahrung der Oktoberrevolution zum Marxismus kamen. Gramsci hatte zwar schon als Student Marx »aus intellektueller Neugier« studiert, nach eigenem Zeugnis aber erst »begriffen, was die Dinge wirklich bedeuten«, als er die »Arbeiterklasse einer Industriestadt (Turin – S.K.) kennengelernt« hatte.[3] In Ablehnung der vermeintlich ›marxistischen‹ opportunistischen Politik der II. Internationale hatte er im Januar 1918 die Oktoberrevolution als *Revolution gegen das Kapital* gefeiert. Und damit war das *Kapital* von Marx gemeint, daß er verdächtigte, eher als Lehrbuch der russischen Kapitalisten für den reibungsarmen Aufbau des Kapitalismus zu dienen als ein Lehrbuch der Proletarier für die

Revolution zu sein. Das Verdienst Lenins und der Bolschewiki sei es jedoch, den angeblich von Marx' *Kapital* vorgeschriebenen »ehernen Gang der Geschichte« durchbrochen zu haben. Dem *Kapital* wird freilich attestiert, daß es neben »positivistischen und naturalistischen Verkrustungen« doch auch einen »belebenden Geist« habe, daß die starren »Schemen ... des historischen Materialismus« eher ein Werk der »Marxisten« seien, die aus der Theorie des »Meisters« eine »äußerliche Doktrin mit dogmatischen, undiskutablen Behauptungen« gemacht hätten.[4] Die Kluft zwischen Marx und Marxisten definiert Gramsci wenige Tage später bereits genauer. In Italien war es vor allem Claudio Treves, der »die Doktrin von Marx auf ein äußerliches Schema reduziert hat, auf ein Naturgesetz, daß sich auf fatale Weise außerhalb ihrer assoziativen Aktivität verwirklicht...« So sei die Doktrin von Marx zur Grundlage des Opportunismus in der Arbeiterbewegung geworden, zur »Doktrin der Trägheit des Proletariats«. Die neue, seine Generation wolle jedoch zur »genuinen Doktrin von Marx zurückkehren, für die der Mensch und die Realität, das Arbeitsinstrument und der Wille nicht auseinandergerissen sind, sondern sich im *historischen Akt* identifizieren«. Freilich bekräftigt er immer noch, daß die »Kanons des historischen Materialismus« vor allem ein Instrument zum Studium der Vergangenheit seien und keine direkten Lehren mehr für die Gegenwart enthielten. Der Krieg habe die Bedingungen des »normalen historischen Milieus« so verwandelt, daß dem »sozialen kollektiven Willen der Menschen eine neue Bedeutung« zugewachsen sei, die er »normalerweise nicht hatte«. Hier deutet sich bereits die Bedeutung der zivilen Gesellschaft in den modernen Gesellschaften an. Gramsci unterläßt es jedoch nicht darauf hinzuweisen, daß diese neuen Bedingungen »auch ökonomische Fakten« enthalten, die den Produktionssystemen einen Charakter gegeben haben, den sie früher nicht hatten: »Die Erziehung des Proletariats hat sich ihnen notwendigerweise angepaßt und in Rußland zur Diktatur geführt.«[5]

Während Gramsci in den oben zitierten Artikeln Marx seine Bande zum deutschen Idealismus gewissermaßen noch zugutehält, stößt er wenige Wochen später, anläßlich von dessen 100. Geburtstag, endlich zum authentischen Marx vor. Er grenzt ihn nicht nur vom vulgärmaterialistischen Positivismus ab, sondern auch vom Idealismus, den Gramsci selbst damit endgültig kritisch überwindet. Dort war »die Geschichte ... nur Herrschaft der Ideen. Der Mensch wurde als Geist angesehen, als reines Bewußtsein. Zwei irrtümliche Konsequenzen entsprangen dieser Konzeption: die Ideen, denen man Wert zumaß, waren oft nur willkürlich, künstlich. Die Fakten, denen man Bedeutung gab, waren anekdotisch, keine Geschichte ... Mit Marx bleibt die Geschichte

Herrschaft der Ideen, des Geistes, der bewußten Aktivität von einzelnen oder assoziierten Individuen. Aber die Ideen, der Geist bekommen Substanz, verlieren ihre Willkürlichkeit, sind nicht mehr künstliche oder soziologische Abstraktionen. Ihre Substanz liegt in der Ökonomie, in der praktischen Aktivität, in den Systemen und Beziehungen der Produktion und des Handels ... Eine Idee realisiert sich nicht, insoweit sie logisch der reinen Wahrheit entspricht ... sondern insoweit sie in der ökonomischen Realität ihre Rechtfertigung findet...«[6]

Hinsichtlich der Entwicklung des um sieben Jahre jüngeren Brecht muß gesagt sein, daß sie nicht über eine idealistische Schulung erfolgte. Daß es ihm jedoch äußerst wichtig war, sich einen noch freien Grabplatz gegenüber Hegel auf dem Berliner Dorotheenstädtischen Friedhof zu sichern[7], dürfte das weitverbreitete Vorurteil vom strammen Materialisten Brecht etwas relativieren. Er leistete sich Mitte der zwanziger Jahre auch einmal den Ausspruch: »Der Idealismus ist doch von uns nur deshalb zu bekämpfen, weil er der Umgestaltung der menschlichen Verhältnisse, die unerträglich geworden sind, im Wege steht. Täte er es nicht, so wäre alles, was gegen ihn gesagt werden könnte, ein Gewäsch.«[8]

Für die zwanziger Jahre weist Hanns Eisler einen »ungeheuren Einfluß« Lenins auf Brecht nach, »der vielleicht der beste Schüler von Marx war, der aber den Vorteil hatte – für Brecht – daß er Marx wieder durch die Brille Hegels las, was die Reformisten – wie Bernstein, Kautsky – selbst der große Franz Mehring, den wir doch sehr bewundern, nicht getan haben. Dadurch bekam der Marxismus bei Lenin etwas neu Pulsierendes, Dialektisches, Bewegliches, Widerspruchsvolles – was Brecht, das weiß ich aus meiner Jugendzeit, ungeheuer angeregt hat.«[9]

Erst 1928, im Zusammenhang mit der Vorbereitung eines Stückes über die Weizenbörse von Chicago – das dann nicht vollendet wurde – gelangte Brecht zum systematischen Marxstudium.[10] »Niemand, weder einige bekannte Wirtschaftsschriftsteller, noch Geschäftsleute – einem Makler, der an der Chicagoer Börse sein Leben lang gearbeitet hatte, reiste ich von Berlin nach Wien nach – niemand konnte mir die Vorgänge der Weizenbörse hinreichend erklären ... Das geplante Drama wurde nicht geschrieben. Statt dessen begann ich Marx zu lesen ... Jetzt erst wurden meine eigenen zerstreuten praktischen Erfahrungen und Eindrücke richtig lebendig...«[11]

Sowohl für Gramscis als auch für Brechts Werk sind die Marxschen Feuerbachthesen konstitutiv gewesen. Die Rückgewinnung und Weiterführung der von Marx mit den Feuerbachthesen begründeten Positionen, die in der II. Internationale verlorengegangen waren, sah

Gramsci als permanente theoretische Aufgabe der Arbeiterbewegung an. Brecht hatte nichts anderes im Sinn, wenn er in den *Flüchtlingsgesprächen* Ziffel zu Kalle sagen läßt: »Eine halbwegs komplette Kenntnis des Marxismus kostet heut ... zwanzigtausend bis fünfundzwanzigtausend Goldmark und das ist dann ohne die Schikanen. Drunter kriegen sie nichts Richtiges, höchstens so einen minderwertigen Marxismus ohne Hegel oder einen, wo der Ricardo fehlt.«[12]

Daß mechanisch-materialistische Positionen auch nach dem Zusammenbruch der II. Internationale noch fortlebten – u.a. in dem von Gramsci kritisierten *Gemeinverständlichen Lehrbuch der marxistischen Soziologie* von Nikolai Bucharin, geht auch aus Brechts *Me-ti* , der in den dreißiger Jahren entstand, hervor. Dort wird u.a. auch gegen die in der Arbeiterbewegung immer noch verbreitete Idee der Identifikation des sozialen Fortschritts mit dem Naturprogreß polemisiert, ein Text, der an Gramscis frühere Polemiken gegen den »ehernen Gang der Geschichte« gemahnt. »Auf Grund der ›Großen Methode‹, welche die Meister Hüh-jeh und Ka-meh (Hegel und Marx – S.K.) gelehrt haben, wird zuviel dahergeredet von der Vergänglichkeit aller Dinge, sagte Me-ti seufzend. Viele halten das schon für sehr umstürzend. Sie drohen den Herrschenden mit dieser Vergänglichkeit. Aber das heißt die ›Große Methode‹ schlecht angewendet. Sie verlangt, daß man davon spricht, wie gewisse Dinge zum Vergehen gebracht werden können.«[13]

Das mechanisch-materialistische Denken bei Führern der Arbeiterbewegung führt in Gramscis Augen zum Opportunismus, wird »Ursache der Passivität, der dummen Selbstgenügsamkeit«. Das historische Ziel des Marxismus, die aktive Einbeziehung der Volksmassen in den Geschichtsprozeß kann auf dieser Basis nicht erreicht werden. Gramscis praktische Verwurzelung in der Arbeiterbewegung ließ ihn jedoch eine Differenzierung hinsichtlich mechanisch-materialistischer Positionen im Volk selber treffen. Er hielt ihr Auftauchen in frühen Phasen des Klassenkampfes oder nach Niederlagen zumindest für verständlich: »Wenn man die Kampfesinitiative nicht besitzt, wenn der Kampf zu einer Reihe von Niederlagen wird, wird der mechanische Determinismus zu einer ungeheuren Kraft des moralischen Widerstands, des Zusammenhalts, des hartnäckigen und geduldigen Durchhaltevermögens. ›Ich bin zwar momentan besiegt, aber die Macht der Dinge arbeitet auf die lange Zeit für mich usw.‹. Der reale Wille maskiert sich als Vertrauen auf eine gewisse Rationalität der Geschichte.«[14] An anderer Stelle bemerkt Gramsci: »Über die geschichtliche Funktion der fatalistischen Auffassung, die aus der Philosophie der Praxis hervorgegangen ist, könnte man ihr eine Totenrede halten, wobei ihre Nützlichkeit für einen gewissen Geschichtsabschnitt verteidigt werden darf, aber gerade deswegen die Notwendigkeit betont werden muß, daß sie nun mit allen angebrachten Ehren zu begraben ist.«[15]

Auch Brecht sah diesen Aspekt des vulgärmaterialistischen Denkens, das in Zeiten der Niederlagen zum ideologischen Rettungsanker der einfachen Leute werden kann. In seinem Stück *Schweijk im 2. Weltkrieg* zeigt er, wie ein mechanisch-materialistisch ausgerichteter ›gesunder Menschenverstand‹ nicht nur der faschistischen Ideologie entrinnen, sondern sogar ein beträchtliches Maß an historischem Optimismus aufbringen kann, der wiederum zur Aufrechterhaltung der gefährdeten humanistischen Normen menschlichen Zusammenlebens beiträgt. Dafür ist nicht nur Schweijk selbst ein Symbol, sondern auch die Wirtin zum Kelch mit ihrem *Lied von der Moldau*

> Am Grunde der Moldau wandern die Steine
> Es liegen drei Kaiser begraben in Prag.
> Das Große bleibt groß nicht und klein nicht das Kleine.
> Die Nacht hat zwölf Stunden, dann kommt schon der Tag.
>
> Es wechseln die Zeiten: die riesigen Pläne
> Der Mächtigen kommen am Ende zum Halt.
> Und gehn sie einher auch wie blutige Hähne
> Es wechseln die Zeiten, da hilft kein Gewalt.[16]

So sympathisch Brecht in diesem Falle den mechanistischen Geschichtsoptimismus auch schildert, er ist sich seiner gefährlichen Ambivalenz klar: Er dient nur dem Überwintern, nicht aber dem Erringen von historischer Überlegenheit. Und er geht nur allzuleicht einher mit jener gefährlichen ›Gläubigkeit‹, die durch Wissenschaftlichkeit ersetzt werden muß, wenn die Welt der Arbeit über die des Kapitals tatsächlich siegen soll. Brecht notiert 1938: »Die Gläubigkeit der proletarischen Klasse in ihren Endsieg gefällt mir sehr. Ihre damit eng verbundene Gläubigkeit an so manches andere, was man ihnen sagt, beunruhigt mich allerdings.«[17]

Für Gramsci ist der fatalistische Geschichtsoptimismus eng mit den Vorstellungen von ›Regelmäßigkeit‹, ›Gesetz‹ und ›Automatismus‹ in der politischen Ökonomie verbunden. »Es handelt sich nicht darum, ein metaphysisches Gesetz des ›Determinismus‹ zu ›entdecken‹ und auch nicht darum, ein ›allgemeines‹ Gesetz der Kausalität festzulegen. Es handelt sich darum aufzudecken, wie sich in der historischen Entwicklung relativ ›permanente‹ Kräfte entwickeln, die mit einer gewissen Regelmäßigkeit und einem Automatismus wirken. Auch das Gesetz der großen Zahl, wenngleich es als vergleichendes Parameter sehr nützlich ist, kann nicht als ›Gesetz‹ der historischen Fakten angenommen werden.«[18]

Die im vulgärmaterialistischen Marxismus immer wieder vollzogene Identifizierung von Naturgesetzen und gesellschaftlichen Gesetzen muß bekämpft werden. Hier sieht Gramsci einen über das Wertkonzept hinausgehenden »philosophischen« Einfluß Ricardos auf die »Begründer des Marxismus«, der jedoch im Gegensatz zu Kautsky und Bucharin formal war, d.h. auf die Terminologie beschränkt blieb.[19]

Gramsci und Brecht warnten also mit Nachdruck vor einer Identifizierung der Wirkungsweise der dialektischen Gesetzlichkeit in Natur und Gesellschaft, wiewohl sie jedoch die Dialektik selbst als gemeinsames Grundgesetz von Natur und Gesellschaft anerkannten. Eben deshalb kann die Dialektik auch nicht bloß als philosophisches Prinzip erklärt werden, sondern die Aufgabe besteht darin, sie direkt aus der Realität heraus zu rekonstruieren. Brecht schreibt in seinem Arbeitsjournal: »Es ist hohe Zeit, daß die Dialektik aus der Wirklichkeit abgeleitet wird, anstatt daß man sie aus der Geistesgeschichte ableitet und aus der Wirklichkeit nur Beispiele für ihre Gesetze auswählt.«[20]

Gramsci verteidigt die Rekonstruktion der Dialektik aus der Wirklichkeit von Gesellschaft und Natur gegenüber Benedetto Croce, Nikolai Bucharin und Georg Lukàcs. Den Neuhegelianer Croce, der Hegels Dialektik der Widersprüche auf eine »Dialektik der Unterscheidungen« reduziert hatte, beschuldigte Gramsci, das potentiell revolutionäre Prinzip in ein idealistisches Kategorienreservoir verwandelt zu haben, das nichts mehr mit der Wirklichkeit zu tun habe.[21] Bucharin wirft er vor, in seinem *Gemeinverständlichen Lehrbuch* die Dialektik auf ein vulgärmaterialistisches System der »Konzepte und empirischen Klassifikationen« reduziert zu haben.[22] Lukàcs wiederum verdächtigt er, in der »Reaktion auf die barocken Theorien des *Gemeinverständlichen Lehrbuchs*[23] in den entgegengesetzten Fehler, in eine Form von Idealismus zu verfallen.« Es schien Gramsci, daß Lukàcs womöglich »von Dialektik nur für die Geschichte der Menschheit spricht, nicht für die Natur... Er irrt, wenn er einen Dualismus zwischen Natur und Menschen voraussetzt, weil er dann in ein Konzept der Natur verfällt, das der Religion, der griechisch-christlichen Philosophie und dem Idealismus eigen ist«.[24]

In ebenfalls sehr ähnlicher Form warnten Brecht und Gramsci vor dem mechanischen Gebrauch der sogenannten Grundfrage der Philosophie, vor einer vulgärmaterialistischen Hypertrophierung des Objekts gegenüber dem Subjekt. Brecht ließ sich sogar zu der Formulierung hinreißen: »Die Dinge sind für sich nicht erkennbar, weil sie für sich auch nicht existieren können.«[25] Oder: »Sollten wir nicht einfach sagen, daß wir nichts erkennen können, was wir nicht verändern können, noch das, was uns nicht verändert?« Das Kantsche »Ding an sich« wird von Brecht historisiert, es werde »erkennbarer, indem eben seine wahrnehmbaren, da veränderlichen Punkte das Ding (an sich) ihrerseits verändern können«.[26]

In demselben Ton polemisiert Gramsci: »Ohne die Aktivität des Menschen, die alle Werte schafft... was wäre die Objektivität? Ein Chaos, d.h. nichts, das Leere. Für die Philosophie der Praxis kann das Sein nicht vom Denken, der Mensch nicht von der Natur, die Aktivität nicht von der Materie, das Subjekt nicht vom Objekt gelöst werden...«[27]

Solche Formulierungen sind von der Gramsciforschung teilweise als Abgleiten in den Idealismus gedeutet worden. Bei Brecht hingegen, dessen materialistische Grundhaltung nicht in Frage gestellt wird, wurden solche Texte bislang übersehen. Isoliert gestellt, sind das tatsächlich keine sehr glücklichen Formulierungen. Nur die integrale Lektüre beider Autoren kann letztlich zeigen, daß es sich hier um gezielte Polemiken gegen den Vulgärmaterialismus handelt, nicht um ein systematisches Ausschlagen zum Idealismus hin. Wir kennen auch Texte, in denen Gramsci die Priorität der Materie als naturwissenschaftliche Tatsache keineswegs in Frage gestellt hat. In philosophischen Zusammenhängen dürfe diese Tatsache jedoch nicht als permanente Überlegenheit des Objekts gegenüber dem Subjekt ausgelegt werden, wenn dieser Philosophie nicht jede historische Aktivität abhanden gehen soll. Gramsci erklärt am Beispiel der Elektrizität: »Die Elektrizität ist historisch aktiv, aber nicht als reine Naturkraft (z.B. als elektrische Entladung, die Brände erzeugt), sondern als vom Menschen beherrschtes Produktionsinstrument... Als abstrakte Naturkraft existierte die Elektrizität auch vor ihrer Verwandlung zur Produktivkraft, aber sie wirkte nicht in der Geschichte.«.[28] Gramsci polemisierte auch gegen die damals bei einem Teil der Quantenphysiker verbreiteten idealistischen Auffassung, daß einige ihrer Resultate nicht objektiv seien, sondern von der individuellen Versuchsmethode abhängig, gewissermaßen Schöpfungen des Forschers. Für Gramsci war diese Auffassung absurd. In seinen Augen konnte es sich nur um zeitweises Ungenügen der Forschungsmethoden handeln, die noch nicht präzis genug waren, um Ergebnisse eines Labors jederzeit in einem anderen Labor zu wiederholen.[29] Brecht ließ seinen Me-ti zu demselben Problem meditieren: »Eben jetzt stellt die Physik fest, daß die kleinsten Körper unberechenbar sind; ihre Bewegungen sind nicht vorauszusagen. Sie erscheinen wie Individuen, mit eigenem freien Willen begabt... Ihre Bewegungen sind nur deshalb schwer oder nicht vorauszusagen, weil für uns zu viele Determinierungen bestehen, nicht etwa gar keine.«[30]

Eine abstrakte Definition der Dialektik versperrt in Gramscis Augen die Möglichkeit, die tatsächlichen Widersprüche des historischen Prozesses zu formulieren, deren Kenntnis für den Kampf der ausgebeuteten Klassen jedoch unabdingbar ist. Der dialektische Marxismus sollte für Gramsci »die Theorie dieser Widersprüche« und insofern »kein Regierungsinstrument der herrschenden Gruppen, um den Konsens zu haben und die Hegemonie über subalterne Klassen auszuüben, er ist Ausdruck dieser subalternen Klassen, die sich selbst in der Regierungskunst ausbilden wollen und ein Interesse daran haben, alle Wahrheiten zu erkennen, auch die unangenehmen...«[31] In demselben Sinn kennzeichnet Brecht auch die Dialektik als »eingreifendes Denken«, als »jene Einteilung, Anordnung, Betrachtungsweise der Welt, die durch Aufzeigung ihrer umwälzenden Widersprüche das Eingreifen ermöglicht.«[32] Genau diese materielle Verankerung des eingreifenden Denkens finden wir bereits beim jungen Gramsci. Ich zitiere einen Text, der Louis Althussers Theorie der ideologischen Staatsapparate vorwegnimmt,[33] und zugleich dessen Anschuldigung widerlegt, daß Gramsci keine Geschichtstheorie gelten lassen wollte: »Die Institutionen, in deren Entwicklung und in deren Aktivität sich die Geschichte verkörpert, sind entstanden und halten sich, weil sie eine Aufgabe und eine zu verwirklichende Mission haben. Bestimmte objektive Produktionsbedingungen der materiellen Güter und des geistigen Bewußtseins der Menschen sind entstanden und haben sich entwickelt. Wenn diese objektiven Bedingungen, die wegen ihrer mechanischen Natur gewissermaßen mathematisch meßbar sind, sich wandeln, wandelt sich auch die Summe der Beziehungen, die die menschliche Gesellschaft regeln und unterrichten, es wandelt sich der Bewußtseinsgrad der Menschen; das Erscheinungsbild der Gesellschaft wandelt sich, die traditionellen Institutionen verarmen, entsprechen ihrer Aufgabe nicht mehr, werden schwerfällig und schädlich. Wenn die Intelligenz im Verlauf der Geschichte unfähig wäre, einen Rhythmus zu erkennen, einen Prozeß auszumachen, wäre das Leben der Zivilisation unmöglich: das politische Genie erkennt man besonders an dieser Fähigkeit, sich die größte Anzahl von konkreten Termini anzueignen, die notwendig und ausreichend sind, einen Entwicklungsprozeß zu fixieren, und an der Fähigkeit, die nahe und ferne Zukunft zu antizipieren und auf der Linie dieser Intuition die Aktivität eines Staates zu formulieren... In diesem Sinne war Karl Marx bei weitem das größte der zeitgenössischen politischen Genies.«[34]

In der Überzeugung der historischen Aktivität der Überbauten treffen sich Gramsci und Brecht: »Das Theater, die Literatur, die Kunst müssen... den ›ideologischen Überbau‹ für die effektiven realen Umschichtungen in der Lebensweise unserer Zeit schaffen.«[35] Daß Brecht die von ihm angestrebte Kunst denn auch nicht als einfachen Reflex der Basis, der gesellschaftlichen Struktur, verstand, sondern als operativen, kritischen Faktor, der eingreift, versteht sich nun von selbst. »Kultur, also Überbau, ist nicht als Ding, Besitz, Resultat einer Entwicklung, in geistigen Luxus umgesetzte Rente, sondern als selbst entwickelnder Faktor ... und vor allem als Prozeß anzusehen.«[36]

Brecht spricht seinen Überbauten dieselbe historische Flexibilität zu, die die von Gramsci in der zivilen Gesellschaft vereinten Überbauten aufweisen.

3. Kapitel
Genesis und Begriffsinhalt der ›Zivilgesellschaft‹

Es ist nicht unwichtig zu klären, in welchem Verhältnis Gramscis Begriff der ›società civile‹ zum Begriff der ›bürgerlichen Gesellschaft‹ von Hegel und Marx steht, als dessen italienische Übersetzung er bislang aufgefaßt worden ist. Die offenkundigen Bedeutungsdifferenzen wurden oft als Beleg für die Unorthodoxie, die permanente Heräsie des Denkens von Gramsci aufgefaßt.[1]

Die Herausbildung des Begriffs der ›bürgerlichen Gesellschaft‹ als Bezeichnung jener umfassenden gesellschaftlichen Lebensformen der Menschen, die über die Lebensformen hinausgehen, die durch Staatsfunktionen geregelt, also private sind, geht auf Adam Ferguson (1723-1816) zurück (›civil society‹) und wurde in diesem Sinne auch von Adam Smith verwandt. Bei Hegel ist die ›bürgerliche Gesellschaft‹ durch Arbeit, Arbeitsteilung, Reichtum und Arbeit, Sitten und Sittenverfall usw. gekennzeichnet. Sie enthält auch den gesamten Bereich der Ökonomie, aber auch die Justiz, die Administration. Innerhalb der idealistischen Konstruktion des ›sittlichen Geistes‹ stellt die ›bürgerliche Gesellschaft‹ die Antithese zur ›Familie‹ dar, während der Staat als Synthese beider fungiert. Hegel strukturierte »den weiterhin für die Einheit von Natur und Geist verantwortlich gemachten Schöpfungsprozeß Gottes in Form des Produktionsaktes der absoluten Idee in einer durch die menschliche Arbeit bestimmten differenzierten Weise... Die Bewegung des sich Entäußerns und des Zurückkehrens aus der Entäußerung wird von Hegel als das Wesentliche sowohl der menschlichen, von mit Vernunft begabten Wesen ausgeführten Arbeit als auch des Produktionsaktes des als absoluten Geist gefaßten Gottes begriffen. Mit dieser Bewegungsform, die anstelle der unendlichen Annäherung an ein nie zu erreichendes Ziel die Struktur eines von einem Punkt ausgehenden und zu diesem Punkt zurückkehrenden Kreises besitzt, und im Gegensatz zum unendlichen Progreß (Kants – S. K.) mit dem absoluten Geist als ihrem Ausgangspunkt zugleich ihren Endpunkt besitzt, erkennt Hegel einmal, wie alle seine Vorgänger, den

Gegensatz von Natur und Geist an, gibt ihm dann aber innerhalb der Philosophie die konkreteste Form seiner Auflösung.«[2] Die Bedeutung, die »Hegel für Marx besitzt, beschränkt sich nicht nur darauf, daß Hegel, wenn auch in der verdrehten Form des Produktionsaktes des absoluten Geistes, die gesellschaftliche Arbeit erfaßt, sondern auch darin, daß dieser Produktionsakt... eines aus der Lösungsbewegung des Widerspruchs zwischen Natur und Geist bestehende Bewegungsstruktur besitzt.«[3]

Die ›bürgerliche Gesellschaft‹ ist einer der ersten Begriffe, um die Marx' Auseinandersetzung mit Hegel beginnt und zwar in der *Kritik des Hegelschen Staatsrechts* von 1843, die Teil der *Kritik an Hegels Rechtsphilosophie* ist. Gerade anhand der Begriffe ›bürgerliche Gesellschaft‹ und ›Staat‹ beginnt Marx die Abstoßung von Hegel, er sucht, ihnen mehr materialistische Substanz zu geben und bereits auch schon eine ›revolutionäre‹ Extrapolation.[4]

Hegel hatte geschrieben: »Gegen die Sphären des Privatrechts und Privatwohls, der Familie und der bürgerlichen Gesellschaft, ist der Staat *einerseits* eine *äußerliche* Notwendigkeit und ihre höhere Macht, deren Natur ihre Gesetze sowie ihre Interessen untergeordnet und davon abhängig sind; aber *andererseits* ist er ihr *immanenter* Zweck und hat seine Stärke in der Einheit seines allgemeinen Endzwangs und des besonderen Interesses der Individuen, darin, daß sie insofern *Pflichten* gegen ihn haben, als sie zugleich Rechte haben.«[5] Marx kritisiert, daß Hegel weder Familie noch ›bürgerliche Gesellschaft‹, noch den Staat als eigene, materielle Wesenheiten begreift, sondern nur als »Begriffssphären« sieht. Der Staat scheidet Familie und bürgerliche Gesellschaft, »um aus *ihrer* Identität *für sich unendlicher* wirklicher Geist zu sein.«

Es scheint, daß der im Staat verkörperte Geist »nach einem bestimmten Prinzip und zu bestimmter Absicht« handelt.[6] Hegel sieht eine Antinomie zwischen ›Staat‹ und ›bürgerlicher Gesellschaft‹, die er jedoch für unvermeidlich, für wesenhaft, für eine »Vernunftwahrheit« hält,[7] und hier entdeckt Marx den letztlich apologetischen Charakter von Hegels Theorie überhaupt. Wenn er Hegel darin Recht gibt, daß diese Antinomie bestehe, und hinzufügt, daß in der Tat »die Bürokratie auf *dieser* Trennung« basiere[8], so sei damit jedoch kein universaler, ewig unaufhebbarer Zustand umschrieben, sondern ein historischer, der als solcher allerdings wahrhaftig und reell sei. Im Mittelalter sei die »Identität der bürgerlichen und politischen Stände« der »*Ausdruck der Identität* der bürgerlichen und politischen Gesellschaft« gewesen. Diese Identität ist verschwunden. Die Stände der bürgerlichen Gesellschaft waren im Mittelalter als *solche* Stände zugleich gesetzgebend, weil sie *keine* Privatstände oder weil die *Privatstände* politische Stände waren.«[9] In der etwa zur selben Zeit entstandenen *Judenfrage* schreibt Marx, daß die bürgerliche Revolution »notwendig alle Stände, Korporationen, Innungen, Privilegien« zerschlug und damit den »*politischen Charakter der bürgerlichen Gesellschaft*« aufhob. »Sie zerschlug die bürgerliche Gesellschaft in ihre einfachen Bestandteile, einerseits in die *Individuen,* andererseits in *die materiellen* und *geistigen Elemente,* welche den Lebensinhalt, die bürgerliche Situation dieser Individuen bilden.«[10] Marx charakterisiert also die aus der bürgerlichen Revolution hervorgegangene Gesellschaft als dualistisch, als gespalten zwischen der Existenz der realen, individuellen Menschen und ihrem politischen Gattungsleben, das sich im Staat abspielt. Die ›bürgerliche Gesellschaft‹ ist die Sphäre des wirklich lebenden und tätigen Menschen, in der er seine individuellen Interessen, seine individuelle Welt entwickelt, womit sie auch zum Ort der konkreten Klassengegensätze wird. Der Staat dagegen stellt nur das bürokratische Gemeinwesen dar, in dem der Mensch zum Mitglied einer administrierten Gemeinschaft wird, der er im Grunde fremd gegenübersteht.[11] Marx räumt ein, daß Hegel »die Trennung der bürgerlichen Gesellschaft und der politischen als einen Widerspruch« empfindet, den er durch eine »ständische Verfassung« auflösen will: Der Privatstand soll »gesetzgebende Gewalt« und damit »*politische* Bedeutung« erlangen.[12] Die ständische Verfassung sei aber gegenüber der repräsentativen ein Rückschritt, womöglich eine Tradition des feudalen Mittelalters, ein Versuch, »teils in der politischen Sphäre selbst den Menschen in die Beschränktheit seiner Privatsphäre zurückzustürzen, seine Besonderheit zu seinem substantiellen Bewußtsein zu machen und dadurch, daß politisch der Ständeunterschied existiert, ihn auch wieder zu einem sozialen zu machen.«[13]

Statt dessen gehe es jedoch nicht um die Teilnahme von Ständen am staatlichen Leben, sondern um die Teilnahme »Aller einzeln«, um die »Frage, ob *Alle einzeln* an der ›Beratung und Beschließung der allgemeinen Angelegenheiten des Staats teilnehmen sollen‹«. Nur wenn ›Alle‹ wirkliche »Staatsglieder« sind, »ihr Dasein als ein *politisches* zu beweisen und zu effektuieren« vermögen, fließen bürgerliche und politische Gesellschaft wieder zusammen. »Daß also die bürgerliche Gesellschaft *massenweise,* womöglich *ganz* in die gesetzgebende Gewalt eindringe, daß sich die wirkliche bürgerliche Gesellschaft der *fiktiven* bürgerlichen Gesellschaft der gesetzgebenden Gewalt substituieren will, das ist nichts als das Streben der bürgerlichen Gesellschaft, sich *politisches* Dasein zu geben oder das *politische Dasein* zu ihrem wirklichen Dasein zu machen.«[14]

In der Dissertation *Zur Judenfrage* hat sich Marx die Kategorie der

›bürgerlichen Gesellschaft‹ schon in dem aus der *Kritik des Hegelschen Staatsrechts* geschmiedeten, in Ansätzen bereits materialistischen und revolutionären Sinne als Kategorie angeeignet: Der wirkliche Mensch, »das Mitglied der bürgerlichen Gesellschaft, ist nur die Basis, die Voraussetzung des *politischen* Staats«. Die bürgerliche Revolution »löst das bürgerliche Leben in seine Bestandteile auf, ohne diese Bestandteile selbst zu *revolutionieren* und der Kritik zu unterwerfen. Sie verhält sich zur bürgerlichen Gesellschaft, zur Welt der Bedürfnisse, der Arbeit, der Privatinteressen, des Privatrechts als zur *Grundlage ihres Bestehens,* als zu einer nicht weiter begründeten *Voraussetzung,* daher als zu ihrer *Naturbasis.* Endlich gilt der Mensch, wie er Mitglied der bürgerlichen Gesellschaft ist, für den *eigentlichen* Menschen, für den *homme* in Unterschied zum *citoyen,* weil er der Mensch in seiner individuellen *nächsten* Existenz ist, während der *politische* Mensch nur der abstrahierte, künstliche Mensch ist, der Mensch als eine *allegorische, moralische* Person.«[15]

Im Grunde geht es auch in der *Judenfrage* um die Frage des ständischen oder in der kapitalistischen Welt möglichen repräsentativen Rechtszustandes, »in Zeiten, wo der politische Staat als politischer Staat gewaltsam aus der bürgerlichen Gesellschaft herausgehoben wird.« »... die *Dislokation* der Religion aus dem Staate in die bürgerliche Gesellschaft, sie ist nicht eine Stufe, sie ist die *Vollendung* der politischen Emanzipation, die also die *wirkliche* Religiosität des Menschen ebensowenig aufzuheben strebt. Die *Zersetzung* des Menschen in den Juden und in den Staatsbürger, in den Protestanten und in den Staatsbürger, in den religiösen Menschen und in den Staatsbürger, diese Zersetzung ist keine Lüge *gegen* das Staatsbürgertum, sie ist keine Umgehung der politischen Emanzipation, sie ist die *politische Emanzipation* selbst, sie ist die *politische* Weise, sich von der Religion zu emanzipieren.«[16]

In der *Deutschen Ideologie* wird der Begriff der ›bürgerlichen Gesellschaft‹ von Marx und Engels einmal als universalhistorische Kategorie gebraucht, die jedoch mit der kapitalistischen Gesellschaft zu einer eigenen Qualität gelangt: »Die bürgerliche Gesellschaft umfaßt den gesamten materiellen Verkehr der Individuen innerhalb einer bestimmten Entwicklungsstufe der Produktivkräfte. Sie umfaßt das gesamte kommerzielle und industrielle Leben einer Stufe und geht insofern über den Staat und die Nation hinaus, obwohl sie andererseits wieder nach Außen hin als Nationalität sich geltend machen, nach Innen als Staat sich gliedern muß. Das Wort bürgerliche Gesellschaft kam auf im 18. Jahrhundert, als die Eigentumsverhältnisse bereits aus dem antiken und mittelalterlichen Gemeinwesen sich herausgearbeitet hatten.

Die bürgerliche Gesellschaft als solche entwickelt sich erst mit der Bourgeoisie; die unmittelbar aus der Produktion und dem Verkehr sich entwickelnde gesellschaftliche Organisation, die zu allen Zeiten die Basis des Staats und der sonstigen idealistischen Superstruktur bildet, ist indes fortwährend mit demselben Namen bezeichnet worden.«[17] Perry Anderson weist zurecht darauf hin, daß Marx wegen der Ambivalenz des Adjektives ›bürgerlich‹ im Deutschen den Begriff oft einfach auf ›Gesellschaft‹ reduziert.[18]

Im Vorwort zur *Kritik der Politischen Ökonomie* findet sich Marxens bekannteste Definition der ›bürgerlichen Gesellschaft‹, auf die etwas ausführlicher eingegangen werden muß, da sie oft gegen Gramscis ›zivile Gesellschaft‹ zitiert wird. »Rechtsverhältnisse wie Staatsformen« seien nicht »aus sich selbst zu begreifen«, sondern wurzeln vielmehr »in den materiellen Lebensverhältnissen ... deren Gesamtheit Hegel, nach dem Vorgang der Engländer und Franzosen des 18. Jahrhunderts unter dem Namen ›bürgerliche Gesellschaft‹ zusammenfaßt.« Und die »Anatomie der bürgerlichen Gesellschaft« ist »in der politischen Ökonomie zu suchen... Die Gesamtheit dieser Produktionsverhältnisse bildet die ökonomische Struktur der Gesellschaft, die reale Basis, worauf sich ein juristischer und politischer Überbau erhebt und welcher bestimmte gesellschaftliche Bewußtseinsformen entsprechen. Die Produktionsweise des materiellen Lebens bedingt den sozialen, politischen und geistigen Lebensprozeß überhaupt. Es ist nicht das Bewußtsein der Menschen, das ihr Sein, sondern umgekehrt ihr gesellschaftliches Sein, das ihr Bewußtsein bestimmt.«[19] Es sei zusammenfassend bemerkt, daß der Begriff der ›bürgerlichen Gesellschaft‹ bei Marx die Gesamtheit der ökonomischen Strukturen und auch der Überbauten meint.[20] Es muß daran erinnert werden, daß auch Marx diese Determinierung jedoch nicht als mechanischen, die ganze Geschichte gleichmäßig durchziehenden Zusammenhang gesehen hat, es ist vielmehr eine Determinierung ›in letzter Instanz‹, d.h. im Einzelnen spricht auch Marx den Überbauten aktiven historischen Wert zu.

Gegenüber der Komplexität des Begriffes der ›bürgerlichen Gesellschaft‹ bei Marx ab der ›Deutschen Ideologie‹ weist Gramscis ›Zivilgesellschaft‹ eine Bedeutungsreduktion auf. Die ›Zivilgesellschaft‹ enthält nur bestimmte Überbauten (Gewerkschaften, Parteien, Schulen, aber auch Presse, Literatur, Kirche – so stehe z.B. der Vatikan der »größten privaten Organisation«[21] vor, die auf der Welt überhaupt existiere).

›Zivilgesellschaft‹ ist ein Synonym für Gramscis umfassenden Kulturbegriff. Eine Verbindung zum frühen Marx und zu Hegel läßt sich aber insofern doch herstellen, als es sich auch bei Gramsci um die Wahrnehmung von Funktionen in Organismen handelt, die er als ›privat‹ bezeichnet und die damit ausdrücklich von den Funktionen des Staates (der ›società politica‹) zu unterscheiden sind. Aber Vorsicht! Gerade hier ist wieder eine wesentliche Unterscheidung von Hegel vorzunehmen. Dessen Begriff des Privaten ist vom ›Privateigentum‹ her zentriert. Während es sich bei Marx – und Gramsci – um die Teilnahme »Aller einzeln« an der Organisation der Gesellschaft handelt. Daß bei Gramsci zwar die Ausdifferenzierung und der politische Dynamismus moderner Gesellschaften subtil erfaßt ist, die Problematik des Individuums aber fehlt, ist also ein Irrtum – das Individuum ist das agierende Subjekt seiner Konzeption der ›Zivilgesellschaft‹.

Die bei Gramsci jedoch nur aus Überbauten bestehende ›Zivilgesellschaft‹ enthält die Struktur nicht, sondern steht in einem bestimmten Verhältnis zu ihr. Während beim späteren Marx die ›bürgerliche Gesellschaft‹ eine eher deskriptive Kategorie darstellt, so signalisiert die bei Gramscis ›Zivilgesellschaft‹ zu konstatierende Bedeutungsverengung eine Funktionalität im veränderten System der historischen Koordinaten. Diese Funktionalität ist die *Organisation des Konsensus:* das parlamentarische System »realisiert in der an ›privaten‹ Energien reichsten Periode in der Gesellschaft die permanente Hegemonie der städtischen Klasse über die ganze Bevölkerung, in der hegelianischen Form der Regierung mit dem permanent organisierten Konsens (aber die Organisation des Konsens ist der privaten Initiative überlassen und daher von moralischem oder ethischem Charakter, weil der Konsens in der einen oder anderen Weise ›freiwillig‹ gegeben wird).«[22]

Gramscis ›Zivilgesellschaft‹ steht für die von Jürgen Habermas als nichtstaatliche »Öffentlichkeit«[23] bezeichneten Funktionen der bürgerlichen Gesellschaft. Diese wiederum hat Marx ganz ähnlich wie Gramsci beschrieben: »Das parlamentarische Regime lebt von der Diskussion, wie soll es die Diskussion verbieten? Jedes Interesse, jede gesellschaftliche Einrichtung wird hier in allgemeine Gedanken verwandelt, als Gedanke verhandelt, wie soll irgendein Interesse, eine Einrichtung sich *über* dem Denken behaupten und als Glaubensartikel imponieren? Der Rednerkampf auf der Tribüne ruft den Kampf der Pressebengel hervor, der debattierende Klub im Parlament ergänzt sich notwendigerweise durch debattierende Klubs in den Salons und in den Kneipen, die Repräsentanten, die beständig an die Volksmeinung appellieren, berechtigen die Volksmeinung, in Petitionen ihre wirkliche Meinung zu sagen. Das parlamentarische Regime überläßt alles der Entscheidung der Majorität, wie sollen die großen Majoritäten jenseits der Parlamente nicht entscheiden wollen? Wenn ihr auf dem Gipfel des Staates die Geigen streicht, was könnt ihr anders erwarten, als daß die drunten tanzen?«[24]

Die methodische Isolierung der Überbauten ist, wie wir im Einleitungskapitel bereits bemerkt haben, historisch bedingt. Gramsci zielt mit seinem Begriff der ›Zivilgesellschaft‹ zumeist nicht auf die gesamte Gesellschaftsformation des Kapitalismus, sondern auf die speziellen historischen Bedingungen, die sich zwischen 1848 und 1871 herausgebildet haben.

»Man könnte die ›Organizität‹ der verschiedenen intellektuellen Schichten, ihre mehr oder weniger enge Verbindung mit einer grundlegenden gesellschaftlichen Gruppe messen, indem man eine Graduierung der Funktion und der (ihnen entsprechenden – S.K.) Überbauten von unten nach oben (von der strukturellen Basis nach oben) fixiert. Es ist nun möglich, zwei große ›Ebenen‹ von Überbauten festzulegen, jene, die man ›Zivilgesellschaft‹[25] nennen kann, d.h. die Gesamtheit von Organismen, die gemeinhin ›privat‹ genannt werden, und jene der ›politischen Gesellschaft oder des Staates‹. Die erstgenannte Ebene entspricht der ›hegemonialen‹ Funktion, die die herrschende Gruppe über die ganze Gesellschaft ausübt, und die andere der Funktion der ›direkten Herrschaft‹ oder des Kommandos, welche sich im Staat und in der ›juristischen‹ Regierung ausdrückt. Diese Funktionen sind in präziser Weise organisierender und verbindender Natur. Die Intellektuellen sind die ›Kommis‹ der herrschenden Gruppe zur Ausübung der subalternen Funktionen der gesellschaftlichen Hegemonie und der politischen Regierung. Es handelt sich dabei 1) um den ›spontanen‹ Konsens, den die großen Massen der Bevölkerung der Zielsetzung geben, welche die herrschende grundlegende Gruppe dem gesellschaftlichen Leben gibt, ein Konsens, der historisch aus dem Prestige (und also aus dem Vertrauen) entsteht, das der herrschenden Gruppe aus ihrer Position und Funktion in der Welt der Produktion erwächst, und 2) um den staatlichen Zwangsapparat, der ›legal‹ die Disziplin derjenigen Gruppen sichert, die weder aktiv noch passiv ihren ›Konsens‹ geben, aber für die ganze Gesellschaft konstruiert ist, in Voraussicht von Krisenmomenten des Kommandos und der Führung, wenn der spontane Konsens abnimmt.«[26]

Den an sich methodisch fruchtbaren Gedanken der graduierten Überbauten hat Gramsci wohl von Antonio Labriola (1834-1904), dem ersten italienischen Marxisten, übernommen. Als ›Ableitung I. Grades‹ erhebt sich bei Labriola über der sozialökonomischen Basis jedoch zuerst der Staat, d.h. die juristisch-politische Ordnung. Die Fakten der Kunst, der Kultur, der Religion, des Denkens usw. waren für Labriola »ein sentimentaler, phantastischer, d.h. abgeleiteter Ausdruck von bestimmten sozialen Bedingungen«. Er hob aber hervor, daß es sich hier um »Ableitungen zweiten Grades« handelt, »um diese Produkte zu unterscheiden von den Faktoren der juristisch-politischen Ordnung, die die wirkliche und eigentliche Objektivierung der ökonomischen Beziehungen darstellen.«[27]

Handelt es sich bei Labriolas Hierarchisierungsversuch um einen wichtigen Schritt aus dem damals weitverbreiteten vulgärmaterialistischen Determinismus heraus, so ist Gramsci gewiß nicht in diesen zurückgefallen, wenn er schreibt: »Zwischen der ökonomischen Basis und dem Staat mit seiner Gesetzgebung und seinem Zwangsapparat steht die ›Zivilgesellschaft‹«.[28] Sie erreicht in den modernen bürgerlichen Industriegesellschaften eine solche Effizienz bei der Konsensbildung, daß sie sogar in Krisenzeiten noch enorme Reserven ausschütten kann und die repressiven Funktionen des Staates nicht ständig wirksam werden müssen, bzw. nur gegen kleine Gruppen der Gesellschaft permanente Anwendung finden. Hier ist ein – im weiteren Verlauf der Arbeit konkret zu zeigender historisch neuartiger Funktionszusammenhang der drei Ebenen Basis-Zivilgesellschaft-Staat gemeint, nicht ihr genetischer epochengeschichtlicher Zusammenhang. Hinsichtlich dieses Zusammenhangs rekurriert Gramsci durchaus wieder auf das Modell von Labriola. Die intellektuellen Vertreter der »Ableitungen 2. Grades« (im Sinne von Labriola) stehen dann auch bei Gramsci wieder auf den höchsten Stufen aller Überbauten. In direktem Anschluß an den oben zitierten Text über die zwei Ebenen von Überbauten heißt es weiter: »Diese Problemstellung bringt als Resultat eine erhebliche Erweiterung der Konzeption von Intellektuellen, und nur so ist es möglich, zu einer konkreten Annäherung an die Wirklichkeit zu kommen. Diese Art, das Problem zu stellen, stößt auf Kastenvorurteile: Es stimmt, daß selbst die organisatorische Funktion der gesellschaftlichen Hegemonie und der staatlichen Herrschaft zu einer gewissen Arbeitsteilung und daher zu einer ganz differenzierten Abstufung von Qualifikationen führt, wobei in einigen davon keine Merkmale leitender und organisatorischer Natur hervortreten. Im leitenden Apparat von Gesellschaft und Staat gibt es eine ganze Reihe von Beschäftigungen manuellen und instrumentalen Charakters (Funktionen der Ordnungshütung, nicht der Konzeptionsbildung, Angestelltenarbeit, nicht die des Offiziers oder des Beamten usw.), aber offensichtlich muß diese Unterscheidung vorgenommen werden, wie man noch einige andere wird vornehmen müssen. Tatsächlich muß die intellektuelle Aktivität auch vom Standpunkt ihres eigenen Wesens graduell abgestuft werden, nach Graden, die in extremer Krisensituation eine wirkliche und eigentümliche qualitative Differenzierung offenbaren: Auf die höchste Stufe wären die Schöpfer der verschiedenen Wissenschaften, der Philosophie usw. zu stellen; auf die niedrigste die untersten Vertreter der ›Verwaltungen‹ und die Verbreiter des bereits existierenden, traditionellen und akkumulierten intellektuellen Reichtums. Das Militärwesen offenbart auch in diesem Falle ein Modell des Gesamtzusammenhangs dieser Graduierungen: subalterne Offiziere, höhere Offiziere, Generalstab: nicht zu vergessen die verschiedenen Grade der Truppe, deren reale Bedeutung größer ist, als man gemeinhin annimmt. Es ist interessant festzuhalten, daß sich alle diese Teile untereinander solidarisch fühlen und daß sogar die unteren Schichten einen deutlichen Korpsgeist zeigen und daraus einen ›Dünkel‹ ableiten, der sie oft zum Ziel von Sticheleien und Gespött werden läßt.

In der modernen Welt hat sich die so verstandene Kategorie der Intellektuellen in unglaublichem Maße vergrößert. Das demokratisch-bürokratische Gesellschaftssystem hat imponierende Menschenmassen geformt, deren Existenz nicht immer durch die gesellschaftlichen Notwendigkeiten der Produktion gerechtfertigt ist, aber durch die politischen Bedürfnisse der grundlegenden herrschenden Gruppe.«[29]

Der unterschiedliche Begriffsinhalt der ›bürgerlichen Gesellschaft‹ von Marx und der ›società civile‹ von Gramsci läßt es mir also ratsam erscheinen, Gramscis Terminus nicht mechanisch ins Deutsche zurückzuübersetzen. Dafür spricht übrigens auch, daß die zeitgenössischen italienischen Marxübersetzungen dem weiter gefaßten Charakter des Begriffs bei Marx durchaus Rechnung trugen. So hieß einer der beiden aus Gramscis Bibliothek erhalten gebliebenen Marxbände *Le origini della società borghese.*[30] In diesem Sinne war der Begriff auch Gramsci selbst geläufig, wie folgende Textpassage zeigt: »Den Übergang von Individuen der beherrschten Klasse in die Klasse der Herrschenden hat es in einer bestimmten Phase des Kapitalismus gegeben; heute sagt man, daß es auch in den Vereinigten Staaten schwierig sei, in derselben Familie einen Tagelöhner und einen Millionär zu finden. Die bürgerliche Gesellschaft (›società borghese‹) hat die Elastizität der Arterien verloren, sie ist verknöchert.«[31]

Es muß allerdings auch darauf hingewiesen werden, daß Gramsci seinen – aus bestimmten historischen Zusammenhängen gewonnenen – Begriff der ›Zivilgesellschaft‹ zuweilen auch universalisiert und für das System der Überbauten vergangener oder zukünftiger historischer Epochen anwendet, wenn auch nur in der Bedeutung des Ensembles der nichtstaatlichen Überbauten. Die Einführung der Übersetzung ›zivile Gesellschaft‹ empfiehlt sich auch deshalb, weil Gramsci ebenfalls häufig das Wort ›Zivilisation‹ benutzt und zwar für das Gesamtsystem von Basis und Überbauten. Keinesfalls hat Gramscis Begriff der Zivilisation etwas mit der älteren, nach Norbert Elias, tradierten Selbstbezeichnung der abendländischen Gesellschaften der letzten zwei- bis dreihundert Jahre zu tun.[32] Er entspricht bereits unserem heutigen Begriff, wonach jede ökonomisch und kulturell definierbare menschliche Gesellschaft eine ›Zivilisation‹ darstellt, die dynamisch gewachsen ist und weiter wächst.

Ob auf den zeitgenössischen Stellungskrieg bezogen oder universalhistorisch verstanden – Gramscis ›Zivilgesellschaft‹ hat keinen direkten Bezug zu Hegels ›bürgerlicher Gesellschaft‹, die ja auch Basisfunktionen wie Arbeit und Staatsfunktionen wie das Justizwesen einschloß (welches bei Gramsci in die ›politische Gesellschaft‹ gehört). Wenn er selbst einmal behauptet, den Begriff der ›Zivilgesellschaft‹ »oft in diesen Notizen« in Hegels Verständnis zu gebrauchen, »d.h. im Sinne der politischen und kulturellen Hegemonie einer sozialen Gruppe über die ganze Gesellschaft, als ethischer Inhalt des Staates«[33], dann liegt hier wohl eine mangelnde Hegelkenntnis bei ihm zugrunde. In Wahrheit hat er in diesem Fall nur das von Hegel übernommen, was der Neuhegelianer Croce von ihm übriggelassen hat: in der Tat eine Isolierung des moralisch-ethischen Aspekts der Hegemonie. Wir werden später auseinandersetzen, daß dieses Hegemoniekonzept für Croce absolut ist, während Gramsci es erneut materialistisch verankert: Bei ihm dreht es sich also nur um eine methodische Isolierung. Wir werden noch öfter sehen, daß auch auf Gramscis eigene Quellenangaben nicht immer Verlaß ist. Wie auf Marx, nahm Gramsci im Gefängnis auf Hegel vor allem aus dem Gedächtnis Bezug. So kann er z.B. auch nur darüber spekulieren, nicht wirklich urteilen, ob das Marxwort »Hegel läßt die Menschen auf dem Kopf laufen« nicht von Hegels Ausspruch inspiriert sei, daß es »in einem bestimmten Moment der französischen Revolution scheint, daß die Welt auf dem Kopf laufe oder so ähnlich«. Er vermutet, daß der Passus vielleicht in der *Philosophie des Rechts* zu finden sei, »ich erinnere mich nicht.«[34]

Der allgemeine Vorwurf des Idealismus gegen die Kategorie der ›Zivilgesellschaft‹ kann freilich nur durch den Nachweis ihrer materialistischen Verschränkung mit der Struktur entkräftet werden, der im Folgenden versucht werden soll. Freilich bestehen nicht nur Verschränkungen von Basis und Überbau, aus denen ›in letzter Instanz‹ wieder das Marxsche Bild der komplexen bürgerlichen Gesellschaft hervortreten wird, sondern auch Verschränkungen mit der ›politischen Gesellschaft‹, dem Staat – oder, wie Gramsci auch philosophisch sagt: dem Zwang. Nicht die Kontinuität der Terminologie, sondern die stete Präsenz dieses komplexen Beziehungsgefüges – auch dort, wo Gramsci scheinbar nur über Überbauten reflektiert – machen aus ihm einen Klassiker der marxistischen Tradition.

4. Kapitel
Die Verschränkungen von sozioökonomischer Basis, ›Zivilgesellschaft‹ und Staat

> Die ›normale‹ Ausübung der Hegemonie auf dem Terrain, das für das parlamentarische Regime klassisch geworden ist, ist von der Kombination von Gewalt und Konsens charakterisiert, die sich in unterschiedlichem Maße ausgleichen, ohne daß die Gewalt den Konsens zu sehr übersteigt; so versucht man zu erreichen, daß die Gewalt auf den Konsens der Mehrheit gestützt erscheint, was die sogenannten Organe der öffentlichen Meinung ausdrücken – Zeitungen und Assoziationen – die deshalb in bestimmten Situationen künstlich vermehrt werden. Zwischen dem Konsens und der Gewalt steht die Korruption und der Betrug (was für bestimmte Situationen charakteristisch ist, in denen die Ausübung der hegemonialen Funktion schwierig ist).[1]

Gramscis ›Zivilgesellschaft‹ ist keine Rehegelianisierung von Marxens bürgerlicher Gesellschaft. Gramsci stellt auch keinesfalls infrage, daß der Staat, die ›politische Gesellschaft‹ als Ableitung I. Grades und daß die Überbauten der ›Zivilgesellschaft‹ als Ableitungen 2. Grades zu verstehen sind. Er konstatiert jedoch neue, in seiner Epoche immer deutlicher werdende Funktionszusammenhänge der drei Ebenen Basis, zivile und politische Gesellschaft. Im Alltag hat sich die ›Zivilgesellschaft‹ zwischen die Basis und den Staat geschoben.[2]

Gramsci warf den vulgärmarxistischen, verflachten Formen des ›historischen Materialismus‹ vor, den großen epochegeschichtlichen Determinationszusammenhang zu verabsolutieren, wodurch sofort grundlegende Fehler in der politischen Praxis entstünden: Der »Anspruch, jede Schwankung der Politik und der Ideologie als einen unmittelbaren Ausdruck der Basis darzustellen und zu erklären, muß theoretisch bekämpft werden« – und zwar mittels der Schriften von Marx selbst, die politische und historische Themen behandeln. Die falsche Methode beginne bereits mit dem Irrtum, daß sich alle ökonomischen Tendenzen innerhalb der Basis auch durchsetzen müssen, daß der politisch handelnde Gegner keine Fehler in seiner Konzeption der ökonomischen Entwicklung begehe und im Übersehen der Tatsache, daß viele politische Handlungen und ideologische Elemente »aus der inneren Notwendigkeit des Organisationscharakters erwachsen, d.h. aus dem Bedürfnis heraus, einer Partei, einer Gruppe, einer Gesellschaft Geschlossenheit zu geben, d.h. sich vom Gegner zu unterscheiden.« Daraus resultiere eine gewisse Zufälligkeit innerhalb konkreter Überbauformen: »Im Falle der Diskussion zwischen Rom und Byzanz über die Herkunft des Heiligen Geistes wäre es lächerlich, in der Basis des europäischen Ostens die Behauptung zu suchen, daß der Heilige Geist nur dem Vater entspringt, und in der des Westens die Behauptung, daß er aus Vater und Sohn entspringt. Die beiden Kirchen, deren Existenz (und deren Konflikt) von der Basis und der ganzen Geschichte abhängt, haben Fragen aufgeworfen, die ein Prinzip der Unterscheidung und des inneren Zusammenhalts einer jeden darstellen... und dieses Prinzip der Unterscheidung und des Konflikts stellt das historische Problem dar, nicht die zufällig gehißte Flagge einer jeden Partei.«[3] Und insofern sei jene Passage aus dem *Elend der Philosophie* von großer Bedeutung, in der Marx sagt, daß eine höhere Phase der gesellschaftlichen Auseinandersetzungen erreicht wären, wenn »die einzelnen Mitglieder einer Gewerkschaft nicht mehr allein für ihre ökonomischen Interessen, sondern für die Verteidigung und Entwicklung der Organisation selbst kämpfen.« Gramsci verweist in demselben Zusammenhang noch auf den Hinweis von Engels, daß die Ökonomie erst »in letzter Instanz« die Triebfeder der Geschichte sei,[4] und zugleich auf einen Passus von Marx' *Kritik der politischen Ökonomie,* wonach die Menschen ihr Bewußtsein der Konflikte im ökonomischen Bereich auf dem »Terrain der Ideologien« erlangen.[5]

Gramsci hat die Determinierung der Zivilgesellschaft durch die sozioökonomische Basis und die politische Gesellschaft durchaus gesehen und beschrieben. Es scheint mir eher ein Problem der Gramsci-Rezeption zu sein, deren Vertreter – wie die Angehörigen jeder intellektuellen Schicht – leicht in Gefahr geraten, eine idealistischen Rechtfertigung ihrer eigenen intellektuellen Funktion zu suchen, wodurch dann die Eroberung der Zivilgesellschaft schnell zum Hauptagens der sozialen Transformation würde. Eine solche Verkürzung von Gramscis Theorien unter dem Motto einer Überwindung der sogenannten Grundfrage der Philosophie bedeutet dann leicht eine Reduktion der Aktivität der Linken auf das ihr legal zustehende Maß an politischer Aktivität, zumal – insbesondere nach dem 2. Weltkrieg – der mögliche Nonkonformismus innerhalb der Zivilgesellschaft beträchtlich ist.

Der Kampf um die Überbauten ist in Gramscis Augen nur ein, wenn auch wichtiger Aspekt des Kampfes um die Hegemonie, nicht sein ganzer Inhalt. Gramsci läßt keine Zweifel daran, daß er nur parallel zum Kampf um die Inbesitznahme des Staates geführt werden kann und daß diese wiederum überhaupt erst die volle Hegemonie möglich macht: »Vor der Eroberung des Staates kann man nicht vorschlagen, das Bewußtsein der ganzen Arbeiterklasse vollkommen zu wandeln..., weil es sich nur wandelt, wenn sich die Lebensweise der Klasse selbst gewandelt hat, d.h. wenn die Arbeiterklasse herrschende Klasse geworden ist, wenn sie den Produktionsapparat, den Handel und die Staatsmacht zu ihrer Verfügung hat...«[6] Und: »Mit der ökonomisch-korporativen Phase, mit der Phase des Kampfes um die Hegemonie in der Zivilgesellschaft, mit der staatlichen Phase korrespondieren bestimmte intellektuelle Aktivitäten, die man nicht willkürlich improvisieren oder vorwegnehmen kann. In der Phase des Kampfes um die Hegemonie entwickelt sich die politische Wissenschaft; in der Phase des Staates müssen sich alle Überbauten entwickeln, bis hin zur Auflösung des Staates.«[7] Und trotz aller Anstrengungen, die die fortschrittlichen gesellschaftlichen Kräfte schon vor dem ›Bruch‹ unternehmen müssen, um in der Zivilgesellschaft alternatives Potential anzusammeln, kann die kulturelle Situation zuvor »nur eine variable Kombination von Altem und Neuem sein, ein momentanes Gleichgewicht kultureller Beziehungen, das mit dem Gleichgewicht der sozialen Beziehungen korrespondiert. Nur nach der Gründung des Staates stellt sich das kulturelle Problem in seiner ganzen Komplexität und tendiert zu einer grundsätzlichen Lösung.«[8]

Konzeptionen, die sich eine demokratische Entwicklung der Zivilgesellschaft ohne ein Programm der ökonomischen Gleichheit vorstellen, tat Gramsci als intellektuelle Spinnereien ab, als »Konfusion von Klassenstaat und geregelter Gesellschaft«. Viele alte Utopisten wären dagegen echte »Politwissenschaftler« gewesen, weil sie es hervorragend verstanden hätten, »daß der Klassenstaat nicht die geregelte Gesellschaft sein konnte, denn tatsächlich wird in den von verschiedenen Utopien dargestellten Gesellschaftstypen die ökonomische Gleichheit als notwendige Basis des Reformentwurfs eingeführt.«[9] Ein solcher Text bekommt heute seinen vollen politischen Sinn freilich nur, wenn man ihn global auf die ganze Welt extrapoliert. Auch ökonomische Strategien der Linken gehen heute nur noch auf, wenn sie von der Notwendigkeit eines ökonomischen Ausgleichs mit der Dritten Welt ausgehen.

Kulturelles und ökonomisches Programm sind also unlösbar miteinander zu verschränken: »Kann es eine kulturelle Reform und d.h. eine zivilisatorische Anhebung der unterdrückten Schichten der Gesellschaft geben, ohne eine vorangehende ökonomische Reform und einen Wandel im gesellschaftlichen Gefüge sowie in der Wirtschaft? Daher kann eine intellektuell-moralische Reform nur an ein ökonomisches Reformprogramm gebunden sein; vielmehr ist das ökonomische Reformprogramm sogar die konkrete Art, auf die sich jede intellektuell-moralische Reform durchsetzt.«[10]

Auch in dieser Textpassage zeigt es sich, daß Gramsci den genetischen Zusammenhang der drei Ebenen im Verhältnis zum Wirkungszusammenhang als parallele Struktur mitreflektiert.

Auch in der »staatlichen Phase«, wenn die Bedingungen für die Entfaltung der neuen Zivilgesellschaft gegeben sind, u.a. durch die Beherrschung des Bildungssystems, schreitet sie doch nicht im Selbstlauf voran: »...der Staat ist das Instrument, um die Zivilgesellschaft an die ökonomische Struktur zu adaptieren, aber es ist notwendig, daß der Staat das tun ›will‹... Das Warten, daß die Zivilgesellschaft sich durch Propaganda und Überzeugung an die neue Basis anpaßt, daß der alte ›homo economicus‹ verschwindet, ohne daß er mit allen ihm zukommenden Ehren beerdigt worden ist, ist eine neue Form von ökonomischer Rhetorik, eine neue Form von ökonomischem Moralismus, leer und unzulänglich.«[11] Daher muß der Staat als »Erzieher konzipiert werden, insoweit er dahin tendiert, einen neuen Typ oder ein neues Niveau von Zivilisation zu schaffen. Auf Grund der Tatsache, daß man essentiell auf der Grundlage der ökonomischen Kräfte arbeitet, daß sich der ökonomische Produktionsapparat reorganisiert und entwickelt, daß sich die Struktur erneuert, darf es nicht dazu kommen, daß die Überbauelemente sich selbst überlassen bleiben, ihrer spontanen Entwicklung, einer zufälligen und sporadischen Keimung. Der Staat ist auch auf diesem Gebiet ein Instrument der ›Rationalisierung‹, der Beschleunigung, der Taylorisierung...[12] Das Recht ist der repressive und negative Aspekt der ganzen positiven Zivilisierungsaktivität, die vom Staat ausgeht...«[13]

Am Beispiel des Staates als Erzieher in Bezug auf eine bestimmte ökonomische Ordnung, exerziert Gramsci mehrmals die methodische Verschränkung der drei Ebenen: »...jeder Staat ist ethisch insoweit eine seiner bedeutendsten Funktionen darin besteht, die große Masse der Bevölkerung auf ein bestimmtes kulturelles und moralisches Niveau (oder einen Typ) anzuheben, das (oder der) mit der Notwendigkeit der Entwicklung der Produktivkräfte korrespondiert und daher mit den Interessen der herrschenden Klassen. Die Schule als positive Erziehungsfunktion und die Gerichte als repressive Erziehungsfunktion sind die bedeutendsten staatlichen Aktivitäten in dem Sinne, daß das Ziel in der Realität noch eine Vielzahl anderer, sogenannter privater Initiativen und Aktivitäten anstreben, die den Apparat der politischen und kulturellen Hegemonie der herrschenden Klassen formen.«[14] Weil also »jeder Staat danach strebt, einen bestimmten Typ der Zivilisation und des Bürgers zu schaffen und zu erhalten... bestimmte Sitten und Haltungen zum Verschwinden zu bringen und andere zu verbreiten« muß die »Konzeption des Rechts von jedem Rest der Transzendenz und des Absoluten befreit werden, praktisch von jedem moralischen Fanatismus... der Staat muß als ›Erzieher‹ konzipiert werden...«[15]

Die konkrete Verschränkung der drei Ebenen ist historisch determiniert. Es gibt Phasen, in denen die Auseinandersetzungen im Überbaubereich vorherrschen, wie es auch historische Konstellationen gibt, in denen die Aktivität innerhalb der ökonomischen Basis Vorrang hat. »Für bestimmte historische Perioden ist festzustellen, daß die praktische Aktivität die beste schöpferische Intelligenz einer Nation absorbieren kann: In gewissem Sinne werden in solchen Perioden die besten menschlichen Kräfte auf die Arbeit an der Basis konzentriert und man kann noch nicht von Überbau sprechen. Auf dieser Grundlage hat sich in Amerika die soziologische Theorie entwickelt, die in den Vereinigten Staaten das Ausbleiben einer kulturellen Blüte des Humanismus und der Kunst zu rechtfertigen hatte. In jedem Falle muß diese Theorie, um wenigstens den Anschein einer Rechtfertigung zu erhalten, imstande sein, eine bedeutende schöpferische Aktivität auf praktischem Gebiet beweisen.«[16] Der erste Teil der Textpassage könnte wohl auch auf die postrevolutionäre Sowjetgesellschaft gemünzt werden. Die dort philosophisch betriebene Zuspitzung der ›Grundfrage der Philosophie‹ hätte womöglich nicht dieselbe praktische, so doch dieselbe politische Aufgabe gehabt, wie das, was Gramsci etwas abschätzig ›soziologische Theorie« nennt. Aus Gramscis relativierender Betrachtungsweise ergibt sich zugleich der Unwert, den sowohl die positivistisch ausgerichtete »soziologische Theorie« als auch der die Grundfrage der Philosophie hypertrophierende Ökonomismus des Stalinismus für Westeuropa darstellt. Wenn Gramsci grundsätzlich an einem materialistischen Determinationszusammenhang im Sinne von gegenseitigen Wechselwirkungen der drei Ebenen festhält, so betont er zugleich doch immer wieder die enorme Flexibilität oder auch die relative Autonomie der Überbauten der Zivilgesellschaft. Auch das ist freilich ein dem Marxismus eigener Grundsatz, der allerdings gegenüber dem Vulgärmaterialismus ökonomistischer Prägung wieder neu hervorgehoben werden mußte. Daß uns antike griechische Kunstwerke immer noch berühren, war schon für Marx eine erstaunliche und wichtige Tatsache gewesen, eben ein Zeichen für die enorme historische Flexibilität jenes Teils der Überbauten, die Gramsci dann der Zivilgesellschaft zugeordnet hat. Zugleich entwarf Marx selbst das abstrakte Bild einer künftigen Gesellschaft, deren ökonomische Basis noch nicht zu realisieren war. Die Zivilgesellschaft ist also fähig, Überbauten aus längst vergangenen Gesellschaftsformationen weiter zu transportieren, aber auch zukünftige Überbauten zu antizipieren. Ein Vorgang, der in ›letzter Instanz‹ nichts Willkürliches hat, handelt es sich doch letztlich um eine Korrespondenz zu Elementen der sozialen und ökonomischen Strukturen aller vergangenen Geschichte, bzw. zu Elementen, die potentiell möglich werden.

In Gramscis Aufzeichnungen stecken eine Fülle neuer Hinweise für diese Flexibilität solcher Überbauten, die zwar historisch gesehen alle der sozioökonomischen Basis einer Menschengruppe entsprungen sind, aber temporär und lokal verpflanzungsfähig sind, ohne in der neuen Umgebung immer auf genau dieselben Elemente der sozioökonomischen Basis zu treffen. Sie können auch in der neuen Umgebung aktiv werden, wenngleich oft nur in beschränkter Weise oder mit veränderten Folgen. Gramsci bezieht sich in dieser Frage auf die berühmte Beobachtung von Marx, daß die Menschen letztlich doch nur die Ideen wirklich aufgreifen, für deren Realisierung die sozioökonomische Basis eine Chance bietet.[17] Als Beispiel für die Flexibilität der Überbauten in Gramscis Werk können seine zahlreichen Hinweise auf die Wirkungen der Ideen der französischen Revolution in Rußland und Italien gelten. In Rußland trugen sie zur radikalen Modernisierung und Verwestlichung des intellektuellen Lebens im 19. Jahrhundert bei, hatten sogar politische Auswirkungen, wie die Aufhebung der Leibeigenschaft und die Herausbildung einer sich schließlich als schlagkräftig erweisenden politischen Avantgarde. An der russischen Intelligenz des 19. Jahrhunderts bewundert Gramsci ihre Verarbeitung der Lehren der Französischen Revolution. Mit ihrem Versuch der Verschmelzung des ökonomischen Programms von bürgerlicher und sozialistischer Revolution wird in Gramscis Augen die Oktoberrevolution zur praktischen Einlösung dieser antiökonomischen Tendenz der Russischen Kultur des 19. Jahrhunderts. Auch in Italien war der Einfluß der französischen Revolution zunächst sehr groß. Das ganze Risorgimento ist von ihren Idealen geprägt, wenn es politisch auch weit hinter ihr zurückblieb und die italienische Kultur des 19. Jahrhunderts in Gramscis Augen schließlich nur das Prädikat eines französischen Provinzialismus verdient.[18]

Die Zivilgesellschaft hat also auch antizipatorische Potenzen. Sie ist jene Ebene, auf der der Mensch seine Zukunft intellektuell antizipieren kann. In genau diese Richtung stieß Brecht mit seiner lapidar klingenden Aufzeichnung: »Die Art, auf die Überbau entsteht, ist: Antizipation«.[19] Brechts gesamte Theorie der Künste als operativer, kritischer Faktor, das eingreifende Denken lehrend, geht von einer Konzeption flexibler Überbauten aus, die wie bei Gramsci weder etwas mit mechanistischen Vorstellungen zu tun hat, noch mit Voluntarismus. Beide griffen auf einen bekannten Marxtext zurück[20], um präzise die von der sozialökonomischen Basis bestimmten Grenzen der Flexibilität des kulturell-ideologischen Teils der Überbauten zu definieren. Brecht schrieb: »Überbau entsteht im Moment, wo er am nötigsten ist: dann, wenn die materiellen Verhältnisse ihn nötig machen, damit sie sich verändern (springen!) können. Im Moment der Revolution erlebt er seine qualitative Veränderung. Die Menschheit nimmt sich nichts vor, was sie nicht verwirklichen kann – sie muß sich aber alles vornehmen!«[21]

Gramsci, auf dieselbe Marxstelle bezug nehmend, schrieb: »...keine Gesellschaft stellt sich Aufgaben, für deren Lösung keine notwendigen und ausreichenden Bedingungen existieren oder im Entstehen begriffen sind – ...und keine Gesellschaft geht unter, bevor sie nicht ihren ganzen potentiellen Inhalt erschöpft hat.«[22] Dies ist als der große Rahmen zu verstehen, innerhalb dessen die Grenzen der Flexibilität der Zivilgesellschaft liegen. Gramsci hat aber auch Texte hinterlassen, die die Frage des qualitativen Sprungs stellen, den die zivile Gesellschaft in der Revolution, dem Umsturz der politökonomischen Basis und der politischen Gesellschaft durchmacht – wir haben sie weiter oben bereits zitiert.

Die Flexibilität der Überbauten betrifft nicht nur zeitlich und räumlich benachbarte Kulturen, sondern entwickelt mehr und mehr eine allgemeine Tendenz der Internationalisierung. Niemals in der Geschichte ist die Flexibilität der im engeren Sinne kulturellen Überbauten bedeutsamer gewesen als in unserer heutigen Zeit mit ihrem weltumspannenden System von Massenmedien. Diese sind das Vehikel, welches wichtige Elemente der im Kapitalismus produzierten Zivilgesellschaft auch in die sozialistischen Länder und in die Dritte Welt getragen haben und die kulturelle Hegemonie der Bourgeoisie weltweit abstützt. Der ›Amerikanismus‹ als Produktionsform und eher noch als Kultur via Mode, Musik und Fernsehserien hat die Welt erobert, konkurriert freilich durch die Idee des Sozialismus. Und das in Weltgegenden, die keine organische Entwicklung des Kapitalismus gekannt haben! Die Beobachtung, die Gramsci für das alte Rußland gemacht hatte, wo nur ein verschwindend kleiner Teil der Zivilgesellschaft, eine kleine Intellektuellenschicht dem Einfluß des Westens ausgeliefert war, trifft für die industriell unterentwickelten Völker heute nicht mehr zu. Radio und Fernsehen dringen bis in den letzten Winkel der Welt vor und hinterlassen überall ihre Spuren, sogar dort, wo noch Analphabetismus und mittelalterliche Religiosität herrschen.

Auch die Forderung Gramscis, die Schützengräben der Zivilgesellschaft des Westens nach und nach einzunehmen, entspringt der Erkenntnis ihrer Flexibilität, der Möglichkeit, in ihr alternatives Material zu sammeln. Daß es auch in der Zivilgesellschaft und im Staat flexible Verhältnisse von Determination und Freiheit gibt, wird unter anderem in folgender, noch immer aktuellen Textstelle deutlich: »Ein Intellektueller, der in die politische Partei einer bestimmten sozialen Gruppe eintritt,« ...bindet sich eng an diese Klasse, was durch die Teilnahme am staatlichen Leben nur in oberflächlicher Weise oder gar nicht geschieht. So kommt es, daß viele Intellektuelle glauben, der Staat zu sein, ein Glauben, der angesichts der imponierenden Masse der Kategorie manchmal bemerkenswerte Konsequenzen hat und zu unliebsamen Komplikationen für die ökonomisch grundlegende Gruppe führt, welche in Wirklichkeit der Staat ist.«[23]

Gerade aus diesem Text geht die relative Selbständigkeit der Zivilgesellschaft einerseits und ihre Determiniertheit ›in letzter Instanz‹ andererseits deutlich hervor. Zum dritten erscheint jedoch auch der Spielraum, der für Politik gegeben ist. Viertens gibt er einen Hinweis auf die stets vorhandene Mittlerrolle des Staates oder der ›politischen Gesellschaft‹. In diesem Zusammenhang muß auch auf den Determinationszusammenhang zwischen Basis und Staat verwiesen werden, der zweifellos enger ist, als der zwischen Basis und Zivilgesellschaft. Die Entwicklung der staatlichen Repressionsapparate wird durch die erhöhte Wirksamkeit der Zivilgesellschaft in der modernen westlichen Welt nicht etwa gebremst, sondern hält wie eh und je sowohl auf militärtechnischem als auch auf juristischem Gebiet die Entwicklungsgeschwindigkeit der ökonomischen Basis durchaus ein. Während auch moderne, entwickelte Gesellschaften die über 2000 Jahre alte Kunst der Griechen durchaus noch genießen und also ›nutzen‹ können, wird sich kein Staat des 20. Jahrhunderts mehr eine Militärtechnik oder eine Organisation der Polizei erlauben, die auch nur um einige Jahrzehnte veraltet ist. Hinsichtlich der Militärtechnik, die Bestandteil der ›politischen Gesellschaft‹ ist, macht uns bereits Gramsci auf die relative Flexibilität gerade auch dieser Überbauebene aufmerksam, welche als antizipatorische Aktivität der Voraussicht künftiger Krisen auf nationaler und internationaler Ebene zu gelten hat. Gramsci war nicht entgangen, daß »die Militärtechnik Tendenz hat, in einigen ihrer Aspekte sich unabhängig vom Komplex der allgemeinen technischen Entwicklung zu machen und eine besondere autonome Aktivität zu werden... was die am meisten Schrecken erregende unbekannte Grösse der aktuellen politisch-militärischen Situation ist... Diese Situation der Militärtechnik ist eines der ›stillsten‹ Wirkungselemente jener Transformation der politischen Kunst, welche auch auf dem Gebiet der Politik zum Übergang vom Bewegungskrieg zum Stellungs- bzw. Belagerungskrieg geführt hat.«[24] Dieser Text berechtigt zu der Behauptung, daß die zunehmende Bedeutung der Zivilgesellschaft nicht etwa mit einem wirklichen Abnehmen des Zwangs einhergeht, sondern im Gegenteil, mit seiner

Zunahme. Es ist freilich ein Zwang, der versucht, im Alltag so weit als möglich aus dem öffentlichen Leben zu verschwinden. Er tritt in die Kulissen, wo er freilich allgegenwärtig bleibt. »Hegemonie, gepanzert mit Zwang«[25] ist die treffendste synthetische Formulierung, die Gramsci zu diesem Thema gelingt. Wir werden später sehen, daß die Beobachtung vielleicht auch gerade deshalb ihm gelang, weil er bereits Zeuge einer faschistischen Praxis geworden war, die jene Entwicklung ins Wahnhafte steigerte.

Zwang und Hegemonie erfahren in den modernen Gesellschaften eine qualitative und funktionale Wandlung, aber auch eine quantitative: beide blähen sich enorm auf.

Die antizipatorische Aktivität der ›politische Gesellschaft‹ bezieht sich nicht allein auf die Militär- und Polizeitechnik, sondern äußert sich beispielsweise auch in einer Notstandsgesetzgebung. Im Unterschied zu vor- oder frühkapitalistischen Verhältnissen, z.B. im zaristischen Rußland, meint Gramsci jedoch, daß die Wirkungsfunktion der ›politischen Gesellschaft‹ in den modernen westlichen Staaten nicht mehr permanent im Vordergrund, sondern gewissermaßen in Reserveposition steht. Leo Kofler hierzu: »Äußerlich besehen, gerät in der modernen Klassengesellschaft der Zwang an den Rand und die Freiheit dominiert. Aber angesichts der gleichzeitigen Tatsache, daß die Individuen auf dem Wege der (sozialpsychologisch beschreibbaren) Verinnerlichung der moralischen Vorschriften ohnehin ›freiwillig‹ das tun, was die Herrschenden und die ideologisch fetischisierenden (verdinglichten) Strategien des sich über die Köpfe der Individuen hinweg durchsetzenden Prozesses ihnen abverlangen, bleibt die Unterdrükkung nicht weniger gesichert. Nicht mehr das Schwert und die Strafe des Mächtigen ahnden unter normalen Umständen – d.h. wenn nicht sichtbar gegen das Gesetz verstoßen wird, wie z.B. bei einem Attentat – die Verstöße gegen die ›gesellschaftlichen Normen‹, sondern Scham-, Schuld- und Gewissensgefühle – mit der gleichen Schärfe wie die äußere Androhung von Vergeltung; wobei bereits die soziale Nichtachtung als quasi mildeste Strafe eine große Rolle spielt.«[26]

Hier liegt auch der Sinn von Gramscis Behauptung, daß sich die Zivilgesellschaft zwischen die sozialökonomische Basis und die politische Gesellschaft schieben konnte und geschoben hat. Daß die Konsensbildung in Zeiten ökonomisch-politischen Aufstiegs auf der Ebene der Zivilgesellschaft vonstatten geht, war historisch wohl immer so. Neuartig ist, daß diese Konsensbildung auch noch vorrätiges Konsenspotential für Krisenzeiten produziert, das den herrschenden Klassen erlaubt, auch in Krisenzeiten zu überleben und zwar mit relativ geringem Einsatz von Repression. »Man kann ausschließen, daß die unmittelbaren Wirtschaftskrisen aus sich selbst heraus grundlegende Ereignisse hervorrufen; sie können nur ein günstigeres Terrain schaffen für die Verbreitung gewisser Denkweisen, Fragestellungen und Lösungen, die die ganze weitere Entwicklung des staatlichen Lebens beeinflussen.«[27] Keinesfalls darf also die Theorie der Zivilgesellschaft als Krisenmanipulator verabsolutiert werden. Gramsci selbst hat darauf hingewiesen, daß die hintergründige Präsenz und der gelegentliche Einsatz der politischen Gesellschaft für die Herrschaft schon unabdingbar ist – gerade auch in Krisen. Schließlich hat er selbst seine Theorie aus der Erfahrung der Niederlagen von 1919/1920 entwickelt, wo sich die Zivilgesellschaft zwar als kampfentscheidendes System von »Schützengräben« herausgestellt hatte – aber die gewaltsame Niederschlagung der revolutionären Herde, die in vielen Teilen Europas aufflammten, war dennoch notwendig gewesen. Die Zivilgesellschaft war jedoch dafür verantwortlich, daß sich die revolutionären Herde nicht ausbreiten und die ganze Gesellschaft erfassen konnten.

Gerade Italien ist jedoch ein Beispiel, wo die Gewaltanwendung von rechts Permanenz erhielt und mit dem Faschismus den legalen staatlichen Rahmen sogar überschritt. Die ungleichen Bedingungen der Bewaffnung machten – so Gramsci 1924 – den Sieg der Linken einstweilen unmöglich.[28]

Aufschlußreich für die Neuorganisation des Konsensus im Nachkriegsitalien ist folgender Text: »Die Diskussion um die Gewalt und den Konsens hat gezeigt, daß die politische Wissenschaft in Italien relativ fortgeschritten ist und daß in ihrer Behandlung auch seitens verantwortlicher Staatsmänner eine gewisse Freiheit des Ausdrucks besteht. Diese Diskussion ist die Diskussion um die ›Philosophie der Epoche‹, des zentralen Motivs des Lebens der Staaten in der Nachkriegsperiode. Wie den hegemonialen Apparat der herrschenden Gruppe rekonstruieren, einen Apparat, der sich infolge des Krieges in allen Staaten der Welt zersetzt hat? Und warum hat er sich zersetzt? Vielleicht, weil sich ein antagonistischer kollektiver politischer Wille entwickelt hat? Wäre es so gewesen, hätte sich die Frage zugunsten dieses Antagonisten gelöst. Er hat sich jedoch aus rein mechanischen Gründen verschiedener Art zersetzt: 1. weil große Massen, die früher passiv waren, in Bewegung gekommen sind, aber in eine chaotische, ungeordnete Bewegung, ohne Führung, d.h. ohne präzisen kollektiven politischen Willen; 2. weil die Mittelklassen, die im Krieg Kommandofunktionen und Verantwortung hatten, diese mit dem Frieden verloren haben, beschäftigungslos blieben, gerade, nachdem sie gelernt hatten, zu kommandieren usw; 3. weil die antagonistischen Kräfte sich als unfähig erwiesen haben, diese faktische Unordnung zu ihrem Vorteil zu organisieren. Das Problem bestand darin, den hegemonialen Apparat dieser früher passiven und apolitischen Elemente zu rekonstruieren und das konnte nicht ohne Gewalt geschehen: aber diese Gewalt konnte nicht jene ›legale‹ sein usw. Weil in jedem Staat der Zusammenhang der sozialen Beziehungen anders war, mußten die politischen Methoden der Gewaltanwendung und die Kombination von legalen und illegalen Kräften verschieden sein. Je größer die Masse der unpolitischen Menschen ist, desto größer muß der Beitrag der illegalen Kräfte sein. Je größer die politisch organisierten und gebildeten Kräfte sind, um so mehr muß der legale Staat ›abdecken‹, usw.«[29]

Das methodische Kriterium, das aus den vielfältigen und zudem historisch relativen Verschränkungen von ziviler und politischer Gesellschaft zu respektieren ist, ist folgendes: »daß die Überlegenheit einer gesellschaftlichen Gruppe sich in zweierlei Weise manifestiert, als ›Herrschaft‹ und als ›intellektuelle und moralische Führung‹. Eine gesellschaftliche Gruppe beherrscht gegnerische Gruppen, die sie zu ›liquidieren‹ oder auch mit Waffengewalt zu unterwerfen trachtet und sie führt nahestehende und verbündete Gruppen. Eine gesellschaftliche Gruppe kann und muß führend sein, schon bevor sie die Regierungsgewalt erobert hat (und das ist eine der prinzipiellen Bedingungen der Eroberung der Macht); danach, wenn sie die Macht ausübt und, wenn sie sie fest in der Hand hat, wird sie herrschend, aber sie muß auch weiterhin ›führend‹ bleiben.«[30] Hier handelt es sich um einen scheinbaren Widerspruch zu den weiter ober zitierten Texten, nach denen die kulturelle Situation vor dem Bruch nur eine »variable Kombination zwischen Altem und Neuem« sein könne. Während sich jene Texte auf die noch ausstehende Machtergreifung der Arbeiterklasse beziehen, die sich im Gegensatz zum Bürgertum vor ihrer Revolution noch keine sehr ausgearbeitete Zivilgesellschaft schaffen kann, so bezieht sich der eben zitierte Text auf die bereits historische Problematik der bürgerlichen Revolution in Italien. Deren Grenzen lagen – nach Gramsci – in der Unfähigkeit von Garibaldis Aktionspartei, Herrschaft und geistige Führung konzeptionell und praktisch zu verbinden. Das vom Grafen Cavour geführte Königreich Piemont errang schließlich den Sieg im Kampf um die Konzeption der italienischen Einheit, weil er u.a. auch verstand, »mit Mitteln, die man ›liberal‹ nennen kann, d.h. über individuelle, ›molekulare‹, ›private‹ Initiative« eine Hegemonie aufzubauen.[31]

Die theoretische Dissonanz zwischen den beiden Textgruppen deutet auf historisch bedingte Nuancen hin, in deren Beachtung gerade Gramscis Verdienst liegt. Zugleich kann dem hier zitierten Text eine verallgemeinernde, die Arbeiterklasse anspornende Funktion zugesprochen werden, nicht aber die universelle Bedeutung, die ihm die

Forschung bislang gegeben hat. Grundsätzlich ist festzuhalten, daß die an Effizienz gewinnende Zivilgesellschaft in Gramscis Augen allein keinen entscheidenden Machtfaktor darstellt. Denn die sich in der modernen Welt ebenfalls immer mehr aufblähende politische Gesellschaft zeigt keinerlei Neigung, in sich selbst zusammenzubrechen. So stellen Ableitungen, die Gramscis Weg zum Sozialismus als eine reine Eroberung des Überbaus darstellen, nicht nur an sich einen Irrtum dar, sie verkürzen auch seine Theoriebildung.

Die grundsätzliche Verschränkung von »Gewalt und Konsens« sieht Gramsci methodisch schon in Machiavellis Bild vom Zentauren vorgeformt, der »tierisch und menschlich« zugleich sei, »Autorität und Hegemonie, Gewalt und Zivilisation« zu vereinigen suche.[32] Auf alle Fälle wendet sich Gramsci gegen Konzeptionen des Staates, der »gewöhnlich als politische Gesellschaft verstanden wird (oder als Diktatur oder Zwangsapparat, um die Volksmassen an den Typ der Produktion und der Wirtschaft eines gegebenen Moments anzupassen) und nicht als ein Gleichgewicht der politischen Gesellschaft und der Zivilgesellschaft (oder der Hegemonie einer gesellschaftlichen Gruppe über die ganze nationale Gesellschaft, die ausgeübt wird durch die sogenannten privaten Organisationen...)[33] Wichtig ist in diesem Zusammenhang jedoch Gramscis Hinweis, daß die theoretische Aufspaltung der Überbauten in ›zivile‹ und ›politische Gesellschaft‹ und die damit zusammenhängende Erforschung der jeweiligen Wirkungsprioritäten und -verschränkungen vor allem methodischen Erkenntnischarakter trügen: »Im konkreten Leben sind politische und Zivilgesellschaft ein und dieselbe Sache.«[34] Christine Buci-Glucksmann und vor ihr schon Jacques Texier[35] haben darauf hingewiesen, daß Gramsci den modernen Staat einen »integralen Staat« nannte, eben weil er die Funktionen der politischen und Zivilgesellschaft organisch vereinige: »In der Politik kommt es zum Irrtum durch ein ungenügendes Verständnis vom Staat (in seiner integralen Bedeutung: Diktatur plus Hegemonie)«.[36] Für Gramscis Staatstheorie ist es also kennzeichnend, »daß sämtliche Institutionen und Organismen des ›integralen Staates‹ in der doppelten Bestimmtheit von ›Zwang‹ und ›Konsens‹, bzw. von ›Diktatur‹ und ›Hegemonie‹ betrachtet werden.«[37] Deutlich geht das aus folgender Textpassage hervor: »Für Halévy[38] ist der ›Staat‹ der repräsentative Apparat und er entdeckt, daß die bedeutendsten Ereignisse der französischen Geschichte von 1870 bis heute nicht durch die Initiative der politischen Organismen, die aus dem allgemeinen Wahlrecht hervorgegangen sind, verursacht worden sind, sondern teils durch private Organismen (kapitalistische Gesellschaften, Generalstäbe usw.), teils von hohen, dem Land unbekannt bleibenden Funktionären. Aber was bedeutet das, wenn nicht, daß man unter ›Staat‹ außer dem Regierungsapparat auch den privaten Apparat der ›Hegemonie‹ oder der Zivilgesellschaft verstehen muß. Und es ist festzuhalten, daß aus dieser Kritik des ›Staates‹ ... die ideologische Strömung der Rechtsdiktatur geboren wird, mit ihrer Verstärkung der Exekutive...«[39] Ich habe diesen Abschnitt auch deshalb so ausführlich zitiert, weil aus ihm deutlich hervorgeht, daß Gramsci seine Theorie des integralen Staates nicht nur gegen vulgärmaterialistische Strömungen im eigenen, im marxistischen Lager entwikkelt hat, sondern durchaus auch in Bezug auf die Geschichte des kapitalistischen Systems bis hin zum Faschismus, in dem die Zivilgesellschaft vom Staat geschluckt wird.

Faschismus	›Westen‹ (liberale Demokratie)	›Geregelte Gesellschaft‹
Zivilgesellschaft wird von politischer Gesellschaft geschluckt[42]	Stetes Ausbalancieren zwischen ziviler und politischer Gesellschaft[41]	Politische Gesellschaft wird von der Zivilgesellschaft absorbiert[42]

Ein weiteres Zitat wird zeigen, daß Gramsci auch Elemente einer Totalitarismustheorie entwickelt hat, die freilich kein liberales Plädoyer darstellt, da sie letztlich selbst Partei ist. Der Aufbau einer »neuen Kultur« und eine »progressive Phase« der Geschichte können in Gramscis Augen durchaus auch diktatorische Maßnahmen nötig machen: »Eine totalitäre Politik tendiert gewiß danach, daß 1. die Mitglieder einer bestimmten Partei in dieser Partei alle Befriedigung finden, die sie zuvor in einer Vielzahl von Organisationen fanden, d.h. daß alle Verbindungen, die diese Mitglieder mit fremden kulturellen Organismen hatten, durchbrochen werden; daß 2. alle anderen Organisationen zerstört und einem System einverleibt werden, in dem die Partei der einzige Regulator ist. Dies geschieht: 1. wenn die gegebene Partei Träger einer neuen Kultur ist und es zu einer progressiven Phase kommt. 2. wenn die gegebene Partei verhindern will, daß eine andere Kraft Trägerin einer neuen Kultur, ›totalitär‹ wird. Und so kommt es zu einer Phase, die objektiv rückschrittlich und reaktionär ist, auch wenn die Reaktion (wie es immer der Fall ist) sich nicht offenbart und versucht, als Trägerin einer neuen Kultur zu erscheinen.«[43] So haben Bobbio[44] und Lo Piparo[45] nicht recht, die Konzepte »Hegemonie, spontaner Konsens, kulturelle Leitung, Zivilgesellschaft« als »positiv« den Konzepten »Diktatur, Zwang, Herrschaft, politische Gesellschaft« als »negativ« einander mechanisch gegenüberzustellen. Es bleibt indes außerordentlich wichtig, jegliche Unterschätzung der konsensbildenden Funktion der Zivilgesellschaft zu überwinden, was freilich nicht nur eine wissenschaftliche, sondern vor allem eine praktisch-politische Frage ist. Andererseits muß vermieden werden, in den gegenteiligen Fehler zu verfallen, d.h. zu große Hoffnungen auf die Wirkung der Verstärkung des alternativen Potentials der Zivilgesellschaft zu richten. Das hieße – um mit Gramsci zu sprechen – in eine linke Form von ›Crocismus‹ zu verfallen, in eine Privilegierung der ethisch-moralischen Theoriebildung.

Wenn Gramsci selbst nicht in jeder einzelnen, auf die Zivilgesellschaft zielenden Formulierung die grundsätzlichen Verschränkungen mit dem Zwang und der sozioökonomischen Basis erwähnt, wenn die zivile Gesellschaft in der Tat oft als Synonym für Kultur oder Zivilisation steht, kann das nicht als Beweis für den idealistischen Charakter seines Denkens stehen. Die methodisch schärfere Trennung der drei Ebenen und die – methodische – Isolierung der Zivilgesellschaft hatte geschichtliche Gründe, die in der Epoche von Marx, aber auch in den Praxiszusammenhängen, in denen Lenin agierte, noch nicht herangereift waren.

In der konkreten politischen Forschung, die die realen Voraussetzungen der westeuropäischen Transformation zum Sozialismus einzuschätzen hat, käme es darauf an, die Verschränkungen von sozialökonomischer Basis, ziviler und politischer Gesellschaft aufzudecken und zu beeinflussen – unter besonderer Berücksichtigung der Gewichtigkeit der Zivilgesellschaft. Die vielen idealistischen Aneignungsversuche Gramscis, das besondere Interesse, das seine Ausarbeitungen über die Intellektuellen gefunden haben, sind bereits der Ausdruck des Bewußtseins dieser Situation. Das Kapitel über den ›senso comune‹, den Alltagsverstand, wird freilich noch zeigen, daß die Eroberung der Zivilgesellschaft noch mehrere ›Brüche‹ im Selbstbewußtsein der Intellektuellen erfordert, die bislang kaum mitgedacht worden sind.

Weder in Krisenzeiten wie nach dem I. Weltkrieg, noch in Perioden der Konjunktur basierte die Konsensbildung allein auf der Zivilgesellschaft. Es handelte sich immer um eine Kombination von Einflüssen der zivilen und der politischen Gesellschaft, wobei zumindest eine lebendige Erinnerung an einstmaliges Zuschlagen der politischen Gesellschaft eine Rolle spielte.

Aus einer sozialpsychologischen Verschränkung von ›populär‹ gemachten nationalistischen Hoffnungen und Angst vor dem demonstrativ aufgeblasenen und auch tätig werdenden Repressionsapparat entstand der Konsens für den deutschen Faschismus. Aber auch ökonomische Zugeständnisse und weitergehende Hoffnungen für die Zukunft spielten bei der Konsensbildung bis hin zur Eroberungspolitik Hitlers eine Rolle. Hier soll daran erinnert werden, daß der ›totale Krieg‹ wohl auch deshalb bis zum bitteren Ende geführt werden konnte, weil – im Gegensatz zum I. Weltkrieg – die Versorgung der Bevölkerung, einschließlich der Kriegerwitwen gesichert blieb.

In den modernen bürgerlichen Demokratien haben wir es mit einer Konsensbildung zu tun, die in hohem Maße auf der Ebene der Zivilgesellschaft stattfindet. Und doch weiß jeder, daß die politische Gesellschaft auch heute in Reserveposition – aber nicht in Ruheposition – dahintersteht: Konsensbildend ist nicht nur der Sportverein[46], sondern auch die permanente Aktivität der juristischen Organe, welche eine wichtige Aufgabe gerade darin haben, das Anwachsen alternativen Potentials in der Zivilgesellschaft zu verhindern, beispielsweise durch Berufsverbote für linke Lehrer. Konsensbildend ist nicht nur die Diskussion, sondern auch ein gelegentlicher Demonstrationstoter oder auch nur neue Einsatzgeräte der Polizei, wodurch der Zustrom neuer Bevölkerungsteile zu den fortschrittlichen Kräften verlangsamt oder ganz gestoppt werden kann.

Zweifellos muß man auch von einer konsensbildenden Funktion der ökonomischen Basis selber sprechen. Die erheblichen materiellen Zugeständnisse, die der westeuropäischen und amerikanischen Arbeiterklasse im 20. Jahrhundert gemacht wurden, sind nicht nur der fordistisch-keynesianischen Politik zuzuschreiben, sondern auch den kolonialen und neokolonialen Extraprofiten, deren weiteres Anschwellen durch die juristisch beschränkt bleibende Unabhängigkeitsbewegung der Dritten Welt nicht geringer geworden ist. Obwohl sich die Einkommensunterschiede immer noch mit den Klassenunterschieden decken, ist die konsensbildende Funktion der ökonomischen Faktoren nicht allein mehr im Inneren der Gesellschaft selbst möglich, sondern vollzieht sich in großen Bereichen durch die Systemvergleiche, die der Alltagsverstand anstellt, welcher historische Gesichtspunkte bei der Bewertung zumeist außer acht läßt. Damit dieser Systemvergleich positiv für das kapitalistische System ausfällt, ist nicht einmal eine Reise nach Afrika erforderlich, er wird schon durch die Meinungsformation in den Medien, insbesondere im Fernsehen geleistet. Ökonomische Alltagsprobleme in anderen Weltgegenden werden bis in die Wohnungen der Arbeitslosen gestrahlt, die sich immer wieder sagen können, daß es ihnen noch lange nicht am schlechtesten geht. Allein der ökonomische Systemvergleich ist heute ein enormer Beitrag zur Stabilität des Vertrauens in die bürgerliche Hegemonie.

Dieser, direkt aus den internationalen sozialökonomischen Basisprozessen fließenden Quelle des Konsenses hat Gramsci – wie wir im Einleitungskapitel gesehen haben – aus der Perspektive eines ökonomisch schwachen Landes Aufmerksamkeit geschenkt: Die italienische Bourgeoisie der Epoche realisierte keine Extraprofite, mit denen sie vor den arbeitenden Schichten hätte ›Staat‹ machen können. Die Unfähigkeit des italienischen Imperialismus, sich dauerhaft und mit Profit in Kolonialgebieten festsetzen zu können, hatte wichtige Auswirkungen auf die Entwicklung der italienischen Arbeiterbewegung überhaupt[47], die sich im Gegensatz zur englischen, französischen und deutschen Arbeiterklasse nicht auf die etwaige Einbeziehung fremder Ressourcen an Bodenschätzen und Menschen bei der Lösung der nationalen Konflikte verlassen und die antikolonialen Bewegungen sehr früh unterstützt hat.[48] Eine bewußt gegen jede neokoloniale Bestrebung gerichtete Politik ist eine der Voraussetzungen, die Schärfe der Klassenkonflikte im eigenen Land klarer zu sehen – hierfür Sorge zu tragen, ist eine der Grundaufgaben linker Politik in den kommenden Jahrzehnten.

Als »Nahtstelle« zwischen Zivilgesellschaft und politischer Gesellschaft, zwischen Konsens und Gewalt, hat Gramsci die »öffentliche Meinung« erkannt: »Daß, was man öffentliche Meinung nennt, ist eng verbunden mit der politischen Hegemonie, d.h. sie ist die Nahtstelle zwischen ›Zivilgesellschaft‹ und ›politischer Gesellschaft‹, zwischen dem Konsens und der Gewalt. Wenn der Staat eine wenig populäre Aktion in Gang setzen will, bildet er präventiv die adäquate öffentliche Meinung, d.h. er organisiert und zentralisiert bestimmte Elemente der Zivilgesellschaft. Geschichte der öffentlichen Meinung: Natürlich haben Elemente der öffentlichen Meinung immer existiert, auch in den asiatischen Satrapien, aber die öffentliche Meinung, wie man sie heute versteht, ist am Vorabend des Zusammenbruchs der absolutistischen Staaten entstanden, d.h. in der Periode des Kampfes der neuen Bürgerklasse für die politische Hegemonie und für die Eroberung der Macht.[49]

Die öffentliche Meinung ist der politische Inhalt des politischen Willens der Öffentlichkeit, in dem Uneinigkeit herrschen könnte: Deshalb existiert der Kampf für das Monopol der Organe der öffentlichen Meinung – Zeitungen, Parteien, Parlament – und zwar in einer Weise, daß nur eine einzige Kraft die Meinung und also auch den politischen nationalen Willen modelliert, indem sie die verschiedenen Auffassungen zu einem einzigen und unorganischen Staub ordnet.«[50]

5. Kapitel
Quellen und Entwicklungen des Hegemoniebegriffes

Der historische Block

Daß Gramscis ›Zivilgesellschaft‹ und sein Hegemoniekonzept auch dann nicht als idealistisch mißverstanden werden sollten, wenn er sie in der verkürzenden, tatsächlich nur Überbaustrukturen anvisierenden ›methodischen‹ Form benutzt, zeigt seine Kritik an der neuhegelianischen Philosophie Benedetto Croces (1866-1952), die freilich sein erstes Bildungserlebnis in der Jugend gewesen war und bedeutende terminologische Spuren in seinem Werk hinterlassen hat: »...wir nahmen ganz oder teilweise an der Bewegung der moralischen und intellektuellen Reform teil, die Benedetto Croce in Italien gefördert hatte, deren erster Punkt darin bestand, daß der moderne Mensch ohne Religion leben kann und muß«[1]. In diesem Sinne habe Croce »eine sehr wichtige ›nationale‹ Mission erfüllt. Er hat die radikalen Intellektuellen des Südens von den Bauernmassen losgelöst, indem er sie an die nationale und die europäische Kultur heranführte, und er hat sie auf dem Wege über diese Kultur in der nationalen Bourgeoisie und folglich im Agrarblock aufgehen lassen.«[2]

Die geistige Schulung am Idealismus Croces hatte zweifellos Gramscis Immunität gegenüber den vulgärmaterialistischen Epigonen von Marx verursacht. Dennoch habe ich mich immer gegen eine Überschätzung des Einflusses Croces, auch bereits auf den jungen Gramsci, ausgesprochen und zwar sowohl im philosophischen als auch im ästhetischen Bereich. Gramsci teilte von Anfang an nicht die elitären, reaktionären politischen Ausgangspunkte Croces. Seine eigenen Beweggründe waren denen von Croce entgegengesetzt: Während letzterer der kulturelle Leader einer aufgeklärten, modernen Bourgeoisie sein wollte, ging es Gramsci um die geschichtliche Promotion der großen Mehrheiten. Ohne die Inspiration, die er von Croce erhalten hatte, jemals zu leugnen, unterwirft der reife Gramsci diesen jedoch einer permanenten Kritik, die als Gegenstück seiner Kritik am vulgärmaterialistischen

Marxismus aufgefaßt werden muß und zwar nicht nur deshalb, weil auch Croce einst intellektuelle Anregungen von Marx aufgenommen und sie idealistisch umgestülpt hatte. Gramscis Zweifrontenkrieg gegen Vulgärmaterialismus einerseits und Neohegelianismus andererseits ist der Versuch, den authentischen Ansatz der Feuerbachthesen von Marx zu erneuern.

Benedetto Croce hatte es fertiggebracht, eine Geschichte des modernen Italien zu schreiben, ohne auf die Kämpfe des Risorgimento einzugehen. Und in der ebenfalls von ihm verfaßten Geschichte Europas im 19. Jahrhundert vermißte Gramsci eine organische Abhandlung der Französischen Revolution und der napoleonischen Kriege. Da Croce seine Abhandlungen ausgerechnet ab 1815 und 1871 begänne, abstrahiere er ganz bewußt – und folglich politisch tendenziös – von den Kämpfen, in denen »ein System von gesellschaftlichen Beziehungen zerfällt« und ein anderes hervortritt. Croce konzipiere die Geschichte schlechthin nur als Abfolge der Reformaktivitäten geistiger Eliten, also nur als »kulturelle Expansion«[3], er reflektierte die Verschränkungen der Kultur mit Gewalt und Ökonomie einfach nicht mit. Läßt man aber in der geschichtlichen Darstellung die Kämpfe der gegnerischen sozioökonomischen Strukturen einfach weg, fehle ihr das eigentliche »Skelett« – eine Metapher, die Gramsci wie vor ihm bereits Labriola für die Basis setzt.[4]

Gramsci betont, daß der historische Materialismus nicht von ungefähr von der »Anatomie« der Gesellschaft spreche, ein Bild, das »die methodischen und philosophischen Forschungen vertiefen sollte. In der Geschichte der Menschen, die nicht die Aufgabe hat, auf naturalistische Weise die Fakten zu klassifizieren, bildet die ›Hautfarbe‹ mit der anatomischen Struktur und allen physiologischen Funktionen einen ›Block‹«. Croces geschichtliche Figuren seien jedoch »knochenlos«, hinfällig unter einer ihnen vom Autor verpaßten »Schminke«.[5]

Croces Philosophie führt bis zur Konsequenz der von Gramsci als »paradox« bezeichneten Identifikation von Staat und Hegemonie im verkürzten, d.h. rein idealistischen Sinne.[6] »Wenn es einen Kontrast zwischen Ethik und Politik gibt, zwischen den Forderungen der Freiheit und den Forderungen der Macht, zwischen Zivilgesellschaft und dem Staat, der Regierung, ist das eine Krise, und Croce gelangt dazu zu behaupten, daß der wirkliche ›Staat‹, d.h. die leitende Hand des historischen Impulses mitunter nicht dort gesucht werden muß, wo man glauben könnte, im juristisch verstandenen Staat, sondern in den ›privaten‹ Kräften und auch in den sogenannten revolutionären.«[7] Croces »ethisch-politische Geschichte« ist in Gramscis Augen »eine willkürliche und mechanische Hypostasierung des Moments der Hegemonie, der politischen Leitung, des Konsenses im Leben und in der Entwicklung der Aktivitäten des Staates und der Zivilgesellschaft.«[8] Und in diesem idealistischen Sinne identifizierte Croce »den Staat ... mit den ›freien‹ Intellektuellen und mit jenen Gruppen von ihnen«, die die Verwirklichung »der gesellschaftlichen Einheit für den Fortschritt der Zivilisation« zum Ziel habe.[9] Der Neuhegelianismus Croces gelangt so in die Sackgasse einer Theorie der Eliten, die übrigens auch die Basis seiner Ästhetik darstellt, auf die wir später noch eingehen. Philosophisch bekämpfte Croce den historischen Materialismus, den er – Gramsci weist des öfteren darauf hin – freilich nicht bei den Klassikern selber treffen konnte, sondern nur bei deren, dem vulgärmaterialistischen Ökonomismus verfallenen Nachfolgern. Hier vermutet Gramsci eine bewußte, politisch motivierte Unredlichkeit Croces.

Die klassische und in jeder historischen Phase auf konkrete neue Weise wiederzugewinnende Form der ›Philosophie der Praxis‹ schließt die »ethisch-politische Geschichte« jedoch nicht aus, sogar »besteht die jüngste Phase ihrer Entwicklung gerade in der Forderung des Moments der Hegemonie als wesentlich in ihrer Staatskonzeption und in der ›Aufwertung‹ des kulturellen Faktors... als notwendige Ergänzung zu den nur ökonomischen und politischen Faktoren«.[10] Kein anderer als Lenin, der »größte moderne Theoretiker der Philosophie der Praxis«, habe »gleichzeitig mit Croce ... auf dem Gebiet des Kampfes und der politischen Organisation mit politischer Terminologie, in Opposition zu den verschiedenen ›ökonomistischen‹ Tendenzen die Front des Kulturkampfes wieder aufgewertet und die Doktrin der Hegemonie als Komplement der Theorie des Staates als Machtinstrument ... errichtet.«[11] Gramsci räumt dem Denken Croces allenfalls einen – für seine eigene Entwicklung unbezweifelbaren – »instrumentalen Wert« ein. Croces Hypostasierung der Überbauten, die Gramsci der ›zivilen Gesellschaft‹ zugeordnet hat, verwandelt sich bei ihm jedoch in eine bloße methodische Isolierung. Wie wir im vorangegangenen Kapitel gesehen haben, denkt er in jeder konkreten Reflexion die Verschränkungen mit Basis und Gewalt mit. Croces Verdienst bleibt es indes, »auf energische Weise die Aufmerksamkeit auf das Studium der Faktoren der Kultur und des Denkens als Elemente der politischen Herrschaft gelenkt zu haben, auf die Funktion der großen Intellektuellen im Leben der Staaten, auf das Moment der Hegemonie und des Konsenses als notwendige Form des konkreten historischen Blocks. Die ethisch-politische Geschichte ist also einer der historischen Interpretationskanons, die bei der Prüfung und der Vertiefung der historischen Entwicklung immer gegenwärtig sein müssen, wenn man integrale Geschichte machen will und nicht partiale oder äußerliche Geschichtsschreibung.«[12]

Trotz des allgemeinen Einflusses Croces auf den jungen Gramsci, zeigt dessen erster Hegemoniebegriff keine Bindung an Croce, sondern an die internationale Arbeiterbewegung. Er wird ganz im Sinne von ›Überlegenheit‹ und ›Herrschaft‹ gebraucht und zwar im negativen Sinn, oft im Zusammenhang mit der »englischen Hegemonie in der Welt«[13] oder mit der »Neuaufteilung des Globus und der Eroberung der Welthegemonie seitens Englands oder Deutschlands.«[14]

Gegen die noch weithin vorherrschende Auffassung, Gramsci hätte seinen Hegemoniebegriff nur mit einer Synthese von Croce, Lenin und der Kominterntradition konstruiert, sind die beeindruckenden philologischen Forschungen des italienischen Sprachwissenschaftlers Franco Lo Piparo ins Feld zu führen, die belegen, daß dem jungen Gramsci der Hegemoniebegriff – aus der Sprachwissenschaft! – geläufig war und daß er von dorther auch bestimmte spezifische Konnontationen erhielt.[15]

Bekanntlich hatte Gramsci mit großem Erfolg Sprachwissenschaft studiert und wohl auch eine Zeitlang mit dem Gedanken gespielt, daraus seinen Beruf zu machen. Er schrieb später: »Einer der größten intellektuellen ›Gewissensbisse‹ meines Lebens ist der tiefe Schmerz, den ich meinem guten Professor Bartoli von der Universität Turin zugefügt habe, der überzeugt war, daß ich der auserkorene Erzengel sei, der die Junggrammatiker endgültig zerschmettern würde.«[16] Der Kampf seines Lehrers Matteo Giulio Bartoli gegen die Junggrammatiker konnte von Gramsci durchaus als eine Parallele zu seinen Aversionen gegen die positivistisch reduzierten Formen des Marxismus empfunden werden. Die ursprünglich von Leipzig ausgehende junggrammatische Methode führte die Sprachentwicklung auf quasi mechanische, den Naturgesetzen entsprechende ›Lautgesetze‹ und physiologische Vorgänge zurück. Geschichtliche Faktoren wurden ausgeschlossen. Bartoli hob indes die Wirkung der gesellschaftlichen Bedingungen auf die Sprachentwicklung hervor.[17] Lo Piparo kann zeigen, daß Gramsci in Bartolis Unterricht mit den international fortgeschrittensten Ergebnissen der Sprachwissenschaft vertraut gemacht wurde. Den Begriff der ›Hegemonie‹ hat er zum Beispiel bei Francesco D. Ovidio kennengelernt und zwar in der spezifischen Ausformung der »intellektuellen Hegemonie« von Städten als linguistischen Strahlungszentren.[18] Auch Giacinto Carena hat 1860 von der »philologischen Hegemonie der Toscana«[19] gesprochen.

Lo Piparo weist nach, daß der junge Gramsci für den späteren Begriffsinhalt der ›Hegemonie‹ eher den Begriff des ›Prestige‹ setzte, der jedoch auch in der zeitgenössischen Sprachwissenschaft ein Synonym für ›Hegemonie‹ war. In diesem Sinne taucht er bei Antoine Meillet[20] und Bartoli selbst (»prestigio linguistico«) auf. Dieser wiederum bezog sich auf den illustren Begründer der komparativen Linguistik, Graziado Isaia Ascoli (1829-1907), wenn er schrieb, daß die Ausstrahlungskraft einer Sprache direkt proportional zu ihrer Fähigkeit ihrer Verbreitung der Kultur und ihrer Zivilisation ist, deren Träger sie ist: »Wer keine Dinge (im weiten Sinne) gibt, kann keine Wörter geben.«[21]

Der junge Gramsci schreibt in seinem polemischen Artikel über das Esperanto, daß sich auch unter sozialistischen Internationalisten einer gewissen Beliebtheit erfreute, daß schon Ascoli – gegen die Behauptungen Manzonis – bewiesen habe, daß eine Nationalsprache nicht künstlich durch Staatsdekret geschaffen werden kann, daß die italienische Sprache dabei wäre, sich von allein herauszubilden und sich nur herausbilden würde, insoweit das Nationalgefühl zahlreiche Kontakte erzeugt und zwischen den verschiedenen Teilen der Nation festigt; daß die Verbreitung einer bestimmten Sprache an die produktive Aktivität der schriftlichen Dokumente, des Verkehrs, des Handels der Menschen gebunden ist, die diese besondere Sprache verbreitet haben, »sie hat Bankiers, Handwerker, Manufakturbesitzer gehabt, die die toskanischen Produkte und die Namen dieser Produkte durch ganz Italien getragen haben. Danach ging die Produktivität der Märkte und des Schrifttums zurück und daher ist auch die Produktivität der Sprache zurückgegangen.«[22] Lo Piparo belegt, daß der von Bartoli übernommene sprachwissenschaftliche Begriff »Strahlungsquelle von Prestige« beim jungen Gramsci direkt in den Tagesjournalismus übernommen wird und zwar mit Konnotationen, die dem späteren Hegemoniebegriff eigen sind. Der PSI, die sozialistische Partei, soll in der Zeit der Turiner Rätebewegung nicht nur »embryonale Machtapparate« erzeugen, mit denen die Masse ihre Regierung ausübt, sondern auch einen »Apparat der spirituellen Regierung«. Die Partei wird »mit dem historischen Bewußtsein der Volksmassen identifiziert, und sie regiert die spontane, unwiderstehliche Bewegung: diese Regierung ist nicht in einer Körperschaft konzentriert, die funktioniert über Millionen und Millionen von geistigen Banden, sie ist eine *Strahlungsquelle von Prestige* (›irradiazione di prestigio‹ – Hervorhebung – S.K.)...«. Und: »...die Partei übt die wirksamste aller Diktaturen aus, jene, die aus dem Prestige geboren wird, welche die bewußte und spontane Akzeptanz einer Autorität ist...«[23]

Wie in den Jugendschriften das ›Prestige‹, so ›strahlt‹ in den Gefängnisschriften auch die ›Hegemonie‹. Die historische Entwicklung Frankreichs bedingte die besondere Stärke und den internationalen Einfluß der französischen Kultur. »Die ersten intellektuellen Keimzellen des neuen Typs entstehen mit den ersten ökonomischen Keimzellen: selbst die Organisation der Kirche wird davon betroffen (Gallikanismus, sehr frühe Kämpfe zwischen Kirche und Staat). Dieser massive intellektuelle Bau erklärt die Funktion der französischen Kultur im 18. und 19. Jahrhundert, eine Funktion von internationaler und kosmopolitischer *Ausstrahlung* (›irradiazione‹) und von einer Expansion imperialistischen und *hegemonialen* (Hervorhebungen – S.K.) Charakters in organischer Weise, sehr verschieden von der italienischen...«[24]

Piparo hellt auch die eigenartige Verwandtschaft von Gramscis Begriff der Spontaneität mit seinem Gebrauch in der damaligen Sprachwissenschaft auf, wenn es sich dabei auch keinesfalls um anarchische Spontaneität handelt, sondern eher um das, was Gramsci später in den Gefängnisschriften als »spontanen Konsens« bezeichnet. Ascoli nannte das Pariserische ein »notwendiges und spontanes Produkt der universellen Kultur«[25]. Der junge Gramsci hatte festgestellt: »Wenn die Internationale herrscht, ist es wahrscheinlich, daß die größtmöglichen Kontakte zwischen den Völkern, die zur Gewohnheit werdenden und methodisch betriebenen Emigrationen der großen Massen der Werktätigen langsam zu einer Vereinheitlichung der indoeuropäischen Sprachen führen werden und wahrscheinlich zu ihrer Verbreitung in der ganzen Welt aufgrund des Einflusses, den die neue Zivilisation auf die Welt ausüben wird. Aber dieser Prozeß kann sich nur frei und *spontan* entfalten (Hervorhebung – S.K.]. Die sprachlichen Anregungen vollziehen sich nur von unten nach oben; die Bücher beeinflussen wenig die Veränderungen der gesprochenen Sprachen...«[26] Abgesehen von den bizarren konkreten Gedanken des Textes und dem frühen Seitenhieb gegen Croces Sprachtheorie, welche gerade in den Büchern das Hauptagens der Sprachentwicklung sah, nimmt Gramsci methodisch ganz an jener großartigen materialistischen Wendung teil, die die Sprachwissenschaft um die Jahrhundertwende genommen hatte, und zwar durchaus noch im bürgerlichen Rahmen der Wissenschaft. Die methodische Nähe der zeitgenössischen Sprachwissenschaft zum historischen Materialismus war bereits Antonio Labriola 1887 aufgefallen. Er meinte, daß sie »unserer Doktrin ... indirekte Stützen« liefere, weil sie »in der Anwendung der genetischen Methode sehr fortgeschritten und die technische Dichte sowie die Qualität der Resultate beeindruckend« sei.[27] An anderer Stelle lobt Labriola »die hervorragenden Resultate der komparativen Methode hinsichtlich der Sprache, der Mythen, der Sitten und ähnlichem« und empfiehlt dem Philosophen hier zu lernen, wenn er vermeiden will, daß seine Lehre »zu einer Übung spekulativer Rhetorik wird«.[28] So gesehen erscheinen die linguistischen Studien des jungen Gramsci – die er in den Gefängnisschriften im erstaunlichen Umfang wieder aufnimmt – alles andere als zufällig. Sein Lehrer Bartoli bezeugt, daß Gramsci schon 1914/1915 die »Doktrin von Marx« zu studieren und zu »vertiefen wünschte«.[29]

Wenn Lo Piparo die Entwicklung des Hegemoniebegriffs Gramscis aus der Sprachwissenschaft generell wohl zu sehr verabsolutiert, so ist doch nicht von der Hand zu weisen, daß er beträchtliche Inspiration durchaus aus dieser Tradition übernommen hat und in den Gefängnisschriften weitertransportiert. Seine endgültige Ausformung bekam aber der Hegemoniebegriff durch den Kontakt zur russischen Sozialdemokratie und zur internationalen Arbeiterbewegung. Perry Anderson und Ulrich Schreiber haben die Ursprünge des Hegemoniebegriffes in dieser Traditionslinie verfolgt. Er wurde zum ersten Mal 1898 von P. Axelrod verwendet, der mit dem Terminus ›Gegemonya‹ die bereits von Plechanov in den achtziger Jahren entwickelte Theorie der Möglichkeit der proletarischen Führerschaft in der bürgerlichen Revolution Rußlands faßte. Lenin übernimmt den Begriff in diesem Sinne, verwendet ihn bisweilen aber auch im engeren Sinn von Führerschaft der russischen Sozialdemokratie hinsichtlich der Arbeiterklasse, aber auch gegenüber anderen Gesellschaftsklassen.

Daß der bei Lenin übrigens selten gebrauchte Hegemoniebegriff auch bei ihm keinesfalls nur an Elemente der politischen Gesellschaft gebunden war, sondern durchaus auch Erweiterungen im Sinne von Gramscis ›ziviler Gesellschaft‹ haben konnte, zeigt ein von Anderson zitierter Text, wonach eine Zeitschrift das einzig effiziente Mittel sei, eine »wirkliche Hegemonie« der Arbeiterklasse in Rußland herzustellen.[30] In *Was tun* kommt der Begriff konkret in bezug auf die potentiellen Bündnispartner des Proletariats in der kommenden Revolution zum Tragen. Nach deren Niederlage im Jahr 1905 wirft Lenin den Menschewiken vor, das ursprünglich auch von ihnen geteilte Hegemoniekonzept verraten zu haben.

Mir selbst ist ein Text von 1905 aufgefallen, in dem der Hegemoniebegriff Lenins schon damals eine auf Gramsci weisende Bedeutung hat: Er beinhaltet potentielle und notwendige Bündnismöglichkeiten des Proletariats: »Jeder Liberalismus taugt dazu, daß die Sozialdemokratie ihn genau so weit unterstützt, wie er tatsächlich als Kämpfer gegen die Selbstherrschaft auftritt. Diese Unterstützung, die der einzige bis zum Ende konsequente Demokrat, das heißt das Proletariat, allen inkonsequenten (d.h. bürgerlichen) Demokraten erweist, ist ja die Verwirklichung der Idee der Hegemonie. Nur die kleinbürgerliche, krämerhafte Auffassung von der Hegemonie sieht deren Wesen in einer Vereinbarung, in gegenseitiger Anerkennung und in papierenen Bedingungen. Vom proletarischen Standpunkt aus gehört die Hegemonie im Kriege demjenigen, der am energischsten von allen kämpft, der jede

Gelegenheit benutzt, um dem Feind einen Schlag zu versetzen, bei dem Worte und Taten übereinstimmen und der deshalb der jede Halbheit kritisierende ideologische Führer der Demokratie ist.«[31]

Trotzki hat in der Geschichte der russischen Revolution eine interessante Unterscheidung zwischen Diktatur und Hegemonie des Proletariats getroffen: »Die populäre und sogar offiziell anerkannte Idee der Hegemonie des Proletariats in der demokratischen Revolution ... bedeutete niemals, daß das Proletariat den Bauernaufstand benutzen sollte, um, auf ihn gestützt, seine eigenen historischen Aufgaben, d.h. den direkten Übergang zur sozialistischen Gesellschaft auf die Tagesordnung zu stellen. Die Hegemonie des Proletariats in der demokratischen Revolution unterschied sich scharf von der Diktatur des Proletariats und wurde dieser auch entgegengehalten. Auf diese Ideen war die bolschewistische Partei seit dem Frühling 1905 ausgerichtet worden.«[32] Über Anderson hinausgehend macht Schneider darauf aufmerksam, daß der Hegemoniebegriff in den Polemiken Lenins gegen die Gewerkschaftskonzeptionen Trotzkis und Bucharins wieder erscheint, ohne jedoch auf die hier wieder auftauchende Unterscheidung von ›Diktatur des Proletariats‹ hinzuweisen: »Beim Übergang zum Sozialismus ist die Diktatur des Proletariats unvermeidlich, aber diese Diktatur wird nicht durch eine die Industriearbeiter in ihrer Gesamtheit erfassende Organisation verwirklicht... Es ergibt sich, daß die Partei sozusagen die Avantgarde des Proletariats in sich aufsaugt und diese Avantgarde die Diktatur des Proletariats verwirklicht.« Aufgabe der Gewerkschaften sei es, »die *Verbindung* der Avantgarde mit den Massen her (zu - S.K.) stellen... durch ihre tägliche Arbeit die Massen überzeugen, die Massen derjenigen Klasse, die allein imstande ist, uns vom Kapitalismus zum Kommunismus zu führen... Überhaupt läßt sich dieser Übergang nicht bewerkstelligen ohne die Hegemonie derjenigen Klasse, die als einzige vom Kapitalismus für die Großproduktion geschult und als einzige von den Interessen der Kleineigentümer losgelöst ist.«[33]

Der Begriff der Hegemonie ist also von dem der Diktatur des Proletariats auch in der Tradition der russischen Sozialdemokratie und Lenins zu unterscheiden, wenn er auch eng mit ihm verbunden bleibt. Der auf viel breitere Gesellschaftsschichten ausgerichtete Hegemoniebegriff beinhaltet also auch bei Lenin Elemente des Konsenses und nicht nur des Zwangs, die von der ›Diktatur‹ ausgehen.

Der antikorporatistische, auf die Gesamtgesellschaft gerichtete Sinn des Hegemoniebegriffs wird von der Komintern übernommen und fließt in dieser Bedeutung in Gramscis Konzeptionen ein. Anderson/Schneider zitieren einen Text aus den Dokumenten der Komintern, der jenen antikorporatistischen Akzent aufweist, der auch für Gramsci grundlegend war: »Das Proletariat wird nur dann zur revolutionären Klasse, wenn es sich nicht auf den Rahmen eines engstirnigen Zunftgeistes beschränkt und in jeder Äußerung und in jedem Bereich des gesellschaftlichen Lebens als Führer der gesamten arbeitenden und ausgebeuteten Klassen handelt... Das industrielle Proletariat kann seine weltgeschichtliche Mission nicht vollenden, welche die Befreiung der Menschheit vom Joch des Kapitalismus und des Krieges ist, wenn es sich auf seine eigenen korporativen Interessen und auf Versuche zur Verbesserung seiner – bisweilen recht zufriedenstellenden – Lage innerhalb der bürgerlichen Gesellschaft beschränkt.«[34]

Daß auch bei Gramsci in den Gefängnisschriften der Begriff der Diktatur mitschwingen kann, wurde bereits im vorigen Kapitel durch die Belege der Verschränkungen von Konsens und Gewalt gezeigt.[35]

Ausgerechnet in den Dokumenten des 4. Kominternkongresses, an dem Gramsci 1923 als Mitglied des Exekutivkomitees teilgenommen hatte, fehlt der Hegemoniebegriff. Das ist vielleicht kein Zufall, denn dieser Kongress formulierte bekanntlich in realistischer Form die Notwendigkeit der Einheitsfront der noch stark minoritären Kommunisten mit den sozialdemokratischen Teilen der Arbeiterbewegung. Dabei waren nicht nur deren Widerstände zu überwinden, sondern zunächst einmal die Ressentiments in den eigenen Reihen. Bevor die Komintern gegen Ende der zwanziger Jahre selbst sektiererisch wurde, bekämpfte sie das Sektierertum innerhalb der neugegründeten kommunistischen Parteien; dieses Sektierertum war ja eher ein Ausdruck überhöhten, wenn auch sehr einseitigen Hegemoniebewußtseins, ein Hegemoniebewußtsein im blanquistischen Sinne, nicht das, das Gramsci anvisieren sollte.

So mag es zunächst paradox erscheinen, daß der Hegemoniebegriff im sektiererischen Programm der Komintern von 1928 eine geradezu inflationistische Anwendung fand – und zwar durchaus mit Konnotationen, die auch bei Gramsci zu finden sind, obwohl dieser mit der Grundtendenz des Kongresses nicht einverstanden war. In einer populären Ausgabe des Kominternprogramms von 1928 ist der Hegemoniebegriff im Fremdwortverzeichnis zu finden, wo er mit »Führung, Oberleitung«[36] übersetzt wird. Im Text taucht er in folgenden Zusammenhängen auf:

1. »...die Vorbedingungen der Hegemonie des Proletariats der Kolonien und abhängigen Länder...«[37]
2. »...Konflikt zwischen dem mächtigsten der alten, konservativen imperialistischen Länder, England, und den Vereinigten Staaten, dem stärksten Lande des jungen Imperialismus, das bereits die Welthegemonie an sich gerissen hat...«[38]

3. »...Zusammenschluß der Menschheit unter der Hegemonie des staatlich organisierten Weltproletariats verwirklicht...«[39]
4. »...das alles sichert der Arbeiterklasse und den unter ihrer Hegemonie marschierenden breiten Massen der Werktätigen eine systematische, ununterbrochene und aktive Beteiligung an allen öffentlichen Angelegenheiten – wirtschaftlicher, politischer, militärischer und kultureller Natur.«[40]
5. »Während die *bürgerliche* Revolution gegen den Feudalismus voraussetzt, daß im Schoße der feudalen Gesellschaftsordnung eine neue Klasse vorhanden ist, die ihrer kulturellen Reife nach höher steht als die herrschende Klasse und bereits unter dem Feudalismus der Hegemon des Wirtschaftslebens ist, entwickelt sich die *proletarische* Revolution unter anderen Bedingungen. Die Arbeiterklasse ist in der kapitalistischen Gesellschaft wirtschaftlich ausgebeutet, politisch unterdrückt und in *kultureller Beziehung niedergehalten*, erst in der Übergangsperiode, erst *nachdem sie die Staatsmacht ergriffen* hat, kann sie das bürgerliche Bildungsmonopol brechen, sich alles Wissen zu eigen machen und mit Hilfe ihrer Erfahrung bei der gewaltigen Aufbauarbeit ihr eigenes Wesen umgestalten.«[41]
6. »*Ein brüderliches Kampfbündnis mit den Werktätigen Massen der Kolonien herzustellen, ist daher eine der Hauptaufgaben des industriellen Weltproletariats als des Hegemons und Führers im Kampfe gegen den Imperialismus.*«[42]
7. »Die Erkämpfung der proletarischen Diktatur hat auch die Verwirklichung der Hegemonie des Proletariats über *die breiten Schichten der werktätigen Massen* zur Voraussetzung. Um das zu erreichen, muß die kommunistische Partei die Massen der armen Schichten in Stadt und Land, der unteren Schichten der Intellektuellen und der sogenannten ›kleinen Leute‹, d.h. der kleinbürgerlichen Schichten überhaupt unter ihren Einfluß bringen. Besondere Bedeutung hat die Arbeit zur Wahrung des Einflusses der Partei unter der *Bauernschaft*.«[43]

Es fällt auf, daß der Begriff der Hegemonie hier in Zusammenhängen auftaucht, in denen der von der Komintern weitaus häufiger gebrauchte Begriff der Diktatur des Proletariats nicht zur Anwendung kommen konnte. Er erscheint gewissermaßen als deren Vorstufe und enthält implizit auch Elemente des Konsenses.

Die 1926, kurz vor Gramscis Verhaftung entstandenen Notizen zur Süditalienischen Frage nutzten den Hegemoniebegriff im Sinne von Punkt 4. und 7. des oben zitierten Kominterndokumentes. Freilich macht Gramsci die sektiererische Entwicklung der Internationale nicht mit, sondern verbindet sein Hegemoniekonzept weiterhin mit dem Einheitsfrontgedanken des 4. Kongresses.

So heißt es in der *süditalienischen Frage:* »Die Turiner Kommunisten hatten sich die Frage der ›Hegemonie des Proletariats‹ auf konkrete Weise gestellt, d.h. der gesellschaftlichen Basis der Diktatur des Proletariats und des Arbeiterstaats. Das Proletariat kann nur dann zur führenden und herrschenden Klasse werden, insoweit es ihm gelingt, ein System von Klassenbündnissen zu schaffen, das es ihm erlaubt, die Mehrheit der arbeitenden Bevölkerung gegen den Kapitalismus und den bürgerlichen Staat zu mobilisieren.«[44]

In der Frage der Organisierung der Hegemonie klingen bereits die großen Themen der Gefängnishefte an. Über die im engen politischen Rahmen bleibenden Hegemoniekonzeptionen der Komintern hinausgehend, wird bereits auf ganz konkrete Weise die Frage der Einbeziehung der Intellektuellen in die Konstruktion der Hegemonie erläutert. Dazu gehört nicht nur, daß der Einfluß der verschiedenen großen italienischen Intellektuellen des zeitgenössischen Italien auf die Arbeiterbewegung geklärt wird, wie die modernisierende Wirkung Benedetto Croces, sondern auch konkrete Bündnisfragen zum Beispiel mit dem großen Theoretiker der sardischen Autonomiebewegung Gaetano Salvemini und vor allem mit dem Linksliberalen Piero Gobetti.[45] Der für Gramscis gesamtes Werk konstitutive Bündnisgedanke tritt unter der Formel des ›Blocks‹ auf.

Auch der Gegner wird als Block von Klassenbündnissen definiert: »Die Gesellschaft des Südens ist ein grosser agrarischer Block, der sich aus drei sozialen Schichten zusammensetzt: die große gestaltlose und zusammenhanglose Bauernmasse, die Intellektuellen aus der kleinen und mittleren Dorfbourgeoisie sowie die Großgrundbesitzer und die großen Intellektuellen. Die Bauern des Südens befinden sich in ständiger Gärung, aber als Masse sind sie unfähig, ihren Bestrebungen und Bedürfnissen einen zentralisierten Ausdruck zu geben. Die Mittelschicht der Intellektuellen erhält von der bäuerlichen Basis die Impulse für ihre politische und intellektuelle Tätigkeit. Letztenendes zentralisieren und beherrschen die Großgrundbesitzer diesen ganzen Komplex von Willensäußerungen auf politischem, die großen Intellektuellen auf ideologischem Gebiet.«[46]

Die Metapher des ›Blocks‹ wird erstaunlicherweise auch auf die Überbauten angewandt: »Über dem landwirtschaftlichen Block funktioniert im Süden ein intellektueller Block, der praktisch bislang dazu gedient hat, zu verhindern, daß die Risse im Block der Landwirtschaft zu gefährlich werden und einen Erdrutsch hervorrufen. Exponenten dieses intellektuellen Blocks sind Giustino Fortunato und Benedetto Croce, die deshalb als die effizientesten Reaktionäre der Halbinsel angesehen werden können.«[47]

Der »monströse landwirtschaftliche Block ... funktioniert als Mittler und Wächter des Kapitalismus im Norden und der Banken.« Und diesem landwirtschaftlichen Block soll ein »Block« aus dem Proletariat des Nordens und den Bauern des Südens und der Inseln entgegengestellt werden.[48] Voraussetzung für die Entstehung dieses neuen Blocks ist freilich die Überwindung des Korporativismus der Arbeiterklasse[49] und die Zersetzung des für die innere Kohäsion des Blocks der Landwirtschaft verantwortlichen reaktionären intellektuellen Blocks.[50]

So klingen die großen Themen der Gefängnishefte in der süditalienischen Frage bereits deutlich an. Aus dem »Block« wird in den Gefängnisheften der »historische Block«, ein Konzept, in dem sich die drei Ebenen: sozioökonomische Struktur – politischer Kampf – ideologischer Kampf, verschränken. Die Doppelbedeutung ›Bündnis‹ und ›Bündelung der dem Bündnis entsprechenden Überbauten‹ wird weitergeführt. Der »historische Block« ist die Synthese von sozioökonomischer Basis, politischer und ziviler Gesellschaft: »Die Basis und die Überbauten bilden einen ›historischen Block‹, d.h. das komplexe und uneinheitliche Ensemble der Überbauten ist der Reflex des Ensembles der gesellschaftlichen Produktionsbedingungen. Daraus folgt, daß nur ein vollständiges System der Ideologien den Widerspruch der Basis rational widerspiegelt und die Existenz objektiver Bedingungen für die Umwälzung der Praxis darstellt. Wenn sich eine ideologisch hundertprozentig homogene gesellschaftliche Gruppe bildet, bedeutet das, daß die Voraussetzungen für diese Umwälzung hundertprozentig bestehen, d.h. daß das ›Rationale‹ faktisch und aktuell real ist. Die Reflexion basiert auf der notwendigen Wechselbeziehung zwischen Basis und Überbauten (eine Wechselbeziehung, die genau dem wirklichen dialektischen Prozeß entspricht).«[51] Hier korrespondiert der Begriff des ›historischen Blocks‹ genau mit dem, was Marx mit »bürgerlicher Gesellschaft« meinte.

Die von Gramsci des öfteren angeführte Referenz an Georges Sorel hinsichtlich der Einführung des Blockkonzeptes muß als Irrtum abgetan werden. Sorel verwendet den Begriff jedenfalls nicht in Gramscis Sinne.[52] Dagegen kann darauf hingewiesen werden, das der Begriff des Blocks im Sinne des Bündnisses zum allgemeinen Begriffsreservoir der Arbeiterbewegung gehört. So taucht er zum Beispiel in der Resolution über die chinesische Frage der Komintern von 1927 auf (in der übrigens auch der Hegemoniebegriff öfter zu finden ist[53]): »Unter Festigung des Blocks der der Hegemonie der Arbeiterklasse folgenden wirklich revolutionären Kräfte auf diese Weise sowie den aus allen Kräften zu betreibenden Zusammenschluß dieser Klassenkräfte zu mächtigen Organisationen im Machtbereich der Wuhan-Regierung muß sich die

Kommunistische Partei an die Spitze der Bewegung der Massen auch auf dem von der Konterrevolution besetzten Territorium stellen.«[54]

Gramsci benutzt den Blockterminus im Sinne des Bündnisses in den Gefängnisschriften folgendermaßen: »Eine angemessene politische Initiative ist notwendig, um den ökonomischen Druck von den Fesseln der traditionellen Politik zu befreien ... und die Kräfte heranzuziehen, die notwendig sind, um einen neuen historischen Block ökonomisch-politischen Charakters (›blocco storico economico-politico‹) zu verwirklichen, der keine inneren Widersprüche hat. Denn zwei ›ähnliche‹ Kräfte können nur zu einem neuen Organismus verschmelzen über ein Reihe von Kompromissen oder mit Waffengewalt...«[55] In der Kritik an der idealistischen Geschichtsschreibung Croces steht der historische Block für die Einheit von Basis und Überbau: »Die ethisch-politische Geschichte, insoweit sie das Konzept des historischen Blocks negiert, in dem der sozio-ökonomische Inhalt und die ethisch-politische Form sich konkret in der Rekonstruktion der verschiedenen historischen Perioden identifizieren, ist nichts anderes als die polemische Präsentation von mehr oder weniger interessanten philosophischen Elementen, aber keine Geschichte.«[56]

Alles bisher über die Verschränkungen der drei Ebenen Gesagte kann in folgendem Zitat theoretisch resümiert werden. Gramsci bezieht sich auf die »Behauptung von Marx, daß eine populäre[57] Überzeugung oft dieselbe Energie wie eine materielle Kraft hat oder so ähnlich, welche sehr bedeutungsvoll ist.[58] Ich glaube, daß die Analyse dieser Behauptungen die Konzeption des ›historischen Blocks‹ verstärkt, in dem die materiellen Kräfte der Inhalt und die Ideologien die Form sind, eine Unterscheidung von Form und Inhalt, die nur Lehrzwecken dient, weil die materiellen Kräfte ohne Form historisch nicht konzipierbar wären und die Ideologien ihrerseits ohne die materiellen Kräfte nur individuelle Schrullen wären.«[59]

Das Spezifische an Gramscis Hegemoniebegriff und an seinem historischen Block ist die besondere Aufmerksamkeit, die er den Entwicklungen der ›Zivilgesellschaft‹ zukommen läßt. Daß es sich dabei keinesfalls um ein philosophisches Ausgleiten zum Idealismus hin handelt, geht aus den Notizen zum Ökonomismus der Freihandelsbewegung hervor, die eine sonderbare Skepsis »gegenüber den Äußerungen des Willens, der politischen und intellektuellen Aktion und Initiative« an den Tag legte, »als wären diese kein organisches Ergebnis von ökonomischen Notwendigkeiten, ja sogar der einzig wirksame Ausdruck der Ökonomie. So ist es unangebracht, daß das konkrete Problem der Frage der Hegemonie als eine Tatsache interpretiert wird, die die hegemoniale Gruppe (den anderen Bündnispartnern – S.K.) unterordnet.

Die Tatsache der Hegemonie setzt zweifellos voraus, daß man den Interessen und Tendenzen der Gruppen Rechnung getragen hat, über die die Hegemonie ausgeübt wird, daß sich ein gewisses Gleichgewicht des Kompromisses herausbildet, daß also die führende Gruppe Opfer ökonomisch-korporativer Art bringt, aber es besteht auch kein Zweifel, daß diese Opfer und dieser Kompromiß nicht das Wesentliche betreffen können, denn, wenn die Hegemonie ethisch-politisch ist, muß sie auch ökonomisch sein, sie kann ihre Grundlage nur in der entscheidenden Funktion haben, die die führende Gruppe im entscheidenden Kernbereich der ökonomischen Aktivität ausübt.«[60]

In diesem Zusammenhang ist darauf hinzuweisen, daß Gramscis Hegemoniebegriff Teil seiner Parteitheorie ist, mit der er nichts weniger als einen neuen ›Fürsten‹ von Machiavelli schaffen wollte. Sie soll hier jedoch nicht im einzelnen dargestellt werden, da sie selbstverständlich auf die historischen Bedingungen seiner Zeit ausgerichtet war. Hier soll nur der – meiner Meinung nach unverändert aktuell gebliebene – Gesichtspunkt betrachtet werden, und zwar die Frage der Homogenität des demokratischen Bündnisses und der darin nach Hegemonie strebenden, den Sozialismus ansteuernden Partei: Das im folgenden Kapitel noch näher ausgeführte historisierende Denken Gramscis kannte keine absoluten, für alle historischen Phasen identischen Antworten. Für den zu seinen Lebzeiten noch schwachen, immer mehr in die Illegalität gedrängten PCI ließ er zwar Meinungsfreiheit der Diskussion zu, aber keine Fraktionsbildung.[61] In der durch den Trotzki-Stalin-Konflikt drohenden Spaltung der KPdSU sah er ein weltpolitisches Unglück.[62] Wie die oben zitierten Texte jedoch zeigen, sah er für den Block demokratischer Kräfte unter demokratischen Kampfbedingungen aber sogar »ein gewisses Gleichgewicht des Kompromisses« vorher: »Wenn die Einheit der beiden (bzw. mehrerer – S.K.) Kräfte notwendig ist, um eine dritte zu besiegen, ist der Rückgriff auf die Waffen und auf den Zwang (vorausgesetzt, daß man überhaupt darüber verfügt), eine rein methodische Hypothese, und die einzige konkrete Möglichkeit besteht im Kompromiß, weil die Gewalt gegenüber den Feinden eingesetzt werden kann, nicht gegen einen Teil von sich selbst, den man schnell assimilieren will und dessen ›guten Willen‹ und Enthusiasmus man braucht.«[63]

Gramscis Antisektiererertum geht auch aus einem mit *Fetischismus* betitelten Text von 1933 hervor. Die im »Staat, der Nation und in politischen Parteien« verbreitete Auffassung, daß »die einzelnen Individuen, die den Organismus bilden, indem sie sich zur Verfügung gestellt und aktiv eine Hierarchie und eine bestimmte Leitung anerkannt haben«, verdächtigt er, ein »Residuum der katholischen Transzendenz und des alten paternalistischen Regimes« darzustellen. Doch während dieses Prinzip für die Kirche nicht nur nützlich, sondern geradezu notwendig und unverzichtbar war, weil »jede Form der Einmischung von unten die Kirche in der Tat zersetzen würde (man sieht es bei den protestantischen Kirchen)«, käme es »für die anderen gesellschaftlichen Organismen« nicht auf den passiven und indirekten, sondern auf den »aktiven und direkten Konsensus« an, »auf die Teilnahme der Einzelnen also, auch wenn dies den Schein der Auflösung und des Tumults provoziert. Ein kollektives Bewußtsein, d.h. ein lebender Organismus bildet sich nur, nachdem sich die Vielfalt über die Reibung der Einzelnen geeinigt hat... Wenn ein Orchester probt, jedes Instrument für sich, entsteht der Eindruck der scheußlichsten Kakophonie; und doch sind diese Proben die Bedingung, damit das Orchester als ein einziges ›Instrument‹ lebt.«[64] Hier wird nochmals illustriert, was Gramsci unter ›demokratischem‹ im Gegensatz zum ›bürokratischen‹ Zentralismus verstand.

Wenn in den Gefängnisheften oft der scheinbar von Croce übernommene, vom marxistischen Standpunkt aus reduzierte Hegemoniebegriff auftaucht, so handelt es sich hier um keine organische, sondern um eine methodische Reduktion, die historisch gerechtfertigt und notwendig war. Ausdruck der Niederlage der Klassenkämpfe von 1919/20, sollte diese methodische Reduktion auf ein wichtiges Aktionsfeld in der Periode des Stellungskrieges verweisen: auf die politische und kulturelle Neuformation der Arbeiterklasse, auf die Herausbildung möglichst vieler Überbauten der neuen zivilen Gesellschaft.

Zu den bislang am wenigsten beachteten und doch sehr aktuellen Gedanken Gramscis gehören seine Bemerkungen zur Internationalisierung der Hegemonie. National gedachte Realitäten oder Projekte der Hegemonie, d.h. der Führung und Herrschaft einer Klasse über andere, empfand schon Gramsci zu seiner Zeit als unrealistisch: »Während man grandiose hegemoniale Pläne schmiedet, wird man nicht gewahr, daß man selbst Objekt ausländischer Hegemonie ist, oder während man imperialistische Pläne macht, in Wahrheit selbst Objekt eines anderen Imperialismus ist...«[65]

Dieser Text bezieht sich auf die vergeblichen Versuche der faschistischen Literaturkritik im zeitgenössischen Italien, eine eigenständige ›populäre‹ Literaturbewegung zu forcieren, was bedeutete, die vom Leserpublikum bevorzugte französische Literatur zu bekämpfen (wie Gramsci schreibt, unter Umständen sogar mit administrativen Verboten). Im zweiten Teil des Textes werden die faschistischen Großmachtpläne anvisiert, die ja in der Tat eine Restaurierung des römischen Reiches anstrebten.

In anderen Texten kommt der integrale Hegemoniebegriff noch deutlicher zum Tragen. In der modernen Welt sei die rein kulturelle Hegemonie einer Nation über eine andere auch temporär undenkbar geworden, weil »die Welt in ihrer sozioökonomischen Struktur schon so vereinheitlicht ist, daß ein Land, wenn es ›in chronologischem Sinne‹ die Initiative einer Erneuerung ergreift, doch nicht das ›politische Monopol‹ bewahren könne.«[66] Die Welt ist von ökonomischen und kulturellen Hegemonieströmungen gleichermaßen erfüllt, eine Tatsache, die auch zu besonderen Konsequenzen in der Erziehung der Nation führen muß: »Aber das pädagogische Verhältnis (daß ›jeder Lehrer immer Schüler und jeder Schüler immer Lehrer ist‹) kann nicht auf die spezifischen Bedingungen der ›Schule‹ beschränkt bleiben, wo die neuen Generationen in Kontakt mit den älteren treten und ihre Erfahrungen aufnehmen, indem sie die historisch notwendigen Werte ›zum Reifen bringen‹ und eine eigene historisch und kulturell höherstehende Persönlichkeit bekommen. Diese Beziehung existiert in der ganzen Gesellschaft als Ensemble und für jedes Individuum in bezug zu anderen Individuen, zwischen intellektuellen und nicht-intellektuellen Schichten, zwischen Regierenden und Regierten, zwischen den Eliten und ihrer Anhängerschaft, zwischen Führern und Geführten, zwischen den Avantgarden und dem nachfolgenden Heer der Massen. Jede ›Hegemoniebeziehung‹ ist notwendigerweise eine pädagogische Beziehung und sie verwirklicht sich nicht nur im Innern einer Nation zwischen den verschiedenen Kräften, aus denen sie sich zusammensetzt, sondern auch auf der ganzen internationalen und Weltebene, innerhalb der Zivilisationen nationalen und internationalen Ausmasses.«[67]

Diese Zeilen schrieb Gramsci lange bevor unser heutiges weltumspannendes Netz von Massenkommunikationsmitteln existierte. Hinsichtlich Italiens hatte er noch nicht den ›Amerikanismus‹ in erster Linie im Auge, sondern den Einfluß der französischen Kultur. Aus methodischem Blickwinkel haben diese Zeilen an Bedeutung für unsere heutigen Verhältnisse noch zugenommen.

Teil 2

Funktionen der Zivilgesellschaft

6. Kapitel Historizität der Funktionen der Zivilgesellschaft

Ein immer wieder in der Forschung gestelltes Problem ist Gramscis Verwendung des Historismusbegriffes – geradezu ein Paradebeispiel für die Notwendigkeit, seine Begriffe in erster Linie aus dem Werkzusammenhang und nicht vorschnell aus bereits bestehenden Traditionslinien heraus zu entwickeln. So versuchte sogar die in anderer Beziehung so bahnbrechende Arbeit von Luciano Gruppi,[1] Gramscis Historismusbegriff in Zusammenhang mit Max Weber und Wilhelm Dilthey zu bringen, ein Vorwurf, in den auch Louis Althusser einstimmte.

Wenn Gramsci in der Tat den Marxismus als »absoluten Historismus« hinstellt, sind Probleme aufgegeben, die sich nur durch wirklichen Systemvergleich lösen lassen. Gramsci betont immer wieder, daß der Historismus der Philosophie der Praxis frei von jedem Beigeschmack der Spekulation und des Idealismus sei. Dem schrankenlosen historischen Relativismus setzt er selbst das Konzept des historischen Blocks, der Summe der Elemente in Basis und Überbau entgegen. Man müßte die Fiktion des idealistischen Gramsci aufrechterhalten, um bei der Annahme zu bleiben, daß sein Historismusbegriff etwas mit dem von Dilthey zu tun haben könne, für den Geschichte »nur als ein Werk der Reflexion« galt, »als welche sie ihren natürlichen Richtpunkt im Niederschlag der Ideen wahrnimmt.«[2] Und genau in diesem Sinne hat Gramsci den Historismus bekämpft, nämlich in der Philosophie Benedetto Croces, die ihrerseits in der Tat starke Bezüge zu Dilthey hatte. Letzterer wird von Gramsci übrigens niemals erwähnt. Wenn er den Terminus von Croce übernommen hat, so hat er ihn jedenfalls grundlegend revidiert. Coassin-Spiegel beschäftigt sich mit Louis Althussers Vorwurf, daß Gramscis Historismusbegriff auf den Relativismus Diltheys zurückzuführen sei und daß sein Geschichtsverständnis empirisch, also theorie- und wissenschaftsfeindlich sei. Althusser erhebt übrigens denselben Vorwurf gegen Hegel und Marx.

Coassin-Spiegel kann bereits anhand von Gramscis Jugendschriften nachweisen, daß er dem Historismusbegriff einen neuen, dem idealistischen Relativismus entgegengesetzten Sinn gab. Die Geschichtsforschung habe nach Gramsci nicht nur die Aufgabe, die Besonderheit der historischen Phänomene herauszuarbeiten, sondern »sich systematisch auch und vor allem den ökonomischen Phänomenen zu widmen..., ohne deren Kenntnis die Geschichte bloße Äußerlichkeit ohne Substanz ist.« Und zuvor bemerkt er, daß die »experimentelle und positive Methode, als unbefangene und unparteiische wissenschaftliche Forschungsmethode ...auch dem historischen Materialismus eignet, sie hängt jedoch von diesem nicht ab: sie ist die den Wissenschaften eigentümliche Methode, der als erster Galileo Galilei eine logische Systematisierung gegeben hat.«[3] Und schon für den jungen Gramsci waren jene »objektiven Bedingungen, die aufgrund ihrer mechanischen Natur nahezu mathematisch meßbar sind«, keine ontologische Fragestellung, er verknüpfte sie organisch mit dem »Bewußtsein der Menschen«, das sich wandelt, wenn sich diese »objektiven Bedingungen« wandeln.[4] Diese und viele ähnliche, dem bodenlosen historischen Relativismus entgegenstehenden Texte beweisen zugleich eine methodische Trennung von Geschichte und Geschichtswissenschaft bei Gramsci.[5]

Für Wilhelm Dilthey und Friedrich Meineke war ›Historismus‹ ein methodologisches Prinzip der Kulturwissenschaften, das die Besonderheit der Phänomene in bezug zu ihrem kulturellen Rahmen untersucht. Wenn auch der Marxismus das Prinzip des historischen Relativismus kennt, so unterscheidet er sich jedoch vom Historismus Diltheyscher Prägung eindeutig durch die Kriterien, mit denen Epochen ausgegrenzt werden, durch die Qualität der jeweiligen Bezugsrahmen. Wie Helmut Dubiel schrieb, erfolgt diese Ausgrenzung im Historismus »in der Nachfolge Hegels anhand idealistischer Kriterien. So hat z.B. Dilthey die Einheit gegebener Kulturen letztlich interpretiert als Ausdruck eines zugrundeliegenden, psychologisch konzipierten einheitlichen Menschenwesens. Im (historischen-S.K.) Materialismus werden ›Kulturen‹ in der Geschichte identifiziert über die jeweiligen sozioökonomischen Formen der gesellschaftlichen Reproduktion. Die Einheit einer Kultur, ihre Entwicklung und Dynamik wird heteronom definiert über die Entwicklung des Wirtschaftssystems.«[6]

Wenn Gramsci beispielsweise immer wieder darauf hinweist, daß die Zurückgebliebenheit, d.h. die Provinzialität der italienischen Überbauten im Zusammenhang mit dem ökonomischen Zurückbleiben des italienischen Kapitalismus zu sehen ist, versteht er unter ›Historismus‹ also den historischen Relativismus der marxistisch-materialistischen Tradition. Dieser ist freilich – insbesondere im Zusammenhang mit den Lehren Althussers – in jüngerer Zeit sogar oft von Marxisten selbst verlassen worden, indem im Namen des Strukturalismus die Elemente der Relativität gegenüber den Elementen des ›Materialismus‹ unterbewertet wurden.

Im folgenden wird zu untersuchen sein, daß gerade Gramscis Entdeckung und Ausführung des strukturellen Unterschieds der Situation im ›Osten‹ und im ›Westen‹ nur aus einer historisch-relativistischen Sicht auf die Geschichte und auch auf die Strategie der Zukunft möglich wurde. Wenn ich in den vorherigen Kapiteln gezeigt habe, daß Gramscis Konzepte von Basis und Überbau zwar in mancher Hinsicht mit einem eigenständigen Begriffssystem konstruiert ist, im Endeffekt jedoch als Weiterentwicklung des Modells von Marx zu gelten hat, werden nun jene Anregungen untersucht, die er mit der Einengung und der damit bezweckten Funktionalisierung des Begriffs der Zivilgesellschaft gegeben hat. Ihre neuartigen historischen Funktionen ergeben sich aus ihrer Aufblähung in den modernen Industriegesellschaften und dem Fakt, daß sie die – ja ebenfalls aufgeblähten – Elemente des Zwangs im Alltag optisch verdeckt, was tiefgehende massenpsychologische Effekte hat. Die »direkte Zielsetzung, die die Menschen in Rußland auf die Straße zum revolutionären Sturm trieb, kompliziert sich in Mittel-und Westeuropa, durch den von der raschen Entwicklung des Kapitalismus geschaffenen Überbau...«[7]

An anderer Stelle hat Gramsci diesen in Rußland fehlenden Überbau noch einmal genauer beschrieben: »In Rußland existierten vor dem Krieg nicht die großen Arbeiterorganisationen, die dagegen die ganze europäische Periode der II. Internationale vor dem Krieg charakterisiert haben. In Rußland vereinte die Partei – nicht nur als allgemeine theoretische Behauptung, sondern aus praktischer Notwendigkeit der Organisation und des Kampfes heraus – in sich alle vitalen Interessen der Arbeiterklasse, die Fabrik- und Straßenzellen führte die Massen, sei es im Kampf für die Forderungen der Gewerkschaft, sei es im politischen Kampf für den Sturz des Zarismus. In Westeuropa kam es jedoch immer mehr zur Herausbildung einer Arbeitsteilung zwischen Gewerkschaftsorganisation und politischer Organisation der Arbeiterklasse. Auf gewerkschaftlichem Gebiet entwickelte sich in immer schnellerem Rhythmus die reformistische und pazifistische Tendenz, der Einfluß der Bourgeoisie auf das Proletariat intensiviert sich immer mehr. Aus demselben Grund verschiebt sich in den politischen Parteien die Aktivität immer mehr auf das parlamentarische Gebiet, d.h. auf Formen, die sich in nichts mehr von denen der bürgerlichen Demokratie unterschieden.«[8]

Die zunehmende Einbindung der ›subalternen‹ Schichten in systemstabilisierende Ideologien und Organisationen wie Parteien und Gewerkschaften führt direkt zu folgender Fragestellung: »Was kann man seitens einer Klasse, die die Erneuerung anstrebt, diesem gewaltigen Komplex von Schützengräben und Befestigungsanlagen der herrschenden Klasse entgegenstellen? Den Geist des Bruchs, d.h. die fortschreitende Aneignung des Bewußtseins der eigenen historischen Persönlichkeit, den Geist des Bruchs, der danach streben muß, sich von der führenden Klasse auf die potentiell verbündeten Klassen auszudehnen: all das erfordert eine komplizierte ideologische Arbeit, deren erste Bedingung die richtige Kenntnis des Gebietes ist, dem die Menschenmassen zu entreißen sind.«[9]

Es ist übrigens besonders bemerkenswert, daß ausgerechnet ein Italiener diese historisch notwendig werdende Weiterentwicklung der marxistischen Theorie vornahm, weil gerade in Italien jener Umstand, der in letzter Instanz für das Ausbleiben der Revolution in den westeuropäischen Ländern verantwortlich war, zu Gramscis Zeiten in Italien keine konkrete Bedeutung hatte, sondern höchstens eine populäre Hoffnung darstellte: das zunächst langsame, in späteren Jahrzehnten rasche Ansteigen des Lebensstandards aller subalternen Klassen durch die immer besser organisierte Ausbeutung der Rohstoffe und Märkte der Kolonien und die zunehmende Fordisierung der Gesellschaft. Zum anderen muß noch gesagt sein, daß auch der zeitgenössische italienische Parlamentarismus zu den unterentwickelsten Formen des Parlamentarismus überhaupt zu zählen war. Der mit Gramsci befreundete linksbürgerliche Journalist Piero Gobetti schrieb, daß man nicht vom Zusammenbruch des liberalen Staates unter dem Druck des Faschismus sprechen könne, da es einen liberalen Staat im eigentlichen Sinne dieses Wortes in Italien überhaupt nicht gegeben hätte.[10] Dieser Auffassung – die übrigens auch vom ersten Leiter des PCI, Amadeo Bordiga, geteilt wurde – liegt jedoch noch eine beträchtliche Unterschätzung des Faschismus zugrunde, der Gramsci – wie wir später ausführen werden – nicht unterlag. Wenngleich die eigentliche Theorie der Zivilgesellschaft erst in den Gefängnisschriften entstand, war doch Gramscis Politik- und Kulturverständnis schon von Jugend auf von dem starken Bewußtsein ihrer Bedeutung geprägt. Die von ihm wahrgenommenen neuartigen Kräfte der Zivilgesellschaft beruhten damals jedoch bereits auf der auch in Italien unaufhaltsam voranschreitenden Laisierung der Volkskultur. Zwar spielte der Katholizismus noch immer die wesentliche Rolle, aber sie ging doch nicht mehr ganz darin auf: immer breitere Schichten konnten lesen und konsumierten Tageszeitschriften, Periodika und die darin gelieferte Literatur: das Feuilleton. In den Städten kam der Theaterbetrieb dazu und die ersten Formen des Kinos.

Um die immense Bedeutung dieser tiefgehenden Wandlungen des Alltagslebens zu verdeutlichen, sei noch einmal darauf hingewiesen, daß derselbe Prozeß in Rußland noch nicht begonnen hatte: Abgesehen von der Einführung embryonaler Formen des Parlamentarismus entwickelte sich noch keine moderne Volkskultur: die Massen dämmerten in einer niemals reformierten, aus der Spätantike überkommenen Religion dahin. Lenin konstatierte daher, daß sich die Sowjetmenschen »noch all das aneignen« müßten, »was am Kapitalismus wertvoll ist: die ganze Wissenschaft und Kultur.«[11] Die Abwesenheit moderner Kultur, die den Aufbau des Sozialismus schwierig machen sollte, hatte sich nur für den kurzen Moment der Revolutionsetappe als vorteilhaft erwiesen. Daß Lenin den historischen Unterschied zwischen ›Osten‹ und ›Westen‹ genauso wie Gramsci sah, geht aus folgendem, oft zitierten Text hervor: »Dort, in den westeuropäischen Ländern ist es schwieriger, die Revolution zu beginnen, weil sich dort der hohe Stand der Kultur gegen das revolutionäre Proletariat auswirkt und die Arbeiterklasse sich in Kultursklaverei befindet.«[12] Lenins Kulturbegriff umfaßt daher nicht zufällig auch jene Bereiche, die Gramsci der Zivilgesellschaft zugeordnet hat: »Die Revolution (in Westeuropa-S.K.) kommt nicht so rasch, wie wir erwartet haben... Ohne Vorbereitung aber die Revolution zu beginnen, in einem Land, in dem der Kapitalismus hoch entwickelt ist und auch dem letzten Menschen demokratische Kultur und Organisiertheit beigebracht hat – wäre falsch, wäre Unsinn.«[13] Lenin hatte freilich keinen Anlaß, aus diesen Ansätzen eine ganze Revolutionstheorie für den Westen zu entwickeln – wie Gramsci es versuchen sollte. Deren Ausgangspunkt bleibt die historische Relativierung der Revolutionsformen selbst als eigentlicher Kern von Gramscis ›Historismus‹.

Das alte Rußland gehörte noch jener historischen Formation an, die in Europa mit der Revolution von 1848 zuende gegangen war und – so Gramsci – noch von der jakobinischen Form der ›permanenten Revolution‹ geprägt gewesen sei, »eine historische Periode, in der noch nicht die großen politischen Massenparteien existierten, und die großen ökonomischen Gewerkschaften und die Gesellschaft war noch – schlechtweg gesagt unter vielen Gesichtspunkten im Stadium des Flusses: größte Zurückgebliebenheit der ländlichen Zonen und quasi vollständiges Monopol der politisch-staatlichen Aktivität in wenigen Städten oder sogar in einer einzigen (Paris für Frankreich), der Staatsapparat ist relativ wenig entwickelt und die Zivilgesellschaft hat größte Autonomie gegenüber der staatlichen Aktivität, es existiert ein bestimmtes System der militärischen Kräfte und der nationalen Rüstung, die Nationalökonomien haben größte Autonomie in bezug auf die ökonomischen Beziehungen des Weltmarkts.«[14]

Die Frage nach der »permanenten Revolution« – identisch mit dem

»Bewegungskrieg« – wird in der Epoche der politischen Parteien und der Gewerkschaftsbewegungen vom »Konzept der zivilen Hegemonie« abgelöst. Die modernen Volksorganisationen repräsentieren die Schützengräben und Festungsmauern des Stellungskrieges, wie es Gramsci in den oben zitierten Passagen klargemacht hat.[15] Der Jakobinismus habe »seine juristisch-konstitutionelle ›Perfektionierung‹ im parlamentarischen Regime gefunden, das in der an ›privaten‹ Energien reichsten Periode der Gesellschaft die permanente Hegemonie der städtischen Klasse über die ganze Bevölkerung realisiert, in der hegelianischen Form der Regierung mit dem permanent organisierten Konsens (aber die Organisation des Konsens ist der Privatinitiative überlassen und daher von moralischem und ethischem Charakter, weil der Konsens in der einen oder anderen Form freiwillig gegeben ist). Die ›Grenze‹, die die Jakobiner im Gesetz Le Chapelier[16] und im Maximum [17] gefunden haben, wird überwunden und progressiv weiter verschoben über einen ganzen Prozeß, in dem sich propagandistische und praktische (ökonomische, politisch-juristische) Aktivität abwechseln: die ökonomische Basis für die Entwicklung der Industrie und des Handels wird kontinuierlich erweitert und vertieft, von den Unterklassen steigen die energiereichsten und unternehmendsten sozialen Elemente zu den führenden Klassen auf, die ganze Gesellschaft ist in einem kontinuierlichen Prozeß der Formation und der Auflösung, gefolgt von noch komplexeren und an Möglichkeiten reicheren Formationen: das dauert in allgemeiner Linie bis zur Epoche des Imperialismus an und kulminiert im Weltkrieg. In diesem Prozeß wechseln Aufstandsversuche und rücksichtslose Repressionen einander ab, Erweiterung und Beschränkungen des politischen Wahlrechts, Assoziationsfreiheit und Beschränkungen oder Aufhebung dieser Freiheit, Freiheit auf gewerkschaftlichem, aber nicht auf politischem Gebiet, unterschiedliche Formen von Wahlrecht, Abstimmung nach Listen, Einmannausschreibungen, proportionales oder individuelles System mit den verschiedenen Kombinationen, die daraus resultieren... ein veränderliches Gleichgewicht der Gewalt, weshalb die Magistratur eine unabhängige Gewalt sein kann oder nur ein Ordnungsfaktor, der von ministeriellen Kreisen kontrolliert und geleitet wird, verschiedene Obliegenheiten des Haupts der Regierung und des Staates, unterschiedliches inneres Gleichgewicht der territorialen Organismen... unterschiedliches Gleichgewicht zwischen ausgehobenen oder berufsmäßigen bewaffneten Kräften (Polizei, Gendarmerie); mit der Abhängigkeit dieser professionellen Körperschaften von dem einen oder anderen Staatsorgan... der größere oder kleinere Teil bleibt dem Gewohnheitsrecht oder dem geschriebenen Recht überlassen... (in einigen Ländern ›schien es‹, daß sich demokratische Regimes gebildet hätten, aber sie hatten sich nur formal gebildet, ohne Kampf, ohne konstitutionelle Sanktion, und es war leicht, sie ohne Kampf, ganz oder beinahe zu zerstören, weil sie keine juristisch-moralische und militärische Unterstützung hatten...); der mehr oder weniger große Unterschied zwischen den grundlegenden Gesetzen und den Ausführungsbestimmungen, die die ersteren annullieren oder ihnen eine restriktive Bedeutung geben, die mehr oder weniger ausgedehnte Anwendung der Gesetzesdekrete, die dazu tendieren, die gewöhnliche Rechtsprechung zu ersetzen und sie zu bestimmten Gelegenheiten zu modifizieren, wobei sie ›die Geduld des Parlaments stärken‹, bis sie zu einer wirklichen und tatsächlichen ›Bürgerkriegserpressung‹ werden. In diesem Prozeß tragen die Theoretiker-Philosophen, die Publizisten, die politischen Parteien usw. zur Entwicklung der formalen Seite bei und die Bewegungen oder der Druck der Massen beim substantiellen Teil mit wechselseitigen Aktionen und Reaktionen, mit ›präventiven‹ Initiativen, bevor sich ein Phänomen in gefährlicher Weise manifestiert, und mit Repressionen, wenn die Präventionen gefehlt haben oder verspätet und unwirksam waren.

Die ›normale‹ Ausübung der Hegemonie auf dem klassisch gewordenen Terrain des parlamentarischen Regimes wird von der Kombination der Gewalt und des Konsenses geprägt, die sich unterschiedlich ausgleichen...«[18]

Gramsci gibt auch noch ergänzende Erläuterungen zur Macht jener ›privaten‹ Kräfte, die in der Zivilgesellschaft agieren. Durch die »unkalkulierbaren finanziellen Mittel, über die kleine Gruppen von Bürgern verfügen können«, komplizieren sich die Dinge in der modernen Welt. »Die Funktionäre der Parteien und der ökonomischen Gewerkschaften können bestochen oder terrorisiert werden, ohne daß militärische Aktionen großen Stils nötig sind – vom Typ Cäsars oder des 18.Brumaire.«[19]

Die Historisierung, d.h. Differenzierung der Situation des ›Westens‹ und die des ›Ostens‹ sowie die daraus resultierenden Schlußfolgerungen für die Strategie des Sozialismus wären nicht vollständig, wenn Gramsci nicht darauf hinweisen würde, daß die ›russische Situation‹, d.h. die Perspektive des Bewegungskrieges auch noch für die ›Kolonien‹ gelte, »wo noch Formen in Kraft sind, die anderswo überwunden und anachronistisch geworden sind.«[20]

In der Tat sind ein Großteil der freilich erst Jahrzehnte später zum entscheidenden Sprung ansetzenden antikolonialen Befreiungskriege als ›Bewegungskriege‹ geführt worden, d.h. in der Form bewaffneter Aufstände. Die Mobilisierung der kolonisierten Völker zum bewaffneten Aufstand wurde nicht nur aus geographischen Gründen möglich, sondern vor allem auch, weil diese koloniale Bevölkerung – im Gegensatz zu den Unterklassen der Mutterländer – ökonomisch, politisch und ideologisch marginalisiert geblieben waren, d.h. nicht in die Logik und die Aufstiegschancen der Zivilgesellschaft eingebunden waren. Die ›Schützengräben‹ der modernen Zivilgesellschaft fehlten so gut wie ganz: das Feindbild trat daher deutlicher hervor.

In welchem Maße die Zivilgesellschaft für die Kolonisierten irrelevant, bzw. für die kolonisierende Welt relevant war, hat der Martiniquaner Frantz Fanon (1924-1961), der bedeutende Theoretiker des algerischen Befreiungskampfes in seinem Hauptwerk ›Die Verdammten dieser Erde‹ illustriert: »Der rechtmäßige und institutionelle Gesprächspartner des Kolonisierten, der Wortführer des Kolonialherren und des Unterdrückungsregimes ist der Gendarm oder der Soldat. In den kapitalistischen Ländern schiebt sich zwischen die Ausgebeuteten und die Macht eine Schar von Predigern und Morallehrern, die für Desorientierung sorgen. Das Unterrichtswesen, gleichgültig, ob weltlich oder religiös; die Ausbildung von moralischen Reflexen, die vom Vater auf den Sohn übertragen werden; die vorbildliche Anständigkeit von Arbeitern, die nach fünfzig Jahren guter Dienste mit einer Medaille bedacht werden; die allgemein ermunternde Liebe zur Eintracht und zur bürgerlichen Bravheit – all diese geradezu ästhetischen Formen des Respekts vor der etablierten Ordnung schaffen um den Ausgebeuteten eine Atmosphäre der Unterwerfung und Entsagung, welche den Ordnungskräften ihre Arbeit beträchtlich erleichtert. Dagegen sind es in den kolonialen Gebieten der Gendarm und der Soldat, die, ohne jede Vermittlung durch direktes und ständiges Eingreifen den Kontakt zum Kolonisierten aufrechterhalten und ihm mit Gewehrkolbenschlägen und Napalmbomben raten, sich nicht zu rühren. Man sieht, der Agent der Macht benutzt die Sprache der reinen Gewalt. Der Agent erleichtert nicht die Unterdrückung und verschleiert nicht die Herrschaft. Er stellt sie zur Schau, er manifestiert sie mit dem guten Gewissen der Ordnungskräfte. Der Agent trägt die Gewalt in die Häuser und in die Gehirne der Kolonisierten.«[21] Dieser bislang unbeachtet gebliebene Textausschnitt aus den ›Verdammten dieser Erde‹ widerspricht der seinerzeit von den Black Panthers und der westdeutschen Rote-Armee-Fraktion vorgenommenen Gewaltlegitimierung durch Fanon. Fanon historisiert im Gegenteil sein Konzept der Gewalt hier mit denselben Argumenten wie Gramsci. Auch für Fanon macht der ›Bewegungskrieg‹ nur Sinn in den Gesellschaften ohne moderne Zivilgesellschaft.

Daß in den antikolonialen Befreiungskriegen Waffengewalt eine größere Rolle spielte als in den Gesellschaften des ›Stellungskrieges‹ will freilich nicht heißen, daß diese Revolutionen ohne einen Krieg der

Überbauten vonstatten gingen, aber diese Konfrontation von Überbauten trägt einen anderen Charakter. Gerade jenen folklorischen und religiösen Traditionen, die im Zuge der Modernisierung, der Proletarisierung der Industrienationen verlorengegangen sind, stellten für die Kolonisierten ›Schützengräben und Festungsmauern‹ dar, eine Form von ideeller Identität, die um die Rückgewinnung ihrer ökonomisch-materiellen Basis kämpft. Daß es gerade im Verlauf der Revolution zu einem dialektischen Prozeß der Verschmelzung traditioneller und moderner Überbauten kommt, die vom Gegner übernommen und umfunktioniert werden, hat Frantz Fanon bei seinen Analysen des algerischen Befreiungskampfes ebenfalls beschrieben. Von Beruf Psychiater, hatte er die psychische Erstarrung eines teils der kolonisierten Bevölkerung als strukturelles Syndrom des nicht zur Integration führenden Kampfes verschiedener ›Zivilgesellschaften‹ empirisch dargestellt. Er hat beschrieben, wie sowohl die Wahrung als auch die Durchbrechung der islamischen Familientradition in verschiedenen Etappen des Kampfes zu jeweils neuen effizienten Formen des Widerstandes führten (z.B. die Verschleierung bzw. die Entschleierung der Frauen usw.). Des weiteren hat er dargelegt, wie der Befreiungskrieg die Vorurteile der traditionellen Bevölkerung gegen die moderne Medizin überwinden half (z.B. durch die Notwendigkeit von Blutspenden) und wie das Radio – mit den Auslandssendern des FLN – die traditionelle Welt eroberte.

Es ist freilich von großem Interesse, daß Gramsci gerade in den Kolonien jedoch auch bereits Möglichkeiten und Realitäten von ›Mischformen‹ von Bewegungs- und Stellungskrieg gesehen hat, nicht zufällig wohl in Gebieten mit dichter menschlicher Besiedlung wie z.B. in Indien. In Zusammenhang mit der Bewegung Gandhis meint er: »...der Boykott ist Stellungskrieg, die Streiks sind Bewegungskrieg, die illegale Vorbereitung von Waffen und Elementen des Sturmangriffs ist Krieg im Untergrund... (aber jeder politische Kampf hat immer ein militärisches Substrat).«[22]

Das Interesse Gramscis an den Formen des von Gandhi geführten Kampfes enthält zwar den Irrtum, Gandhi selbst eine ›Strategie der gemischten Kampfformen‹ zu unterstellen, ist aber in höherem Sinne richtig, insofern der antikoloniale Befreiungskampf Indiens in der Tat durch eben diese Mischung von zivilem und bewaffnetem Protest erfolgreich geführt werden konnte (was übrigens der Gandhi-Film von Richard Attenborough auch gezeigt hat).

Als weiteres Beispiel für Gramscis ›historistisch-relativierende‹ Analysen soll noch eine Passage dienen, in der die Zwittersituation des italienischen Südens deutlich wird, der historisch zwischen ›Osten‹

und ›Westen‹ stand. Administrativ an den Norden gebunden, waren die ›demokratischen‹ Realitäten des Staates im Süden noch um vieles schwächer als im Norden (insbesondere was die Selbstorganisation der Arbeitenden in Gewerkschaften und Parteien betraf), der Einfluss der traditionellen Strukturen (Kirche) größer. Und es fehlte auch an moderner ›Kultur‹ im engeren Sinne. Der Süden hatte – nach Gramsci – nur zwei »große Intellektuelle« – Giustino Fortunato[23] und Benedetto Croce, die dafür sorgten, daß die »Risse im Block der Agrarier nicht zu gefährlich« würden. »Im Süden existiert das Verlagshaus Laterza und die Zeitschrift La Critica, existieren Akademien und kulturelle Unternehmen von allerhöchster Gelehrsamkeit; es existieren keine kleinen und mittleren Zeitungen, keine Verlagshäuser, um die sich Gruppierungen mittlerer Intellektueller des Südens sammeln könnten. Die Meridionalisten (Salvemini u.a.- S.K.), die versucht haben, aus dem Block der Agrarier auszubrechen und die Frage des Südens in radikaler Form zu stellen, haben Gastfreundschaft gefunden und sich um Zeitschriften gruppiert, die außerhalb des Südens gedruckt werden.«[24]

In demselben Text berichtet Gramsci – ohne Namen zu nennen – von »sogenannten Neoprotestanten oder Calvinisten«, die »nicht verstanden haben, daß in Italien keine religiöse Massenreform mehr möglich« sei.[25] Das Problem taucht in den Gefängnisschriften als polemisch gefärbte Frage immer wieder auf: muß in Italien noch eine protestantische Reformation durchgeführt werden?

Max Webers *Protestantische Ethik* hat Gramsci mehrmals allgemein gewürdigt, ohne daß ganz klar ist, ob er sie oder über sie gelesen hat.[26] Die Bezugnahmen sind stets knapp, berühren aber das wichtigste gemeinsame Interessengebiet: die Herausbildung der individuellen Psyche des Industriezeitalters. Keinesfalls gibt es Berührungspunkte in den abstrakt methodischen Gemeinsamkeiten, die Weber mit Dilthey hatte, sondern mehr in der praktischen Art und Weise des Herangehens an die Basis-Überbau-Beziehungen, wie sie von Weber insbesondere in der *Protestantischen Ethik* entwickelt wird. Ich möchte hier ausdrücklich betonen, daß Webers Idealtypentheorie in der Tat als idealistisch zu bezeichnen ist, seine in der *Protestantischen Ethik* entwickelte Geschichtsmethodologie jedoch als durchaus historisch-materialistisch gelten muß. Sie grenzt sich nicht nur gegenüber ökonomistisch-reduktionistischen Verfahrensweisen ab, sondern will auch keinesfalls als Hypertrophierung der Bedeutung von Überbauten gelesen werden. Webers Darstellungen der Verschränkungen von Basis-Überbau-Beziehungen stehen Gramscis Methodik äußerst nahe.[27]

An der *Protestantischen Ethik* interessierte Gramsci besonders der Aspekt des Populärwerdens neuer Weltanschauungen, ist er doch der

Meinung, daß die in Italien notwendige ›intellektuell-moralische Reform‹ zwar nicht religiösen Charakters sein kann, wohl aber doch dieselbe Festigkeit und Expansionskraft wie die Reformation haben müsse: »Man sagt oft, daß in gewissen Ländern das Ausbleiben der religiösen Reform der Grund ist für das Zurückbleiben auf allen Gebieten des zivilen Lebens, und man beachtet nicht, daß gerade die Verbreitung der Philosophie der Praxis die große Reform der modernen Zeiten darstellt, es ist eine intellektuelle und moralische Reform, die auf nationaler Ebene das vollbringt, was dem Liberalismus nicht geglückt ist, was er nur für beschränkte Schichten der Bevölkerung vollbracht hat.«[28]

Die ausführlichere Beschäftigung mit Webers *Protestantischer Ethik* hätte Gramsci zu einer bedeutenden Erweiterung jenes Problemkreises führen können, der für ihn selbst ein zentraler war: die Frage partiellen Konsenses zwischen Bourgeoisie und Arbeiterklasse, welche indes auch bei Weber nur implizit enthalten, nicht aber wirklich ausgeführt ist. Wenn ich hier selbst eine gramscianisch-weberianische Extrapolation dieses Themas in die Geschichte des Kapitalismus vorschlage, so geschieht dies vor allem in der Überzeugung, daß dadurch der von Gramsci ›historisierte‹ Unterschied zwischen ›Osten‹ und ›Westen‹ noch deutlicher akzentuiert wird. Zugleich soll gezeigt werden, daß das von Gramsci in dem weiter oben ausführlich zitierten Text angesprochene Verhältnis von einander abwechselnder Repression und Reform, d.h. die stets neuartige Erzeugung des Konsenses zwischen Arbeiterklasse und Kapitalistenklasse historisch älter ist, als Gramsci selbst es annimmt.

Seine Beobachtung der enorm angewachsenen Integrationsfunktion der Zivilgesellschaft stellt vielleicht nur für die katholischen und orthodoxen Länder einen wirklichen *neuen* Tatbestand dar. Max Weber hat die Wechselwirkung zwischen frühkapitalistischer Produktionsweise und den sich im Hinblick auf die Kapitalakkumulation herausbildenden asketischen und rationalistischen Lebensformen des Bürgertums sowie deren Festschreibung im antikatholischen Sektenwesen, im Calvinismus und im Protestantismus überzeugend nachgewiesen. Es erscheint mir aber auch interessant und wichtig zu erforschen, inwieweit die Fixierung auf die ›Arbeit‹ als vornehmste Pflicht vor Gott auch schon historisch früh das in den Manufakturen beschäftigte Proletariat erfaßt und zur Stärkung des antifeudalen (und antikatholischen) Bündnisses beigetragen hatte. Weber hat die psychosozialen Vorgänge bei der Entstehung der Kapitalistenklasse genauer untersucht als die, die jene – das zukünftige Proletariat bildenden – Menschen bewegten, die Ausbeutung in einer Manufaktur hinzunehmen, die man sich wohl eher schwerer als die des feudal abhängigen Bauern vorstellen darf. »*Heute* gelingt dem einmal im Sattel sitzenden Kapitalismus die Rekrutierung seiner Arbeiter in allen Industrieländern und innerhalb der einzelnen Länder in allen Industriegebieten verhältnismäßig leicht. In der Vergangenheit war sie in jedem einzelnen Fall ein äußerst schwieriges Problem.« Weber macht deutlich, daß es nicht besondere handwerkliche, sondern besondere charakterliche Eigenschaften waren, die im Zuge eines Selektionsprozesses den Typ des an die Manufaktur angepaßten Proletariers schufen.[29] Es waren dieselben charakterlichen Eigenschaften, die auch die frühbürgerliche Kapitalistenklasse an den Tag legen mußte, wenn sie reüssieren wollte: Bereitschaft zur methodischen Arbeit und bis zu einem gewissen Grade auch zu einer rationalen Lebensführung. Es wäre freilich falsch, wenn man sich diese Entwicklungen im Proletariat nur auf der ideologischen Ebene vorstellte, sie mußte erzwungen werden durch Einführung von Bettelverboten und Arbeitshäusern für die Armen, die man sich durchaus als Vorläufer des Gulag vorstellen darf.

E.P. Thompson hat diese Entwicklung in der englischen Arbeiterklasse verfolgt, die mit dem *gleichzeitigen* Erstarken des Methodismus in der Bourgeoisie und in der Arbeiterklasse in den ersten Jahrzehnten des 19. Jahrhunderts ihren Höhepunkt fand. Diese gleichzeitig mit schwersten Klassenkämpfen zustandekommende Vereinheitlichung der religiösen Entwicklung wurde möglich durch die von John Wesley realisierte Aufgabe der calvinistischen Prädestinationslehre und ihre Ersetzung durch eine Doktrin der jedem Einzelnen zugänglichen Gnade Gottes.[30] Diese Gnade war im Unterschied zu anderen Religionen nicht nur durch die Einhaltung äußerer Glaubensriten erreichbar, sondern vor allem durch *Arbeitsbereitschaft* bis zur Erschöpfung. Die persönliche Verantwortung der Individuen vor Gott und auf Erden war also das Korrelat der besonderen Anforderungen moderner kapitalistischer Produktion. Auf dieser Basis wuchs dann allerdings auch die Forderung nach dem allgemeinen Wahlrecht und überhaupt der Entwicklung von Individualität in den Unterklassen. Thompson weist zu Recht darauf hin, daß die Anerkennung der Notwendigkeit von Selbstdisziplin und Selbstbezwingung auch im Proletariat schon weit vor dem 19. Jahrhundert begonnen hatte. Viele Elemente der modernen Arbeitsdisziplin seien bereits in Richard Baxters *Christian Directory* von 1673 festgeschrieben gewesen.[31] Freilich muß man sich vor Augen halten, daß diese auf Arbeit und Rationalität fixierten Ansätze der modernen Zivilgesellschaft, die bereits auch ein gewisses Konsensmaterial zwischen Kapital und Arbeit enthielt, nur als ›embryonal‹ bezeichnet werden kann und jahrhundertelang nur ein isoliertes Inseldasein hatte. Sie konnte keinen gesamtgesellschaftlichen Einfluß gewinnen, insbesondere nicht auf die in ihrer Mehrheit noch nicht kapitalistisch integrierten untersten Gesellschaftsschichten. Ohne deren ökonomische Einbindung in die Industrie hatte der Protestantismus in allen seinen Varianten keine allgemeine Anziehungskraft. Das zeigt sich besonders am Scheitern des Jansenismus in Frankreich, der elitär beschränkt blieb, und am politischen Scheitern der Hugenotten: ihr Auszug aus Frankreich hat die Ausbildung und Kohärenz der kapitalistischen Entwicklung in Frankreich erheblich behindert.

Die Ausbeutung in einer Manufaktur hinzunehmen oder sich und der eigenen Familie eine rationale Arbeits- und Lebensdisziplin aufzuzwingen wie es die heimarbeitenden Weber taten, konnte für das proletarische Individuum attraktiver sein als die feudale Abhängigkeit, weil in den frühen Phasen der Industrialisierung ein Gefühl der Freiheit, der ›Unabhängigkeit‹, das im Einklang mit dem ›Geburtsrecht des freien Engländers‹ zu stehen schien, durchaus noch aufkommen konnte. Dazu gehörte auch das Sicherheitsgefühl, das eine Familienökonomie zu vermitteln mag,[32] die Selbstachtung, die der Stolz auf gewisse Standards der Handwerkskunst erzeugt[33] und nicht zuletzt die bis ins Ende des 18. Jahrhunderts hinein erhalten gebliebene soziale Mobilität des Gesellen, der durch eigene Anstrengung und mit etwas Glück durchaus selbst zum besitzenden Meister aufsteigen konnte. Thompson schreibt, daß der Handweber und seine Frau sogar in der Epoche der Einführung des mechanischen Webstuhls, der sie ruinierte und an die Grenzen des Verhungerns brachte, ihren Status nicht nur gegenüber dem beschäftigungslosen Lumpenproletarier, sondern auch als dem der ›Lakaien‹, der Dienstboten höher einschätzten, obwohl deren Lebensstandard erheblich über dem ihren lag.[34] Nicht nur die Ausbeutung, sondern auch den ›Vormarsch des Verstandes‹ und die ›Unterdrückung des Herzens‹ hinzunehmen, gewann dann an Attraktivität, wenn ein ›Gemeindeleben‹ angeboten wurde, das mittels der stets ›offenen Kirchentüren‹ im Prinzip jedem den Weg zu Gottes Gnade ermöglichte und darüber hinaus ein Minimum an diesseitiger Lebenssicherheit bot, wie die Organisierung der Brosamen patriarchalischer Wohltätigkeit, aber vor allem auch der gegenseitigen Hilfe.[35] Die ersten großen Solidarkassen des Proletariats entstanden im Rahmen des Methodismus.

Der Einfluß des protestantischen Arbeitsethos und der rationalen Lebensweise auf die arbeitenden Klassen und seine Rückkoppelung auf die entsprechenden Nationalökonomien ist unbestreitbar.[36] Er hat sich – ohne noch religiös motiviert zu sein – bis heute immer noch in der weltweit nachweisbaren Überlegenheit protestantisch geprägter Gesellschaften über andere Nationalökonomien als wichtig erwiesen und scheint erst in neuester Zeit abzuklingen. Mit der ›protestantischen Ethik‹ formten sich jene gemeinsamen Charakterzüge von Arbeiter- und Kapitalistenklasse heraus, die sich von nun an nicht nur von der Landbevölkerung, sondern auch von den katholisch bzw. orthodox bleibenden und vor allem von den außereuropäischen Kulturen unterscheiden sollten. Hier war ein psychosozialer Kitt entstanden, der sich bis heute als stärker als die gleichzeitig vorhandene Klassenkampfkonstellation erwiesen hat.

Gramsci machte sich keine Illusionen über den Entfremdungscharakter der Entstehung der modernen industriellen Psyche, deren Herausbildung in Italien im Zusammenhang mit der seiner Meinung nach bevorstehenden Taylorisierung und Fordisierung stand: »Die Geschichte des Industrialismus ist immer ein fortgesetzter Kampf gegen das ›tierische‹ Element im Menschen gewesen (und wird es heute in einer noch akzentuierteren und rigoroseren Form), ein ununterbrochener, oft schmerzhafter und blutiger Prozeß der Unterwerfung der (natürlichen, d.h. tierischen und primitiven) Instinkte unter immer neue, immer komplexere und starrere Normen und Ordnungsgewohnheiten, der Genauigkeit, der Präzision, welche die immer komplexeren Formen des kollektiven Lebens möglich machen...

Dieser Kampf ist von außen aufgezwungen, und trotz der erreichten Ergebnisse, trotz des großen sofort praktischen Werts sind sie zum großen Teil rein mechanisch, sind keine ›zweite Natur‹ geworden. Aber ist nicht jede neue Lebensweise in der Periode, in der der Kampf gegen das Alte aufgezwungen wird, immer für eine gewisse Zeit das Resultat eines mechanischen Drucks gewesen? Auch die Instinkte, die heute überwunden werden müssen, weil sie noch zu ›tierisch‹ sind, waren in Wirklichkeit ein beachtlicher Fortschritt über jene früheren, noch primitiveren: wer könnte die ›Kosten‹ an Menschenleben und schmerzhafter Unterwerfung der Instinkte des Übergangs vom Nomadentum zu seßhaft-bäuerischem Leben beschreiben? Hier erscheinen die ersten Formen von Leibeigenschaft, des Handwerks usw. Bislang sind alle Wandlungen der Seins- und Lebensweise über brutalen Zwang gekommen, d.h. über die Herrschaft einer sozialen Gruppe über alle Produktivkräfte der Gesellschaft: die Selektion oder ›Erziehung‹ des Menschen, der an die neuen Zivilisationstypen angepaßt ist, d.h. an die neuen Formen der Produktion und der Arbeit, ist unter Anwendung von unerhörter Brutalität zustandegekommen, indem die Schwachen und Widerspenstigen in das Inferno der Unterklassen geworfen oder ganz eliminiert worden sind. Bei jedem Erscheinen von neuen Zivilisationstypen oder auch im Verlauf des Entwicklungsprozesses hat es Krisen gegeben. Aber wer war in diese Krisen verwickelt? Nicht die Masse der Arbeitenden, sondern die Mittelklassen und selbst ein Teil der herrschenden Klasse, welche auch den koerzitiven Druck gespürt hatten, welcher notwendigerweise auf die gesamte gesellschaftliche Ära ausgeübt wurde. Die Krisen des *Libertinismus* sind zahlreich gewesen; jede historische Epoche hat eine gehabt. Wenn der koerzitive Druck über die Gesamtgesellschaft ausgeübt wird (und das geschah besonders nach dem Untergang der Sklaverei und beim Aufkommen des Christentums), entwickeln sich puritanische Ideologien, die dem immanenten Gebrauch der Gewalt die äußere Form der Überzeugung und des Konsenses geben: Aber wenn das Resultat einmal erreicht ist, wird der Druck gesprengt... und die Krise des Libertinismus setzt ein... die jedoch nicht anders als oberflächlich oder indirekt die arbeitenden Massen berührt, weil sie ihre Frauen verdirbt: diese Massen haben sich indes schon die notwendigen Gewohnheiten und Sitten angeeignet, die für die neuen Lebens- und Arbeitssysteme notwendig sind, oder sie spüren weiter den koerzitiven Druck auf Grund der elementaren Notwendigkeiten ihrer Existenz (auch der Antiprohibitionismus war nicht von den Arbeitern gewollt und die Korruption, die der Schwarzhandel und das Banditentum mit sich bringt, waren in den Oberklassen verbreitet).«[37]

Ungeachtet der Frage, wie tief in der Geschichte im einzelnen jene bedeutsamen Vorformen der Zivilgesellschaft anzusetzen wäre, muß davon ausgegangen werden, daß der ›moderne Produzent‹ in den protestantischen Ländern im Gegensatz zu den katholischen und orthodoxen Gesellschaften auf eine Weise geschaffen wurde, die Gramsci als ›organisch‹ bezeichnet hätte. Katholizismus und Orthodoxie haben niemals ebenso präzise auf den Industrialismus abzielende ideologische Funktionen ausüben können (hier wäre auf die Kulturen der dritten Welt zu extrapolieren, freilich mit dem Vorbehalt, daß im konfuzianischen Asien wiederum günstigere Bedingungen für den Übergang zur industriellen Psyche gegeben sind). Der moderne Produzent wird in den nichtprotestantischen Ländern – soweit überhaupt – eher gegen die Religion hervorgebracht, indem die notwendigen kulturellen und ideologischen Elemente mühsam auf laizistischem Wege in die Zivilgesellschaft getragen werden.

So wahr es ist, daß der Mensch durch Arbeit zum Menschen wurde, so unbestreitbar ist es aber auch, daß das aus dem Protestantismus überkommene, heute immer noch nachwirkende industrielle Arbeitsethos keineswegs Ausdruck der eigentlichen Natur des Menschen ist. Davon kann sich jeder Reisende in der Dritten Welt oder auch in den südeuropäischen Ländern überzeugen – ungeachtet der aktuellen Produktionsform, die ›sozialistisch‹ oder ›kapitalistisch‹ sein mag. Je mehr der Reisende staunt, wie ruhig und gelassen man im Süden oft die Arbeit absolviert (er empfindet das zumeist als ›Schlamperei‹), um so mehr hat er selbst noch das alte Arbeitsethos des Protestantismus verinnerlicht. Jedoch ruft heute die Bedürfnisstruktur der ganzen Welt nach dem modernen Produzenten und es besteht kein Zweifel, daß er auf verschiedene, kulturrevolutionäre Weisen nun weltweit hervorgebracht werden muß.

Was Gramsci gerade als ›neu‹ empfand – nämlich die Solidität der Zivilgesellschaft der parlamentarischen Demokratien – war historisch also nicht so neu, wenn vielleicht auch gerade für Italien, das eben dabei war, einen wesentlichen Rückstand gegenüber den modernen Industrienationen aufholen zu wollen. Mit seinem – gerade den Industrialismus betreffenden – Nord-Süd-Gefälle befand es sich in einer Grenzsituation, die Gramsci deutlich wahrgenommen hat. Was Weber für die Geschichte der protestantischen Länder entwickelt hat, war zu Gramscis Zeiten für den Rest der Welt und auch Italien noch ein aktuelles Problem[38]: Wie vollzieht sich die Disziplinierung, die Herausbildung des modernen Industriearbeiters ohne protestantische Reformation? Das Problem beschäftigte auch andere linke Theoretiker der Epoche wie zum Beispiel Trotzki – weil es einen organischen Bestandteil der Revolutionsperspektive darstellte.

Für einen raschen industriellen Fortschritt traten in Italien verschiedenste gesellschaftliche Gruppen ein, nicht nur die Industriellen. Auch die Arbeiterklasse dieses rohstoff- und energiearmen Landes sah die einzige Möglichkeit des Fortschritts in einer radikalen Industrialisierung. So brachte Italien auch die erste, auf die Industrialisierung bezogene Kunstströmung hervor: den Futurismus.

Modell des industriellen Fortschritts waren die USA: Frei vom »Bleigewicht historischer und kultureller Traditionen« aus vorkapitalistischer Zeit: den parasitären Überbleibseln der Feudalklassen, das Rentierswesen usw., sei dort eine »gesunde Basis für die Industrie und insbesondere für den Handel« entstanden. Durch diese »schon mit der historischen Entwicklung rationalisierten Bedingungen war es relativ einfach, die Produktion und die Arbeit zu rationalisieren, indem die Gewalt (Zerstörung der auf territorialer Basis organisierten Gewerkschaftsbewegung der Arbeiter) mit der Überzeugung (hohe Löhne, verschiedene soziale Vorteile, äußerst gewandte ideologische und politische Propaganda) geschickt kombiniert wurde; dabei wurde erreicht, daß das ganze Leben des Landes auf die Produktion ausgerichtet ist. Die Hegemonie kommt aus der Fabrik und braucht nur eine minimale Menge von professionellen Vermittlern der Politik und der Ideologie.«[39] Weil die Arbeiterklasse selbst keinen gestaltenden Anteil an der

Konstruktion des Modells Amerika hat, bezeichnet Gramsci es freilich auch als ›passive Revolution‹.

Seine unter ›Amerikanismus‹, ›Taylorismus‹ und ›Fordismus‹ zusammengefaßten Aufzeichnungen stellen – im Hinblick auf die italienischen Verhältnisse – eine Extrapolation in die Zukunft dar: es geht um die Frage, welche Veränderungen das gesellschaftliche System erfahren muß, damit der Arbeiter die ganz neuartigen Belastungen des Nervensystems erträgt, die das Fließbandsystem mit sich bringt – welches in Italien freilich erst nach dem 2. Weltkrieg Realität wurde. Gramsci wendet sich gegen die selbst in Italien verbreitete unhistorische Auffassung, daß das italienische Temperament einerseits »unsystematisch, genialisch, schöpferisch«, andererseits aber »gegen die Rationalisierungen« sei, sich »nicht an die Methoden der Fabrik anpassen kann, in welchen allein der Gewinn der Serienarbeit liegt«. Er weist darauf hin, daß Italien in der Geschichte das Land gewesen sei, in dem das Fabrikwesen seine ersten embryonalen »organischen und rationalen Manifestationen« gehabt habe.[40] Eine solche, in unserer Zeit unkritisch wirkende Bejahung des industriellen Fortschritts war für Gramscis Zeit in der Linken typisch. Die Ausmaße der möglichen Umweltzerstörung waren schier unvorstellbar oder schienen vermeidbar, wenn der technische Fortschritt unter demokratischer Kontrolle, d.h. unter der Herrschaft der Arbeiterklasse zustandekäme.

Die prinzipielle Möglichkeit einer Besitznahme des Produktionsapparates durch die Arbeitenden selbst war in Gramscis Augen mit der Bewegung des *Ordine Nuovo*, der Turiner Rätebewegung von 1919/1920 bewiesen, die in Fabrikbesetzungen gipfelten, während denen die Produktion mit 70% des normalen Ausstoßes fortgeführt werden konnte. Das Ziel der Kämpfe war gewesen, die FIAT in eine selbstverwaltete Kooperative zu verwandeln.

Unvermeidbar schien Gramsci das Problem einer Phase relativer Vereinseitigung, d.h. der Mechanisierung der Arbeitstätigkeit, ein Weiterschleppen bestimmter, die extreme Arbeitsteilung begleitenden Entfremdungserscheinungen. Diese stellt er sich jedoch gleichfalls erträglicher vor, wenn sie vom Arbeiterselbstbewußtsein mitgetragen, mitorganisiert werden. So betont Gramsci mehrmals, daß die italienischen Ereignisse bis 1926 (d.h. bis zur Zerstörung der Arbeiterparteien und -Organisationen durch den Faschismus) gezeigt hätten, »daß die Arbeiter die Träger der neuen und modernsten Erfordernisse der Industrie geworden waren und sie auf ihre Weise wacker bekräftigt« hätten. Sogar »mancher Industrielle hat diese Bewegung verstanden und versucht, sie sich zunutze zu machen (so ist der Versuch Agnellis zu erklären, den *Ordine Nuovo* und seine Schule im FIAT-Komplex zu absorbieren und so eine Schule für Arbeiter und spezialisierte Techniker im Hinblick auf eine Umwälzung der Industrie und der Arbeit mit ›rationalisierten‹ Systemen zu schaffen: die Y.M.C.A. versuchte, Kurse in abstraktem ›Amerikanismus‹ zu eröffnen, aber trotz der hohen ausgegebenen Summen scheiterten die Kurse).«[41]

Wenn Gramsci ausdrücklich betont, daß die von Trotzki vorgeschlagene (und von Stalin dann praktisch durchgeführte) Bewältigung des Problems der Arbeitsdisziplin durch Militarisierung des Arbeitslebens falsch sei, so hält er doch aufrecht, daß diese Situation auch unter Arbeiterkontrolle einen ›Zwang‹ bedeutet, »eine allgemeine Lehrzeit, einen Prozeß der physischen und psychischen Anpassung an bestimmte Arbeitsbedingungen, Ernährungsweisen, die Art sich zu kleiden, der Sitten usw. ... was nicht angeboren oder ›natürlich‹ ist, sondern vielmehr angeeignet werden will.«[42]

Gramsci verfolgt mit Interesse, daß Ford nicht nur das Alkoholverbot, sondern auch die Monogamie als Voraussetzung der Fließbandarbeit angesehen habe. Und wenngleich ihm klar ist, daß auch die Einrichtung der Monogamie eine Entfremdungserscheinung darstellt (»Die Sexualinstinkte sind diejenigen, welche die größte Unterdrückung durch die sich entwickelnde Gesellschaft erfahren haben.«[43]), so stimmt er im Prinzip jedoch zu: »Es scheint klar zu sein, daß der neue Industrialismus die Monogamie verlangt, daß der arbeitende Mensch seine Nervenenergie nicht bei der ungeordneten und aufreibenden Suche nach der gelegentlichen sexuellen Befriedigung vergeudet: der Arbeiter, der nach einer Nacht der ›Ausschweifung‹ zur Arbeit geht, ist kein guter Arbeiter, die übersteigerte Leidenschaft kann nicht in Einklang stehen mit den chronometrischen Bewegungen der produktiven Gesten, die an die perfektesten Automatismen gebunden sind.«[44]

Gramsci erkennt, daß die »bedeutendste mit der Sexualität verbundene ethisch-zivilisatorische Frage« die »nach der Herausbildung einer neuen Persönlichkeit der Frau« ist. »Solange die Frau nicht nur keine wirkliche Unabhängigkeit gegenüber dem Mann erreicht hat, sondern auch keine neue Art und Weise, sich selbst und ihren Anteil in den sexuellen Beziehungen zu konzipieren, wird die sexuelle Frage voll krampfhafter Verzerrungen bleiben und bei jeder Erneuerung von Gesetzeswerken berücksichtigt werden müssen. Jede Krise eines einseitigen Verbots auf sexuellem Gebiet bringt eine ›romantische‹ Zügellosigkeit mit sich und kann durch die Abschaffung der legalen und organisierten Prostitution noch verschärft werden. Alle diese Elemente komplizieren und erschweren jede Reglementierung der Sexualität sehr, sowie jeden Versuch, eine neue sexuelle Ethik zu schaffen, die den neuen Methoden der Produktion und der Arbeit entspricht. Andererseits ist es nötig, zu einer derartigen Reglementierung und zu einer neuen Ethik zu kommen. Bemerkenswert ist, wie die Industriellen (insbesondere Ford) sich für das Sexualverhalten ihrer (Lohn-S.K.) Abhängigen und im allgemeinen für die generelle Regelung ihres Familienlebens interessiert haben. Der äußere Schein des ›Puritanismus‹, den dieses Interesse angenommen hat (wie im Falle des ›Prohibitionismus‹), darf zu keinem Irrtum verleiten. In Wahrheit kann sich der neue Menschentyp, den die Rationalisierung der Produktion und der Arbeit verlangt, nicht entwickeln, bis nicht der Sexualinstinkt entsprechend reguliert und auch rationalisiert worden ist.«[45]

Wie ernst es Gramsci mit der Hervorbringung des neuen Menschentyps war, geht aus einem anderen, recht sorgenvollen Text hervor, der eine kuriose Prophezeiung für die Verhältnisse enthält, die sich in den realsozialistischen Ländern entwickeln sollten: Er meint, »daß der verderblichste und ›regressivste‹ ideologische Faktor auf sexuellem Gebiet die aufklärerische und libertinistische Konzeption der Klassen ist, die nicht eng an die produktive Arbeit gebunden sind, und daß die arbeitenden Klassen von diesen angesteckt werden. Dieses Element wird umso schwerwiegender, wenn die arbeitenden Massen in einem Staat nicht mehr unter dem koerzitiven Druck einer Oberklasse stehen, wenn die an die neuen Produktions- und Arbeitsmethoden gebundenen neuen psychophysischen Gewohnheiten und Haltungen auf dem Wege der gegenseitigen Beeinflussung und Überzeugung erworben werden müssen, die individuell vorgeschlagen und angenommen werden. Es kann geschehen, daß sich eine doppelbödige Situation entwickelt, ein innerer Konflikt zwischen der ›verbalen‹ Ideologie, die die neuen Notwendigkeiten anerkennt, und der ›tierhaften‹ wirklichen Praxis, die die physischen Körper daran hindert, sich die neuen Haltungen wirklich anzueignen. In diesem Falle bildet sich das heraus, was man eine Situation der totalitären gesellschaftlichen Heuchelei nennen kann. Weshalb totalitär? In anderen Situationen sind die Schichten des Volkes gezwungen, die ›Tugend‹ zu befolgen. Wer sie predigt, befolgt sie nicht, obwohl er ein Lippenbekenntnis für sie abgelegt hat, und daher ist es eine Hypokrisie von Schichten, keine totale... Im Falle dagegen, in dem kein koerzitiver Druck einer Oberklasse besteht, wird die ›Tugend‹ allgemein anerkannt, aber nicht befolgt, weder durch Überzeugung noch durch Zwang.« Nötig werde »ein Zwang neuen Typs, insoweit er von der Elite einer Klasse über die eigene Klasse ausgeübt wird, kann er nur Selbsterziehung, d.h. Selbstdisziplin sein...«[46]

Gramscis Annahme sollte sich teilweise als richtig erweisen. Während die postrevolutionäre Sexualpolitik der Sowjetunion von modernem Libertinismus geprägt war (Entbürokratisierung der Eheschließung, Freigabe der Abtreibung), erfolgte mit der Industrialisierungsphase ein durchaus ›fordistischer‹ Versuch, die Sexualität wieder zu ›rationalisieren‹, der genau in der von Gramsci beschriebenen ›doppelbödigen Situation‹ endete. Die Grundannahme, daß das Fließbandsystem auch ein gleichförmiges Sexual- und Freizeitverhalten voraussetzt, sollte sich jedoch als falsch erweisen. Das zeigte sich nicht nur in der Sowjetunion, sondern ebenso in den USA, die den strengen Puritanismus ebenfalls aus vielerlei Gründen nicht aufrechterhalten konnten. Ein Teil des Arbeitsmarktes wurde dort von Menschen beansprucht, die keine oder zumindest doch erst frisch erworbene Traditionen des Puritanismus hatten: die Farbigen. Die Monotonie der Fabrik wurde jedoch auch für die weißen Arbeiter nicht etwa durch Monotonie des Freizeitverhaltens erträglicher: die sich immer mehr entwickelnde Freizeitindustrie stellte bald fließende Kompromisse zwischen Puritanismus und Ausschweifung her. Diese ist, wie Horkheimer und Adorno es in ihrem Aufsatz zur *Kulturindustrie* in der *Dialektik der Aufklärung* gezeigt haben, der eigentliche kulturelle Überbau der fordisierten kapitalistischen Industriegesellschaften, die wiederum in ihrer konkreten Form noch nicht in Gramscis historischem Blickwinkel lagen.

Für Gramsci litt die amerikanische Gesellschaft geradezu noch an einem Mangel an Überbauten. So konstatiert er zum Beispiel einen Mangel an »großen Intellektuellen, die das Volk im Bereich der Zivilgesellschaft leiten: in diesem Sinne ist es wahr, daß Amerika unter dem Einfluß von Europa steht, der europäischen Geschichte.«[47] Vor der Krise von 1929 sei jedenfalls noch keine »Blüte von ›Überbauten‹« festzustellen, »d.h. die grundlegende Frage der Hegemonie ist noch nicht gestellt worden.«[48] Sinclair Lewis' Roman *Babitt* stelle in diesem Zusammenhang jedoch ein neuartiges Phänomen der Selbstkritik dar (»seine Mittelmäßigkeit, seine naive Beschränktheit... seine mechanische Art zu denken... seine standardisierte Mentalität«). Es sei »ein sehr wichtiger kultureller Fakt... daß es in Amerika eine realistische literarische Strömung gibt, die beginnt, kritisch gegenüber den Sitten zu werden... Es bedeutet, daß sich diese Selbstkritik ausbreitet, daß also eine neue amerikanische Gesellschaft entsteht, die sich ihrer Stärken und Schwächen bewußt ist: Die Intellektuellen lösen sich von der herrschenden Klasse, um sich noch enger mit ihr zu verbinden, um einen wirklichen Überbau zu bilden und nicht nur ein unorganisches Element zu sein, das sich von der korporativen Basis nicht unterscheidet.«[49]

Man beachte hier wieder die aktive Funktion, die Gramsci den Überbauten zuschreibt, die kein bloßer Reflex sind, sondern oft geradezu eine Negation der Basis, Nonkonformismus.

Thema des folgenden Kapitels ist der Alltagsverstand und die Freizeitkultur. Gramscis historischer Relativismus hat früh wahrgenommen, daß der Alltagsverstand im modernen Zeitalter zum umkämpften Zentrum der Zivilgesellschaft wird. Wie sehr die Volkskultur selbst historischen Wandlungen unterworfen ist, macht Gramsci bereits in einem merkwürdigen Jugendartikel aus dem Jahre 1918 klar, der im einzelnen wieder spekulative Fehleinschätzungen enthält, jedoch methodisch außerordentlich wichtig ist. Gramsci beklagt hier, daß in Italien noch außerordentlich wenig Sport getrieben, insbesondere noch wenig Fußball gespielt werde. Statt dessen erfreue sich das Kartenspiel noch großer Beliebtheit: »Geschlossener Raum, Rauch, künstliches Licht. Ein Schrei, Schläge unterm Tisch und oft ins Gesicht des Gegners oder... des Komplizen. Perverse Arbeit des Gehirns(!). Gegenseitiges Mißtrauen. Geheimdiplomatie. Gezinkte Karten. Strategie der Beine und der Fußspitze. Ein Gesetz?...

Die Kartenpartie findet oft ihren Abschluß mit einem Toten oder mit ein paar gequetschten Schädeln. Man hat nie gelesen, daß in solcher Weise eine Partie foot-ball (=englisch-S.K.) zuende gegangen sei.

Auch in diesen marginalen Aktivitäten der Menschen reflektiert sich die politökonomische Struktur der Staaten. Der Sport ist die in den Gesellschaften verbreitete Aktivität, in denen der ökonomische Individualismus des kapitalistischen Regimes die Sitten umgeformt hat, neben der ökonomischen und politischen Freiheit hat er auch die geistige Freiheit erzeugt und die Toleranz der Opposition.

Das Kartenspiel ist die Sportart der ökonomisch, politisch und geistig zurückgebliebenen Gesellschaften, wo die Form des zivilen Zusammenlebens durch den Polizeispitzel gekennzeichnet ist, durch den als Bürger verkleideten Polizeiagenten, durch den anonymen Brief, den Kult der Inkompetenz, durch den Karrierismus.... Der Sport erzeugt auch in der Politik das Konzept des ›loyalen Spiels‹«.[50]

Abgesehen davon, daß die hier zugesprochene enge Wechselwirkung von Basis und Überbau sich gerade hinsichtlich des Fußballs in der realen Entwicklung als groteske Überdetermination erweist, abgesehen davon, daß hier wohl auch eine zu positive Einschätzung der bürgerlich-parlamentarischen Demokratie überhaupt vorliegt, ist doch der differenzierend-historisierende Ansatz der Fragestellung wichtig. Sie ist als Grundprinzip im Marxismus selbst angelegt. Aber Gramsci ist doch der erste, der die Historisierung konsequent und ausführlich auf die Phänomene der Massenkultur überträgt, was indes selbst historische Gründe hat. Sie begann sich ja erst in der Mitte des 19. Jahrhunderts in den industrialisierten Ländern in großen Zügen zu entwickeln (für das analphabetische Rußland gewann sie überhaupt noch keine Bedeutung). Und weder die konkrete Herausforderung noch die heutigen Dimensionen der Massenkultur waren vorhersehbar. Marx' Kritik an Eugene Sues *Geheimnissen von Paris*[51] nimmt zwar eine wichtige Vorläuferrolle wahr. Sie verdankt ihr Entstehen ja nicht der Bedeutung des Buches als Kunstwerk, sondern seiner enormen Verbreitung – aber eine Theorie der Trivialliteratur ist das noch nicht. Marx konnte noch auf viel rascheres Zusammenfließen von Hoch- und Volkskultur in einer bevorstehenden Revolution hoffen. Von Marx über Mehring, Luxemburg und Lenin führt bis hin zu Lukács die Auffassung, daß die fortschrittliche Massenkultur aus einer Kombination des ganzen fortschrittlichen Menschheitserbes in Kunst und Literatur, sowie sozialistischer Weltanschauung und Utopie entwickelt werden könne. Am qualitativ höchsten, was die Menschheit je hervorgebracht hat, sollte sie sich nähren, abstoßen und möglichst gradlinig zum neuen Ufer hinübergleiten. Bei dem schon weitaus mehr mit praktischen Problemen der Kulturpolitik konfrontierten Lenin finden sich jedoch auch Bemerkungen, daß er weit davon entfernt sei, »zu leugnen, daß für die Arbeiter eine populäre Literatur und für die besonders rückständigen Arbeiter eine besonders populäre (allerdings keine seichte) Literatur notwendig ist.«[52]

In keiner Frage sind die Klassiker des Marxismus aber wohl so von der Realität überholt worden, wie in dieser: weder die Länge noch Kompliziertheit der Transformationsphase war vorhersehbar noch die sintflutartigen Auswirkungen der modernen industriellen Massenkultur mit ihren zahlreichen affirmativen Aspekten.

7. Kapitel
Der Alltagsverstand Zentrum der Zivilgesellschaft

»Der Papst kennt den Mechanismus der kulturellen Reform der bäuerlichen Volksmassen besser als viele Elemente des linken Laizismus...«[1]

»Ist es möglich, daß ›formal gesehen‹ eine neue Anschauung anders als im groben, ungeschlachten Gewand einer Plebs auftritt?«[2]

Genaugenommen ist die Alltagsforschung und das Entwerfen von neuen Perspektiven für den Alltag schon immer Merkmal demokratischen Denkens gewesen: schon die alten antifeudalen Utopien bis hin zu den utopischen Sozialisten des 19. Jahrhunderts haben ihren Ausgangs- und Schwerpunkt in der Entwicklung einer gerechten Organisation des Alltags für die Gesamtgesellschaft. Wenn der Marxismus seinen Schwerpunkt in der politischen Ökonomie findet – was zunächst auch den Hauptteil der theoretischen Aktivität absorbiert – so konstruiert er damit nichts weniger als die realistische Basis der Umwälzung des Alltags. Daß der Alltag und seine Umwälzung das konkrete Ziel der Theorien von Marx und Engels war, geht deutlich aus allen ihren konkreten historischen Werken hervor, die auf einer enormen Fülle von Alltagsinformationen über das Leben aller betroffenen Klassen basieren.

Marx und Engels waren – im Gegensatz etwa zu den Anarchisten – äußerst vorsichtig im Prognostizieren des Zeitpunkts und der Umstände des revolutionären Bruchs. Das Aufblähen der Zivilgesellschaft im 20. Jahrhundert und die damit einhergehende systemstabilisierende Wirkung war gänzlich unvorhersehbar. Die Revolutionshoffnung und der noch relativ undifferenzierte zeitgenössische Alltagsverstand führten dazu, daß dieser als selbständige Kategorie relativ selten in ihren Blickwinkel geriet, daß er kein Gegenstand systematischer Auseinandersetzungen wurde, wie die zeitgenössischen Philosophen der Hochkultur. In den Augen von Marx und Engels würde die Revolution und die damit auch einzuleitende allgemeine Demokratisierung der Bildung einen raschen kulturellen Aufschwung der Volksmassen möglich machen, d.h. ein relativ schnelles Anknüpfen an die humanistischen Höchstleistungen der vergangenen Menschheitsepochen. Wegen der

Zurückgebliebenheit Rußlands konnte auch Lenin von ebendiesen Prämissen für die postrevolutionäre Kulturpolitik der Sowjetunion ausgehen, wenngleich sich hier bereits sehr rasch Konfliktpotential auf der Ebene des Alltagsverstandes offenbarte: Ein sofortiges Herüberwachsen der Sowjetmenschen von der mittelalterlich-orthodoxen Religiosität zu den Gipfeln der humanistisch-demokratischen Menschheitskultur war nicht möglich, blieb doch aber eine lange Zeit eine Grundkonstante der kulturpolitischen Zielsetzungen. So kann der Shdanowismus als abstrakt konstruierte Kombination von parteipolitischer Aktualität im formalen Gewande des realistischen Romans des 19. Jahrhunderts gelten. In diesem Zusammenhang ist es notwendig, darauf hinzuweisen, daß auch die Theorien von Georg Lukács, dessen Denken eine große Verbundenheit mit der westeuropäischen Kultur aufzuweisen scheint, im Grunde aber doch auf diese ganz anderen kulturpolitischen Orientierungen Osteuropas zugeschnitten sind. Lukács kann immer für sich in Anspruch nehmen, in politischer Hinsicht die stalinistischen Deformationen vermieden oder sogar bekämpft zu haben, in der Grundstruktur weisen seine ästhetischen Theorien denselben Schematismus wie die offizielle Linie auf. Wenn er hinsichtlich seiner enormen Bildung, seiner Feinsinnigkeit niemals mit den vulgären Auswüchsen des Shdanowismus verwechselt werden darf[3], so sind doch auch seine ästhetischen Theorien abstrakt auf das kulturpolitische Ziel fixiert, und auch er kann sich keine andere Traditionslinie als das 19. Jahrhundert vorstellen – was dann zu Feindschaft auch zu fortschrittlichen Phänomenen der Moderne führte.[4] Wenn in der Ästhetik des alten Lukács der Alltag – wenn auch in sehr abstrakter Form – der Augangs- und Bezugspunkt der Theoriebildung wird[5], ist damit eine politisch und philosophisch wichtige Überwindung vieler früherer idealistischer und normativer Tendenzen erreicht. Freilich ist diese tiefgreifende Revision von Lukács' Ästhetik auch bereits als Ergebnis der raschen Transformation des Alltagslebens und des Alltagsdenkens der osteuropäischen Völker zu verstehen.

Die Ausklammerung des Alltagsverstandes und der damit verbundenen kulturellen Fragen war auch ein Ausdruck des Ökonomismus der 2. Internationale, wie auch der ökonomistischen Reduktionen, die die Entwicklung des Sozialismus und der Arbeiterbewegung im 20. Jahrhundert kennzeichneten. Die Überwindung dieses Ökonomismus deutet sich erst im letzten Jahrzehnt an – Alltag und Alltagsbewußtsein rücken mehr und mehr in den theoretischen Blickwinkel der Linken. Daß der Alltagsverstand Gegenstand der Theorie und nicht selbstverständlich Arbeitsgebiet der Praxis ist, ist freilich ein Zeichen für die noch immer nicht errungene historische Überlegenheit.

Wenn bei Gramsci der Alltagsverstand zur zentralen theoretischen Kategorie wird, so ist in diesem Punkt seine wirkliche und konsequente Überwindung des Ökonomismus der 2. Internationale zu sehen. Hier ging Gramsci entschieden weiter und konsequenter vor als die antiökonomistischen Theorien von Korsch und Lukács, aber auch als die Frankfurter Schule, die die Bedeutung der Massenkultur zwar erkannte, aber nur zu einer pessimistischen Wertung ihrer Phänomene gelangte. Wenn bei Adorno Emanzipation unter bestimmten Voraussetzungen, aber auf alle Fälle nur in den Sphären der Hochkultur aufblitzen kann, liegt hier eine seltsame Parallele zu Lukács vor, der sich in der Tat bei den Frankfurtern hoher Achtung erfreute.

Ehe wir Gramscis Theorien des Alltagsverstandes genauer untersuchen, soll jedoch auf eine frühe linke Theoretikerin des Alltagsbewußtseins aufmerksam gemacht werden. Lu Märten (1879-1970) hat schon kurz nach der Jahrhundertwende die erhoffte revolutionäre Umwälzung bis hin auf das »simpelste Ding und Gerät um uns« verstanden. Interessant und wohl keineswegs Zufall, daß ihre Schriften auch eine starke feministische Komponente aufweisen: Lu Märten war eine frühe Vertreterin der von Benjamin, Brecht und Eisler später weiter verfochtenen ›Materialästhetik‹.[6]

Für Lu Märten sollte Kunst keine »Sonderfunktion« mehr haben, nicht »eine Ware, ein Ding« sein, »das irgendwo außerhalb des Alltags existiert, ein Ding mit dem Nimbus sonderlich erlesenen Lebens«. Indem der Kapitalismus »alles spezialisierte, hat er lauter Teilmenschen, lauter Typen, lauter Spezies geschaffen, den lebendigen All-durchpulsten Menschen, den in jeder Richtung an Leib und Seele rechtwinkligen Menschen hat er vernichtet«. Daß es auch eine – im Hinblick auf das revolutionäre Ziel – fatale Einseitigkeit des revolutionären Arbeiters gibt, sieht Lu Märten im Alltag bestätigt: »Wer sich Revolutionär nennt und ist das nur in seiner parteipolitischen Aktion, und ist nach Hause gekommen in den Anforderungen an seine Frau, an seine Kinder, und in all seiner Gewohnheit, nicht schon nach Kräften der neue Mensch der neuen Welt, die er mit seiner politischen Aktion gestalten will, der ist kein Revolutionär! ... Was geht zugrunde in eurem Alltagsleben, in euren *Frauen*, an latenten, ungeweckten Kräften, an Kunst, an Leben, an Material für eine *neue proletarische Kultur!* Nun wissen wir wohl, daß diese Dinge nicht eher massenhaft anders werden können, ehe man nicht all die lächerlichen hundert Millionen Koch(stellen) und Kochkisten aus den kapitalistischen Häusern herausgeschmissen haben wird...«[7]

Gramscis Beschäftigung mit dem ›senso comune‹, dem Alltagsverstand, läßt sich bis in die Anfänge seiner politisch-journalistischen

Tätigkeit zurückverfolgen, wenn auch der Gebrauch des terminus und die theoretische Beschäftigung damit erst in den Gefängnisschriften einsetzt. Die von Croce ausgerufene ›intellektuell-moralische Reform‹, die freilich nur das ›Bildungsbürgertum‹ auf ein gesamteuropäisches Kulturniveau heben wollte, weitete bereits der junge Kulturjournalist, der unter dem Einfluß seines sehr ›crocianischen‹ Freundes und Genossen Angelo Tasca stand, auf die subalternen Klassen aus, wenn auch zunächst vorwiegend in der für die Sozialdemokratie klassischen Bewegungsrichtung von der ›Hochkultur‹ zur ›Alltagskultur‹. Welcher Fortschritt allein mit dieser Position jedoch bereits erreicht war, zeigt der Hinweis auf die Position des ersten Vorsitzenden des PCI, Amadeo Bordiga, der jegliches kulturelles Engagement der Arbeiterklasse vor der Revolution wegen der Gefahr der Verbürgerlichung rundheraus ablehnte.[8]

Noch mit professoralen Allüren behaftet, will der junge Gramsci sogar sprachwissenschaftliche Kenntnisse im Proletariat verbreiten. So bietet er bei aktuellem Anlaß in feuilletonistischer Form interessante, weil ›parteiliche‹ Etymologien an. Als die bürgerliche Zeitung *Corriere della Sera* einmal einen Sozialisten als ›Idioten‹ bezeichnet hatte, antwortet Gramsci mit einem Artikel, der das Wort auf seine griechische Urbedeutung zurückverfolgte: »Idiota ist, wer verschieden ist, wer anders als die meisten spricht ... es bedeutet weiterhin: der, der mit seinem eigenen Kopf denkt.«[9] Sachkundig griff er auch in den in der Sozialistischen Partei ausgebrochenen Streit um das Esperanto ein, dessen Erlernen vielen, die damals auf die Weltrevolution hofften, als eine internationalistische Pflicht erschien. Gramsci sprach sich gegen das Esperanto aus, das er für unfähig erklärte, den konkreten Alltagsaufgaben der Sozialisten gerecht werden zu können.[10]

Stellvertretend für das – noch nicht vorhandene – proletarische Publikum ging der junge Journalist ins Theater und schrieb zwischen 1916 und 1920 im *Avanti* knapp 200 Theaterkritiken, deren innerster Antrieb ein Versuch der kritischen Aneignung einer bürgerlichen Unterhaltungsinstitution war. Er stellte immer wieder fest, daß »das bürgerliche Theaterpublikum« nicht wirklich gerüstet sei, »das Kunstwerk zu verstehen und nachzuempfinden«. Denn »für den Bourgeois, der gut zu Abend gespeist und zwischen Essen und Bett drei Stunden zu verlieren hat, ist ein Drama so ein Mittelding zwischen Verdauungslikör und Aphrodisiakum«. So wünschte Gramsci zum Beispiel dem Stück *Anfissa* von Leonid Andreev, ein turbulentes, jedoch tragisch endendes Liebesverwirrspiel, das das Turiner Carignano-Theater 1920 in seinem Repertoire hatte, »ein besseres Publikum, das spontan, mit unvermittelter Aufrichtigkeit reagiert, direkter die leidenschaftliche Bangigkeit der

Tragödie genießt und erleidet. Wir wünschen ihm ein Publikum von Proletariern.«[11]

Die kulturpolitische Spürnase des die Arbeiter im Theater quasi vertretenden Gramsci war ›antisektiererisch‹ genug, um das große Talent des – damals noch oft ausgepfiffenen – Luigi Pirandello zu verteidigen, obwohl sich mit dessen Stücken kaum eine vordergründige Beziehung zum Proletariat herstellen läßt – wohl aber der hartnäckige Versuch, das Alltagsleben des Kleinbürgertums dialektisch darzustellen.[12]

Einen beträchtlichen Teil seiner journalistischen Tätigkeit konzentrierte Gramsci zwischen 1916 und 1920 auch auf eine beinahe täglich erscheinende Rubrik *Sotto la Mole* im *Avanti*, die er als »kleinen Kalender des städtischen Lebens«[13] konzipierte. Hier werden die tagtäglichen munizipalen Ereignisse mit spitzer Feder polemisch kommentiert, ein echtes Stück früher ›Gegenkultur‹. Einer solchen ›Gegenkultur‹ auch eigene Institutionen zu geben, ist Gramscis Ziel, bis zu Beginn der zwanziger Jahre der faschistische Terror jegliche assoziative Aktivität der Arbeiterklasse unmöglich machen sollte.[14] So setzt er sich 1917 für die Gründung einer ›Assoziazione di cultura‹ in Turin ein, denn von der bereits bestehenden Volksuniversität sei »besser zu schweigen«, sie sei zu keiner Zeit lebendig gewesen. Bürgerlichen Ursprungs, gehe sie »von einem vagen und konfusen Kriterium des geistigen Humanismus aus: sie hat diesselbe Effizienz wie die Wohltätigkeitsinstitute.« Für die Arbeiterklasse »existierten jedoch philosophische, religiöse, moralische Probleme, die die politische und ökonomische Aktion voraussetzt, ohne daß die ökonomischen und politischen Organismen ihre eigenen Lösungen in eigenen Räumen diskutieren und propagieren können.«[15]

Der 1919 zunächst noch unter dem Einfluß Tascas als proletarische Kulturzeitschrift konzipierte *Ordine Nuovo* bekam erst nach einem von Gramsci gemeinsam mit Palmiro Togliatti und Umbero Terracini verübten »redaktionellen Staatsstreich« sein endgültiges Profil. Die ›Kultur‹, die in den ersten Nummern abstrakt und intellektualistisch als Konzept des intellektuellen Nachholbedarfs der Arbeiterklasse hinsichtlich der Hochkultur konzipiert worden war, bekommt nun ein sozioökonomisches Fundament. Die Zeitschrift wird zum Organ der Turiner Räte, die die Fabriken besetzt haben und unter eigener Verantwortung produzieren. »Wie können wir frei werden? Wie können wir wir selbst werden?« – wurde das konkrete Credo der Zeitschrift, deren Artikel aus »Diskussionen mit den besten Arbeitern« entsprangen. Sie enthielten »reale Gefühle, Willensäußerungen und Leidenschaften der Turiner Arbeiterklasse«, weil sie »praktisch eine Kenntnisnahme von realen Ereignissen waren.«[16]

Wie Cesare Bermani recherchiert hat, richtete der *Ordine Nuovo* verschiedene Rubriken ein, in der sich Arbeiter direkt ausdrücken konnten: ›Ideen und Fakten‹, ›Proletarische Kommentare‹, ›Proletarisches Leben‹, ›Tribüne der Soldaten‹. Außerdem gab es proletarische Lieder, Arbeiterdichtungen, Korrespondenzen über das Leben in der Fabrik, Vorschläge für die Verbesserung der Zeitschrift oder zur Förderung der Subskriptionen für die Partei. »Es gehörte schon einige List oder Überredungskunst dazu, damit es Gramsci gelang, von Arbeitern geschriebene Beiträge in den *Ordine Nuovo* zu bringen.« Die Novelle *Der Brudermord* von Giuseppe Frangia veröffentlichte er ohne dessen Einverständnis.[17] Sie wurde zum Anlaß scharfer Kritiken bürgerlicher Zeitschriften, worauf der *Ordine Nuovo* eine weitere – diesmal jedoch in Auftrag gegebene Novelle – von Frangia publizierte, die Gramsci mit einem Einleitungskommentar versah. Frangia sei »ein gesunder Schriftsteller aus dem Volke, frei von den Künstlichkeiten der offiziellen Literatur, er verachtet die manieristischen Verstiegenheiten, er wird von keinem konventionellen Gesetz diszipliniert, sondern er ist frei bis zur elementaren, einfachen Ungeschliffenheit. Seine Wirksamkeit liegt in der Unordnung des Satzgefüges, in der klaren Eigentümlichkeit der grammatischen Konstruktion, die offen anarchisch ist, in Wirklichkeit ein Ausdruck einer inneren Bewegung des Denkens. Seine phantastische Welt bleibt reine Materie, nicht genügend vertieft und präzisiert...« Jedoch habe die Schrift von Frangia einen »dokumentarischen Wert«, weil sie »autonomer Ausdruck eines Gefühls des Volkes« sei, »das sich selber sucht«, was die »plumpen Gehirne« in den bürgerlichen Zeitschriften eben nicht hätten verstehen können, deren »künstlerische Intelligenz niemals den Padre Bresciani[18] überschritten« hätte.

Wie Frangia selbst erzählt, veröffentlichte der *Ordine Nuovo* »jeden Montag ... diese Geschichten, Dichtungen, kritische, literarische und geschichtliche Aufsätze, alle von Arbeitern geschrieben: weil er darauf wartete, daß bei einer wirklichen und originalen Revolution, bei einer wirklichen und originalen Erneuerung auch die Kultur aus dem revolutionären Geist entspringen müsse, den für ihn die abhängig beschäftigten Arbeiter darstellten.«

Daß Gramsci einen ›anarchischen‹ Satzbau ausdrücklich billigte, lag nicht nur daran, daß er dem Arbeiter Frangia die Suche nach neuen Denk- und Ausdrucksformen zugestand. Diese Haltung ist auch im Zusammenhang mit der damals auf ihren Höhepunkt gelangenden futuristischen ›Literaturrevolution‹ zu sehen, der Gramsci nicht grundsätzlich ablehnend gegenüberstand. Auf seine Affinitäten zum Futurismus, die ihn auch von Lukács unterscheiden, kommen wir später zurück. Daß es sich auch schon damals um keine proletkultistisch-populistische

Konzeption handelte, sondern die Verbindung zur ›Hochkultur‹ durchaus gesucht wurde, zeigt die Tatsache, daß der *Ordine Nuovo* auch internationale Autoren von hohem Rang druckte: Maxim Gorki, Mark Twain, Anton Tschechov, Guy de Maupassant, Emile Zola, Leonid Andreev, Henri Barbusse, Rudyard Kipling, Anatole France, Marcel Prévost und viele andere.[19]

Nach einem Zeugnis von Sandro Pertini – dem späteren italienischen Ministerpräsidenten – machte Gramsci auch einmal einen Konzertabend für Arbeiter mit dem damals gerade in Turin dirigierenden Toscanini möglich. Das war zunächst ein beinahe aussichtsloses Unterfangen gewesen. »Einige von denen, die er aufsuchte, lächelten skeptisch. Er bemühte sich auch, scheint mir, bei einigen Leitern von FIAT. Aber dann erreichte er schließlich, daß im Teatro Regio ein Konzert nur für Arbeiter gegeben wurde. Und dann ... erklärte Toscanini nach dem Konzert (das keine leichte Musik gewesen war, sondern auch die 5. Symphonie von Beethoven und anderes umfaßt hatte): ›Ich habe schon andere Erfolge vor anderem Publikum gehabt. Aber die größte Genugtuung ist die, die ich hier erfahren habe, vor diesem Publikum von Arbeitern, die meine Aufführung der Musik wirklich verstanden, gehört haben.«[20]

Eine der letzten kulturellen Initiativen, die vor dem Überhandnehmen des faschistischen Terrors in Turin möglich wurde, war die Gründung einer ›Sektion des russischen Proletkult‹, mit der sich Gramscis langgehegte Hoffnung auf die Gewinnung der Futuristen als Bündnispartner der Arbeiterklasse für einen Moment zu erfüllen schienen. Filippo Tommaso Marinetti, der Anführer der Futuristen, der zwischen 1920 und 1924 in Dissens mit dem Faschismus geriet[21], hatte 1921 »mit Vergnügen« eine Einladung der Sektion zur Eröffnung einer Gemäldeausstellung von Arbeitern angenommen und »seine Befriedigung darüber ausgedrückt, daß die Arbeiter für die Probleme des Futurismus viel mehr Verständnis hätten als die Bourgeoisie.«[22] Der Flirt Marinettis mit der Arbeiterbewegung hielt nicht lange an, er schlug sich bald wieder auf die Gegenseite.

Für die Charakterisierung der Kulturtheorien Gramscis ist es wesentlich festzuhalten, daß sie von Anbeginn an weder linkssektiererisch noch allein bündnispolitisch orientiert waren. Er sucht nach einem Weg, die Selbstfindung der Arbeiterklasse in ihrem aktuellen Lebens- und Kampfkontext mit den Entwicklungen der Hochkultur zu koordinieren. Ihr originellster Zug besteht jedoch in der frühen Auseinandersetzung mit dem historisch noch jungen Phänomen der Massenkultur. Schon Gramscis frühester überlieferter Artikel aus dem Jahre 1913, dessen Hauptstoßrichtung ein begeistertes Pamphlet für die Futuristen war, stellt die Behauptung auf, daß die Literatur »eine Zuhälterin der Zeitschriften« geworden sei, »mit dem entsprechenden Kreis von Profitmachern.«[23] Das ist eine erste Anspielung auf die populären Fortsetzungsromane. 1918 beschreibt er bereits ihren dem Taylorsystem entsprechenden serienmäßigen Charakter.[24] Diese Literatur sei ein »mächtiger Faktor bei der Herausbildung der Mentalität und Moralvorstellungen des Volkes« und »beinahe immer äußerst banal in der Form und im Inhalt dumm.« Sie ist eine »auf die Tränendrüse drückende« Literatur oder rege – als Kriminalroman– womöglich sogar »zur Entwicklung der Kriminalität bei jugendlichen Nichtstuern« an, insgesamt also eine »ziemlich widerliche Ware«. Das auch heute noch Aktuelle an Gramscis Reaktion besteht darin, daß er auf die qualitativ und ideologisch verheerende Massenkultur nicht nur mit einem Naserümpfen antwortete, sondern der Strategie des trojanischen Pferdes ebenfalls eine Strategie des trojanischen Pferdes entgegensetzte. Schon in dem Artikel von 1915 vertrat er die Meinung, daß das Vorurteil verschwinden müsse, »nach dem der Fortsetzungsroman in die Niederungen der Literatur verbannt« bleiben solle, und er fordert junge Autoren auf, konkurrenzfähige »interessante populäre Romane« zu schreiben.[25]

Deutlicher noch tritt diese These in den Gefängnisschriften hervor: Die neue Kultur muß aus dem »Humus der Volkskultur wachsen«, »so, wie sie ist, mit ihren Geschmacksformen, ihren Tendenzen usw., mit ihrer moralischen und intellektuellen Welt, sei sie auch noch so zurückgeblieben und konventionell.« Das geläufigste Vorurteil bestünde nämlich darin zu glauben, »daß die neue Literatur sich mit einer Schule intellektuellen Ursprungs identifizieren müsse, wie es beim Futurismus der Fall war.« Sie solle vielmehr auf den »Leserkreis der Fortsetzungsliteratur« zielen. Gramsci nennt in diesem Zusammenhang Dostojewski und auf dem Gebiet des Kriminalromans Chesterton als Beispiele für Autoren, die zwischen Hoch- und Volkskultur vermitteln könnten.[26]

Diese Zeilen sind polemisch gegen Paul Nizan gerichtet, dessen zeitgenössische, ebenfalls der Linken zuzurechnende Positionen hinsichtlich der Literaturstrategie, den Blick noch ganz »auf eine Sonntagsstraße der Literaturgeschichte«[27] richtete. Er versuchte, die Wesenszüge der neuen Literatur aus bestimmten Zügen klassischer und moderner Autoren der Hochkultur herauszufiltern: Faulkner, Kafka, Gide, Malraux, immerhin wird auch Dostojewski genannt. Er wünscht sich, daß zwischen Autor und Leser durch das Gefühl der ›responsabilité‹, der Verantwortung gegenüber dem Neuen, das konstruiert werden soll, ein Band entsteht. Es ist als kuriose Aufrichtigkeit Nizans zu werten, wenn er am Ende zugibt, daß, um zu diesem Ziele zu gelangen, ersteinmal »die Leser ausgewechselt« werden müssen.[28] Wenn auch bei Nizan ein anderer ›Geschmack‹ als bei Lukács vorliegt, ist doch dasselbe Wertungsprinzip zu erkennen, die »klassizistische Wertungsweise«, die Werner Krauss noch in die Traditionslinie George-Curtius-Croce einordnet.[29]

In den Gefängnisschriften wird der Alltagsverstand (›senso comune‹) als Zentrum der Zivilgesellschaft thematisiert. Der Kampf um die »Schützengräben« wird vor allem auf dem Gebiet des Alltagsverstandes ausgetragen. Den »Geist des Bruchs« schaffen, »d.h. die fortschreitende Aneignung des Bewußtseins der eigenen historischen Persönlichkeit, den Geist des Bruchs, der auch danach streben muß, sich von der führenden Klasse auf die ihr potentiell verbündeten Klassen auszudehnen: all das erfordert eine komplizierte ideologische Arbeit, deren erste Bedingung die richtige Kenntnis des Gebietes ist, dem die Menschenmassen zu entreißen sind.« Der Kampf um die Hegemonie auf diesem Gebiet verlangt nach Gramsci zunächst einmal eine »Untersuchung über die Organisation der ideologischen Basis der herrschenden Klasse«, welche zuallererst »die materielle Organisation betreffen müßte, die dazu bestimmt ist, die theoretische und ideologische ›Front‹ aufrechtzuerhalten und weiterzuentwickeln. Ihr wichtigster und dynamischster Teil ist die Presse im allgemeinen: die Verlagshäuser ... politische Zeitungen, Zeitschriften jeder Art ... bis hin zu den Kirchenbulletins.« Deshalb müßte der Chefredakteur einer Tageszeitung »diese Untersuchung zum allgemeinen Leitfaden seiner Arbeit machen, müßte sie vielmehr mit eigenen Mitteln erstellen.«[30] An anderer Stelle weist Gramsci auch bereits auf die Bedeutung von Leserbriefen für die Analyse des Alltagsverstandes hin.

Die Presse sei zwar »der dynamischste Teil dieser ideologischen Basis, aber nicht der einzige: Alles, was direkt oder indirekt die öffentliche Meinung beeinflußt ... gehört ihr an... Man könnte sich die Stellung, die die Kirche in der modernen Gesellschaft behauptet, nicht erklären, wenn man nicht die ausdauernden und geduldigen Anstrengungen kennen würde, die sie unternimmt, um die Entwicklung ihres besonderen Anteils dieser materiellen Basis der Ideologie kontinuierlich weiterzuentwickeln. Eine solche Untersuchung hätte, wenn sie ernsthaft gemacht wird, eine bestimmte Bedeutung. Sie würde ein lebendiges historisches Dokument einer solchen Basis abgeben und darüber hinaus an eine sorgfältigere und richtigere Analyse der aktiven Kräfte der Gesellschaft gewöhnen.«[31]

Die obigen Zeilen beziehen sich auf Verhältnisse im bürgerlich-liberalen Staat, nicht etwa auf faschistische, in denen die Arbeiterklasse über keinen legalen Einfluß auf die Medien mehr verfügt. Jedoch muß auch unter bürgerlich-liberalen Bedingungen davon ausgegangen werden, »daß man nicht allein über das Monopol verfügt, sondern gegen sich eine beträchtliche Organisation von Verlegerinteresse hat.«[32]

Schon in Gramscis Jugendartikeln findet sich die Beobachtung, daß »es der bürgerlichen Zeitung gelingt, sich von derselben Arbeiterklasse, die sie immer bekämpft ... bezahlen zu lassen... Warum? Wenn ihr den ersten Arbeiter fragt, den ihr in der Straßenbahn oder auf der Straße mit einem bürgerlichen Blatt seht ... werdet ihr ihn antworten hören: ›Weil ich wissen muß, was es Neues gibt.‹« Und indem die bürgerlichen Zeitungen »unsere Neugier ausbeuten, verwandeln sie sich in eine Angriffswaffe, die sie, wenn es ihnen paßt, gegen uns richten.«[33]

Zu den »Elementen«, die die öffentliche Meinung beeinflussen, zählt Gramsci nicht nur die »Tendenzpresse«, sondern auch bereits »das Radio (da, wo es stark verbreitet ist). Sie geben die Möglichkeit, per Improvisation Panikausbrüche oder einen Scheinenthusiasmus hervorzurufen, die z.B. das Erreichen bestimmter Ziele bei den Wahlen erlauben. All das ist an den Charakter der Volkssouveränität gebunden, die einmal alle drei, vier oder fünf Jahre ausgeübt wird: es genügt, die ideologische (oder besser emotionale) Vorherrschaft an diesem bestimmten Tage zu haben, um eine Mehrheit zu bekommen, die für drei, vier oder fünf Jahre herrscht, auch wenn – nachdem die Emotion verflogen ist – die Masse der Wähler sich von ihrem legalen Ausdruck distanziert (legales Land nicht gleich reales Land). Die Organismen, die diesen *boom* (=engl.-S.K.) der öffentlichen Meinung verhindern oder begrenzen (können), sind eher die freien Berufsgewerkschaften als die Parteien und daraus entsteht der Kampf gegen die freien Gewerkschaften und die Tendenz, sie der staatlichen Kontrolle unterzuordnen: trotzdem ist der unorganisierbare Teil der öffentlichen Meinung (besonders der Frauen, da, wo das Frauenwahlrecht existiert) so groß, daß die *booms* und die Wahlmanipulationen immer dort möglich werden, wo die Tendenzpresse und das Radio sehr verbreitet sind (in einem Monopol, das die Regierung kontrolliert).«[34]

Gramscis Analyse des Alltagsverstandes zeigt vor allem seine enorme Vielschichtigkeit. Sein Wesen besteht darin, daß er sich nicht nur aus Einflüssen des aktuellen täglichen Lebens bildet, sondern auch sehr konservative Elemente enthält. Man findet in ihm »Elemente des Höhlenmenschen und Prinzipien der modernsten und fortgeschrittensten Wissenschaft, engstirnige regionale Vorurteile aller vergangenen historischen Phasen und Intuitionen einer zukünftigen Philosophie, die der weltweit vereinten Menschheit eigen sein wird.« Wenn Gramsci schreibt, daß die Wurzeln der Weltanschauung im eigenen »Dorf« liegen können, oder in der »Provinz«, daß ihr Ursprung »in der intellektuellen Aktivität des Priesters liegen kann oder des alten Patriarchen, dessen ›Weisheit‹ zum Gesetz erhoben ist, in dem Mütterchen, das sein Wissen von den Hexen geerbt hat oder in dem kleinen Intellektuellen, der in seiner eigenen Beschränktheit und Handlungsunfähigkeit versauert ist.«[35] – dann hat er natürlich jene konkrete historische Stufe des Alltagsdenkens vor Augen, die das noch vorwiegend bäuerliche und regional tief zerklüftete Italien seiner Zeit erreicht hatte.

Der italienische Alltagsverstand müßte demnach auch über ein Studium der Folklore erschlossen werden, die nach Gramscis Beobachtungen bislang nur als »pittoreskes« Phänomen untersucht worden sei. »Man müßte sie aber studieren als im hohen Maße von bestimmten Schichten der Gesellschaft (in Zeit und Raum determiniert) geprägte ›Welt- und Lebensanschauung‹, im (meist auch impliziten, mechanischen, objektiven) Gegensatz zu den ›offiziellen‹ Weltanschauungen (oder in weiterem Sinne zu den Weltanschauungen der gebildeten Teile der historisch determinierten Gesellschaft), die in der historischen Entwicklung aufeinandergefolgt sind. (Daher die enge Beziehung zwischen Folklore und ›Alltagsverstand‹, der die Folklore der Philosophie darstellt). Es handelt sich um eine Weltanschauung, die nicht nur unausgearbeitet und unsystematisch ist, weil das Volk (d.h. alle unteren werktätigen Klassen jeder Form von Gesellschaft, die bis heute existiert hat) aus klaren Gründen keine ausgearbeiteten, systematischen politisch organisierten und zentralisierten, in ihrer Entwicklung meinetwegen widersprüchlichen Weltanschauungen haben konnte, sie ist vielmehr sehr vielfältig. Sie entwickelt sich nicht allein in verschiedenem und widersprüchlichem Sinne, sondern auch im Sinne einer Schichtung von Ungeschliffenstem bis zum am wenigsten Plumpen, wenn man nicht geradezu von einer schwer verdaulichen Anhäufung von Fragmenten aller Welt- und Lebensanschauungen, die in der Geschichte aufeinanderfolgten, sprechen muß, von derem größten Teil sich abergläubische, verstümmelte und ihrer ehemaligen Form beraubte Dokumente nur in der Folklore finden.

Auch das moderne Denken und die moderne Wissenschaft geben ständig neue Elemente in die ›moderne Folklore‹ ab, indem bestimmte wissenschaftliche Begriffe und Anschauungen, losgelöst aus ihrem Zusammenhang und mehr oder weniger entstellt, immerfort in Besitz des Volkes fallen und in das Mosaik der ›Traditon‹ eingefügt werden... Die Folklore kann nur als Widerspiegelung der kulturellen Lebensbedingungen des Volkes verstanden werden, obgleich bestimmte, der Folklore angehörende Konzeptionen auch weiterleben, wenn sich die Bedingungen verändert haben (oder auch nur sich verändert zu haben scheinen), oder Platz machen für bizarre Kombinationen.«[36]

Des weiteren macht sich eine Untersuchung der realen Religion des Volkes notwendig, »welche sehr verschieden von der Religion der (religiösen) Intellektuellen ist und besonders von der Religion, die von der Kirchenhierarchie organisch systematisiert wird.« Die für die Menschen maßgebliche Instanz ist nicht der offizielle Katholizismus, sondern vielmehr seine vielen Varianten in Stadt und Land, die unterschiedlichen religiösen Praktiken von Männern und Frauen, Armen und Reichen, Intellektuellen und einfachen Menschen. Der Alltagsverstand enthält oft auch Elemente früherer Religionen, heidnische z.B. oder häretische.[37]

So kann gesagt werden, »daß eine ›Volksmoral‹ existiert, die als ein (in Zeit und Raum) determiniertes Ensemble von Maximen für die praktische Lebensführung und davon abhängiger oder produzierter Sitten zu verstehen ist, eine Moral, die wie der Aberglaube eng an die realen religiösen Glaubensvorstellungen gebunden ist: Da existieren Imperative, die sehr viel stärker, zählebiger und wirkungsvoller sind als jene der offiziellen ›Moral‹. Auch in diesem Bereich muß man verschiedene Schichten unterscheiden: diejenigen, die ›fossil‹ geworden sind, die vergangene Lebensbedingungen widerspiegeln und daher konservativ und reaktionär sind, und diejenigen, die eine Reihe von Neuerungen darstellen, häufig schöpferischer und progressiver Art, spontan von Formen und Lebensbedingungen im Prozeß der Entwicklung bestimmt und die gegensätzlich oder einfach nur verschieden in bezug auf die Moral der herrschenden Schichten sind.«[38]

Im Vergleich zum italienischen hat der nordamerikanische Alltagsverstand weniger historische Schichtungen, »weil es kaum Klassen gibt, die keine direkte Beziehung zur modernen Industrieproduktion haben.«[39] Wenn die Analyse des Alltagsverstandes also immer historisch zu fassen ist, so muß doch grundsätzlich seine Tendenz zum Konservativismus hervorgehoben werden, ja generell sein unsystematischer, eklektischer Charakter: »Der Alltagsverstand ist keine einheitliche Konzeption, identisch in Zeit und Raum: er ist die ›Folklore‹ der Philosophie, und als Folklore präsentiert er sich in unzähligen Formen: sein fundamentaler und besonders charakteristischer Grundzug ist es (auch in einzelnen Gehirnen), eine unzusammenhängende, inkohärente und inkonsequente Konzeption zu sein, die der gesellschaftlichen und kulturellen Konzeption der Vielen entspricht, deren Philosophie sie ist.«[40]

Aus den bisher präsentierten Texten geht bereits hervor, daß Gramsci die traditionelle Unterscheidung von Philosophen und Nichtphilosophen fallenläßt: »Man muß das weitverbreitete Vorurteil zerstören, daß die Philosophie deshalb etwas sehr Schwieriges sei, weil sie die intellektuelle Aktivität einer bestimmten Kategorie spezialisierter Wissenschaftler oder systematisch arbeitender Berufsphilosophen ist. Man muß daher zuerst zeigen, daß alle Menschen ›Philosophen‹ sind, indem man die Grenzen und Charakterzüge dieser ›spontanen Philosophie‹ definiert, die ›aller Welt‹ eigen ist, d.h. der Philosophie, die enthalten ist 1.in der Sprache selbst, welche ein Ensemble von bestimmten Begriffen und Konzepten ist und nicht einzig und allein von Wörtern, die grammatisch gesehen keinen Inhalt haben, 2.im Alltagsverstand und im gesunden Menschenverstand, 3.in der volkstümlichen Religion und daher auch im ganzen System des Glaubens, des Aberglaubens, der Anschauungen, der Art und Weise des Sehens und Handelns, die darin zutage treten, was man allgemein ›Folklore‹ nennt.«[41]

Alle Menschen haben nach Gramsci also intellektuelle Qualitäten, aber nicht alle üben in der Gesellschaft die Funktion von Intellektuellen aus. »In Wirklichkeit wird beispielsweise der Arbeiter ... nicht von der Arbeit mit der Hand oder einem Instrument spezifisch charakterisiert, sondern davon, daß diese Arbeit unter bestimmten Bedingungen und bestimmten gesellschaftlichen Beziehungen stattfindet (abgesehen von der Erwägung, daß es keine rein physische Arbeit gibt und daß auch Taylors Ausdruck vom ›abgerichteten Gorilla‹ eine Metapher ist, um die Begrenzung einer bestimmten Orientierung anzuzeigen. In jeder physischen Arbeit, auch wenn sie mechanistischter und niedrigster Art ist, existiert ein Minimum an technischer Qualifikation, d.h. ein Minimum an schöpferischer intellektueller Aktivität).«

In der Geschichte formen sich spezialisierte Funktionen heraus. »Sie bilden sich in Verbindung mit allen gesellschaftlichen Gruppen... und sie erfahren besonders weitgehende und umfassende Ausformungen in Verbindung mit der herrschenden gesellschaftlichen Gruppe.«[42] Und: »Wenn sich in der Geschichte eine homogene gesellschaftliche Gruppe herausbildet, bildet sich auch – im Gegensatz zum Alltagsverstand – eine homogene Philosophie heraus, d.h. auf kohärente und systematische Weise.«[43]

In diesen ›systematischen‹ Philosophien sind »besonders die Charakterzüge der individuellen Ausarbeitung des Denkens augenfällig, im Alltagsverstand dagegen die verschwommenen und verstreuten Charakterzüge eines allgemeinen Denkens einer bestimmten Epoche und eines bestimmten Milieus des Volkes. Aber jede Philosophie versucht, Alltagsverstand eines Milieus zu werden, wenn es auch begrenzt ist – dem aller Intellektuellen.«[44] Und so ist es denn einer der »hervorstechendsten Charakterzüge jeder Gruppe, die sich in Richtung auf die Herrschaft hin entwickelt ... für eine Assimilierung und die ›ideologische‹ Eroberung der traditionellen Intellektuellen« zu kämpfen, »eine

Assimilation und Eroberung, die um so schneller und wirkungsvoller ist, in je stärkerem Maße die gegebene Gruppe gleichzeitig die eigenen, organischen Intellektuellen formt.«[45]

Gramsci unterscheidet seit Humanismus und Renaissance zwei intellektuelle Hauptströmungen in Italien. Eine hat sich mit dem Klerus und den Feudalkräften verbündet, die andere, progressive, war zumeist in die Emigration gezwungen worden und trug den in den Comuni entstandenen Keim frühbürgerlichen Denkens ins übrige Europa. Gramsci konstatierte, daß das frühbürgerliche Denken in Italien selbst mit dem Niedergang der Comuni verkümmerte und die partikularistischen, mit dem Vatikan verbundenen politischen Kräfte siegten, die die Entwicklung des italienischen Einheitsstaates bremsten. Diese, die politische und auch ökonomische Schwäche der italienischen Bourgeoisie begründende, sie zugleich perpetuierende Entwicklung beeinflußte das intellektuelle Leben in Gramscis Augen bis in die Gegenwart: auch die modernen italienischen Intellektuellen spielten immer noch keine ›nationale‹, sondern eher eine ›kosmopolitische‹ Rolle. Ihre Mehrzahl bewahrte sich eine scheinbare Unabhängigkeit vom praktischen politischen Leben und schöpfte vorwiegend aus der Hochkultur vergangener Generationen. Gramsci meinte, daß »sich der moderne italienische Intellektuelle selbst Annibale Caro (1507-1566) und Ippolito Pindemonte (1753-1828) verbundener fühlt als einem apulischen Bauern« seiner Zeit.[46]

Die von Gramsci ausführlich kritisierte, in Italien durch die enge Verbindung mit der Kirche besonders volksfern gebliebene Tradition der ›Hochkultur‹ erscheint aus dem Blickwinkel des Alltagsverstandes zu Recht oft »theoretisch«, »doktrinär«, »abstrakt« – Begriffe, die nach Gramscis Beobachtungen zu Schimpfworten geworden sind.[47] Trotz seiner eklektischen und oft archaischen Züge hat der Alltagsverstand seine Qualitäten, einen gewissen rauhbeinigen Realismus. Gramsci meint sogar, daß in ihm »materialistische Elemente vorherrschen, d.h. das direkte Ergebnis der rohen Sensation.«[48] Sein Wert bestünde »nicht nur in der Tatsache, daß der Alltagsverstand – wenn auch nur implizit – das Prinzip der Kausalität nutzt, sondern auch in einem engeren Sinne, insofern, daß in einer Reihe von Urteilen der Alltagsverstand die Sache richtig, einfach und handfest identifiziert, und er läßt sich dabei nicht ablenken von Spinnereien und metaphysischen Abstrusitäten, falscher Tiefe, Pseudowissenschaft usw.« Deshalb sieht es Gramsci nicht als Zufall an, daß die Philosophen des 17. und 18. Jahrhunderts den Alltagsverstand entdeckten und priesen, weil sie selbst das Prinzip der Autorität, das die Bibel und Aristoteles repräsentierten, durchbrechen wollten. Die Aufklärung entdeckte, daß im Alltagsverstand »eine bestimmte Dosis von ›Experimentiergeist‹ enthalten ist, von direkter Beobachtung der Realität, sei sie auch rein empirisch und begrenzt.«[49] Mit solchen realistischen, unter Umständen bis an die Wissenschaften reichenden Potenzen verdient der Alltagsverstand nach Gramsci zuweilen die Bezeichnung ›buon senso‹, was wir mit ›gesundem Menschenverstand‹ übersetzen sollten. Diese methodisch wichtige Unterscheidung von ›senso comune‹ und ›buon senso‹ übernimmt Gramsci übrigens von Manzoni, der in den *Verlobten* die Leute mit dem Prädikat des ›buon senso‹ schmückt, die nicht an die mutwillige Verbreitung der Pestinfektion mit infizierten Leichenteilen glaubten, ihre Auffassung aber nicht gegen die verbreitete Volksmeinung (›senso commune‹) durchsetzen konnten, die hartnäckig von der Realität solcher Untaten überzeugt ist.[50]

»Jede gesellschaftliche Schicht hat ihren ›Alltagsverstand‹ und ihren ›gesunden Menschenverstand‹, die im Grunde die weitverbreitetste Lebensanschauung des Menschen darstellen. Jede philosophische Strömung hinterläßt eine Ablagerung des ›Alltagsverstandes‹: das ist das Dokument ihrer historischen Wirksamkeit. Der Alltagsverstand ist keine erstarrte und unbewegliche Angelegenheit, sondern er wandelt sich ständig, indem er sich mit wissenschaftlichen Begriffen und mit philosophischen Meinungen anreichert, die zur Gewohnheit geworden sind. Der ›Alltagsverstand‹ ist die Folklore der Philosophie und befindet sich stets auf halbem Wege zwischen der wirklichen und eigentlichen Folklore (wie sie allgemein verstanden wird) und der Philosophie, der Wissenschaft, der Ökonomie der Wissenschaftler. Der Alltagsverstand schafft die zukünftige Folklore, d.h. eine relativ starre Phase des Bewußtseins der Volksmassen für eine bestimmte Zeit und einen bestimmten Raum.«[51]

Einen bemerkenswerten Ausdruck des Alltagsverstandes, der zum gesunden Menschenverstand aufsteigen kann, sieht Gramsci in dem geflügelten Wort »Die Dinge mit Philosophie nehmen«. Es sei zwar wahr, daß es »eine Einladung zur Resignation und Geduld enthält, aber es scheint, daß der bedeutsamste Punkt vielmehr die Aufforderung zum Nachdenken ist, in Rechnung zu stellen, daß der Grund für das Geschehen letztlich rational ist und daß man ihm insofern entgegentreten muß, indem man die eigenen rationalen Kräfte konzentriert und sich nicht von instinktiven und ungestümen Impulsen leiten läßt... Und darin besteht der gesunde Kern des Alltagsverstandes, das, was man etwa gesunden Menschenverstand nennen könnte und was verdient, in einheitlicher und kohärenter Weise entwickelt und geformt zu werden. So scheint es also unmöglich zu sein, das, was sich ›wissenschaftliche‹ Philosophie nennt, von der ›vulgären‹ und populären Philosophie zu lösen, die nur ein konfuses Ensemble von Ideen und Meinungen ist.«[52] In diesem Zusammenhang ist es auch nicht uninteressant zu zeigen, daß es für Gramsci – wegen dieser doch immer nachweisbaren Spuren von Rationalität im Alltagsverstand – so etwas wie ›reine Spontaneität‹ in der Geschichte nicht gibt, weil sie ein ganz und gar mechanisches Verhalten darstellen würde. Den sogenannten »spontanen Bewegungen« fehle lediglich die zentralisierte »bewußte Führung«.[53]

Auf Grund der Widersprüchlichkeit des Alltagsverstandes hält es Gramsci allerdings für methodisch unhaltbar, sich auf ihn zu beziehen, um den Wahrheitsgehalt einer Theorie oder einer Behauptung zu beweisen. Genau auf dieses – in Gramscis Augen – wertlose Verfahren beschränkte sich Croces Kokettieren mit dem Alltagsverstand. Es bleibt oberflächlich und konnte und sollte seiner elitären Theoriebildung keine demokratische Basis geben. Auch die Behauptung Giovanni Gentiles (1875-1944)[54], daß seine faschistoide Philosophie etwas mit dem Alltagsverstand zu tun habe, lehnt Gramsci als demagogisch ab.[55]

Wenn eine Übereinstimmung mit einer aus der ›hohen‹ Philosophie stammenden Idee und dem Alltagsverstand festzustellen ist, sei dies – so Gramsci – nicht unbedingt ein Zeichen, daß sie richtig ist, sondern allein dafür, daß sie eine starke Ausstrahlungskraft besitze und damit eine gewisse historische Wirksamkeit zu entfalten vermag. Hier erinnert er daran, daß auch Marx die Festigkeit der Auffassungen der Massen in einem wichtigen Zusammenhang erwähnt habe. »Es handelt sich um keinen Hinweis auf den Wert des Inhalts dieser Auffassungen, sondern gerade auf ihre formale Festigkeit, also auf ihren imperativen Charakter, wenn sie Verhaltensnormen produzieren. In diesen Hinweisen ist auch die Behauptung enthalten, daß die Bildung neuer populärer Auffassungen notwendig ist, d.h. eines neuen Alltagsverstandes und also einer neuen Kultur und einer neuen Philosophie, die ihre Wurzeln im Bewußtsein des Volkes schlägt, und zwar mit derselben Solidität und demselben imperativen Charakter wie die traditionellen Auffassungen.«[56] An anderer Stelle kommt Gramsci in demselben Zusammenhang auf Marx zurück. Es geht um die Frage der Wirksamkeit von Ideologien. »Hier ist an die häufig auftauchende Behauptung von Marx zu erinnern über die ›Solidität‹ von populären Anschauungen als notwendiges Element einer bestimmten Situation, er sagt ungefähr: ›Wenn diese Art der Konzeption die Kraft der populären Anschauungen haben wird‹ usw...[57] Es gibt eine andere Behauptung von Marx, daß eine populäre Überzeugung oft dieselbe Energie wie eine materielle Kraft hat[58] oder so ähnlich, welche sehr bedeutungsvoll ist.«

Schon zu Gramscis Zeiten hatte der Ideologiebegriff eine negative Abwertung erfahren, welcher er durch folgende Präzisierungen entgegentrat: »Ein irreführendes Element bei der Einschätzung des Wertes der Ideologien scheint mir in der (übrigens nicht zufälligen) Tatsache zu liegen, daß man sowohl dem notwendigen Überbau einer bestimmten Basis als auch den willkürlichen Ausarbeitungen gewisser Individuen die Bezeichnung Ideologie gibt. Die abfällige Sinngebung des Wortes hat sich ausgebreitet und das hat die theoretische Analyse des Konzepts der Ideologie verändert und entstellt...

Es ist also erforderlich, zwischen Ideologien zu unterscheiden, die historisch organisch gewachsen sind, die einer bestimmten Basis notwendigerweise angehören und willkürlichen, rationalistischen, ›gewollten‹ Ideologien. Insoweit sie einer historischen Notwendigkeit entsprechen, haben Ideologien die Kraft einer ›psychologischen‹ Wirksamkeit: Sie ›organisieren‹ die Menschenmassen, formen das Terrain, auf dem die Menschen in Bewegung geraten, Bewußtsein ihrer Lage erlangen, kämpfen usw. Wenn sie ›willkürlich‹ sind, bringen sie nichts anderes als individuelle ›Bewegungen‹, Polemiken usw. hervor (nicht einmal dann sind sie völlig unnütz, weil sie wie der Irrtum wirken, der sich der Wirklichkeit entgegenstellt und sie bestätigt.)«[59]

Sowohl für den Vulgärmaterialismus[60] als auch für Croce seien Ideologien nur Scheingebilde (»apparenze«). Für die Philosophie der Praxis seien Ideologien jedoch »alles andere als willkürlich, sie sind reale historische Fakten, die man in ihrer Natur, Instrumente der Herrschaft zu sein, bekämpfen und entschleiern muß, nicht aus Gründen der Moral usw., sondern eigens aus Gründen des politischen Kampfes: um die Regierten von den Regierenden unabhängig zu machen, um eine Hegemonie zu zerstören und eine andere zu schaffen, als notwendiges Element des Umsturzes der Praxis.«[61]

Ideologie ist für Gramsci also zunächst ein wertfreier Begriff, nichts weiter als »die Überzeugung der Vielen«[62], eine unabdingbare »Zwischenphase zwischen Philosophie und Alltagspraxis«.[63]

Eine ›neue Kultur schaffen‹ ist nach Gramsci also kein Vorgang, der sich innerhalb der Hochkultur abspielt. Es komme nicht nur darauf an, individuell ›originelle‹ Entdeckungen zu machen, sondern auch und vor allem »auf kritische Weise die schon entdeckten Wahrheiten zu verbreiten, sie gewissermaßen zu ›vergesellschaften‹ und damit zur Grundlage vitalen Handelns zu machen, zu einem Element der Koordination und der intellektuellen und moralischen Ordnung. Wenn eine Masse von Menschen dazu geführt wird, zusammenhängend und in einheitlicher Weise die gegenwärtige Realität zu durchdenken, ist dies ein bedeutsamerer und ›originellerer‹ ›philosophischer‹ Akt als das Auffinden einer neuen Wahrheit durch ein philosophisches ›Genie‹, die Erbe kleiner intellektueller Gruppen bleibt.«[64]

Die traditionellen Philosophien haben den Alltagsverstand zumeist verachtet – im besten Falle mit ihm kokettiert. Gramsci stellt fest, daß die Kirche in ihrer ganzen Geschichte darum kämpfen mußte, daß der Abstand zwischen Alltagsverstand und den systematischen Philosophien der Herrschenden nicht vollkommen unheilbar aufbräche. Sie hat diesen Kampf jedoch nie mit dem Ziel der Anhebung des Alltagsverstandes zu führen versucht, sondern immer mit einem Appell oder auch Zwang zur Disziplinierung der Intellektuellen und des Volkes gleichermaßen. Die Position des Marxismus ist den Positionen der traditionellen Philosophie und der Kirche entgegengesetzt. Er »strebt nicht danach, die ›einfachen Menschen‹ in ihrer primitiven Philosophie des Alltagsverstandes zu belassen, sondern sie zu einer höher entwikkelten Konzeption des Lebens zu führen. Wenn er die Forderung des Kontakts zwischen Intellektuellen und einfachen Menschen bekräftigt, so geschieht dies nicht, um die wissenschaftliche Aktivität zu begrenzen und auf dem einheitlich niedrigen Niveau der Massen zu halten, sondern vielmehr, um einen intellektuellen und moralischen Block aufzubauen, der einen intellektuellen Fortschritt der Massen und nicht nur kleiner Gruppen von Intellektuellen politisch möglich macht.«.[65]

Eine wesentliche Voraussetzung des Verschmelzens von Alltags- und fortschrittlicher Hochkultur sah Gramsci in der Notwendigkeit der Rückgewinnung des integralen Erkenntnisvorgangs, ein nahtloses Übergehn »vom Wissen zum Verstehen, zum Fühlen und umgekehrt, vom Fühlen zum Verstehen, zum Wissen. Das populäre Element ›fühlt‹, aber versteht oder weiß nicht immer, das intellektuelle Element ›weiß‹, aber versteht und insbesondere ›fühlt‹ nicht immer... Der Irrtum des Intellektuellen besteht darin (zu glauben), daß man *wissen* kann ohne zu verstehen und insbesondere ohne zu fühlen...«[66]

Hier lassen sich wieder überraschende Parallelen zu Bertolt Brecht ziehen. Entgegen einer weitverbreiteten Auffassung, schloß auch Brecht das Fühlen, d.h. das Emotionale keineswegs aus seiner Dramatik und Dichtung aus. Nach der Beobachtung von Jean Paul Sartre war Brecht nicht gegen Emotion an sich, »er wünschte nur, daß die Emotion des Zuschauers nicht blind ist.«[67] Und so wird denn auch im *Messingkauf* den Schauspielern geraten: »Ihr könnt eure Kritik keineswegs auf das Verstandesmäßige begrenzen. Auch die Gefühle nehmen an der Kritik teil, vielleicht ist es gerade eure Aufgabe, die Kritik durch Gefühle zu organisieren. Die Kritik, erinnert euch, entsteht aus den Krisen und verstärkt sie.«[68] Das epische Theater »verzichtet in keiner Weise auf Emotionen. Schon gar nicht auf das Gerechtigkeitsgefühl, den Freiheitsdrang und den gerechten Zorn: es verzichtet so wenig darauf, daß es sich sogar nicht auf ihr Vorhandensein verläßt, sondern sie zu verstärken oder zu schaffen sucht. Die ›kritische Haltung‹, in die es sein Publikum zu bringen trachtet, kann ihm nicht leidenschaftlich genug sein.«[69]

Dennoch muß festgehalten werden, daß sowohl die von Gramsci als auch die von Brecht angestrebte Veränderung der Alltagskultur mehr vom Rationalismus als von Emotionen geprägt ist. Darin ist eine bewußte Reaktion auf den faschistischen Populismus zu sehen, der Inhalt des nächsten Kapitels ist. Hier ein Text Gramscis zum Rationalismus in der Kunst, der aus der Feder Brechts zu stammen scheint: »Es ist seltsam, daß der Rationalismus in der Architektur, nicht aber in den Künsten Beifall bekommt und gerechtfertigt wird... Mir scheint, daß das Konzept des Rationalismus in der Architektur, d.h. der ›Funktionalismus‹ viele fruchtbare Konsequenzen haben könnte, auch für die Prinzipien der Kulturpolitik. Es ist kein Zufall, daß es gerade jetzt entstanden ist, in der Zeit der ›Vergesellschaftungen‹ (im weiten Sinne) und des Einsatzes zentraler Kräfte für die Organisierung der großen Massen gegen die Überreste des Individualismus und der ästhetischen Theorien des Individualismus in der Kulturpolitik.«[70]

Helmut Fahrenbach hat sein jüngst erschienenes Buch über Brecht und seine Ideen der »Philosophie der Straße« als »Lehre vom richtigen Verhalten« im Alltag konzipiert und auch auf die augenfälligen Parallelen zu Gramscis »Philosophie des Volkes«, bzw. »Jedermannsphilosophie« hingewiesen.[71] Besonders reich an Berührungspunkten zu Gramsci ist Brechts *Me-ti.* Fahrenbach hat richtig beobachtet, daß auch Brecht skeptisch ist hinsichtlich der in »Theorien, Systemen, Werken objektivierten Philosophie« und statt dessen den »Blick auf den Ursprung des Philosophierens als einer Tätigkeit im Leben und auf seine Funktion im Lebenszusammenhang zurückgelenkt und von der lebenspraktischen Sichtweise des ›Volkes‹ auf Philosophie, d.h. auf ›wirkliche Philosophie‹ und philosophische Haltungen« orientiert habe[72]: »Ro fragte: Wirst du von Büchern sprechen? Ist Philosophie das Ergebnis von Denken und liegt in Büchern vor? Me-ti antwortete: Nein, wir wollen die Philosophie außer acht lassen und vom Philosophieren sprechen. Das ist etwas, was man Leute tun sieht. Und wir wollen vom Volk ausgehen. Das Volk sagt: Der und der ist ein Philosoph.«[73] Wirkliche Philosophie ermöglicht in Me-tis Augen »ein Handeln ... ein nützliches Tun.«[74] Henri Lefebre hat frühzeitig hervorgehoben, daß es Brecht immer um eine Theaterhandlung (und Dichtung) ging, die ausdrücklich und bewußt ans Alltagsleben gebunden ist.[75] Beeindruckend ist auch Peter Weiss' Beschreibung der Akribie, mit welcher sich Brecht ein Bild des Alltagslebens einer Epoche verschaffte, um ein Stück vorzubereiten.[76]

Lefebvre hat auch die Verknüpfung der künstlerischen Technik des Verfremdungseffekts mit dem Alltäglichen hingewiesen. Brecht zeige die »Fremdheit des Alltäglichen, d.h. den inneren Widerspruch des Gewohnten, das zugleich das Banale und das ganz Besondere enthält.«[77] Dazu auch Werner Mittenzwei: »Brecht ging es darum, das Alltägliche auffällig zu machen, damit es in den Blickpunkt des Betrachters rückte, damit dieser sich wunderte und sich fragte, ob es nicht auch anders sein könnte. Sich zur Wirklichkeit so zu verhalten, als kenne man sie bereits, schien Brecht ein verhängnisvoller Irrtum zu sein.«[78]

Weder Brecht noch Gramsci haben allerdings bei der Privilegierung des Alltagsverstandes in Frage gestellt, daß der Marxismus selbst nicht aus diesem erwachsen ist oder erwachsen konnte. Erinnert sei an die wichtige Vorläuferrolle, die Brecht Hegel zugestand (Meister Hü-jeh im *Me-ti*). Gramsci schrieb: »Die Philosophie der Praxis setzt diese ganze kulturelle Vergangenheit voraus, die Renaissance und die Reformation, die deutsche Philosophie und die französische Revolution, den Calvinismus und die klassische englische Ökonomie, den laizistischen Liberalismus und den Historismus, der an der Basis der gesamten modernen Konzeption des Lebens steht. Die Philosophie der Praxis ist die Krönung dieser ganzen Bewegung der intellektuellen und moralischen Reform, in dialektischer Spannung zwischen Volkskultur und Hochkultur.«[79]

Es gehört zur Eigenart des Marxismus, daß seine notwendige Popularisierung vom Publikum nicht die Aneignung seiner gesamten intellektuellen Tradition verlangen kann – eine Liste übrigens, die noch erheblich erweitert werden könnte. Daß in diesem Prozeß Vulgarisierungen quasi unvermeidlich sind, hat Gramsci und auch Brecht mehrfach anerkannt, wenn auch immer mit der Forderung verbunden, gegen die Tendenzen der Vulgarisierung anzukämpfen. Gramsci hatte beobachtet, daß manche Vulgarisierungstendenzen nachgerade zu einem den erstrebten Zielen entgegengesetzten Ergebnis führen. Die unter seiner Leitung entstehende erste Parteischule des PCI hatte im Jahre 1925 das *Gemeinverständliche Lehrbuch der marxistischen Soziologie* von Nikolai Bucharin im Programm[80], an dem er später im Gefängnis eine ausführliche Kritik übt. Sie ist von großem methodischen Interesse, und zwar nicht nur in Hinblick auf Gramscis unerbittliche Auseinandersetzung mit dem Vulgärmaterialismus – in diesem Zusammenhang ist die Auseinandersetzung schon ausgiebig von der Forschung wahrgenommen worden – sondern auch hinsichtlich der Methode zur Reform des Alltagsverstandes. Gramsci geht davon aus, daß dieses Lehrbuch in seiner Gesamtkonzeption zu wenig, beziehungsweise gar nicht auf den Alltagsverstand zielt, im Detail dagegen oft unkritisch Argumente des Alltagsverstandes übernehme, die gerade besonders »ptolomäisch, anthropomorph, anthropozentristisch« seien.[81]

»Das *Gemeinverständliche Lehrbuch* irrt, (indirekt) von der Voraussetzung auszugehen, daß sich dieser Ausarbeitung einer eigenständigen Philosophie der Massen die großen Systeme der traditionellen Philosophien und die Religion des hohen Klerus entgegenstellen, d.h. die Konzeptionen der Welt der Intellektuellen und der Hochkultur. In Wirklichkeit sind diese Systeme der Masse unbekannt und sie haben keine direkte Wirksamkeit für ihre Art zu denken und zu handeln. Das will sicher nicht heißen, daß sie ganz ohne historische Wirksamkeit wären: aber diese Wirksamkeit ist von anderer Art. Diese Systeme haben Einfluß auf die Volksmassen als politische Kraft von außen, als Element der starken Kohäsion der führenden Klassen, als Element also der Unterordnung unter eine von außen kommende Hegemonie, die das eigene Denken der Volksmassen negativ einschränkt, ohne es positiv zu beeinflussen, als lebendiges Ferment der Transformation... Das, was oben hinsichtlich des *Gemeinverständlichen Lehrbuchs* gesagt worden ist, das die systematischen Philosophien kritisiert, anstatt von der ›Kritik des Alltagsverstandes‹ auszugehen, muß gewiß als methodologische Bemerkung verstanden werden und in einem gewissen Rahmen. Es soll sicher nicht heißen, daß die Kritik der systematischen Philosophien der Intellektuellen zu vernachlässigen sei.«[82]

Wenngleich Gramsci selbst auf die großen Schwierigkeiten hinweist, die in bezug auf die Dokumentation einer Geschichte des Alltagsverstandes bestehen, die Bestandteil einer »Geschichte der subalternen Klassen« wäre[83], so weist er doch mit Nachdruck auf die prinzipielle Notwendigkeit hin, »neue Wege der marxistischen Geschichtsauffassung und besonders der Ideengeschichte zu erschließen.«[84] In Polemik zu Bucharin schreibt Gramsci, daß das Ziel eines Studiums der Philosophie nicht darin bestehen sollte, daß der Schüler über die Philosophie der Vergangenheit informiert wird, »sondern er soll kulturell geformt werden, darin unterstützt, auf kritische Weise das eigene Denken auszuarbeiten und einer ideologischen und kulturellen Gemeinschaft anzugehören«. Deshalb ist davon auszugehen, »was der Lernende schon kennt, von seiner philosophischen Erfahrung (nachdem man ihm gezeigt hat, daß er eine solche Erfahrung hat, daß er ›Philosoph‹ ist, ohne es zu wissen). Und wenn ein bestimmter intellektueller und kultureller Durchschnitt bei den Lernenden vorauszusetzen ist, die wahrscheinlich nur religiöse und fragmentarische Informationen erhalten haben und die keine methodische und kritische Vorbereitung haben, kann der Ausgangspunkt in erster Linie nur beim ›Alltagsverstand‹ liegen, zweitens in der Religion und erst drittens in den philosophischen Systemen, die von traditionellen Gruppen ausgearbeitet worden sind.«[85]

Obwohl ich die grundsätzlichen Aussagen des Textes bekräftigen will, so muß ich doch zugleich auf die Notwendigkeit hinweisen, wie sehr sie jeweils historisch relativiert werden müssen. Sie sind eindeutig auf ein Publikum von Lernenden im zeitgenössischen Italien bzw. im orthodoxen Rußland zugeschnitten, wo noch ein weitgehend ›folklorisch‹ geprägter Alltagsverstand vorherrschte. Insbesondere die Erfahrungen, die ich mit dem Alltagsverstand in einem Land der Dritten Welt – Algerien – machen konnte, veranlassen mich, den Anteil der Philosophiefragmente aus der Hochkultur in den industriell entwikkelten, besonders in den protestantischen Ländern heute höher anzusetzen, als es aus einer mechanischen Lektüre dieser Gramsci-Texte hervorgehen kann. So ist zum Beispiel das Bewußtsein der Nicht-Identität zwischen Natur-, bzw. Gottesgesetz auf der einen Seite und den Gesetzen der Moral und des Rechts auf der anderen Seite, um deren Entwicklung die abendländische Philosophie der Hochkultur ein Jahrtausend gerungen hat[86], auch bis zu einem relativ hohen Grade im Alltagsdenken durchgesetzt. In den ›unterentwickelten‹ Kulturen dagegen wird nicht nur Natur- und Gottesgesetz noch weitgehend identifiziert, sondern obendrein noch das Moralgesetz und das Recht. Evidente Abweichungen kann sich der Alltagsverstand hier nach wie vor nur als Werk des Satans (oder für die Atheisten als Werk des Bösen schlechthin) erklären. Auf die tiefgreifenden Folgen, die das Fehlen der Aufklärung in Rußland für die konkrete Entwicklung in der Sowjetunion hatte, ist schon oft aufmerksam gemacht worden.

Die umfangreichen Auseinandersetzungen Gramscis mit dem *Gemeinverständlichen Lehrbuch* enthalten auch ein Detail, das konkret zeigt, wie kritisch sich Gramsci den Umgang mit dem Alltagsverstand vorstellte. Er polemisierte gegen Bucharins Darstellung des Problems der »Realität der äußeren Welt«, und in diesem Zusammenhang werden auch die Gründe deutlich, die ihn selbst zuweilen an den Rand idealistischer Formulierungen trieben. Die Behauptung der »Realität der äußeren Welt« stelle in einem Lehrbuch der Philosophie eine Polemik gegen subjektivistischen Idealismus in den modernen systematischen Philosophien dar. In einem populären Lehrgang führe die Problemstellung – wenn sie unhistorisch bleibe – zu »intellektueller Pedanterie«. Für das breite Publikum sei es nämlich gar kein wirkliches Problem, »ob die äußere Welt objektiv existiere. Es genügt, das Problem zu benennen, um einen enormen und anhaltenden Heiterkeitsausbruch zu ernten. Das Publikum ›glaubt‹, daß die äußere Welt objektiv reell ist, und daraus entsteht die Frage, woher kommt dieser ›Glaube‹, und welchen kritischen Wert hat er ›objektiv‹? In der Tat ist dieser Glaube religiösen Ursprungs, auch wenn die, die ihn teilen, religiös indifferent sind. Denn alle Religionen haben gelehrt und lehren noch, daß die Welt, die Natur, das Universum von Gott vor der Schaffung des Menschen geschaffen worden sind und daß also der Mensch die Welt schon hübsch fertig vorgefunden habe, katalogisiert und definiert, einmal für immer. Dieser Glaube ist eine eherne Tatsache des ›Alltagsverstandes‹ geworden und lebt mit derselben Festigkeit weiter, auch wenn das religiöse Gefühl erloschen ist und schläft. Sich so auf jene Erfahrung des Alltagsverstandes zu stützen, um die subjektivistische Konzeption mit ›Komik‹ zu zerstören, hat eher ›reaktionäre‹ Bedeutung einer direkten Rückkehr zum religiösen Gefühl. Die katholischen Autoren und Prediger greifen in der Tat auf dasselbe Mittel zurück, um denselben Effekt zerstörerischer Lächerlichkeit zu erhalten.« Die Frage, so meint Gramsci, sei jedoch für den Marxismus alles andere als eine Kleinigkeit, denn er sei ja unter anderem auch aus der Überwindung des subjektivistischen philosophischen Standpunktes geboren, als historischer Materialismus, und der Alltagsverstand müsse gezwungen werden, ihn auch als solchen zu verstehen. Dies erfordere die Entwicklung einer Theorie der Wechselwirkungen der Überbauten mit der Basis.[86a] »Losgelöst von der Theorie der Geschichte und der Politik, kann die Philosophie nur Metaphysik sein, und die große Entdeckung in der Geschichte des modernen Denkens, die von der Philosophie der Praxis repräsentiert wird, ist sicherlich die konkrete Historisierung der Philosophie und ihre Identifikation mit der Geschichte.«[87]

Das vermittelnde Element zwischen fortschrittlicher Hochkultur und Alltagskultur ist für Gramsci ein konkretes Problem praktischer Bündnispolitik, worauf wir weiter unten noch ausführlicher zurückkommen. Es genügt nicht, daß Intellektuelle, die auf dem Niveau der Hochkultur stehen, zum Marxismus gelangen, sie müssen auch in der Lage sein, ihr Denken populär umzusetzen. Welche Schwierigkeiten und Teilerfolge auf diesem Weg zu beobachten sind, zeigt das Werk von Brecht, der sich der Problematik selbst bewußt war. Wenn er sie kaum zu eigener Zufriedenheit erfüllen konnte und im Endeffekt nur weniges aus einem Werk wirkliche Popularität erlangte, so liegt das an der Kürze der Zeitspanne, in der Brechts Werk tatsächlich in realem Kontakt mit der Arbeiterklasse stand; nur etwa fünf Jahre, von 1928-1933.[88] Freilich müssen die gerade in dieser Zeit entstandenen ›Lehrstücke‹ heute bereits – besonders im Hinblick auf den Alltagsverstand – kritisch historisierend bewertet werden: der heutige Alltagsverstand kann nicht mehr mit denselben, recht vordergründig didaktischen Methoden bedient werden.

Entgegen einem weitverbreiteten Mißverständnis, lehnt Brecht den Begriff der ›Volkstümlichkeit‹ keineswegs ab. »*Volkstümlich* heißt: den breiten Massen verständlich, ihre Ausdrucksformen aufnehmend und bereichernd/ihren Standpunkt einnehmend, befestigend und korrigierend/den fortschrittlichsten Teil des Volkes so vertretend, daß er die Führung übernehmen kann, also auch den andern Teilen des Volkes verständlich/anknüpfend an die Traditionen, sie weiterführend/dem zur Führung strebenden Teil des Volkes Errungenschaften des jetzt führenden Teils übermittelnd.«[89]

Das Neue an Brechts und Gramscis Verständnis der Beziehung zwischen fortschrittlicher Hochkultur und Alltagsverstand ist, daß der erstere nicht losgelöst oder gar im Gegensatz zum zweiten entwickelt wird, zwischen beiden darf es nur »einen quantitativen, graduellen, nicht qualitativen Unterschied geben, d.h. ein gegenseitiges ›Aufeinandereinpendeln‹ muß in Gang gesetzt werden.« Denn die »sogenannten ›spontanen‹ Bewegungen zu übergehen oder schlimmer: zu verachten, hieße, darauf zu verzichten, ihnen bewußte Führung zu geben...was oft ernste und schwerwiegende Konsequenzen hat. Es geschieht quasi immer, daß eine ›spontane‹ Bewegung der subalternen Klassen von einer reaktionären, die von der Rechten der herrschenden Klassen ausgeht, begleitet wird.«[90]

Gramsci, der hier die geschickte Ausnutzung der Mobilisierung der italienischen Volksmassen während und nach dem 1. Weltkrieg durch die Faschisten im Auge hat, kritisiert die intellektualistische Haltung des PSI, für den das, was ›spontan‹ war, der Beachtung nicht würdig war: »In Wirklichkeit erbrachte das ›Spontane‹ den schlagenden Beweis für die Unfähigkeit der Partei, weil sie den Bruch zwischen den klangvollen Programmen und den elenden Fakten aufzeigte. Aber inzwischen traten die ›spontanen‹ Fakten ein (1919-1920), verletzten Interessen, störten erworbene Positionen, erzeugten schreckliche Haßzustände auch in friedlichen Leuten, führten gesellschaftliche Schichten, die in Fäulnis stagnierten aus der Passivität heraus: schufen gerade wegen ihrer Spontaneität und weil sie verleugnet wurden die allgemeine ›Panik‹, die ›große Angst‹, was nichts anderes als die Konzentration der unbarmherzigen repressiven Kräfte hervorbringt, um sie zu erstikken.«[91] Hier deutet sich wieder an, wie Gramscis Interesse am Alltagsverstand in seine Faschismusanalyse übergeht, auf die wir noch genauer zurückkommen.

Zunächst ist noch auszuführen, daß der Alltagsverstand für Gramsci nicht nur Ausgangspunkt der Philosophie der Praxis und ihrer Politik, sondern auch einer neuen Ästhetik war. Auch die neue Kunst soll sich als lebendige Vermittlerin zwischen den aus der Tradition ›hoher‹

Kunst erwachsenen fortschrittlichen Zweigen und der Volkskultur entfalten. Gramsci lieferte als erster marxistischer Theoretiker kohärente Analysen der modernen Trivialkultur.

Sie wurde im damaligen Italien von einer fürs Volk produzierten katholischen Massenliteratur geprägt, dem ›Brescianesimo‹, eine Bezeichnung, die auf den Jesuitenpater Antonio Bresciani (1798-1862) zurückgeht. Zu Gramscis Bedauern hatte sich diese Strömung gegenüber der ebenfalls katholischen Traditionslinie des Francesco Domenico Guerrazzi (1804-1873) durchgesetzt, eines Paters, der sich im Risorgimento engagiert hatte. Für Bresciani waren Patrioten wie Guerrazzi, die gegen den Papst und für die nationale Unabhängigkeit kämpften, »Kanaillen«.[92] Der Brescianesimo war eine durch und durch reaktionäre Strömung, »geprägt vom korporativen Kastengeist mittelalterlich-feudalen Ursprungs«[93] und »eine intellektuelle Äußerung, die von Panik erzeugt wurde, von kosmischer Angst vor dämonischen Kräften, die man nicht verstehen und nicht anders kontrollieren kann als durch ein universales repressives Gefüge. Die Erinnerung an diese Panik (an ihre akute Phase [hier ist das Risorgimento gemeint-S.K.]) hält lange an und leitet den Willen und die Gefühle; die Freiheit und die schöpferische Spontaneität gehen verloren, es bleiben Haß, Rachegefühle, die einfältige Verblendung, dekoriert durch jesuitische Honigrede.«[94]

Während es für das Volk – so Gramsci – problemlos geblieben sei, ›katholisch‹ zu sein, und zwar allein durch das Einhalten der Äußerlichkeiten des Kults, ist es im modernen Italien »dagegen sehr kompliziert, ein aktiver ›katholischer‹ Intellektueller oder ›katholischer‹ Künstler (Romancier, besonders Dichter) zu sein...weil sich die Religion vom militanten Leben in allen seinen Äußerungen zurückgezogen hat.« In Italien sei keine große katholische Literatur mehr möglich wie die von »San Francesco, Passavante, Tomaso de Kempis, sie kann nur noch die Polizistenrolle spielen, Propaganda, Agitation sein.«[95]

Allerdings sollte man sich nach Gramscis Auffassung von der erstaunlichen Verbreitung mancher katholischer Machwerke nicht zu sehr beeindrucken lassen. Grund dafür sei die ausgezeichnete Organisation der Kirche, die manche Bücher verschenke oder bestimmte Lektüre zur Pflicht erkläre.[96]

Der Brescianesimo, der sich an einfache katholische Schichten wandte, verfolgte wesentlich direkter als die »letterature artistica« das Ziel, »die großen nationalen Mehrheiten zu lenken; daher ist ein gefühlsmäßiger und ideologischer Kontakt mit diesen Mehrheiten nötig und in gewisser Weise Sympathie und Verständnis für ihre Bedürfnisse und Forderungen«.[97] Somit ist das Geheimnis des Funktionsmechanismus des Brescianesimo das gleiche, das Gramsci schon in seinen Jugendschriften für die laizistische Trivialliteratur entdeckt hatte. Gramsci beobachtet, daß der Brescianesimo nach dem ersten Weltkrieg auch Einfluß auf die laizistische Massenliteratur gewann und sogar Tendenz hatte, die »vorrangige und offiziöse erzählerische Schule«[98] zu werden. Beispielsweise entstand eine gewisse Kriegsliteratur als »Damm gegen die pazifistische Mentalität à la Remarque.[99] Diese Literatur ist allgemein mittelmäßig, sowohl vom künstlerischen Standpunkt als auch vom kulturellen Niveau her, d.h. als praktische Erzeugung einer ›Masse von Gefühlen und Emotionen‹ für das Volk. Vieles von dieser Literatur stellt eine Erneuerung des ›Brescianesimo‹ dar.«[100] Sogar eine Gruppe katholischer Autoren um den ehemaligen Futuristen Giovanni Papini zählte Gramsci zu den bedeutendsten Vertretern des neueren Brescianesimo.[101]

Die kommerziell erzeugte Kultur ›für das Volk‹ ist auch Gegenstand der Gefängnisschriften. Sie ist nicht nur Zielscheibe von Kulturkritik, sondern zunächst eine der wichtigsten Quellen zum Studium des Alltagsverstandes. Dieser kann nicht nur aus einem aufmerksamen Studium der Sprache, der Formen populärer Religion, dem ganzen System von Seh- und Handlungsweisen der Menschen erschlossen werden, sondern auch aus der Trivialkultur. Es empfiehlt sich ein Studium der kommerziellen Presse und Literatur, da deren Produktionsmethode geradezu im Aufspüren aktueller Interessen des Alltagsverstandes besteht: »Der ›kommerzielle‹ Charakter entsteht dadurch, daß das ›interessante‹ Element nicht ›naiv‹ und ›spontan‹, tief mit der künstlerischen Konzeption verschmolzen ist, sondern von außen, mechanisch gesucht, industriell dosiert, als sicheres Element eines sofortigen ›Erfolges‹. Das bedeutet jedoch in jedem Falle, daß auch die kommerzielle Literatur in der Kulturgeschichte nicht vernachlässigt werden darf: Sie hat in bezug auf diesen Gesichtspunkt sogar allergrößten Wert, weil der Erfolg eines Buches der kommerziellen Literatur anzeigt (und er ist oft der einzige existierende Indikator), was die ›Philosophie der Epoche‹ ist, d.h. welche Masse von Gefühlen (und Weltanschauungen) in der ›schweigenden‹ Mehrheit vorherrscht.«[102] In diesem Zusammenhang lohnt es sich, noch einmal auf die Jugendschriften zurückzukommen, in denen schon ein lebendiges Interesse für die kommerziellen Methoden zur Erforschung populärer Motive nachweisbar ist. Gramsci schildert ein Beispiel, das deshalb besonders bedeutsam ist, weil es sich um die historisch seltene, rein kommerzielle Motivforschung auf politischem Gebiet handelt, die wohl nur in einer bestimmten Phase freien Konkurrenzkapitalismus denkbar ist. Gramsci berichtet, daß ein privater Zeitungsbesitzer 1911 die öffentliche Meinung über den geplanten Krieg mit Libyen testete, indem er sein Journal in einer Stadt dafür und in einer anderen Stadt dagegen plädieren ließ. Erst nach dem jeweiligen Verkaufserfolg legte er seine endgültige Linie fest. Hier sei, schreibt Gramsci zu recht, noch der »ehrenvollste – oder am wenigsten ehrenrührigste Fall von journalistischem Merkantilismus« zu beobachten.[103] So beschrieb er schon mehr als ein Vierteljahrhundert vor Horkheimer und Adorno den dialektischen Teufelskreis der kommerziell aufgespürten und zugleich gelenkten Bedürfnisbefriedigung der Massenkultur.

In den Gefängnisheften berichtet Gramsci über das schematische Konstruieren von Handlungsfäden und Intrigen durch den Dramatiker Nino Berrini, der mit quasi mathematischen Methoden – einem Karteikartensystem – »Originalität suchte, indem er das machte, was auf den Karteikarten nicht zu finden war. Hier die Prinzipien Berrinis für die Theaterarbeit:

1. Länge des Stückes: er ermittelte eine durchschnittliche Länge, die auf der Länge von Erfolgsstücken basierte;
2. Studium der Schlußszenen: welcher Typ von Finale hat Erfolg gehabt und den Applaus erzwungen?
3. Studium der Konfliktkombinationen: er erforschte am Beispiel des bürgerlichen Liebesdramas, welche Kombinationen zwischen Ehemann, Ehefrau, Liebhaber am meisten benutzt werden. Im Ausschlußverfahren ›führte‹ er mechanisch ermittelte neue Kombinationen ein.

So hatte Berrini herausgefunden, daß ein Drama nicht mehr als 50.000 Wörter haben dürfte, daß es nicht länger als eine bestimmte Zeit dauern dürfte. Jeder Akt und jede Hauptszene muß in vorbestimmter Weise einen Höhepunkt finden, der auf experimenteller Forschung, auf einer Durchschnittsrechnung über die Gefühle und Stimuli beruht, die traditionell Erfolg gehabt haben usw. Mit diesen Kriterien sind kommerzielle Katastrophen sicher ausgeschlossen. Aber ist das der ›Konformismus‹ oder die ›Gesellschaftlichkeit‹, von der wir gesprochen haben? Sicher nicht. Es ist eine Form der Anpassung an das schon Bestehende.«[104]

Während im ersten Beispiel noch ein Element von Demokratie mitschwingt – das Gramsci, wie wir später sehen werden, insbesondere in der Literaturkritik wachhalten und weiterentwickeln will – führt der kommerzielle Geist nur zur Reproduktion von Bestehendem, worin freilich wiederum sein relativer Wert als ›Fundgrube des Alltagsverstandes‹ liegt. In der Aufforderung, die in der Tat nicht einfache Erforschung des Alltagsverstandes mit einer Analyse der kommerziellen Literatur zu erstellen, scheint mir eine der originellsten und aktuellsten Anregungen Gramscis zu sein, die eine bislang nur sporadisch geübte Praxis in Gang setzen wollte.

Die Trivialpresse und -Literatur ist in Gramscis Augen ein populäres

»Opium«. Und aus diesem Blickwinkel »könnte man eine Analyse des *Grafen von Monte Christo* von Alexandre Dumas machen, der vielleicht der ›drogenähnlichste‹ populäre Roman ist: Welcher Mann aus dem Volke glaubt nicht, eine Ungerechtigkeit seitens der Mächtigen erlitten zu haben und träumt nicht von der ihnen aufzuerlegenden ›Strafe‹?«[105] Gramsci untersucht die soziopsychologischen Gründe, weshalb bestimmte unrealistische, illusorische Intrigen besonderen Erfolg haben. Neben dem Durst nach Gerechtigkeit und sozialer Rache finden sich in der modernen Trivialliteratur auch uralte volkstümliche Motive der Märchen, wie der Aufstieg schöner Frauen aus dem Volke in höhere Gesellschaftsschichten. Das Geheimnis dieser Literatur ist es, elementare Leidenschaften in Bewegung zu setzen. Kriminalistische oder Liebeskonflikte, die mehr physische Instinkte als den Intellekt ansprechen, sind die beliebtesten Inhalte. Die Trivialliteratur spiegelt in platter Weise bestimmte Züge des Lebens, der Leidenschaften, der Hoffnungen des Volkes wider. Häufig auftauchende Grundthemen sind: Rache, Schuld, Sühne, Duldung usw. Die Trivialliteratur vom Typ des Fortsetzungsromans »ersetzt (und begünstigt gleichzeitig) das Phantasieren des Menschen aus dem Volke, sie ist ein richtiggehendes Träumen mit offenen Augen. Hier ist zu überprüfen, was Freud und die Psychoanalytiker über das Träumen mit offenen Augen meinen. In diesem Falle kann man sagen, daß das Phantasieren des Volkes von einem (sozialen) ›Inferioritätskomplex‹ abhängt, der ausgedehnte Phantasien über Rachegelüste und die Bestrafung derjenigen hervorbringt, die an dem erlittenen Unglück schuld sind. Im *Grafen von Monte Christo* sind alle Elemente enthalten, um den Leser in diese Phantasien einzuwiegen und ihm ein Narkotikum zu geben, das das Gefühl des Elends vermindert.«[106]

Bemerkenswert ist hier Gramscis Anregung, die Traumdeutungstheorien Freuds – der den Traum in der Tat ja auch als Ausdruck des Wunschdenkens interpretierte[107] – bei der Analyse von populärer Literatur zu nutzen, ein Ansatz, den die kritische Theorie später ausführlich entwickeln sollte.[108] Es handelt sich hier um eine der wenigen Anspielungen Gramscis auf Freud, dessen Theorien er zu seinem Bedauern nicht »studieren konnte«.[110]

Der Graf von Monte Christo als Fundgrube des Alltagsverstandes stach Gramsci immer wieder in die Augen, und zwar vor allem auch, weil er – noch immer – einer der am meisten gedruckten Fortsetzungsromane in populären italienischen Zeitschriften darstellte. Er war insofern ein Modellfall, als er in charakteristischer Weise fatalistische Züge des Weltverhältnisses mit illusionären Zügen des Übermenschentums kombinierte, wodurch die diffusen Rachegelüste des einfachen Mannes gegenüber der Klassengesellschaft angesprochen und illusionär befriedigt werden.[110] (Gramsci stellte übrigens die Theorie auf, daß die Konzeption des Übermenschen wohl aus der populären Literatur stammte, [Balzacs Vautrin, Rastignac, Dumas' Monte Christo, Balsamo, Athos] die bis 1870 auch starke Verbreitung unter den Intellektuellen gehabt habe und Nietzsche inspiriert haben könnte.)

Nie war der Alltagsgeschmack so raschen historischen Entwicklungen unterworfen wie in unserem Jahrhundert. In einem Brief an seine Frau Giulia erzählt Gramsci, daß er mit sieben Jahren *Robinson Crusoe* und *Die geheimnisvolle Insel* gelesen habe, was jahrelang seine tagtäglichen Kinderspiele beeinflußt habe. Heute aber hätten »Radio und Flugzeug für immer die Robinsonaden vernichtet, die für so viele Generationen die Form des Phantasierens vorgegeben haben.« Für seinen Sohn nimmt Gramsci daher an, daß Robinson sein Held nicht mehr sein könne, sondern eher ein Kriminalist oder ein »wissenschaftlich agierender Dieb«.[111]

Im *Grafen von Monte Christo* und den ebenfalls sehr populären *Drei Musketieren* sah Gramsci Abkömmlinge der volkstümlichen Tradition der Ritterromane, die er wiederum als Vorläufer der modernen Kriminalromane ansah. Bis hin zu den Romanen von Dumas wurden die aufgeworfenen kriminalistischen Konflikte mit populären Ideologien dargestellt und gelöst, sie waren stets im politischen Hauptgeschehen der Epoche angesiedelt. Gramsci beobachtete: »Der Übergang von Romantypen dieser Art zu den reinen Abenteuerromanen ist gekennzeichnet von einem Prozeß der Schematisierung der reinen Intrige, entleert von jedem Element demokratischer oder kleinbürgerlicher Ideologie: Es dreht sich nun nicht mehr um den Kampf zwischen dem guten...Volk (oder dessen Freunden-S.K.) und den dunklen Kräften der Tyrannei (z.B. Jesuiten und Geheimpolizei, die der Staatsraison verbunden ist, oder um die Ambition einzelner Fürsten usw.), sondern nur noch um den Kampf zwischen spezialisierten Berufsverbrechern und den legalen privaten oder öffentlichen Ordnungskräften.«[112]

Die Tatsache, daß das italienische Publikum der zwanziger und dreißiger Jahre Fortsetzungsromane bevorzugt, die in irgendeiner Weise im Umkreis der fortschrittlichen Ideologien von 1848 entstanden sind, verweist auf den historisch erreichten Entwicklungsstand eben dieses Publikums. Auch auf dem Gebiet des Fortsetzungsromans herrscht in Italien eine ›französische Hegemonie‹. Aus Mangel an ausreichender aktueller Romanproduktion populärer Art »müssen die italienischen Zeitungen von 1930, um verkäuflich zu sein, Fortsetzungsromane bringen, die hundert Jahre alt sind.« Die Schwäche der italienischen Populärkultur drückte sich für Gramsci auch darin aus, daß sogar die an kriminalistischen Episoden so reiche Geschichte von Venedig nur der ausländischen Literatur als Vorlage für Kriminalromane diente, dagegen keinem italienischen Autor.[113]

Die Bedeutung eines populären Fortsetzungsromans für den finanziellen bis hin zum politischen Erfolg einer Zeitschrift ist immens. Charakteristisch ist, daß die Frauen bei der Wahl einer Zeitschrift für die Familien die wesentliche Rolle spielen und sie wählen vor allem den »schönen und interessanten Roman«.[114]

Die wachsende Verbreitung des Kriminalromans sah Gramsci nicht allein durch die Tatsache erklärt, daß viele Menschen ›taylorisiert‹, das heißt einem monotonen Arbeits- und Lebensrhythmus ausgesetzt sind und diesem wenigstens beim Lesen entfliehen wollen. Es sei schon immer ein großer Teil der Menschen ›taylorisiert‹ und eisern diszipliniert gewesen, und dieser Teil der Menschen habe immer versucht, der Enge der bestehenden Gesellschaftsorganisation, die ihn versklavte, durch Phantasie und Traum zu entkommen. Das größte Abenteuer, die größte ›Utopie‹, die die Menschen kollektiv geschaffen haben, sei die Religion. In der modernen Welt existiere »neben Don Quichote Sancho Pansa... der kein Abenteuer will, sondern Lebenssicherheit«. Und der »Großteil der Menschen wird gerade von diesem Druck der ›Unvorhersehbarkeit des Morgen‹, von der Ungewißheit eben dieses täglichen Lebens, d.h. von einem Exzess wahrscheinlicher ›Abenteuer‹ gequält. In der modernen Welt ist die Frage anders als in der Vergangenheit akzentuiert, weil die erzwungene Rationalisierung der Existenz immer mehr die Mittelklassen und die Intellektuellen in unerhörtem Ausmaß erreicht; aber auch für sie handelt es sich nicht um den Niedergang des Abenteuers, sondern um die zu große Abenteuerlichkeit des täglichen Lebens, d.h. zu große Ungewißheit in der Existenz, was mit der Überzeugung einhergeht, daß es gegen eine solche Ungewißheit kein individuelles Mittel der Eindämmung gibt: Daher lechzt man nach dem ›schönen‹ und interessanten Abenteuer.«[115]

Hinsichtlich des Erfolges der Kriminalliteratur führt Gramsci auch den Grund der Verwandtschaft des Denktyps der kriminalistischen Lösung mit dem auch in die modernen Naturwissenschaften eingeführten Denktyp an: Chestertons Pater Brown sei »ein Katholik, der die mechanistische Denkweise der Protestanten lächerlich macht« und das Buch sei im Grunde eine Apologie der römischen Kirche gegen die anglikanische Kirche. Sherlock Holmes (von Conan Doyle-S.K.) ist der »›protestantische‹ Polizist, der das Knäuel der kriminalistischen Verstrickung löst, indem er von Äußerlichkeiten ausgeht, sich auf die Wissenschaft, auf die experimentelle Methode, auf die Induktion stützt. Pater Brown ist der katholische Priester, der mit Hilfe der raffinierten psychologischen Erfahrungen, die er aus der Beichtvatertätigkeit und der den Priestern eigenen Übung in moralischer Kasuistik entspringen, Sherlock Holmes auf voller Ebene schlägt, ohne Wissenschaft und Erfahrung außer acht zu lassen, sich aber dennoch vor allem auf Deduktion und Innenschau stützend.«[116]

Auch Brecht las bekanntlich gerne Kriminalromane und hat ganz ähnliche Urteile wie Gramsci hinsichtlich ihrer Bedeutung hinterlassen: »Das Leben der atomisierten Masse und des kollektivierten Individuums unserer Zeit verläuft spurenlos. Hier bietet der Kriminalroman gewisse Surrogate.« Der Genuß beim Lesen kommt nach Brecht durch den Appell an das – ja auch im Alltagsverstand vorhandene – Kausalitätsdenken zustande, das jedoch nur gute Kriminalromane wirklich herausfordern. Er nennt hier dieselben Klassiker wie Gramsci: Conan Doyle und Chesterton. Den auch von Gramsci beklagten Verfall der Intrige des Kriminalromans von ehemals hoher gesellschaftlicher Relevanz zum einfachen Reißer wirft Brecht vor allem dem amerikanischen Kriminalroman vor, während es in England durchaus noch Beispiele für die Fortführung der guten Tradition gäbe...

Besonders interessierte Brecht die Schreibtechnik des Kriminalromans bei der Herausbildung seiner eigenen, dem großen Publikum zugewandten Ästhetik insofern, als er sie für aktueller hielt als die überkommene »Menschenschilderung des Romans«.[117] Gerade hier liegen Brechts Konflikte mit den Konzeptionen und Wertungssystemen von Georg Lukács, für den die Anknüpfungspunkte der fortschrittlichen Ästhetik bei volkstümlichen großen Klassikern wie z.B. Goethe und Thomas Mann lagen. Daß sich Gramsci dagegen wiederum keine gerade Linie von den großen Klassikern her vorstellen konnte, geht aus folgenden Texten hervor; die Beziehung zu den Klassikern ist zwar da, aber ›gebrochen‹. Er meint, daß »man nur aus dem Leserkreis der Fortsetzungsliteratur das Publikum gewinnen kann, das groß genug und notwendig ist, um die kulturelle Basis der neuen Literatur zu schaffen ... Die Voraussetzung der neuen Literatur kann aber nur historisch, politisch, populär sein: sie muß versuchen, das weiterzuentwikkeln, was schon existiert, polemisch oder in irgendeiner anderen Weise; es ist wichtig, daß sie ihre Wurzeln im Humus der Volkskultur schlägt, so, wie sie ist, mit ihren Geschmacksformen, ihren Tendenzen usw., mit ihrer moralischen und intellektuellen Welt, sei sie auch noch so zurückgeblieben und konventionell.«[118]

Der Forderung, das die neue, fortschrittliche Literatur auf den Leserkreis der populären Genres zielen sollte, liegen weder bei Brecht noch bei Gramsci populistische Konzeptionen zugrunde. Wie bei der Entwicklung der neuen Weltanschauung bleibt auch hier die höchste Qualität das eigentliche Ziel. Wenn – wie es in der Literatur häufiger vorkommt als in der Philosophie – »der populäre Inhalt von großen Künstlern ausgedrückt ist, werden diese vorgezogen«. Gramsci erinnert in diesem Zusammenhang an die »Liebe des Volkes für Shakespeare, für die griechischen Klassiker und in neuester Zeit für die großen russischen Romanautoren (Tolstoi und Dostojewski).« Zur Bekräftigung dieser These sei erwähnt, daß der auch von Gramsci erwähnte Roman *Im Westen nichts Neues* von Erich Maria Remarque mit Auflagen von insgesamt 1 270 000 Exemplaren in Deutschland bis 1950 der weitverbreiteste Roman war.[119]

Da Gramsci auch in der Ästhetik vor allem das vermittelnde Element zwischen Hoch- und Volkskultur im Auge hatte, blieb er – wieder im Unterschied zu Lukács – frei von normativen Tendenzen und vor allem auch frei von jeglichem ästhetischen Sektierertum. In seinen Augen konnten zum Beispiel eine Strömung wie der Proletkult, der die eigenschöpferische Initiative der Arbeiterklasse entwickeln wollte, und der Kampf um die Allianz mit volksverbundenen, politisch fortschrittlichen Intellektuellen der Hochkultur keine sich gegenseitig ausschließenden Alternativen darstellen. Im Gegenteil, eine breite Fächerung von kulturellen Entwicklungen stellte für ihn eine notwendige Voraussetzung der Kulturpolitik dar. Zwar ist die »Verbreitung einer homogenen Art und Weise zu denken und zu handeln, von einem homogenen Zentrum aus, die erste Bedingung (des Wandels-S.K.), darf aber und kann nicht die einzige sein.«[120] Denn »jede soziale Schicht hat ihren eigenen ›Alltagsverstand‹ und ihren ›gesunden Menschenverstand‹«[121] und jede Schicht arbeitet ihr Bewußtsein und ihre Kultur auf spezifische Weise aus, die eben nicht immer die der Berufsintellektuellen ist. »Es ist kindisch zu denken, daß ein ›klares Konzept‹, das in angemessener Weise verbreitet wird, sich in den verschiedenen Formen des Bewußtseins mit denselben ›organisatorischen‹ Effekten der verbreiteten Klarheit niederschlägt. Das ist ein ›aufklärerischer‹ Irrtum... Derselbe Lichtstrahl, der durch verschiedene Prismen geht, erzeugt verschiedene Lichtbrechungen: Wenn man dieselbe Brechung will, braucht man eine ganze Serie von Einstellungen der einzelnen Prismen.«[122] Der »aufklärerische Irrtum«, von dem Gramsci hier spricht, bezieht sich auf die Konzeptionen Geatano Salveminis und der Anarchosyndikalisten[123], ist aber auch ein häufiger Grundfehler sozialistischer Kulturpolitik gewesen, dem eine – offensichtlich aus dem 19. Jahrhundert überkommene – Sicht vom Volk als amorphem Block entspricht. Gramscis Bündnispolitik fand jedoch ihre konkrete Ausformung bis in die ästhetische und kulturelle Theorie hinein. Die »Entwicklung der intellektuellen und moralischen Erneuerung« verläuft »nicht in allen Schichten simultan... Noch heute ... sind viele Ptolomäer und nicht Kopernikaner... Sich auf den Standpunkt einer ›einzigen‹ Linie der progressiven Entwicklung zu stellen, durch die jede neue Errungenschaft akkumuliert wird und die Voraussetzung neuer Errungenschaften wird, ist ein schwerer Fehler: Nicht nur, daß es vielerlei Linien gibt, sondern in der ›progressivsten Linie‹ vollziehen sich auch Rückschritte.«[124]

Eine wichtige Ergänzung zu diesem, die Notwendigkeit einer sozialen Spezifizierung der Kulturpolitik begründenden Text findet sich in Gramscis Beobachtung, daß »das ›interessante‹ Element in der Kunst von Individuum zu Individuum oder in bezug auf die sozialen Gruppen oder die Masse im allgemeinen« variiert. »Ein Grammatiker kann sich für ein Drama von Pirandello interessieren, weil er wissen will, wieviele lexikalische, morphologische und syntaktische Elemente sizilianischen Ursprungs Pirandello in die italienische Literatursprache einführt oder einführen kann: das ist ein ›interessantes‹ Element, das nicht viel zur Verbreitung des betreffenden Dramas beitragen wird. Die ›barbarischen Metren‹ von Carducci waren ein ›interessantes‹ Element für einen größeren Kreis, für den Stand der Berufsliteraten oder die, die danach strebten, es zu werden: Sie waren also ein bereits bemerkenswertes Element des sofortigen ›Erfolgs‹, sie trugen zu der Verbreitung einiger tausend Exemplare von Versen bei, die in barbarischen Metren geschrieben waren. Diese ›interessanten‹ Elemente variieren mit den Zeiten, dem kulturellen Klima und mit den persönlichen Sensibilitäten.

Das stabilste Element des ›Interesses‹ ist sicher das positive oder negative ›moralische‹ Interesse, d.h. die Zustimmung oder Ablehnung eines Kunstwerks: ›stabil‹ in einem bestimmten Sinne, d.h. im Sinne der ›Moral als Kategorie‹ und nicht des konkreten moralischen Inhalts.«[125] Auch aus diesen Formulierungen erwächst die Forderung nach einer auf Vielfältigkeit zielenden Editions- und Medienpolitik, die sich nicht nur an einer einzigen, mehr oder weniger abstrakt am kulturpolitischen Ziel orientierten Linie richtet, sondern dem ganzen differenzierten Spektrum entspricht, das man bündnispolitisch ansprechen will.

Die Historizität des Problems der Volkskultur, ihre im 20. Jahrhundert rasche Entwicklung, wird auch schon aus einigen Formulierungen Gramscis deutlich, die heute zum Teil nur noch methodischen Wert haben, sie sind oft – wie wir bereits gesehen haben – noch auf die analphabetischen Bauernmassen Süd-und Mittelitaliens zugeschnitten. Seine konkreten Analysen der Folklore, des Melodrams als spezieller italienischer Variante der Volkskultur wurden deshalb hier nicht näher erläutert.[126] Sie sind aber z.B. für die Analyse von Kulturen der Dritten Welt nicht ohne aktuelle methodische Bedeutung. In der heutigen Welt hat sich der Schwerpunkt der Herausformung des Alltagsverstandes vom gedruckten Wort auf die audiovisuellen Medien verlagert. (Gramsci sah eine solche Entwicklung in gewisser Weise voraus: »Bemerkenswert ist, daß einige der aufgeführten Typen des populären Romans eine Entsprechung im Theater und heute im Film haben.«[127]) Eine Analyse des modernen Alltagsverstandes wird sich auch mit der Mode und der Musik zu beschäftigen haben, und zwar sowohl mit ihren Texten als auch mit ihren Rhythmen. Dabei taucht die Frage der internationalen Verflechtungen der Alltagskultur auf. Methodisch kennt auch Gramsci das Problem schon, da es auch und ganz besonders im Italien seiner Zeit bemerkbar war. Auf Grund der jahrhundertelangen ›libresken‹, d.h. allein der Buchtradition verpflichteten Kultur der italienischen Intellektuellen war der Graben zwischen der Alltagskultur und der Hochkultur so tief, daß sich die breite Leserschaft mit Vorliebe ausländischer Literatur zuwandte, insbesondere aus Frankreich (der ›Amerikanismus‹ zog noch nicht in den Überbau, sondern einstweilen nur per Kapitaltransfer in die sozioökonomische Basis ein). Das spiegelte sich, wie Gramsci immer wieder schreibt, auch in der redaktionellen Auswahl der Fortsetzungsromane in den Zeitschriften wider – die häufig aus dem Französischen übersetzt wurden. Gramsci betont, daß die italienische Kultur des 19. Jahrhunderts bereits nur als »französischer Provinzialismus« verstanden werden könne. »Jedes Volk hat seine Literatur, aber sie kann aus einem anderen Volk zu ihm kommen, d.h. das betreffende Volk kann der intellektuellen und moralischen Hegemonie anderer Völker unterlegen sein.«[128] Das, was Gramsci hier als aus dem Ausland kommende Hegemonie bezeichnet, kann eine positive oder negative Bedeutung haben. Die starke Präsenz französischer Literatur in Italien beruhte zwar auf einer Lücke in der Nationalkultur, verbreitete aber – anstelle dieser – bestimmte fortschrittliche Einflüsse der Revolutionen von 1789 und 1848, welche die italienische Bourgeoisie der Geschichte schuldig geblieben war.

Die konsequente Ausrichtung von Gramscis Kulturtheorien auf das große Publikum hat auch Einfluß auf seine Konzeption der Literaturkritik. Sie ist der Ästhetik von Benedetto Croce[129] diametral entgegengesetzt. Croce, für den jegliches politische Engagement kunstzerstörend war, begriff seine ästhetische Lehre des Ausdrucks als maximale Verwirklichung einer edlen Sprache. Die Rezeption des Kunstwerks wurde ebenso wie der Schöpfungsakt als Werk erlesener Geister angesehen, »einer intellektuellen Elite, welche die Person als Gegebenheit hinnimmt, nicht aber als ein offenes, unendlich komplexes Problem der Menschheit.«[130] Einzig ein ›Geschmacksurteil‹ entscheidet, ob ein Kunstwerk der »Poesie oder Nichtpoesie« zuzuordnen sei.[131] Gramsci meinte, daß Croces literaturkritische Praxis zu einem ständigen »Massaker« führen muß. Es könne ja nicht erwartet werden, »daß die Literatur eines Landes jedes Jahr oder auch alle zehn Jahre ein Meisterwerk ... hervorbringt. Gerade deshalb kann die normale Aktivität der Kritik keinen anderen als vorwiegend ›kulturellen‹ Charakter tragen, eine Kritik der ›Tendenzen‹ sein... Eine Aktivität der Kritik, die permanent ›negativ‹ ist, die aus Vernichtungsakten ... besteht ... würde langweilig und abstoßend werden... Sicher ist wohl, daß die Aktivität der Kritik immer einen positiven Aspekt haben sollte und zwar in dem Sinne, daß man in dem untersuchten Werk einen positiven Wert herausstellen müßte, der, wenn nicht künstlerischen, so doch kulturellen Charakter haben kann. Also wird – von Ausnahmen abgesehen – nicht so sehr das einzelne Buch ins Gewicht fallen als vielmehr ganze Gruppen von Arbeiten, die in ihrem Zusammenhang kulturelle Tendenzen ergeben. Was die Auswahl anbetrifft: das einfachste Kriterium – außer der Institution des Kritikers und der systematischen Examinierung der ganzen Literatur, was eine kolossale und individuell gewiß unmöglich auszuführende Arbeit ist – scheint das des ›buchhändlerischen Erfolgs‹ zu sein, der in zweierlei Sinn verstanden werden müßte und zwar einmal als ›Erfolg bei den Lesern‹ und zum anderen als ›Erfolg bei den Herausgebern‹. Das hat auch seinen Sinn in den Ländern, in denen das intellektuelle Leben von Regierungsorganen kontrolliert wird, weil es anzeigt, welche Richtung der Staat der nationalen Kultur geben möchte.«[132]

Gramsci plädiert für eine Wertumkehrung des kritischen Prinzips von Croce. Das ideale Kunstwerk, das für letzteren keine Elemente des Engagements und somit keine aktuellen kulturellen Belange ausdrücken durfte, war für Gramsci eine organische Synthese von »künstlerischen« und »kulturellen« Elementen. Da es einer fortschrittlichen Kulturpolitik um das Erzeugen einer neuen, wirklich von den Massen getragenen kulturellen Strömung gehen muß, wollte er auch Kunstprodukte mit geringem künstlerischen Wert fördern (ohne freilich zu behaupten, daß es sich dabei um große Kunstwerke handele). Wie wir bereits gesehen haben, hatte schon der junge Gramsci Verständnis für die Arbeiterdichtung gefordert, auch wenn ab und zu »ein Vers hinkt«.[133] In Croces Terminologie heißt das: Gramsci stellte ein kulturpolitisches Primat der Nichtpoesie vor der Poesie auf. Mit offensichtlichem Einverständnis zitiert Gramsci zu diesem Thema Raffaelo Ramat[134], der meint, »daß manchmal das Studium eines kleineren Schriftstellers für die Kulturgeschichte viel nützlicher sein kann als das eines sehr großen ... weil beim letzteren – *dem großen* – das Individuum überlegen siegt, das schließlich keiner Zeit mehr angehört, und es könnte – wie es auch geschieht – der Fall eintreten, daß man die Qualitäten jenes Menschen der Epoche zuschreibt. Bei dem anderen, dem kleinen Schriftsteller, wenn er nur ein aufmerksamer und selbstkritischer Geist ist, kann man mit großer Klarheit dialektische Momente jener besonderen Kultur erkennen, weil ihnen keine Verschmelzung gelingt wie beim großen Schriftsteller.«[135] Brecht fügte dem Problemkreis der kleinen Schriftsteller einige Facetten hinzu: »Man versteht nichts von der Literatur, wenn man nur die ganz Großen gelten läßt. Ein Himmel nur mit Sternen erster Größe ist kein Himmel. Man mag bei Lenz nicht finden, was man bei Goethe findet, aber man findet auch bei Goethe nicht, was bei Lenz. Und es ist überhaupt nicht so, daß einem Werk der kleineren Genies notwendig etwas abgeht. Sie können in sich und in allem perfekt sein. Einige der Unbekannteren hatten lediglich nicht Zeit, mehr zu schreiben oder sich reicher zu entwickeln, oder nicht das Geld oder nicht die Beziehungen oder nicht die Nerven. Einige versagten in der Kunst des Speichelleckens, welche von einigen der Größten meisterhaft beherrscht wurde...«[136]

Gramscis geschichtlicher Standpunkt in dem sozial so vielfältig stratifizierten Italien ermöglicht ihm eine historisch-dynamische Sicht auf das Phänomen der Massenkultur, die Horkheimer und Adorno bei ihren Untersuchungen der faschistischen und der amerikanischen Massenkultur nicht möglich war. Gerade weil ein Teil der italienischen Bevölkerung der modernen Massenkultur noch nicht ausgeliefert, weil er noch im ›folklorischen‹ Alltagsverstand befangen war, kam es Gramsci gar nicht in den Sinn, daß die Herrschaft vollkommen manipulierender und affirmativer Trivialkultur endgültig sein könnte und das, obwohl er – wie wir im nächsten Kapitel sehen werden – die totalitären Tendenzen des italienischen Faschismus durchaus erkannte, die Gefahr nämlich, das die Zivilgesellschaft von der politischen Gesellschaft völlig geschluckt werde. Freilich blieb es im italienischen Faschismus bei der Tendenz. Ihm fehlte die Kraft, wirklich totalitär zu werden.

Befragt man jedoch »Adornos Theorie auf ihre Alternative, so schließt sich ein Teufelskreis. Ausgangspunkt war die vehemente Kritik an der Zweiteilung der Kunst in Massenkunst und elitäre Kunst. Diese Gegenüberstellung ist zugleich die Antwort selbst. Gegenüber aller ›funktionalen‹ Kunst ist die ›erkennende‹ Kunst die reservatio mentalis des bürgerlichen Intellektuellen. Es wird darauf verzichtet, die millionenhafte Bedürfnisbefriedigung durch die Massenliteratur auf Momente der in ihr stattfindenden realen Bedürfnisbefriedigung zu untersuchen. Es wird gefordert, daß sich alle wirkliche Kunst nicht nur von ihrem funktionalen feindlichen Bruder, sondern sie sich selbst auch aller Demokratisierung in Richtung auf die Volksmassen zu enthalten habe.«[137]

Man irrt indes anzunehmen, daß die Beschäftigung mit der Trivialkultur an sich ein junges Phänomen ist. So schrieb Robert Pritz 1862 über die damaligen Unterhaltungsromane, daß ihnen zumindest zugutegehalten werden müsse, daß sie »den Ton ihrer Zeit und die Sympathien ihrer Umgebung hinlänglich getroffen haben, um dieselben für einige Zeit an sich zu fesseln... So bilden sie also, in welchen Verwandlungen, in welchen Umschmelzungen es auch sei, doch auch heute noch einen organischen Bestandteil des öffentlichen Geistes, so sind wir doch selbst (um Alles zu sagen) ohne sie nicht geworden, was wir sind.«[138]

Wiewohl es also doch immer schon ein gewisses Bewußtsein der Bedeutung des Studiums der Massenkultur gegeben hat, kam es insgesamt nur selten zu echten Auseinandersetzungen auf diesem Gebiet. Eine wegen ihres Umfangs und ihrer an Gramscis Methodik erinnernden Grundlagen bislang wohl einzigartige Studie ist Richard Hoggars *The Uses of Literacy* von 1957, in der er minutiös zivilisatorische und kulturelle Entwicklungen der britischen Arbeiterklasse über etwa ein Jahrhundert verfolgt und auch Analysen ihrer Lesestoffe vornimmt.[139] Hier sind auch unbedingt die Arbeiten von Dieter Wellershoff zu erwähnen, die trotz ihrer unleugbaren Beziehung zur Theorie der Massenkultur von Horkheimer/Adorno allein schon durch ihre Konkretheit darüber hinausgehen und mehr Verständnis für das große Publikum durchschimmern lassen.[140]

Ein frühes Beispiel für eine auf Emanzipation zielende Literaturkritik eines bedeutenden Minors – bedeutend, weil er enormen Erfolg hatte – ist Marx' ausführliche, über 50 Druckseiten reichende Kritik von Eugène Sues *Geheimnissen von Paris.*[141] Sie enthält zwar noch keine Theorie der Trivialkunst, womöglich aber sogar etwas Wertvolleres: einen durchaus nachahmenswerten Stil der Auseinandersetzung mit derartigen Kunstprodukten. Statt einer bierernsten Analyse haben wir es hier mit einem sowohl für den Autor als auch für den Leser recht lustvollen Spiel zu tun: das Triviale wird auf geistreich-humorvolle Art entlarvt. Die Souveränität der Kritik über ihren Gegenstand zeigt sich letztlich in der lockeren, ungezwungenen Form – die bislang selten erreicht worden ist. Nach einer Auskunft Franz Mehrings zerstreute sich Marx übrigens des öfteren mit »literarischer Kost ... vor der sich der schulmäßige Ästhetiker dreimal bekreuzigt«.[142]

Kein ökonomistischer Geschichtsfatalismus, wonach der Menschheitsfortschritt an sich gesetzmäßig sei, führte Gramsci zu seinem Optimismus hinsichtlich der Möglichkeiten positiver Antworten innerhalb der Massenkultur: seine Erfahrung der historischen Entwicklung und der Dissonanzen innerhalb des Alltagsverstandes sind es, die ihm seine

Wandlung prinzipiell möglich erscheinen lassen. Dennoch sei die partielle Stringenz der Analyse der Kritischen Theorie noch einmal hervorgehoben. Daß aus der von Horkheimer/Adorno als Tragödie des modernen Menschen analysierten Massenkunst sogar ein amerikanischer Präsident aufsteigen konnte, gibt der Kritischen Theorie trotz ihrer Grenzen nach wie vor beklemmende Realität, während die Theorien Gramscis ersteinmal in die Praxis umgesetzt werden wollen.

Der wesentlichste Punkt der Übereinstimmung von Gramscis Theorie der Massenkultur und den Forschungen der Kritischen Theorie ist wohl die Erkenntnis, daß der kommerzielle Charakter auf echte Bedürfnisse der Menschen zielt, die insofern in irgendeiner Weise ›widergespiegelt‹ werden. Freilich gaben Horkheimer/Adorno der Erkenntnis eine rein pessimistische Wende: »Indem das Kunstwerk ganz dem Bedürfnis sich angleicht, betrügt es die Menschen vorweg um eben die Befreiung vom Prinzip der Nützlichkeit, die es leisten soll.«[143]

Innerhalb der Frankfurter Schule näherte sich Leo Löwenthal den von Gramsci vorgeschlagenen produktiven Folgerungen aus dem Studium der Massenkultur eher an, indem er »Leserreaktionen indirekt am Medium von gedrucktem Material« untersuchte, »aus dem stellvertretend typische Gruppenreaktionen gefolgert« wurden.[144]

Walter Benjamin kam den Auffassungen Gramscis jedoch noch weitaus näher, weil er – wie Brecht – in der Massenkultur nicht ausschließlich destruktive Potentiale sah: die Revolutionierung der Reproduktionstechniken könne durchaus auch emanzipatorische Folgen auf Massenebene haben.[145] Am demokratischen Potential hielt auch Brecht fest. In ganz ähnliche Richtungen wie Benjamins Theorien zu den Reproduktionstechniken wie die verschiedenen Druckverfahren, den Film usw. stieß seine zwischen 1927 und 1932 entstandene Radiotheorie. Sie geht zunächst durchaus von einer vernichtenden Kritik des damaligen realen Rundfunks aus. Brecht bezeichnet ihn als »akustisches Warenhaus« und wendet sich gegen seine das Leben verharmlosende »Folgenlosigkeit« – was gewisse Formen von Literatur und Unterhaltung ebenfalls beträfe. Die Technik konnte »zu einer Zeit soweit sein, den Rundfunk herauszubringen, wo die Gesellschaft noch nicht soweit war, ihn aufzunehmen.« Soweit stimmt Brecht übrigens mit der später von Adorno – den Zeitumständen entsprechend – noch radikaler formulierten Kritik des Radios überein (die er bereits zu Beginn der vierziger Jahre auch auf das Fernsehen übertrug). In der *Dialektik der Aufklärung* liest man, daß das kostenlose amerikanische Radioprogramm die »trügerische Form desinteressierter, überparteilicher Autorität« darstelle, die letztlich auch »für den Faschismus wie gegossen ist.«[146] Brecht hält es jedoch für möglich, aus dem »Distributionsapparat« einen »Kommunikationsapparat« zu machen, der die Zuhörer aktiv miteinbezieht. »Wichtige Reichtagssitzungen, große Prozesse« müßten original gesendet werden. Statt »tote Referate« müßten »wirkliche Interviews« gebracht werden, »Dispute zwischen bedeutenden Fachleuten.«[147]

Gerade an Brechts konkreten Vorschlägen wird freilich auch wieder die Kompliziertheit des Problems der Massenkultur deutlich. Sie lassen uns eher über die aus heutiger Sicht offensichtlich lamentable Situation des damaligen Radiobetriebs staunen, als daß sie Optimismus wecken: seine Forderungen sind heutzutage ja weitgehend erfüllt. Sie sind der Form nach erfüllt, und doch bleibt das Radio nicht nur unter kapitalistischen, sondern auch unter sozialistischen Bedingungen noch immer in starkem Maße jenes affirmativ wirkende Monstrum, als das es Horkheimer/Adorno beschrieben haben, eine ›Festungsmauer der alten Gesellschaft‹: in starkem Maße, muß freilich betont werden, doch immer nicht ganz und total. Ein schlagendes Beispiel für das komplexe und nicht immer nur negative Wirken der modernen Massenmedien ist ihre gesellschaftliche Funktion im Vietnamkrieg. Untersuchungen haben ergeben, daß die durch eine technische Neuerung, nämlich die Farbigkeit der Aufnahmen erreichte Lebendigkeit des tagtäglich vor den Kameras vergossenen Blutes, die Idylle des amerikanischen Wohnzimmers doch sprengte. In letzter Instanz war es die amerikanische Öffentlichkeit, die das Ende des Krieges erzwang, der noch jahrelang hätte weitergeführt werden und – etwa mittels Atomraketen – auch gewonnen werden können.

Die bei Horkheimer und Adorno vernachlässigte historische Dimension ist eine häufige Konstante der Einschätzung von massenkulturellen Phänomenen. Nach Walter Nutz liegt der Charakter des Trivialen sogar gerade darin, daß »die ewigen Grundthemen menschlichen Verhaltens immer wieder in etwas anderem Gewande ›abgedroschen‹ werden.«[148]

Statt in diesem Tone über Kulturprodukte wie z.B. die *Bild-Zeitung* zu lamentieren, würde uns Gramsci diese wahrscheinlich als Objekt systematischer Forschungen empfehlen. Und in der Tat würde eine Analyse von Periodika der Regenbogenpresse, die einen Zeitraum von einigen Jahren umfaßt, zu erstaunlichen Resultaten hinsichtlich der Wandlungen, d.h. der historischen Flexibilität des Alltagsverstandes führen, insbesondere die Rolle der Frau in Gesellschaft und Familie betreffend.

Während noch bis vor etwa einem Jahrzehnt das Leben der Königshäuser und Filmstars als ›immerwährende Hochzeit‹, als ›ewiges Familienidyll‹ dargestellt wurde, häufen sich nun immer mehr Stories über das Ausscheren der Großen dieser Welt aus eben diesem Familienverband. Dabei hat sich der wirkliche Lebensstil gerade dieser Schichten überhaupt nicht gewandelt. Es wäre interessant zu untersuchen, warum bestimmte Königshäuser auf diesem Wege weiter vorauseilen als andere. Jedenfalls hat die spezielle Art der Darstellung vor allem damit zu tun, wie sie sich überhaupt noch Popularität verschaffen können. Wie schwankend der Alltagsgeschmack gegenwärtig gerade im Hinblick auf die traditionelle Familie ist, wird am schönsten dadurch gekennzeichnet, daß der fürstliche Abenteuerdrang doch immer wieder mit Eheschließungen endet, wenn auch wohl nur, um die Anhängerschar zu ›doppeln‹. Erneute Liebesabenteuer folgen mit Sicherheit.

Ebenso bezeichnend wie die Darstellung der Familienfrage in den populären Medien ist auch die Tatsache, daß das Sexbombenalter mittlerweile bis ins sechste Lebensjahrzehnt angestiegen ist. Bestimmte Leserschichten waren nur um diesen Preis zu gewinnen, bzw. zu halten. Ein weiteres Indiz für die Macht, die der Alltagsverstand über die Medien hat, scheint mir auch die Entwicklung zu sein, daß kaum mehr eine Frauenzeitschrift ein Frauenbild entwerfen kann, in dem es überhaupt keine Phase gesellschaftlicher Aktivität gegeben hat. So wenig die Medien die wirklichen Forderungen der Frauen vertreten, sosehr die Berufswünsche der jungen Frauen und Mädchen kanalisiert oder banalisiert werden (Gelegenheitsjobben wird nicht zufälligerweise als attraktive weibliche Daseinsform gepriesen), so ist das Heimchen am Herd doch keineswegs mehr der eigentliche Star auch der biederen Frauenzeitschriften.

Die wissenschaftliche Analyse stellt jedoch nur eine Seite der notwendigen Auseinandersetzung dar. Wenn der Alltagsverstand erfaßt und seine Bedürfnisse und Fragen als legitim anerkannt sind (und sie sind selbstredend legitim), wäre die Schaffung von Zeitschriften und anderen Medien wichtig, die auf eben jene Bedürfnisse konkret eingehen und nicht, wie es bislang noch Praxis der Linken ist, auf die rationalistisch ermittelten, abstrakt definierten augenblicklichen Bedürfnisse zu zielen. Die Art der Abhandlung und die Lösungsvorschläge der populären Medien werden sich freilich von denen der traditionellen Trottoirkultur unterscheiden. Ihr Bezug dazu wäre eng, aber ein polemischer. So wird ein einigermaßen intelligent gemachtes, auf Emanzipation zielendes Journal wohl eventuell auch die Schönheit der fünfzigjährigen Brigitte Bardot preisen, ihr wohl aber höchstens auf der Witzseite gestatten, ihre uralte Publicity-Legende zu wiederholen, daß sie wieder einmal einsam sei und auf den ›Richtigen‹ warte.[149]

8. Kapitel
Faschismus und Populismus

»Die gegenwärtige Phase des Klassenkampfes in Italien geht entweder der Erringung der politischen Macht des revolutionären Proletariats, mit dem Ziel der Einführung neuer Formen der Produktion und Verteilung ... voraus oder einer furchtbaren Reaktion von seiten der besitzenden Klasse und der Regierungskaste. Keine Gewalt wird gescheut werden, um das Proletariat in Industrie und Landwirtschaft in serviler Arbeit zu unterjochen. Unerbittlich wird man versuchen, die politischen Kampfesorganisationen (...die Gewerkschaften und die Kooperativen) im Getriebe des bürgerlichen Staates zu zerbrechen ... Den Kräften der Arbeiter und Bauern fehlt es noch an Koordinierung und revolutionärer Konzentration.«

Gramsci, Mai 1920[1]

»... die Zivilgesellschaft in allen ihren Formen war eingekesselt von einer einzigen politischen Partei- und Staatsorganisation.«

Gramsci, 1934/1935[2]

»Erst heute (1935), nach den Demonstrationen der Brutalität und der unglaublichen Schande der deutschen ›Kultur‹, die vom Hitlertum beherrscht ist, wird sich mancher Intellektuelle darüber klar, wie fragil die moderne Zivilisation war ...«

Gramsci 1935[3]

Wenn Antonio Gramsci als Theoretiker des sozialen Dynamismus der modernen bürgerlichen Demokratie gilt, so wird oft dabei vergessen, daß er den Wert, den die ›zivilen‹ Freiheiten für die Aufrechterhaltung und Entwicklung dieses Dynamismus hat, vor allem deshalb so präzise einschätzen konnte, weil er als erster marxistischer Theoretiker ihren nahezu absoluten Verlust erlebte.

Weil bislang kaum Jugendschriften Gramscis in deutscher Sprache vorliegen, in denen sich Gramsci mit dem Faschismus auseinandersetzt, und weil die Sprache seiner Gefängnisschriften sehr verschlüsselt ist und daher die antifaschistische Polemik, die er auch dort täglich führte, kaum auf den ersten Blick ins Auge fällt, blieb seine Faschismusanalyse bis heute von der Forschung unterbelichtet. Da sie Stoff für eine – sehr lohnenswerte – selbständige Arbeit wäre, kann sie hier nicht vollständig geleistet werden. Wir beschränken uns darauf, sie in großen Zügen anzudeuten und arbeiten die mit der Zivilgesellschaft verknüpften Aspekte heraus. Es ist jedoch wichtig, darauf hinzuweisen, daß dies nur ein Teil der gesamten Faschismusanalysen Gramscis darstellt.

Sein Interesse am Alltagsverstand als Teil der Faschismusanalyse ist bislang ebenfalls für die Forschung noch ausgeblendet gewesen. Man war sich lediglich darüber im klaren, daß er den ideologischen Aspekten der Niederlage der Arbeiterklasse erhebliches Gewicht beigemessen hatte, ohne diese Erkenntnis konkret zu belegen. Es ist von vornherein wichtig, festzuhalten, daß Gramscis Interesse am Alltagsverstand nicht erst im Zusammenhang mit der faschistischen Demagogie erwachte, sondern – wie wir bereits im vorigen Kapitel belegt haben – schon im ersten Weltkrieg. Er hatte den Alltagsverstand als Schauplatz der modernen ideologischen Kämpfe zwischen den gesellschaftlichen Polen bereits erkannt, womit er auf ein für Italien relativ junges historisches Phänomen reagierte: gerade die führende Klasse Italiens hatte jahrhundertelang in einem elitären, vom Volk abgehobenen Stile geherrscht. Für die ideologische Konditionierung der Volksmassen war allein die Kirche zuständig. Und hier hatte sich, insbesondere mit der Errichtung des Einheitsstaates und des parlamentarischen Systems, etwas geändert: die Herrschenden brauchten auch eine laizistische Sprache für das Volk: einen ›Populismus‹. Und so geht die Bedeutung von Gramscis Theorien der Zivilgesellschaft über die im vorherigen Kapitel zusammengestellten Funktionen noch hinaus. Sie spielen auch wesentlich in Gramscis Faschismusanalyse hinein und stellen methodische Parameter her, die auch bei der Analyse des deutschen Faschismus von Nutzen sein können.

Insbesondere in der Frage des Massencharakters des Faschismus kam Gramsci von vornherein zu sehr differenzierenden Ansichten. Er erkannte früh die Rolle des Kleinbürgertums im Faschismus – auf die wir noch zu sprechen kommen. Und seine antiökonomistischen Haltungen ermöglichten ihm auch eine neue Sicht auf die ideologischen Hintergründe der faschistischen Machtergreifung. Wenn Ideologien in der ökonomistischen Vision nur als ›falscher Schein‹ gesehen werden und insofern auch leicht zu entschleiern sein müßten, so zeigt gerade der Faschismus – wenn auch im negativen Sinne – daß sie nicht nur auf materielle Kräftekonstellationen reagierende Reflexe, sondern selbst geschichtsformende, d.h. materielle Kräfte werden können.

Um dem Mißverständnis vorzubeugen, daß Gramscis Faschismusanalyse auf ideologische Fragen beschränkt geblieben sei, muß freilich ausgeholt werden, seine Faschismusanalyse muß wenigstens in den Grundlagen mitreflektiert werden.

Deutlicher vielleicht noch als in Deutschland war die Massenbasis des italienischen Faschismus auf der Grundlage diffuser sozialistischer Hoffnungen zustandegekommen. Abgesehen von den 1934 eliminierten Strasser und Röhm hatte kein Führer des deutschen Faschismus jemals sozialistischen Ideen nahegestanden – sie waren aus deutschnationalen Kreisen hervorgegangen. Mussolini war jedoch bis 1914 Mitglied des PSI und Direktor seines Zentralorgans, des *Avanti* gewesen. Durch seine Vergangenheit war Mussolini prädestiniert, gerade die Fehler der Sozialistischen Partei – insbesondere ihre reformistische Trägheit[4] – konsequent für seinen ›Aktivismus‹ auszunützen. Es gehörte auch zu seiner Methode, ein bestimmtes Maß an sozialistischer Terminologie beizubehalten, was – in freilich geringerem Maße – auch für den deutschen ›Nationalsozialismus‹ gelten sollte.[5] Wie Walter Benjamin beobachtete, sorgte der Faschismus dafür, »die Massen zu ihrem Ausdruck (beileibe nicht zu ihrem Recht) kommen zu lassen.«[6]

Daß es sich beim ›Populismus‹ durchaus nicht erst um ein faschistisches, sondern schlechthin bürgerliches Phänomen handelt, das mit der Entwicklung der modernen Zivilgesellschaft verbunden ist, hat Gramsci bereits in seinen Studien zum Alltagsverstand gezeigt. Daß der ›Populismus‹ ein zu dechiffrierendes Dialektikum von Stärke und Schwäche der Subalternen enthält, geht aus folgendem Text hervor, der sich auf den ›Populismus‹ einer bürgerlich-liberalen Etappe bezieht:

»Angesichts der wachsenden politischen und gesellschaftlichen Kraft des Proletariats und seiner Ideologie reagieren einige Teile der französischen Intelligenz mit diesen Bewegungen der ›Zuwendung zum Volk‹. Die Annäherung ans Volk würde also eine Neuauflage des bürgerlichen Denkens bedeuten, das seine Hegemonie über die Klassen des Volkes nicht verlieren will und das, um diese Hegemonie besser auszuüben, einen Teil der proletarischen Ideologie assimiliert. Das bedeutet eine Rückkehr zu ›demokratischen‹ Formen, die inhaltsreicher als die Strömung des formalen ›Demokratismus‹ wäre.

Es ist zu untersuchen, ob nicht auch ein Phänomen dieser Art bezeichnend und historisch bedeutsam wäre und ob es nicht eine notwendige Phase des Übergangs darstellt, eine Episode indirekter ›Erziehung des Volkes‹?

Eine Übersicht der ›populistischen Tendenzen‹ und eine Analyse jeder einzelnen von ihnen wäre interessant: Man könnte etwas davon entdecken, was Vico die ›Schlauheit der Natur‹ nennt, d.h. einen gesellschaftlichen Impuls, der das Gegenteil des von ihm angesteuerten Ziels realisiert.«[7]

Der hier mit positiven Fragezeichen versehene Populismusbegriff wird freilich in Bezug auf den Faschismus dann negativ gewendet werden. Wichtig jedoch ist die methodische Grundlage des Textes, aus dem hervorgeht, daß nicht nur die subalternen Klassen ideologisches Material der Oberklasse assimilieren, sondern daß es auch zu Prozessen in umgekehrter Richtung kommen kann. Die Bedeutung dieser von

Gramsci beobachteten hegemonialen Techniken der Bourgeoisie ist kürzlich von Ernesto Laclau beschrieben und mit ähnlichen Schlußfolgerungen aktualisiert worden.[8]

Wir hatten bereits mehrfach Gelegenheit zu konstatieren, daß Gramsci in Frankreich einen Boden für einen ›Populismus‹ sah, der im Vergleich zum italienischen relativ fortschrittlich war, was sich allein schon darin ausdrückte, daß es in Frankreich auch eine populäre fortschrittliche Literatur gab, die in Italien fehlte. Freilich hatte Gramsci nie behauptet, daß der volkstümliche Strang französischer Literatur die vollständige Klassenintegration im Sinne der Bourgeoisie besorgt hätte. Diese Aufgabe löste ab Mitte des 19. Jahrhunderts – in jeweils verschiedener Ausprägung – in Frankreich, Deutschland und England – vor allem die Kolonialpolitik. Sie nahm in Italien spezifische Formen an, die historisch zurückverfolgt werden müssen, wenn man das Problem des faschistischen Populismus verstehen will: Der moderne italienische Imperialismus trat mit dem Anspruch auf die Wiedererrichtung des alten römischen Reiches auf. Durch die Rückeroberung nordafrikanischer Territorien erträumten sich nicht nur die großen Landbesitzer, sondern auch die landlosen Bauern die Lösung der ausgebliebenen Agrarreform.

Nicht nur in England, Frankreich und Deutschland war die Kolonialpolitik im 19. Jahrhundert die wesentlichste Form der Klassenintegration. Schon für das Ende der siebziger Jahre konstatiert Gramsci, daß in Italien eine »Politik der Rechten mit Männern und Worten der Linken« betrieben worden sei. Francesco Crispi[9] sei ihr hervorstechendster Protagonist gewesen. »Seine Figur ist ... von der Disproportion zwischen den Fakten und den Worten charakterisiert ... der Bauer des Südens wollte die Erde, und Crispi, der sie ihm in Italien selbst nicht geben wollte (und konnte), der keinen ›ökonomischen Jakobinismus‹ betreiben wollte, schürte Hoffnungen auf das Wunder der Ausbeutung von kolonialisierter Erde. Der Imperialismus von Crispi war ein leidenschaftlicher, rhetorischer Imperialismus, ohne jede ökonomisch-finanzielle Basis. Das kapitalistische Europa, das reich an Mitteln war, gelangte an den Punkt, an dem die Profitrate die Tendenz zum Fall aufzuweisen begann, es war notwendig, die Ära der Expansion seiner gewinnbringenden Investitionen zu erweitern: so wurden nach 1890 die großen kolonialen Imperien geschaffen. Aber das noch immer unreife Italien hatte nicht nur keine Kapitalien zu exportieren, sondern mußte für seine eigenen, allernotwendigsten Bedürfnisse auf ausländisches Kapital zurückgreifen. Es fehlte dem italienischen Imperialismus also an wirklicher Schubkraft, und sie wurde ersetzt durch die Leidenschaftlichkeit des Volkes, der Bauern, die blind nach Besitz der Erde gierten: es handelte sich um eine Notwendigkeit der Innenpolitik, die zu lösen war, indem die Lösung ins Unendliche aufgeschoben wurde. Deshalb wurde Crispi sogar von den Kapitalisten (des Nordens) angefeindet, weil sie die enormen, in Afrika verpulverten Summen lieber in Italien angelegt gesehen hätten; aber im Süden war Crispi populär, weil er den ›Mythos‹ der einfach zu erwerbenden Erde geschaffen hatte.«[10]

Die Praxis, rechte Politik mit linker Phraseologie zu treiben, führte dazu, daß »die Theoretiker der italienischen Bourgeoisie (Gramsci spielt hier auf Enrico Corradini an[11]) die Wendigkeit hatten, das Konzept der ›proletarischen Nation‹ zu schaffen, d.h. zu behaupten, daß ganz Italien ›proletarisch‹ sei und daß Marx' Konzept auf den Kampf Italiens gegen die anderen kapitalistischen Staaten angewandt werden müsse, nicht auf den Kampf des italienischen Proletariats gegen den italienischen Kapitalismus.« Protagonisten dieser Ideen seien auch viele Mitglieder des PSI gewesen, die man als ›Marxisten‹ angesehen habe: Enrico Ferri, Guglielmo Ferrero, Achille Loria, Paolo Orano und – Benito Mussolini.[12]

In der Tat entstammte Mussolini jenem Zweig des italienischen Sozialismus, der sich offen zum Imperialismus bekannte, d.h. die Lösung der nationalen Frage nicht vorrangig in einer Umwälzung der Besitzverhältnisse sah, sondern in der Verbesserung des Ranges, den Italien innerhalb der imperialistischen Nationen einnahm, d.h. letztlich in der Kolonisierung der industriell unterentwickelten Länder. Diese Ideen spielten auch im französischen, deutschen, englischen usw. Sozialismus eine wichtige, bis heute kaum kritisch aufgearbeitete Rolle. Sogar der von Gramsci ansonsten so tief verehrte Antonio Labriola unterschied zwischen »aktiven und passiven Nationen« und hielt die Kolonisierung der »passiven« durch die »aktiven« Nationen für notwendig. Freilich sah Labriola den Kolonialismus nur als vorübergehendes historisches Phänomen an, dessen Ziel nicht die Ausbeutung, sondern die Erziehung der Unterentwickelten sein müsse.[13]

Vielen Sozialisten war der PSI in der Kolonialfrage nicht forsch genug. Das geht aus dem von Gramsci zitierten Brief des Dichters Pascoli[14] von 1899 hervor: »Ich fühle mich als Sozialist aus tiefster Seele, aber als Sozialist der Menschheit, nicht einer Klasse. Und mit meinem Sozialismus, mit dem ich alle Völker umarme, habe ich das Gefühl, daß er dem Wunsch und dem Streben nach kolonialer Expansion nicht entgegensteht. Wie hätte ich gewünscht, daß sich die kühne und junge soziale Partei zum Vorreiter der italienischen Kolonialpolitik machte, aber sie wurde von ihren Theoretikern zum Tattergreis verwandelt.« 1900 schrieb Pascoli, daß er es als seine ›Mission‹ ansehe,

»die Idee des Vaterlandes, der Nation und der Rasse in den blinden und kalten Sozialismus von Marx einzuführen.«[15]

Der libysche Krieg von 1912 »erschien einer ganzen Schicht von Intellektuellen als Beginn der Offensive der ›großen Proletaria‹ (=Italien – S.K.) gegen die kapitalistische und plutokratische Welt. Eine ganze Gruppe von Syndikalisten geht nun zum Nationalismus über ... Alle erinnern sich ... daß Mussolini, als er aus dem Avanti und der Sozialistischen Partei ausschied, von dieser Kohorte von Syndikalisten und von Vertretern des Südens umgeben war.«[16]

Die fortgesetzten Debakel der italienischen Kolonialkriege hatten allerdings den PSI bei Ausbruch des 1. Weltkrieges bereits in eine Position gebracht, die im Vergleich zu den anderen europäischen Sozialdemokraten relativ fortschrittlich war. Die Partei hatte die neutralistische Losung ausgegeben, den Krieg »nicht zu unterstützen und nicht zu sabotieren«.

Über den merkwürdigen Fakt, daß Gramscis journalistisches Debüt am 31. Oktober 1914 ausgerechnet mit einer Verteidigung Mussolinis begann, ist schon viel Tinte vergossen worden. In der Tat schien ihm Mussolinis Forderung, die – angesichts des Kriegsausbruchs – vom PSI ausgegebene Losung der ›absoluten Neutralität‹ durch eine ›relative und operative Neutralität‹ zu ersetzen, eine unterstützenswerte »realistisch-konkrete Haltung«.

Die Formel der ›absoluten Neutralität‹ hielt Gramsci für eine Fortsetzung der reformistischen Politik. Er will aber, daß das Proletariat »diese Katastrophe« nicht nur passiv erduldet, sondern daß es für seine eigenen Ziele aktiv wird. Daß hier eine Revolutionserwartung zugrunde liegt und kein Kokettieren mit dem Interventionismus geht daraus hervor, daß er hofft, in den »ein wenig unorganischen Erklärungen« Mussolinis nicht den »Mythos des Krieges« wiedererkennen zu müssen.[17] Die PSI-Leitung erkannte den ›Mythos des Krieges‹ in Mussolinis Äußerungen jedoch klarer als der grünschnäbelige Journalist, enthob Mussolini seines Postens und schloß ihn aus der Partei aus. Gramsci bekam eine Rüge.

In der Tat verbarg sich hinter Mussolinis, am 24. Oktober verkündeter, ›relativen und operativen Neutralität‹ ein interventionistischer Kurs – wenn dieser auch erst mit dem Erscheinen der ersten Nummer des *Popolo d'Italia* am 15. November ganz offensichtlich wurde.

Es ist keineswegs verwunderlich, wenn Gramscis Überzeugung, daß das Proletariat einerseits gegen den Krieg, aber andererseits für die Ausnützung der Krisensituation für seine eigenen Ziele agieren solle, ihn zum Leninismus führte. Lenins Positionen, die ihm zum ersten Mal im Zusammenhang mit den Antikriegskonferenzen in Zimmerwald

(1915) und Kienthal (1916) bekannt wurden, übten einen immer größeren Einfluß auf seine weitere Entwicklung aus.

Mussolini blieb während des ganzen Krieges und auch in der Nachkriegszeit die Symbolfigur vieler Linker, die die Passivität des PSI verabscheut hatten und im Interventionismus die einzige Chance für eine Erneuerung der italienischen Nachkriegsgesellschaft sahen. In diesem Zusammenhang ist darauf hinzuweisen, daß Mussolini aus seinen antiparlamentarischen Überzeugungen keinen Hehl machte, was vor allem als Opposition zum parlamentarischen Oppurtunismus des PSI empfunden wurde. Der Antigermanismus, den der Interventionismus zwangsläufig mit sich brachte, führte zwar bei Mussolini zur Abschwörung an den Ideen des ›Deutschen Marx‹, aber noch lange nicht aller Überbleibsel sozialistischer ›Ideen‹.

Gramsci selbst war auch noch im Gefängnis weit davon entfernt, in den Widersprüchen des frühen Mussolini nur jene Keime zu sehen, die ihn zur Gallionsfigur der italienischen Bourgeoisie machen sollten. In einem 1934 geschriebenen Heft bemerkt er, daß es »hochinteressant« sei, das *Kriegstagebuch* von Mussolini zu untersuchen, mit dem Ziel, darin »Spuren wirklich nationalen und populären politischen Denkens aufzuspüren, die einige Jahre zuvor die ideelle Substanz der Bewegung herangebildet hatten, deren Höhepunkt der Prozeß um das Blutbad von Roccagora und die Ereignisse des Juni 1914 waren«.[18] In Roccagora, einem Ort im südlichen Latinum, hatten am 6. Dezember 1913 Soldaten auf eine friedliche Demonstration von Bauern geschossen, die gegen die Usurpation von Gemeindeland durch einen Großgrundbesitzer protestierten; es gab 7 Tote und 40 Verletzte. Ähnliche Ereignisse wiederholten sich 1913 und 1914 in ganz Süditalien. Mussolini wurde als Direktor des *Avanti* wegen dessen Kampagne für die Bauern von Roccagora vor Gericht gestellt – ein Ereignis, das er später immer wieder demagogisch auszubeuten verstand. Wie lange sich Mussolini selbst für einen Linken hielt, wird durch die erstaunliche Tatsache belegt, daß er im April 1919 durch einen Mittelsmann Verhandlungen über seinen Wiedereintritt in die sozialistische Partei führte.[19]

Der 1. Weltkrieg und insbesondere die unmittelbare Nachkriegszeit war von außerordentlichem Anwachsen der Massenbewegungen gekennzeichnet, wovon ja auch die sozialistische Bewegung profitierte, die in den Fabrikbesetzungen von 1919 und 1920 kulminierte: »In der Nachkriegsperiode kommt der hegemoniale Apparat zum Bersten und die Ausübung der Hegemonie wird permanent schwierig und willkürlich.«[20]

Aus dem Widerspruch, daß Italien zwar Kriegssieger, aber wirtschaftlich doch außerordentlich geschwächt war, erwuchs das Problem, daß die 4 Millionen Kriegsheimkehrer zwar einerseits ein gestärktes Selbstbewußtsein, zum anderen aber keine klare Lebens- und Arbeitsperspektive hatten. In dieser, einen irrationalen Aktivismus anheizenden Situation konnten alle möglichen Bewegungen profitieren, von denen zunächst die des Dichterfürsten Gabriele D'Annunzio (1863-1938) die charakteristischste war. D'Annunzio, der im Krieg der Luftwaffe angehört und durch einen wagemutigen Flug über Wien große Popularität gewonnen hatte, gelang es 1919, eine Schar von Freiwilligen zusammenzubringen und auf eigene Faust die Stadt Fiume zu besetzen, um die geplante Internationalisierung der Stadt zu verhindern. Unter den Elementen, die D'Annunzio so populär machten, führt Gramsci folgende Gesichtspunkte an:

»1) Die tiefe Apolitisierung des italienischen Volkes (insbesondere des Kleinbürgertums und der kleinen Intellektuellen), eine ruhelose, aufrührerische Art der Apolitisierung, die jegliches Abenteurertum zuließ, die jedem Abenteurer die Möglichkeit gab, eine Gefolgschaft von einigen zehntausend Menschen aufzubringen, insbesondere, wenn die Polizei das zuließ oder sich nur wenig und konzeptionslos dagegen stellte; 2) die Tatsache, daß es im italienischen Volk überhaupt keine Tradition einer politischen Massenpartei gab, daß also keine historisch-politischen ›Richtlinien‹ für die Massen existierten, die den Leidenschaften des Volkes eine Orientierung lieferten, die traditionell stark dominierend waren; 3) die Nachkriegssituation, in der solche Elemente vielfach auftraten, weil nach vier Jahren Krieg zehntausende Menschen moralisch und sozial ›Vagabunden‹ geworden waren, wurzellos, gierig nach Sensationen, die nicht von der Disziplin gegenüber dem Staat auferlegt waren, sondern frei und freiwillig von ihnen selbst gewählt; 4) sexuelle Fragen, die sich nach vier Kriegsjahren – verständlicherweise – ungeheuer aufgeheizt hatten: die Frauen von Fiume stellten ein großes Lockmittel dar (auf diesem Punkt beharrt merkwürdigerweise auch Nino Daniele in seinem Büchlein über D'Annunzio[21]). Diese Elemente erscheinen nur unbedeutend, wenn man vergißt, daß die zwanzigtausend Leute, die sich in Fiume versammelt hatten, keine sozial und territorial homogene Masse darstellten, sondern aus ganz Italien ›selektioniert‹ und von sehr unterschiedlicher Herkunft waren. Viele waren sehr jung und hatten nicht am Krieg teilgenommen, aber die Kriegsliteratur und Abenteuerromane gelesen.«[22]

Die Motivationen und Stimmungen der von D'Annunzio ausgelösten Bewegung ähnelten bereits der des Faschismus sehr. Während D'Annunzio jedoch praktisch nur an einer Verlängerung des Krieges interessiert war, um seine Ergebnisse zu revidieren, hatte der Faschismus die eigentlichen Frontlinien nun im Landesinneren ausgemacht.

Der erste Kern der faschistischen Bewegung waren die von den Großgrundbesitzern zur Niederhaltung der gegen Ende des Krieges immer häufiger aufflammenden Bauernunruhen gegründeten Terrorgarden, die sich ›fasci‹ nannten. In ihnen sammelten sich dieselben ›populären Elemente‹, die auch D'Annunzio zuliefen: vor allem deklassierte oder von der Deklassierung bedrohte Kleinbürger. Der Faschismus sei, so schrieb Gramsci 1921, »der Aufstand der untersten Schicht der italienischen Bourgeoisie, der Schicht der Faulenzer, der Ignoranten, der Abenteuerer, denen der Krieg die Illusion verschafft hat, zu etwas nutze zu sein...«[23] Ein Kennzeichen des Faschismus, sollte Gramsci erkennen, bestünde »darin, daß es ihm gelungen ist, eine Massenorganisation des Kleinbürgertums aufzubauen. Dies geschah erstmals in der Geschichte.«[24]

Die faschistischen Garden taten sich schließlich auch bei der Niederschlagung der norditalienischen Rätebewegung und der Entmachtung roter Städteverwaltungen – wie z.B. 1920 in Bologna – diesmal mit städtischen Terrorgruppen, hervor. Schon damals verließ der italienische Staat die von ihm selbst gesteckten Grenzen der Legalität. Die Regierung Giolitti ließ die Fasci nicht nur gewähren, sondern bewaffnete sie auch aus staatlichen Arsenalen. »Das Problem bestand darin, den Hegemonieapparat für diese vordem passiven und unpolitischen Elemente zu rekonstruieren und das konnte nicht ohne Gewalt geschehen: aber diese Gewalt konnte nicht die ›legale‹ sein usw. ... Je größer die Masse der Unpolitischen ist, desto größer muß der Beitrag der illegalen Kräfte sein. Je größer die politisch organisierten und erzogenen Kräfte sind, desto mehr kann der legale Staat abdecken usw.«[25]

Nach dem Sieg über die norditalienischen Räte, den sich formal Giolitti durch seine Verhandlungen mit der PSI zuschreiben konnte, begann die italienische Bourgeoisie auf Mussolini zu setzen und den Faschismus zu finanzieren. Daß Gramsci diese Prozesse genau beobachtet und exakt bewertet hatte, zeigt das diesem Kapitel vorangestellte Zitat. Und schon 1921 nimmt er in noch präziserer Form die spätere Faschismusdefinition von Dimitroff vorweg: »Der reaktionärste Teil der führenden Klasse wird seine blutige Diktatur errichten, die Arbeiterorganisationen auflösen und alle Machtfunktionen in die Hand der Militärkaste geben...«[26]

Freilich muß hier noch einmal daran erinnert werden, daß Gramscis Einsichten nicht die im PSI und zunächst auch nicht im PCI herrschenden waren. Um die Bedeutung des Faschismus zu erfassen, mußte man jedoch wohl auch die Statur eines Theoretikers wie Gramsci haben. Jahrelang zentrierten sich die Auseinandersetzungen mit dem Parteiführer Bordiga um das Problem der Einschätzung des Faschismus.

Während Gramsci darauf drang, ihn als qualitativ neuartige Form der bürgerlichen Klassenherrschaft zu definieren, beharrte Bordiga auf dem Standpunkt, daß letztere immer eine ›Diktatur‹ sei. Unter seiner Führung verstand sich der PCI als kleine, schlagkräftige Kaderpartei, die eine staatsstreichartige Revolution vorzubereiten hatte. Paradoxerweise schienen Bordiga die Bedingungen der Halblegalität, unter denen die Partei faktisch seit ihrer Gründung im Jahre 1921 wirken mußte, Recht zu geben. Gramscis Kampf um die ›Massenpartei‹ erschien vielen illusorisch. Um so höher ist der unter Gramscis Führung einsetzende fraktionelle Kampf gegen Bordiga einzuschätzen, zumal er unter komplizierten Bedingungen stattfand; das große Risiko einer weiteren Spaltung mußte auf alle Fälle vermieden werden und wurde auch vermieden.[27] Gramsci war überzeugt davon, daß der Kampf gegen den Faschismus nur durch eine Mobilisierung der Massen geführt werden könne. Mit dieser Einschätzung befand er sich in Übereinstimmung mit der Linie der Leninschen Internationale, die die Losung der Einheitsfront von kommunistischen und sozialdemokratischen Arbeitern der westeuropäischen Länder formuliert hatte, in denen man generell eine Rechtsentwicklung vermutete.

Bordiga zog aus der Verbindung des Faschismus mit den Agrari auch dann noch die gefährliche Schlußfolgerung seiner vermeintlichen Schwäche, als sich die Industrie mit Mussolini zu arrangieren begann. Bekanntlich war die Unterschätzung des Faschismus auch eine Grundkonstante der politischen Analyse der deutschen Linken bis 1933 – obwohl die Komintern das Organ hätte sein können, die italienischen Erfahrungen für die deutsche Entwicklung nutzbar zu machen. Im *Aufruf an die italienische Arbeiterschaft* des IV. Kongresses der Komintern 1923 (an dem Gramsci teilnahm), taucht noch die Formel auf: *»Die Faszisten sind vor allem eine Waffe in der Hand der Agrarier«* und dazu wird noch betont, daß »die Faszistenkräfte bedeutend schwächer sind, als es ihre Freunde und Anbeter behaupten. Nicht nur ein bedeutender Teil der radikal denkenden Demokratie wird sich von ihnen abwenden...« Und: »Die Kräfte des Proletariats sind in den wichtigsten Industriestädten – Turin, Mailand, Venedig und Triest – noch unberührt und können sich verhältnismäßig rasch zur Abwehr vorbereiten.«[28] Während in diesem Aufruf deutlich eine ähnliche Position, wie sie Bordiga vertrat, zum Ausdruck kam, setzte sich in der *Resolution zum Bericht des Exekutivkomitees der Kommunistischen Internationale* eine andere, der Realität mehr entsprechende Sicht durch. Vermerkt sei hier, daß Gramsci Mitglied des Exekutivkomitees war. In dieser Resolution wird gesagt, daß die Faschisten in Italien »für eine Zeit lang das ganze Land gewonnen« und durchaus verstanden haben,

»sich einen Boden in der Masse, in der Bauernschaft, im Kleinbürgertum, sogar in gewissen Teilen der Arbeiterschaft zu schaffen, wobei sie die notwendige Entäuschung über die sogenannte Demokratie für ihre reaktionären Zwecke geschickt auszunützen verstehen.« Faschistische Gefahr bestehe in vielen Ländern: in der Tschechoslowakei, in Ungarn, in fast allen Balkanländern, in Polen, in Deutschland, (Bayern), in Österreich, in Amerika und sogar Ländern wie Norwegen. In dieser oder jener Form sei der »Faszismus auch nicht in Ländern wie Frankreich und England ausgeschlossen.« Überall dort, wo die Herrschaft der Bourgeoisie mit demokratisch-parlamentarischen Methoden nicht mehr aufrechterhalten werden könne, versuche diese, ihre Herrschaft mittels »weißer Garden« abzusichern. Der Faschismus sei »eine Form des Belagerungszustands«(!). Das schließe jedoch nicht aus, »daß in absehbarer Zeit in sehr wichtigen Ländern ... eine demokratisch-pazifistische Ära« heraufziehe, die für England, Frankreich und Deutschland in gewisser Weise sogar wahrscheinlich sei. »Zwischen der gegenwärtigen Periode der Herrschaft der offenen bürgerlichen Reaktion und dem vollen Sieg des revolutionären Proletariats über die Bourgeoisie liegen verschiedene Etappen und sind verschiedene vorübergehende Episoden möglich. Die Kommunistische Internationale und ihre Sektionen müssen diese Eventualitäten ins Auge fassen ...«[29]

Rückblickend erscheint das, was Gramsci – der ab 1924 die Partei leitet – in bündnispolitischer Hinsicht unternommen hat, als Quadratur des Kreises. Trotz der immer schmaler werdenden Aktionsbasis stieg die Mitgliederzahl des PCI von 1924 bis Mitte 1925 von 10.000 auf 30.000 Mitglieder an.[30] Gramsci eröffnete das Ringen um die Gewerkschaftseinheit, um die Fusion mit den sozialistischen Maximalisten (die durch den Übertritt der Fraktion von Giacinto Serrati in den PCI teilweise erfolgte), schließlich um das antifaschistische Bündnis mit den anderen Oppositionsparteien, wofür 1924, im Verlaufe der Matteotti-Krise[31] noch einmal einige Chancen zu bestehen schienen. Hier sei jedoch noch einmal daran erinnert, daß Gramsci den Bündnisgedanken keinesfalls erst im Kontakt mit der Komintern entwickelt hat. Schon in seine frühesten politischen Aktivitäten in Turin fällt die Überzeugung der Notwendigkeit des nationalen Bündnisses zwischen Arbeiterklasse des Nordens und den Bauern des Südens. Dieser Überzeugung verlieh er 1919, als Popolari gegründet wurden, die katholische Volkspartei zur Integration der großen Bauernmassen, erneut Ausdruck. Er hoffte, daß sie mit der Zeit zu einem Bündnispartner der Arbeiterklasse heranreifen würde. Daß Gramsci alle Methoden recht waren, um das antifaschistische Bündnis zu konstruieren, bezeugt der von Sergio Caproglio belegte Versuch, im Jahre 1922 – zweifellos hinter dem Rücken Bordigas – ein Bündnis mit den um D'Annunzio gescharten Kriegsheimkehrern zustandezubringen. Gramsci war zu diesem Zweck persönlich zu D'Annunzio nach Gardone gefahren, hatte dort aber vergeblich antichambriert.[32]

Um dieselben Bündnisse, um die Gramsci bemüht war, warb auch Mussolini. 1921 war es zu einem Stillhaltepakt zwischen Faschisten und Sozialisten gekommen (der freilich nicht halten sollte), und auch die von Don Sturzo geführten Popolari gaben Anzeichen der Kapitulation zu erkennen, so daß Gramsci bereits die Bildung einer Regierung aus »Sozialreformisten, Popolari und Faschisten« heranreifen sieht.[33] In dieser Situation zögert er nicht, auch dem PSI dieselbe Rolle bei der Niederschlagung einer Revolution zuzutrauen wie sie die deutsche Sozialdemokratie 1919 gespielt hatte.[34] Er ließ sich auch zu Formulierungen wie »Sozialverräter« (»socialtraditore«) und dem direkten Vergleich mit Noske hinreissen.[35] Erinnert sei auch an seine Polemiken mit den Sozialisten hinsichtlich der Frage US-amerikanischer Investitionen in Italien, sein Kampf gegen die Nenni-Sozialisten, die den Einheitsfrontgedanken bekämpften, usw.[36] 1924 schrieb er: »Wer der sozialistischen Partei folgt, folgt der Bourgeoisie in ihrem Spiel ...«[37]

Seine prinzipielle Haltung zur Sozialdemokratie ist als Kampf gegen die reformistischen Führer und zugleich als Kampf um die Anhängerschaft zu umreißen. Die Einheitsfront war praktisch unmöglich und schien Gramsci gleichzeitig als einzige realistische Lösungsmöglichkeit.[38]

Es stellte sich jedoch bald heraus, daß der Flirt mit den Sozialisten und Popolari nur zum taktischen Zick-Zack des Duce gehört hatte. Er visierte die alleinige Regierungsgewalt an, die ihm 1922, nach dem Marsch auf Rom, auch zufiel. Nun schwenkte auch D'Annunzio mit seinen Kriegsheimkehrern offiziell auf den faschistischen Kurs ein. Spätestens mit der Ermordung Matteottis im Jahre 1924 wurde jedoch klar, mit welchen Methoden die faschistische Herrschaft aufrechterhalten werden sollte. Mussolini benötigte aber noch zwei Jahre, um auch das Parlament auflösen zu können: die Zivilgesellschaft wurde von der ›politischen‹ Gesellschaft verschluckt.

Das Verschwinden der Zivilgesellschaft wurde von Giovanni Gentile (1875-1944) – dem offiziösen Philosophen des Regimes, der zwischen 1922 und 1924 auch Bildungsminister gewesen war – in positiver Form theoretisiert. Seine Konzeption der Identität von »Realität und ideeller Sicht, von Objekt und Subjekt, von Fakt und Akt« war der Kern seines »attualismo« (eine ›Philosophie der Tat‹). Sie erlaubte ihm, »das als Geschichte anzuerkennen, was für Croce Antigeschichte ist«[40]: den Faschismus. Croce wurde das Haupt der legalen antifaschistischen

Opposition, er »möchte eine Unterscheidung zwischen Zivilgesellschaft und politischer Gesellschaft aufrechterhalten, zwischen Hegemonie und Diktatur; die großen Intellektuellen üben die Hegemonie aus, was ein gewisses Zusammenwirken voraussetzt, d.h. einen aktiven und freiwilligen (freien) Konsens, d.h. ein liberal-demokratisches Regime«. Für Croce ist die Geschichte nur ethisch-politisch, für Gentile wird sie ganz mit der Staatsgeschichte identifiziert: »Hegemonie und Diktatur sind nicht zu unterscheiden, die Gewalt ist Konsens und nichts weiter: man kann die politische Gesellschaft nicht von der Zivilgesellschaft unterscheiden: es existiert nur der Staat und natürlich die Staatsregierung, usw.«[41]

Immer wieder sollte sich Mussolini als geschickter Taktiker erweisen, der es verstand, sich mehrere Wege offen zu halten. Typisch für ihn sind Äußerungen wie: »Ich bin reaktionär und revolutionär je nach den Umständen.« Und: »Es gibt Leute, die meinen – und wir gehören dazu – daß der Kapitalismus kaum am Beginn seiner Geschichte ist. Daß der kapitalistische *Essor*, im großen Sinne des Wortes, noch nicht stattgefunden hat... Die kapitalistische Kultur (civiltà) ist kaum auf Europa beschränkt, während sie dazu bestimmt ist, weltweit zu werden. Die Schultern des Proletariats sind noch zu zart, um diese riesige Aufgabe zu übernehmen. Es scheint immer offensichtlicher, daß sich das Proletariat von der ›kapitalistischen‹ Minderheit ins Schlepptau nehmen lassen wird...«[42]

Gramscis, um 1920 getroffene, pessimistische Voraussagen sollten sich mit der Machtübernahme des Faschismus schon zwischen 1922 und 1926 erfüllen. Das erklärte Hauptziel von Mussolinis Regierung war die Stabilisierung und Anhebung des Produktionsniveaus durch die Herstellung eines Klassenfriedens um jeden Preis. Die Organisationen der Arbeiterklasse, ihrer Parteien und Gewerkschaften wurden zerschlagen und durch staatlich kontrollierte Berufskorporationen ersetzt, deren Funktion bis zur absoluten Kontrolle des Arbeitsmarktes reichte: auch die freie Wahl des Arbeitsplatzes ging verloren und die Vermittlung einer Arbeitsstelle war mit der Verpflichtung zu einem festen Wohnsitz verbunden.[43] Insbesondere nach der Wirtschaftskrise von 1929 nahmen die dirigistischen Eingriffe des Staates auch hinsichtlich der Produktion selbst zu, deren Grundprinzip aber die Vergesellschaftung der Verluste war.[44] Wenngleich zu diesem, auch die Kapitalseite einer gewissen Disziplin unterwerfenden Staatsdirigismus der Versuch gehörte, öffentliche Arbeiten anzukurbeln wie die Trockenlegung von Sümpfen usw., gelang es doch nicht, die Arbeitslosigkeit abzuschaffen oder die Inflation unter Kontrolle zu bringen. Im Gegensatz zum deutschen Faschismus konnte der italienische weder das Lebensniveau anheben, noch soziale Sicherheit schaffen.[45] Dadurch entstanden ganz andere Bedingungen hinsichtlich des inneren Zusammenhalts des Systems. Die populäre Basis für die Politik des italienischen Faschismus schmolz rasch dahin und es reiften günstigere Bedingungen für den antifaschistischen Kampf heran als in Deutschland.

Insbesondere verlor auch der eigentliche Kern der populistischen Politik, der Imperialismus seine Vitalität. Es sollte Mussolini nicht gelingen, die populären Energien zu konzentrieren, die notwendig gewesen wären, um dieselbe Kriegsbereitschaft wie in Deutschland zu erzeugen.

Nicos Poulantzas hat auf die bereits vom italienischen Faschismus entwickelte, jedoch auch für die Nationalsozialisten wichtig werdenden ›populistischen‹ Techniken hingewiesen: der realen Zentralisierung des Systems wurde durch eine gewisse Dezentralisierung des Diskurses entgegengewirkt. Die Führung wandte sich nicht immer an das ganze Volk, sondern oft auch an bestimmte Gruppen, denen somit die Illusion einer besonderen Bedeutung gegeben wurde: Familie, Schule, Jugendorganisationen, Frauen[46], Beamte, Gewerkschaften, Katholiken usw.[47]

Ein effizientes Mittel zur Massenintegration wurde die große Freizeitorganisation ›Dopolavoro‹ (›Nach der Arbeit‹), die auf regionaler Ebene die Freizeitbedürfnisse organisierte, insbesondere den Sport, aber auch gemeinsames Radiohören, Weintrinken usw. Mitglieder des Dopolavoro bekamen Reduktionen für Theater- und Kinokarten. Das Dopolavoro hatte die wenigen bestehenden kulturellen Arbeiterorganisationen integriert, zum größten Teil aber eigene Sektionen geschaffen. Es war die größte faschistische Massenorganisation und umfaßte in den Dreißiger Jahren etwa 2 Millionen Mitglieder (hier sei an ähnliche Entwicklungen im faschistischen Deutschland erinnert, wie an die ›Kraft durch Freude‹-Bewegung).

In seinen noch während der Resistenza entstandenen *Lektionen über den Faschismus* analysiert Palmiro Togliatti das Dopolavoro ausführlich. Er kritisiert die Lücken, welche die – ökonomistisch befangene – Arbeiterbewegung auf dem Gebiet der Freizeitkultur vor der Machtergreifung des Faschismus hatte (sie organisierte sich fast ausschließlich nur im Betrieb). Togliatti kommt zu dem Schluß, daß das Dopolavoro, obgleich es eine faschistische Organisation war, als eine Errungenschaft der Arbeiterklasse zu betrachten sei und – ein Ort der Resistenza werden müsse. Den Eintritt in das Dopolavoro empfahl er nicht nur den im Widerstand organisierten Parteimitgliedern, er machte ihn sogar zur Pflicht.[48]

Wir wenden uns jetzt wieder Gramscis Faschismusanalyse zu und zwar insbesondere jenen Aspekten der Zivilgesellschaft, die freilich hin und wieder schon angedeutet worden sind: Gramscis Hinweise auf eine bestimmte Rolle der Literatur bei der Herausformung des faschistischen Geistes. Zunächst nannte er die Kriegsliteratur, die sich »nach dem internationalen Erfolg des Buches von Remarque[49] herausgebildet hat, meist mit der Absicht, die pazifistische Mentalität à la Remarque zu schwächen. Diese Literatur ist allgemein mittelmäßig, sei es vom künstlerischen Standpunkt oder sei es vom kulturellen Niveau her gesehen, d.h. als praktische Kreation einer ›Masse von Gefühlen und Emotionen‹, die dem Volk eingeimpft werden sollen. Vieles von dieser Literatur gehört haargenau dem Typ des ›Brescianesimo‹ an. Ein charakteristisches Beispiel ist das Buch von C. Malaparte[50] ... *Die Revolte der verdammten Heiligen*«, das ursprünglich »eine Preisung der angeblich defätistischen Haltung der italienischen Soldaten in Caporetto« war, jedoch »bei der nachfolgenden Edition im gegenteiligen Sinn korrigiert und dann aus dem Handel gezogen wurde.«[51]

Noch aufschlußreicher als die Rolle, die Gramsci der Kriegsliteratur bei der Herausbildung der damaligen faschistoiden Massenideologie zuschrieb, ist der Anteil, den die damals als Fortsetzungsroman in Zeitschriften verabreichte populäre Literatur schlechthin gespielt hat. Daß der Faschismus oft die ›Sprache‹ der Fortsetzungsromane nutzte, war Gramsci schon 1921 aufgefallen: Die Stampa hatte »mit Worten des Fortsetzungsromans den Heroismus Maramottis (eines im Kampf um das Gewerkschaftshaus von Turin umgekommenen Faschisten – S.K.) gepriesen, der ... in eine Privatwohnung eingebrochen war, einen Brand gelegt und ... versucht hatte, die legitimen Bewohner des Hauses, in das er eingebrochen war, zu ermorden.«[52]

In dem Band *Der Aufbau der kommunistischen Partei*, der Gramscis Schriften zwischen 1923 bis zu seiner Verhaftung 1926 enthält, habe ich einen Text von 1924 entdeckt, aus dem ich wegen seiner verblüffenden Enthüllung relativ lange Passagen zitieren möchte...

»... Man sagt, d.h. jeder, der den Faschismus gut kennt und aufmerksam studiert hat, wiederholt es, daß der Faschismus eine romantische Bewegung sei, er sei geradezu ... der italienische Romantizismus. Wenn ich auch überzeugt bin, daß der Faschismus eine gesellschaftliche, d.h. politisch-ökonomische Bewegung ist, die sich in Italien herausgebildet hat und in einer außerordentlichen historischen Konjunktur triumphieren konnte, so kann ich doch diese tiefe synthetische Sicht des Faschismus nicht von mir weisen. Das Milieu, in dem sich die einzelnen Faschisten herangebildet haben, die Ideologie, mit der sie sich vollgestopft haben, können Romantizismus genannt werden, aber ich spreche von Faschisten wie Mario Gioda[53], nicht wie Cesar Maria De Vecchi, sondern wie Massimo Rocca, nicht wie Cesare Forni, sondern Faschisten des alten Mussolinismus, von Faschisten, die Anarchisten waren, Syndikalisten, revolutionäre Sozialisten bis zum August 1914, die Interventionisten für den revolutionären Krieg geworden sind, die die Faschisten der ersten Stunde wurden, usw., usf., nicht von Agrarier-Faschisten, die den Faschismus dann erobert haben und ihn unter keinen Umständen aus ihren Händen geben wollen. Massimo Rocca war Angestellter des Verlagshauses Sonzogno, er hat übersetzt, hat bei der Verbreitung von tausenden und zehntausenden Exemplaren der Romane von Ponson du Terrail, von Hector Malot, Henri Richebourg, von Eugène Sue mitgewirkt. Mario Gioda war der ›Freund von Vautrin‹ der Folla[54] von Paolo Valera, er war der genialste und vielversprechenste Schüler von Paolo Valera. Er muß in seiner Schublade noch einen dicken Roman über die Turiner Unterwelt haben, einen Roman wie *Die Geheimnisse von Paris* von E. Sue, ein Roman, in dem – mit der weit ausholenden Methode von Carolina Invernizio[55] eine friedliche Provinzstadt mit ehrenwerten Arbeitern, friedfertigen Kleinbürgern, die Staatspensionen erhalten, ein Ort aller Laster wird, ein Aquarium von Meeresungetümen, ein Schauplatz der Wunder aller gesellschaftlichen Ungeheuerlichkeiten. Das ist der Romantizismus, das ist das romantische Milieu, in dem sich die faschistische Seele geformt hat. Wieso war der Fortsetzungsroman vom Typ des Verlages Sonzogno im Vorkriegsitalien so populär? Warum war das Secolo die weitverbreiteste Zeitschrift? Warum war Carolina Invernizio die am meisten gelesene Romanschriftstellerin (und -schriftsteller)? Warum hat das Theater von Dario Nicodemini noch so viel Erfolg? Warum war das italienische Umstürzlertum vor dem Krieg vor allem ›kriminalistisch‹...? Warum war Paolo Valera so populär? Warum war die größte theoretische und rhetorische Anstrengung Filippo Turatis darauf gerichtet, die Stimmen der Prostituierten zu erlangen, die er mit äußerster Eleganz ›Lohnarbeiterinnen der Liebe‹ nannte?

Der Fortsetzungsroman hat enormen Erfolg gehabt und die Ideologie, für die er bekannt ist, ist der Romantizismus. Victor Hugo war ein großer Romantiker und er ist der größte Verfasser von Fortsetzungsromanen: *Scampolo*[56] ist die Schwester von Gavroche. Mario Gioda, Massimo Rocca sind Anarchisten geworden beim Lesen über die Kämpfe Jean Valjeans gegen Javert, sie empfanden Rührung bei der Idylle von Marius, beim mütterlichen Heroismus von Fantine, bei der Kapitulation des Adels vor dem Recht des Volkes, das generös ist in seiner Verworfenheit und in seinen Vergehen. Mario Gioda und Massimo Rocco haben ihre Konzeption in den Romanen von Eugène Sue stark gemacht, sie sind antiklerikal geworden, als sie den *Ewigen Juden* lasen, sie haben die Theorie über das Delinquententum von

Eugène Sue übernommen, der der größte Repräsentant und der allergrößte Dummkopf dieser ganzen romantischen Bewegung ist – ja meine Herren – romantisch und tief romantisch und extensiv romantisch und gesellschaftlich romantisch. Die französische Romantik von 1848 hat auch einen Teil des Kleinbürgertums auf die Barrikaden geführt, neben der Arbeiterklasse, aber die Arbeiterklasse war noch schwach, es gelang ihr nicht, die Macht zu übernehmen, die Macht wurde von Louis Bonaparte übernommen, das Kleinbürgertum wurde cäsarisch. Und das ist die romantische Seite der faschistischen Bewegung, der Faschisten wie Mario Gioda, Massimo Rocca, Curzio Suckert (= Curzio Malaparte – S.K.), Roberto Farinacci, usw., usf., eine aus dem Gleichgewicht geratene Phantasie, ein Schauer wütender Helden, eine psychologische Unruhe, die keinen anderen idealen Inhalt hat als die Gefühle, die in den Fortsetzungsromanen der französischen Romantik von 48 enthalten sind: Anarchisten dachten die Revolution wie ein Kapitel der *Elenden* mit ihrem Grantaire, l'Aigle de Meaux & Co, daneben Gavroche und Jean Valjean, Faschisten wollen die ›Prinzen Rodolphe‹ des guten italienischen Volkes sein. Die historische Konjunktur hat es zugelassen, daß dieser Romantizismus ›führende Klasse‹ und daß ganz Italien ein Fortsetzungsroman wird.«[57]

Durch diesen Text wird der tragische Umfang jener Bedingungen beleuchtet, die Gramsci unter die ›spontanen Fakten‹ der Nachkriegszeit rechnete, deren Bedeutung die Linke nicht wahrzunehmen vermocht hatte und die daher von den Rechten kanalisiert werden konnten. Gramsci behauptet in diesem Text nichts anderes, als daß die ›populistischen‹ Quellen des Faschismus zum Teil eben aus populären Quellen entsprungen waren. Hier nimmt die Faschismusanalyse Gramscis Originalität an, die ihn in eigenartige Nähe und auch wieder in Gegensatz zu den Massenkulturtheorien der Kritischen Theorie bringt, welche es niemals verstanden hat, sozialistische und faschistische Tradition auf diese Weise ineinander verschlungen zu reflektieren, weil ihr als einzige Tradition schlechthin die Hochkultur galt. Auch Lukács hat in der *Zerstörung der Vernunft* die Entstehung der faschistischen Ideologie als einen Prozeß innerhalb der Hochkultur dargestellt. Auf der Ebene der Volkskultur kann von einer »Zerstörung der Vernunft« keine Rede sein, weil diese dort historisch noch gar nicht zur Herrschaft gekommen war. In Gramscis Optik nimmt sich die Herausbildung der faschistischen Ideologie also eher als Manipulation von Konfusion des Alltagsverstandes aus.

Benito Mussolini, der moderne italienische Cäsar[58], war ein Meister in der rhetorischen Kombination all jener eklektischen Momente, die sich nach und nach als – nie erstarrendes – Mosaik der faschistischen

Ideologie zusammenfügten. Ihr Kennzeichen war ja gerade eine besondere, tagespolitisch geprägte Flexibilität. Man war anti- oder prodeutsch, anti- oder prosowjetisch, je nach den Bedürfnissen des Tages. Um den Eindruck zu erwecken, daß der Antisozialismus den Sozialismus nicht vernichtet habe, tat Mussolini schlechthin so, als ob er ihn assimiliert, aufgesaugt, verschlungen habe. Er schuf die erste rechtsradikale Massenbewegung, die sich nicht nur Ausdrucksformen der Linken einverleibte, sondern auch ihre Organisationsformen.

Der Begriff der ›Revolution‹ war in Italien bereits so populär, daß ihn Mussolini beibehielt, indem er schlichtweg behauptete, daß er sie vollzogen habe. Auch aus den in der Nachkriegszeit in der Arbeiterklasse verbreiteten Sympathien für die junge Sowjetunion wußte er Profit zu schlagen und zwar insbesondere 1923, als es zur Aufnahme diplomatischer und Handelsbeziehungen zwischen Italien und der UdSSR kam.[59] In dieser Zeit wurde Mussolini nicht müde, auf Parallelen beider Revolutionen hinzuweisen.[60] Als hätte auch er sich die ›Bolschewisierung‹ zur Aufgabe gemacht, bezeichnete er seine faschistische Partei nach der leninschen Formel als eine ›Partei neuen Typus‹.[61]

Noch 1925, in dem parlamentarischen Rededuell zwischen Gramsci und Mussolini, beharrt letzterer auf der Identität ›seiner‹ Revolution und der russischen wie auch auf der antikapitalistischen Stoßrichtung des Faschismus:

Gramsci: »... Die faschistische ›Revolution‹ ist nur die Ersetzung eines Verwaltungspersonals durch ein anderes Personal.«

Mussolini: »Einer Klasse durch eine andere Klasse, wie es in Russland geschehen ist, wie es normalerweise in allen Revolutionen geschieht, wie wir es mit Methode betreiben!« (Beifall)

Gramsci: »Man kann nur von Revolution sprechen, wenn man sich auf eine neue Klasse stützt. Der Faschismus stützt sich auf keine Klasse, die nicht schon an der Macht gewesen wäre ...«

Mussolini: »Aber wenn ein großer Teil der Kapitalisten gegen uns ist, aber wenn ich Ihnen sehr große Kapitalisten nenne, die gegen uns wählen, die in der Opposition sind: Motta, Conti ...«

Für uns Heutige sicher verräterischer als für die damaligen Zuhörer war freilich Mussolinis, in demselben Rededuell fallengelassene abschätzige Bemerkung über die mangelnden revolutionären Fähigkeiten von Zeitungslesern: »... Zeitungsleser zählen nicht. Die haben niemals eine Revolution gemacht. Die, die die Zeitung lesen, haben regelmäßig unrecht!«

Den inflationistischen Gebrauch des Begriffs ›Revolution‹ – der übrigens vielleicht auch eine der Ursachen sein mag, weshalb er ihn selbst nicht oft verwandte, sondern lieber präzisierend umschrieb – hatte

Gramsci folgendermaßen charakterisiert: »...in der Umgangssprache einiger politischer Gruppen« habe der Begriff ›Revolutionär‹ immer mehr die Bedeutung von »Aktivist«, »Interventionist«, »Voluntarist«, »dynamischer Typ« angenommen. Für Malaparte z.B. »scheint die Bezeichnung ›Revolutionär‹ zu einem Kompliment geworden zu sein, wie es einmal ›Edelmann‹ war oder ›großer Ehrenmann‹ oder ›ein wirklicher Ehrenmann‹ usw. Auch das ist Brescianesimo; nach 1848 nannten sich die Jesuiten selbst ›wirkliche Liberale‹ und die Liberalen nannten sie Libertinisten und Demagogen.«[63]

Gramsci fragte sich, ob der Faschismus nicht auch als »passive Revolution« gelten muß, in der Tat als Fortsetzung des Risorgimento: eine Phase der wirtschaftlichen Evolution durch Eingriffe des Staates ohne aktive Mitwirkung der subalternen Klassen. Daß – wenn die Inbesitznahme des Staates durch die Arbeitenden ausbliebe – der Konkurrenzkapitalismus von einer Phase staatsdirigistischen Kapitalismus abgelöst werden würde, hatte Gramsci früh erkannt. Unter anderen wirft er auch Benedetto Croce vor, durch seine, allein evolutionäre Phasen beschreibende *Geschichte Italiens und Europas* eine solche Modernisierung der italienischen Wirtschaft vorzuschlagen und damit indirekt dem Faschismus doch Schützenhilfe zu leisten.[64]

Den Revolutionsbegriff hatten freilich nicht nur die Faschisten beschlagnahmt, sondern auch die Welt der Kunst. Das, was in der zeitgenössischen ›letteratura artistica‹ stattfand, nannte Gramsci polemisch die mehr oder weniger »stille Revolution der Cafés«.[65]

Die Revolutionsgebärde war vor allem das Signum eines Bündnispartners des Faschismus, um den Mussolini nicht zu werben brauchte, weil er – wie Manfred Hinz in einer neuen Studie gezeigt hat – sich selbst »als den radikaleren und originäreren Faschismus« verstand: die Futuristen. Nach Filippo Tommaso Marinetti – dem Hauptakteur des Futurismus – realisierte der Faschismus in den Jahren seiner Herrschaft nur das »futuristische Minimalprogramm«.[66] Und das, was der Futurismus unter ›Revolution‹ verstand, war nichts weiter als die offenkundige Verabsolutierung der Dynamik der Bewegung: bis hin zur Zerstörung.

Es ist Hinz' Verdienst – allen modernen Adaptionsversuchen zum Trotz, die im Futurismus nur eine ästhetische Methode sehen wollen – nachzuweisen, daß der Futurismus als Teil der faschistischen Bewegung zu sehen ist. Und in der Tat entwickelte er sich auch über ähnlich heterogene Etappen wie diese. Auch der Futurismus hatte vor dem 1. Weltkrieg seine anarchisch-sozialistischen Mitglieder (z.B. die Maler Giacomo Balla und Umberto Boccioni) und Tendenzen. In Marinettis erstem futuristischen Manifest von 1909 hieß es: »Wir wollen die arbeitsbewegten Mengen, das Vergnügen, die Empörung singen, die vielfarbigen, die vieltönigen Brandungen der Revolutionen in den modernen Hauptstädten«, aber auch den Militarismus, den Krieg, die »einzige Hygiene der Welt.«[67]

In seiner Anfangsphase erfreute sich der Futurismus einer gewissen Popularität. Gramsci berichtet: »Viele Teile der Arbeiterschaft« hätten vor dem 1. Weltkrieg »den Futurismus mit Sympathie gesehen«. Damals sei es oft geschehen, »daß Arbeitertrupps die Futuristen vor den Aggressionen der ›Literaturcliquen‹ und ›Karrierekünstler‹ verteidigt« hätten.[68] Die futuristische Zeitschrift *Lacerba,* die eine Auflage von 20.000 Exemplaren hatte, soll zu vier Fünfteln in der Arbeiterschaft vertrieben worden sein.[69]

Wenn Gramsci mehrmals auf ein Zusammenspiel von Futurismus und Arbeiterbewegung hinweist, so meint er vor allem die Tendenz, daß auch der Futurismus der reformistischen Trägheit des PSI einen Aktivismus entgegensetzte. Der energievolle Wille zur Zerstörung des Alten war zudem gepaart mit extremer Technikbegeisterung. Die konsequente Modernisierung der italienischen Industrie – bis hin zu von den Arbeitern kontrollierten Formen des Fordismus und Taylorismus, wie sie später der Turiner Rätebewegung vorschwebten, waren durchaus programmatische Gemeinsamkeiten.

Mussolini und Marinetti finden sich bei der Interventionskampagne von 1914 bereits vereint. Wenn Mussolini in die Rhetorik des Krieges fiel, tat Marinetti in der Poesie das Seine. Er hatte als Bataillonskapitän von Panzerfahrzeugen am Krieg teilgenommen und seine Erfahrungen in dem Roman *Der gepanzerte Alkoven* ästhetisiert. Wie die Faschisten besaßen auch die Futuristen eigene Terrorgruppen. 1919 verwüsteten sie die Mailänder Redaktion des *Avanti* und brachten das Eingangsschild Mussolini als Trophäe in die Redaktion des *Popolo d'Italia.* De Felice urteilt, daß die Futuristen hier bereits radikaler als Mussolini selber waren. Dieser hätte die Aktion für politisch unklug gehalten.[70]

Über die Gründe des Bruchs zwischen Marinetti und Mussolini zwischen 1920 und 1924 konnte auch Hinz nichts in Erfahrung bringen. Wahrscheinlich störte Marinetti noch die Offizialisierung des Faschismus als Staatsideologie. Die Annäherung zwischen Gramsci und Marinetti fällt in diese Zeit, wie auch ein erstaunlich futurismusfreundlicher Text Gramscis von 1921, in dem die Frage: »Ist Marinetti ein Revolutionär?« teilweise positiv beantwortet wird. Der futuristische Zerstörungselan und die *»klare Konzeption, daß unsere Epoche, die Epoche der Großindustrie, der großen Arbeiterstadt, des intensiven und tumultvollen Lebens, neue Formen der Kunst, der Philosophie, der Sitten, der Sprache haben müsse«,* war von Gramsci als »absolut *marxistische* Konzeption« bezeichnet worden, die umso bedeutender sei, weil zur selben

Zeit (es ist wieder vom Vorkrieg die Rede) »die Sozialisten auf dem Gebiet der Politik und Ökonomie mit Sicherheit keine ebenso präzise Konzeption hatten, als sich die Sozialisten über den Gedanken erschreckten ... daß die Maschinerie der bürgerlichen Macht im Staat und in der Fabrik zerbrochen werden muß. Die Futuristen sind auf ihrem Gebiet, der Kultur, Revolutionäre.«[71]

Während die Sprache dieses Textes ganz offensichtlich noch von Bündnishoffnungen mit dem, die Futuristen anführenden Marinetti geprägt ist, schlägt der anderthalb Jahre später an Trotzki gerichtete Brief über den Futurismus andere Töne an. Er beginnt mit der Konstatierung der Verbürgerlichung Marinettis, des künstlerischen Niedergangs der ganzen Bewegung und kommt dann zu der Kritik der Kriegsverherrlichung und des Antikommunismus.[72] Später, in den Gefängnisschriften hielt Gramsci die Futuristen keiner systematischen Auseinandersetzung mehr wert. Einmal bezeichnet er sie als eine »Gruppe von Schülerchen, die aus einem Jesuitenkolleg ausgebrochen sind, ein wenig Lärm im nahen Wald gemacht haben und mit der Rute der Gendamerie wieder heimgeführt worden sind.«[73]

Wenn Hinz die zeitweilige Annäherung zwischen Marinetti und Gramsci als politische Kurzsichtigkeit des letzteren hinstellt, so verrät sich hier jedoch eine Lücke in der Kenntnis der Gesamtheit von Gramscis Bündnisbestrebungen, ihrer Antriebe und ihrer Ziele. Die Einladung Marinettis in die Turiner ›Sektion des russischen Proletkult‹ liegt auf derselben Ebene wie der Versuch, D'Annunzio zu kontaktieren.

Es lohnt sich für uns jedoch, einige andere Stränge von Hinz' Arbeit über den Futurismus weiter zu verfolgen, weil sie uns zu weiteren Erkenntnissen über die faschistische Kulturpolitik führen. Die spätestens 1924 nachweisbare, wohl aber schon früher begonnene Wiederannäherung Marinettis an Mussolini war von nun an vom Streben Marinettis bestimmt, dem Futurismus die Promotion zur offiziellen Staatskunst zu verschaffen, was Mussolini jedoch ablehnte, obwohl er ihn stets unterstützte. Seine Kulturpolitik zielte, wie wir später noch sehen werden, auf eine populäre Kunst. Populär aber konnten die Futuristen, die sich als wahre Faschisten aufspielten, niemals wieder werden. Ihre Begeisterung für die moderne Technik hatte sich immer mehr als aristokratische Konsumentenideologie entpuppt: Nicht die Produzenten wurden als zumindest potentielle Nutznießer der Technik besungen, sondern die damals ausgesprochen elitären Aktivitäten des Autofahrers und Flugzeugpiloten, die zum Symbol zügelloser Bewegung erhoben wurden. Diese ›Bewegung‹ hat nicht Humanisierung, Konstruktion einer neuen Gesellschaft zum Ziel, sondern strebt nur Intensivierung des Lebensgefühls an. Sie kann nicht anders als immer wieder in der

Ästhetisierung und Erotisierung der Materialschlachten des modernen Krieges kulminieren, als deren allerletzter Höhepunkt der eigene Tod gilt.[74] Dieses Umschlagen in masochistischen Irrationalismus – den Marinetti zeitlebens weiter ausbaute – korrespondierte bald nicht einmal mehr mit den Interessen der faschistischen Terrorgruppen, für die Gewalt letztlich nicht Selbstzweck sein konnte, die ihre Krönung im eigenen Tod zu finden hatte: für die Terrorgruppen war Gewalt nur ein Mittel, sich eine bestimmte gesellschaftliche Zukunft zu erschliessen.

Auch für den 1922 an die Macht gekommenen Mussolini begann das ihn mit den Futuristen einende Konzept der ›Bewegung‹ unpraktisch zu werden. Er stellte sich rhetorisch mehr und mehr auf Konzepte von Beständigkeit und Dauer um (›Possibilismus‹).[75]

Helga Finter kommt in ihrer interessanten Arbeit über die *Semiotik des Avantgardetextes* hinsichtlich der Beziehung zwischen Faschismus und Futurismus zu denselben radikalen Urteilen wie Hinz. Allerdings führt ihr Vergleich von futuristischen und faschistischen Texten zu etwas dynamischeren Ergebnissen hinsichtlich der Bewertung der Nachwirkung des Futurismus. Finter weist den Einfluß des Futurismus auf den faschistischen Diskurs bis auf die syntaktische Ebene nach. Beiden gemeinsam ist der häufige Gebrauch des Infinitivs und von Nominalsatzstrukturen, worin sich der autoritäre Beschwörungscharakter der faschistischen Rede ausdrückt. Die Nominalsatzstruktur als starke Tendenz ist auch im modernen Italienisch erhalten geblieben ist – was vorrangig dem Einfluß der Werbung zuzuschreiben sei. Diese teilt auch andere gemeinsame Züge mit dem Futurismus: Lautmalereien und eine durch Unregelmäßigkeiten erzeugte interessante Typographie des Textes. In der Verbindung der Werbung mit dem futuristisch-faschistischen Diskurs erkennt Finter ihren autoritären Grundzug wieder. Die Kommunikationsfunktion des Textes sei zum Diktat eines »heimlich allwissenden Gesetzgebers« geworden.[76]

Beide Arbeiten lösen freilich nicht das Problem des Überlebens zahlreicher technischer Elemente des Futurismus in späteren progressiven Kunstströmungen. Die moralisierende Verurteilung der Symbiose von Futurismus und Faschismus reicht für die Entwicklung einer tragfähigen Modernetheorie nicht aus. Dazu verstellt sich Hinz geradezu den Weg, indem er Walter Benjamins methodischen Vorschlag zur Bewertung moderner Kunstströmungen ablehnt[77], der zuerst danach fragt, wie eine Kunstströmung zu den Produktionsmitteln steht und dann erst, wie sie darin steht.[78] Mir scheint Benjamins Ansatz jedoch unter der Bedingung annehmbar und fruchtbar zu sein, daß die erste Frage obligatorisch mit der zweiten verknüpft bleibt. Nur so ist das ganze, in sich selbst widersprüchliche Kontingent der Potentiale des Futurismus erfaßbar, nur so sind auch die von ihm inspirierten und ideologisch anders ausgerichteten Strömungen des russischen Futurismus, des Surrealismus und auch von DaDa zu verstehen. Eine Modernetheorie kann nicht anders als im Nachzeichnen des gewaltsamen Aufeinanderprallens der fortschrittlichen, der reaktionären und auch der passiven Tendenzen der Epoche zustandekommen, ein Aufeinanderprallen, das oft mit ähnlichen, wenn nicht gleichen Waffensystemen ausgetragen wird. Diesem Sachverhalt nähern sich sowohl Gramsci mit seiner Theorie der Widersprüchlichkeit des Alltagsverstandes als auch Laclau mit seiner Theorie der Mobilität bestimmter Diskurselemente fruchtbar an.

Wenn es in Italien zu keiner Verfolgung, sondern sogar zur Unterstützung der ›Modernen Kunst‹ durch die faschistische Regierung kam, so muß doch eindeutig präzisiert werden, daß diese ›Moderne Kunst‹ in Italien reaktionärer als das Regime selber war, während in jener ›Modernen Kunst‹, die Hitler als ›entartet‹ hinstellte und die er vernichten wollte, humanistisch-pazifistische Impulse dominierten. Wenn der italienische Faschismus in der Tat im Vergleich zum deutschen liberaler war, wäre es doch verfehlt, diese Liberalität aus seiner Haltung gegenüber dem Futurismus ableiten zu wollen. Es hieße, die Parameter der kunstkritischen Wertung allein auf der formalen Ebene zu belassen.

Dies war freilich ganz offensichtlich das Verfahren Marinettis, was zu der denkwürdigen Konstellation führte, daß er gemeinsam mit E. Prampolini und R. Vasari 1934 bei der Eröffnung einer futuristischen Ausstellung in Hamburg und Berlin gegen die deutsche Kunstpolitik protestierte, die jene Strömung vernichten wollte. Das wiederholte sich 1937 anläßlich der Münchner ›Ausstellung entarteter Kunst‹ und brachte Marinetti wieder einmal vorübergehende Schwierigkeiten in Italien ein. Marinetti war der Meinung, daß sich Deutschland selbst schwächen würde, wenn es die moderne Kunst schlechthin ablehne. Sein Urteil kann jedoch nur auf Grund sehr mangelhafter Kenntnisse über die Inhalte der deutschen Moderne zustandegekommen sein.

Für unseren Gesamtzusammenhang ist es jedoch nicht uninteressant, daran zu erinnern, daß die ›Ausstellung entarteter Kunst‹ 1937 mit ausgesprochen populistischen Kommentaren versehen war, die neben den Bildern angebracht waren. So wurden Werke von Kandinski mit dem Kommentar »Verrückt um jeden Preis« versehen, Werke von Kirchner und Schmidt-Rottluff waren mit »Deutsche Bauern – jiddisch gesehen« untertitelt und unter den Zigeunerbildern von Mueller stand absurderweise: »Wüstensehnsucht macht sich Luft - Der Neger wird in Deutschland zum Rassenideal einer entarteten Kunst«. Dazu hing in jedem Raum ein Schild: »Bezahlt mit deutschen Steuergroschen«.[79]

Eine makabre Groteske der Literaturgeschichte stellt Marinettis Kampf um Anerkennung des Futurismus als Staatskunst dar, wobei er sich noch in Konkurrenz mit der von Margherita Sarfatti geführten modernistischen Gruppe des ›Novecento‹ (›20. Jahrhundert‹) befand. Obwohl beide Strömungen das Wohlwollen des Regimes hatten (Marinetti wurde 1929 Akademiemitglied und war bis zu seinem Tod 1944 im faschistischen Propagandaapparat tätig), blieb ihnen dieser letzte Triumph versagt. Mussolini hatte offensichtlich erkannt, daß sich der futuristische Extremismus politisch kaum funktionalisieren ließ, daß er keine Stütze des Regimes bei den breiten Massen sein konnte.

Die eigentlichen kulturpolitischen Anstrengungen des Faschismus zielten auf eine populäre nationalistische Literatur, ein Ringen im Leeren freilich, das Gramsci über die Zeitschriften beobachtet hat. Doch ehe wir uns seinen diesbezüglichen Beobachtungen zuwenden, ist noch festzuhalten, daß Mussolinis politische Intelligenz immerhin groß genug war, die kulturelle Frage nicht totalitaristisch zu lösen wie der deutsche Faschismus – was wohl auf einer realistischen Einschätzung der wirklichen Kraftverhältnisse beruhte. Auf kulturellem Gebiet blieb im Grunde der alte Eklektizismus des italienischen Faschismus erhalten. Dazu gehörte auch, daß man sich mit der liberalen Opposition eines Benedetto Croce zierte, der Ende der zwanziger Jahre sogar die Werke Antonio Labriolas, des ersten italienischen Marxisten edieren konnte.

So ließ der italienische Faschismus – aus Schwäche – gewisse Freiräume bestehen, die in Deutschland undenkbar waren. Oft scheint er sich mit formalen Loyalitätserklärungen der Intellektuellen zufriedengegeben zu haben: Als sich 1932 die Universitätsprofessoren auf das Regime vereidigen sollten, verweigerten sich von 1200 nur elf.[80] So entstand eine gewisse Halblegalität, in der schließlich auch die antifaschistische Kunst reifen konnte: der Neorealismus (Alberto Moravias *Indifferenti* erschien 1929). Die italienische antifaschistische Kunst war nicht ins Exil gezwungen wie die deutsche. Etwas unhistorisch, aber doch in manchem zutreffend, faßt Norberto Bobbio die Situation folgendermaßen zusammen: »Gegenüber dem Prozeß der Transformation des Staates überschlug sich die italienische Kultur weder im Lob, noch rebellierte sie: sie akzeptierte, sie erlitt, sie machte sich gleich, sie duckte sich in einem Raum ... in dem sie fortfahren konnte, die eigene Arbeit zu tun.«[81]

Es mag für Gramsci eine bescheidene Genugtuung gewesen sein, die von vornherein zum Scheitern verurteilten Anstrengungen der faschistischen Kulturjournalisten zu verfolgen, die »eine neue Kultur oder Zivilisation« auf breiter Ebene erwecken wollten. So beschäftigte sich

Gherardo Casini – u.a. Leiter des Ministeriums für Volkskultur[82] – mit der Frage, wieso diese »neue Zivilisation – von der behauptet wird, daß sie schon existiert – nicht ihren literarischen und künstlerischen Ausdruck, nicht ihre Dimension in der Literatur finden kann, während in der Geschichte immer das Gegenteil der Fall war: jede neue Zivilisation als solche, auch wenn sie unterdrückt, bekämpft und auf jegliche Weise behindert war, hat sich eher auf literarischem Gebiet präzise ausgedrückt, als auf der Ebene des staatlichen Lebens, ihr literarischer Ausdruck war sogar die Art und Weise, mit der die intellektuellen und moralischen Bedingungen für den legislativen und staatlichen Ausdruck geschaffen wurden.[83]

Das Ausbleiben einer breiten Strömung populärer Literatur war freilich ein spezifisch italienisches Phänomen, das schon im 19. Jahrhundert die Gemüter bewegte. So hatte ein Freund Manzonis, der Schriftsteller und Literaturprofessor Ruggero Bonghi[84] bereits 1856 einen Aufsatz *Warum ist die italienische Literatur nicht volkstümlich?* verfasst, worin er eine Literatur forderte, die durch die Behandlung allgemein interessierender Themen und Fragen eine Annäherung von Kultur und Volk zustandebringen sollte. Wie Gramsci jedoch in vielen Texten klarmacht, kam diese populäre moderne Literaturströmung nicht zustande, weil die ganze italienische Entwicklung zurückblieb. Die Literatur der ›Hochkultur‹, die ›letteratura artistica‹ – so antiakademisch sie sich nach der Jahrhundertwende auch geben sollte, blieb der elitären, aristokratischen Tradition treu, während das Volk, da, wo es bereits zum Lesepublikum geworden war, die populären französischen Romane las, die zumindestens Fragen aufwarfen, deren Beantwortung man sich auch in Italien wünschte.[85] Wenn die ›letteratura artistica‹, d.h. die zeitgenössische Moderne einmal populären Erfolg für sich verbuchen zu können glaubte, so beruhte dies – laut Gramsci – auf einem eher kuriosen Mißverständnis: »Ungaretti[86] hat geschrieben, daß seine Dichtungen seinen Schützengrabenkameraden, ›die aus dem Volke waren‹, gefallen haben und das kann wahr sein: Es handelt sich um ein Gefallen besonderen Charakters, das mit dem Gefühl verbunden ist, daß die ›schwierige‹ (unverständliche) Dichtung schön sein müsse und der Autor ein großer Mann sei, gerade weil er vom Volk isoliert und unverständlich ist: Das trifft auch für den Futurismus zu und ist ein Aspekt der Verehrung des Volkes für die Intellektuellen (die in Wahrheit gleichzeitig bewundert und verachtet werden).«[87] Auf einem ähnlichen Mechanismus beruhe – neben dem Respekt für seine kriegerischen Heldentaten – auch die Popularität D'Annunzios. Das italienische Volk habe eine naive und fanatische »Bewunderung für die Intelligenz an sich, für den intelligenten Menschen als solchen, was mit dem kulturellen Nationalismus der Italiener korrespondiert, der vielleicht die einzige Form des populären Chauvinismus in Italien ist.« D'Annunzio versuche, sich als »populäre Synthese« politischer Gefühle darzustellen und zwar »in dem Sinne, daß man von ihm die unvorstellbarsten Absichten erwarten konnte und zwar zwischen ganz links und ganz rechts gelagerte«. Dazu sei »die Vorstellung des Volkes« gekommen, daß er »der intelligenteste Mann Italiens« sei.[88]

Es war kein Zufall, daß Gramsci gerade zu Beginn der Dreißiger Jahre feststellen konnte, daß die »Schriften über die Entfremdung zwischen Kunst und Leben ... immer zahlreicher« wurden: die Popularitätskurve des Faschismus war bereits steil abgefallen und die Resistenza entwickelte sich embrionenhaft im Magen des Löwen selbst: in den faschistischen Gewerkschaften und anderen Massenorganisationen.

So war eine Lage entstanden, in der die Leere der nationalistischen Gebärde offensichtlich geworden war. Man beachte Gramscis höfliche Ausdrucksweise. Bei dem Vorhaben, »eine tatsächliche Einheit des Volkes und der Nation zu schaffen, wenn auch mit äußerlichen, pädagogischen, schulmeisterlichen Mitteln«, fühle man doch »zumindest, daß diese Einheit fehlt und daß das eine Schwäche der Nation und des Staates darstellt.« Allerdings enthielten die diesbezüglichen Zeitungspolemiken augenscheinliche Fehleinschätzungen: »Die erste besteht in der Überzeugung, daß eine radikale Umwälzung des Lebens der Nation und des Volkes stattgefunden hat. Das will heißen, daß keine weiteren radikalen Umwälzungen notwendig sind, daß es sich vielmehr nur darum handelt, zu ›organisieren‹, zu erziehen usw. Zu allem Überfluß spricht man von einer ›permanenten Revolution‹, aber in eingeschränkter Bedeutung, einzig in dem Sinne, daß das ganze Leben Dialektik, militanter Kampf ist, also Revolution.«[89]

Zu den immer wieder auftauchenden Motiven der Auseinandersetzungen um eine neuartige populäre Kunst des Faschismus gehörte auch die Frage, ob und wie überhaupt neue originelle Künstlerpersönlichkeiten geschaffen werden können. Die darüber sinnierenden Texte Gramscis wirken nicht selten auch als Polemiken mit dem Shdanovismus, der sowjetischen Kulturpolitik während des Stalinismus. Vor allem der folgende Text scheint eine gewisse Berechtigung zu dieser Annahme zu bieten: »Die Frage des Künstlerischen bringt speziell in der Philosophie der Praxis die lächerliche Naivität von Papageien ans Tageslicht, die glauben, mit wenigen stereotypen Formelchen den Schlüssel zu besitzen, der alle Türen öffnet (solche Schlüssel werden gemeinhin ›Dietriche‹ genannt). Zwei Schriftsteller können ein und dasselbe historische Moment repräsentieren (ausdrücken), aber einer kann Künstler sein und der andere einfacher Schmierfink.«[90]

Der Anfang des Textes: »Il rapporto artistico mostra, specialmente nella filosofia della praxis, la fatua ingenuità ...« könnte auch folgendermaßen übersetzt werden: »Die Frage des Künstlerischen bringt speziell vom Standpunkt der Philosophie der Praxis aus, die lächerliche Naivität ...«. Hier wäre nicht der sozialistische Literaturbetrieb der Sowjetunion anvisiert, sondern eine literaturkritische Methode, die sich des Marxismus bedient und mit der ein Blick auf gewisse Polemiken in Italien geworfen werden soll. Die Urfassung des Textes stammt aus einem Gefängnisheft von 1930/32[91] und greift insbesondere die italienische ›letteratura artistica‹, speziell Ungaretti an – wodurch, meiner Auffassung nach, meine Neuübersetzung gerechtfertigt wäre. Die bekanntere Zweitfassung des Textes[92] stammt aus dem Jahre 1933. Der 1. Allunionskongreß der Sowjetschriftsteller, auf dem sich der Shdanovismus zum ersten Mal als eine unter mehreren Tendenzen deutlich manifestierte, fand jedoch erst 1934 statt. Gramsci hatte im Gefängnis keinerlei Gründe, den konkreten Adressaten von Kritik nicht deutlich zu benennen, wenn es die sowjetische Kulturpolitik gewesen wäre. Es gibt überhaupt keinen Hinweis darauf, daß Gramsci im Gefängnis überhaupt die Mittel in der Hand gehabt hat, zu einem Urteil über die kulturpolitischen Entwicklungen in der Sowjetunion zu kommen. Dennoch kann konstatiert werden, daß allein die Möglichkeit einer Gleichsetzung von Shdanovismus und Faschismus ein bedenkliches Zeichen darstellt.[93]

Gramscis Schlußfolgerung zur oben aufgeworfenen Frage ist natürlich die Unmöglichkeit der künstlichen Schaffung von Künstlern. Aber: »... wenn die kulturelle Welt, für welche man kämpft, eine lebendige und notwendige Tatsache ist, wird ihre Expansivität unaufhaltsam sein, sie wird ihre Künstler finden. Aber wenn trotz des Drucks (d.h. der kulturpolitischen Anstrengungen – S.K.) diese Unaufhaltsamkeit nicht sichtbar und wirksam wird, bedeutet das, daß es sich um eine gekünstelte und unechte Welt gehandelt hat ... Dieselbe Art der Fragestellung kann ein Anzeichen der Stärke einer solchen moralischen und kulturellen Welt sein.«[94]

Die diesbezügliche Diskussion um die neue Zivilisation in Italien hält Gramsci eher für »eine Polemik kleiner, mittelmäßiger Journalisten« als für einen »schmerzhaften Aufbruch einer neuen literarischen Zivilisation«.[95] Offensichtlich zur Täuschung der Gefängniszensur bestimmt, streut Gramsci zuweilen auch eine scheinbare Referenz an die Intelligenz Mussolinis ein, um freiere Hand gegen die Kulturjournalisten zu haben: So hält er es einmal für möglich, ob »das politische Führungszentrum die tatsächliche Situation nicht bestens versteht und nicht versucht, sie zu überwinden: es ist jedoch sicher, daß die Literaten in diesem Falle dem politischen Führungszentrum bei diesen Anstrengungen nicht helfen und daß ihre leeren Gehirne sich in nationalistischer Überspanntheit festbeißen.«[96]

Die Erscheinungsformen der rechten, bzw. faschistischen Versuche, in den Alltagsverstand einzudringen, bezeichnet Gramsci mit pejorativen Begriffen wie »Talmi-Populismus« (»popolarismo di princisbecco«)[97] oder auch mit den Adjektiven »popolaresco« und »populistico«. Den Formen dieser reaktionären ›Volkstümlichkeit‹ stellt er das Begriffspaar »nazionale-popolare« gegenüber, womit er jene populären politischen und kulturellen Phänomene in Geschichte und Gegenwart kennzeichnete, die sich bewußt mit dem sozialen Fortschritt verbanden. Das Konzept hat nichts mit den romantisierenden, volkstümelnd-patriarchalischen Konzeptionen des 19. Jahrhunderts zu tun, wie es insbesondere die italienische Neoavantgarde und die Nuova Sinistra der Sechziger Jahre angenommen hatten.[98] Die von Gramsci anvisierte Bedeutung von »nazionale-popolare« setzte allerdings eine Erneuerung des Begriffs ›nazionale‹ in der italienischen Sprachtradition voraus. Er selbst schreibt: »Es ist zu beobachten, daß in vielen Sprachen ›nazionale‹ und ›popolare‹ ganz oder beinahe Synonyme sind (so im Russischen, so im Deutschen, wo ›völkisch‹ eine noch intimere Bedeutung hat: eine rassische[99], so in den slawischen Sprachen im allgemeinen; im Französischen hat ›national‹ eine Bedeutung, in der der Terminus ›populaire‹ politisch schon mehr ausgearbeitet ist, weil er an das Konzept der ›Souveränität‹ gebunden ist, nationale Souveränität und Volkssouveränität haben den gleichen Wert oder haben ihn gehabt). In Italien hat der Terminus ›nazionale‹ eine ideologisch sehr eingeschränkte Bedeutung und er fällt auf keinen Fall mit ›popolare‹ zusammen, weil die Intellektuellen in Italien weit vom Volk entfernt sind, d.h. von der ›Nation‹, sie sind an eine Kastentradition gebunden, die niemals von einer starken populären oder nationalen politischen Bewegung von unten gebrochen worden ist ...«[100]

Da Gramsci den Begriff ›nazionale‹ von allem nationalistisch-chauvinistischen Beigeschmack reinigen will, könnte man sagen, daß er ihn im Sinne von ›konkreter Hinwendung der Intellektuellen zum sozialen Fortschritt der Nation‹ verwendet. Das ist jedoch nur mit der Einschränkung richtig, insoweit ›konkret‹ als frei von jeglicher Verbindung zu einem passiven Widerspiegelungsbegriff verstanden werden muß. Denn: insbesondere in italienischen Zusammenhängen läuft der Begriff ›nazionale‹ Gefahr, auf die Ebene der Folklore abzusinken. Aus diesem Grund möchte Gramsci eine dialektische Verknüpfung zwischen ›nazionale‹ und ›internazionale‹ herstellen: »... ein Charakter ist dann ›nazionale‹, wenn er sich gleichzeitig auf einem bestimmten Weltniveau (oder auf einem europäischen Niveau) von Kultur befindet.«[101] Damit wäre wohl der Verdacht einer Rückkehr Gramscis zu volkstümelnd-romantischen Konzeptionen endgültig ausgeräumt. Um solchen Interpretationen entgegenzuwirken habe ich dieser Arbeit konsequenter (d.h. überall dort, wo es inhaltlich zu rechtfertigen war) als in meinen bisherigen Gramsci-Übersetzungen ›popolare‹ statt mit ›volkstümlich‹ mit dem zeitgemäßeren ›populär‹ übersetzt. Damit wird auch die Aktualität von Gramscis Kulturtheorien deutlicher herausgestellt, seine Texte werden griffiger. Der Inhalt seines Popularitätsbegriffs ergibt sich aus seinen Theorien über den Alltagsverstand: ein Prozeß, der die Verschmelzung und Weiterentwicklung von demokratischen Traditionen von Alltags- und Hochkultur anstrebt.

Wie im vorigen Kapitel bereits angeschnitten wurde, hat sich auch Brecht mit dem Problem der ›Volkstümlichkeit‹ auseinandergesetzt und zwar in derselben geschichtlichen Konstellation: im Antifaschismus. Auch er nahm populistische Phänomene mit ähnlich scharfem Sinne wahr. Arnold Bronnen erinnert sich an eine Mitte der Zwanziger Jahre mit Brecht gemeinsam besuchte Hitlerkundgebung im Zirkus Krone, bei der er bereits auf Hitlers populistische Techniken aufmerksam wurde.[102] Und 1931 plante er die Herausgabe einer Zeitschrift – u.a. unter Mitarbeit von Schultze-Boysen – die sich hauptsächlich mit der Entlarvung von scheinsozialistischen Behauptungen der Nazis beschäftigen sollte.[103]

Folgendermaßen reagierte Brecht auf reaktionäre Formen von ›Volkstümlichkeit‹: »Zweifellos haftet dem Begriff etwas Hochmütiges an. Das Wort wird sozusagen von oben nach unten gesprochen.«[104] Und: »Der Begriff *volkstümlich* selber ist nicht allzu volkstümlich ... Eine ganze Reihe von ›Tümlichkeiten‹ müssen mit Vorsicht betrachtet werden. Man denke nur an *Brauchtum*, *Königstum*, *Heiligtum*, und man weiß, daß auch *Volkstum* einen ganz besonderen, sakralen, feierlichen und verdächtigen Klang an sich hat, den wir keineswegs überhören dürfen. Wir dürfen diesen verdächtigen Klang nicht überhören, weil wir den Begriff *volkstümlich* unbedingt brauchen.«[105]

Weil der Begriff der Volkstümlichkeit im Zusammenhang mit dem Ringen um die Volksfront in den Dreißiger Jahren zum Fahnenwort für die Linke geworden war, übernahm ihn Brecht – obwohl er ihn persönlich sicher auch lieber durch ›Popularität‹ ersetzt hätte.

Die oben zitierten Texte stammen aus dem in den Dreißiger Jahren mit Georg Lukács geführten Realismusstreit, der auch ein Streit um die Frage war, was Volkstümlichkeit für die Linke bedeute.[106]

Der Faschismus unterwerfe sich zwar in »riesigen Plebisziten ... der Stimme des Volkes (das er unterworfen hat) ... Das Regime legt den allergrößten Wert auf seine Volkstümlichkeit. Es spricht unaufhörlich und immer zum Volk und vom Volk. Es zählt alles zum Volk, außer dem, was es nicht dazu zählt, das, wenn man es zählt, sich als das Volk herausstellt. Wir tun also gut, den Begriff des *Volkstümlichen* mit der allerschärfsten Kritik anzuwenden.«[107]

Und: »Die Geschichte der vielen Fälschungen, die mit diesem Begriff *Volkstum* vorgenommen wurde, ist eine lange, verwickelte Geschichte der Klassenkämpfe. Wir wollen hier nicht darauf eingehen, wir wollen nur die Tatsache der Verfälschung im Auge behalten, wenn wir davon sprechen, daß wir volkstümliche Kunst brauchen und damit Kunst für die breiten Volksmassen meinen ...«[108]

Soll der Begriff der Volkstümlichkeit nicht der völligen Diskreditierung anheimfallen, muß er neu definiert werden. Me-ti »warnte vor der kritiklosen Anwendung des Begriffs *volkstümlich.* Er kommt, sagte er, von oben und hat etwas Herablassendes.«[109] Wird der Begriff jedoch auf seine Konzeption vom ›Volk‹ bezogen, »das an der Entwicklung nicht nur voll teilnimmt, sondern sie geradezu usurpiert, forciert, bestimmt«, kann er erneut legitimiert werden. »Wir haben ein Volk vor Augen, das Geschichte macht, das die Welt und sich selbst verändert. Wir haben ein kämpfendes Volk vor Augen und also einen kämpfenden Begriff *volkstümlich«.*[110] Der Begriff kann sich also für Brecht nicht auf die Konservierung von traditionellen Ausdrucksformen beziehen, sondern genau auf das Gegenteil: Die Aktivierung neuen, fortschrittlichen Denkens und neuer Ausdrucksformen, die »allgemeinverständlich oder allgemein mitmachbar«[111] sind. Brecht verknüpft den Begriff der Volkstümlichkeit mit dem des Realismus – welcher in der Polemik mit Lukács – als völlig frei von formalen Dogmen zu verstehen ist. In dem Sinne, in dem auch bei Gramsci Ästhetik und Philosophie nahtlos ineinander übergehen, kann gesagt werden, daß Brechts Realismusbegriff über die Ästhetik hinausgeht und Gramscis Begriff des ›nazionale‹ entspricht, der auf die Konkretheit des gesellschaftlichen Fortschritts zielt: »*Realistisch* heißt: den gesellschaftlichen Kausalkomplex aufdekkend/ die herrschenden Gesichtspunkte als die Gesichtspunkte der Herrschenden entlarvend/ vom Standpunkt der Klasse aus schreibend, welche für die dringendsten Schwierigkeiten, in denen die menschliche Gesellschaft steckt, die breitesten Lösungen bereit hält/ das Moment der Entwicklung betonend/ konkret und das Abstrahieren ermöglichend.«[112]

Nicht zufällig wird das Populismusproblem von der Linken besonders in solchen historischen Phasen wahrgenommen, in denen die Herrschaft der Bourgeoisie die demokratischen Errungenschaften der Zivilgesellschaft einschränkt oder ganz vernichtet und das entstehende Vakuum durch jeweils neue Formen von Populismus ausfüllt. Damit noch einmal ein Streiflicht auf die Historizität des Phänomens geworfen wird, Brecht: »Die Unterdrücker arbeiten nicht zu allen Zeiten auf die gleiche Art ... Ihre Heerstraßen taufen sie Autostraßen. Ihre Tanks sind bemalt, daß sie wie die Büsche des Macduff aussehen. Ihre Agenten zeigen Schwielen an den Händen vor, als seien sie Arbeiter. Nein, den Jäger in das Wild zu verwandeln, das braucht Erfindung. Was gestern volkstümlich war, ist es nicht heute, denn wie das Volk gestern war, so ist es nicht heute.«[113]

Es gehört zur besonderen Tragik von Gramscis Leben, daß er die Realisierung der von ihm so früh als notwendig erkannten antifaschistischen Bündnisse nicht mehr erlebte. Im Gegenteil, er selbst wurde während seiner Haft Opfer der sektiererischen Wende, die vom VI. Kongreß der Komintern (1928) propagiert worden war. Trotz der kritischen Sicht, die Gramsci auf die Sozialdemokratie hatte, war er mittlerweile doch gegen deren Diffamierung als ›Sozialfaschismus‹; eine Formel, mit der kein antifaschistisches Bündnis zustandekommen konnte.

Es gilt als gesichert, daß sich Gramsci 1930 gegen den Parteiausschluß von Genossen aussprach, die im Gegensatz zur Politik des nun von Togliatti geleiteten PCI standen, weil sie die Einheitsfront mit dem ebenfalls in die Illegalität gezwungenen PSI weiterhin anstrebten.[114] Gramsci selbst, der damals bereits die Idee der Verfassungsgebenden Versammlung, der ›Costituente‹ vertrat, geriet in Isolation, er wurde von anderen eingekerkerten Kommunisten für einen rechten Abweichler gehalten. In dieser Zeit pflegte er freundschaftliche Kontakte mit dem einzigen sozialistischen Mitgefangenen im Gefängnis von Turin, dem späteren italienischen Staatspräsidenten Sandro Pertini, der ein bewegendes Zeugnis seiner damaligen Beziehungen zu Gramsci hinterlassen hat.[115]

Wenn der PCI die sektiererische Wende der Komintern auch mitvollzogen hat, so muß doch auch betont werden, daß sich die unter Gramscis Leitung assimilierten Erfahrungen doch dahingehend auswirkten, daß er zu den ersten Parteien zählte, die dagegen opponierten. Togliatti hatte großen Anteil an der Auflösung des sektiererischen Geistes und an der Vorbereitung des VII. Weltkongresses der Komintern, der die Volksfront schließlich sanktionierte.[116] Als Leiter einer Delegation des Sekretariats der Komintern fiel Togliatti freilich noch die Aufgabe zu, Maurice Thorez von der Unterstützung der Volksfront mit Sozialisten und Linksradikalen abzubringen. Der PCF fügte sich jedoch nicht, und so gelang es in Frankreich, die faschistische Gefahr erfolgreich abzuwehren. Und es kam auch zur spanischen Volksfront.

1935 begann Togliatti mit seinen *Lektionen über den Faschismus,* die das italienische antifaschistische Bündnis vorbereiteten, in dem sich dann tatsächlich Kommunisten, Sozialisten, Liberale und Katholiken treffen sollten und dessen Aktionsformen bis zum Partisanenkampf reichte.

Wenngleich davon ausgegangen werden muß, daß zwischen 1928 und 1935 in der Tat von keiner Übereinstimmung zwischen Gramsci und Togliatti die Rede sein kann, so sind doch auch alle Legenden von einem dramatischen ›Bruch‹ zurückzuweisen. Weder der PCI noch die UdSSR gaben die Bemühungen um Gramscis Freilassung auf, sein Tod wurde würdig kommentiert. Schon einen Monat danach fragte Togliatti bei Piero Sraffa – der als Verbindungsperson gedient hatte – an, welche Instruktionen Gramsci selbst für eine etwaige Publikation der Gefängnisschriften und auch seiner früheren Arbeiten gegeben habe: »... ich weiß, daß die Gefängnisschriften an einem sicheren Ort sind und nach und nach hierher gebracht werden (nach Moskau – S.K.). Ich habe indes noch nicht einmal eine annähernde Vorstellung von ihnen. Worum handelt es sich(?) Sind sie in einer Weise geschrieben, daß man sie in relativ kurzer Zeit publizieren könnte(?) ...«[117]

In der Resistenza reifte auch jene demokratische Wende in der italienischen Kultur heran, die Gramsci ersehnt hatte, aber nicht mehr erleben konnte. Wenngleich es vermessen und philologisch absurd wäre, im Neorealismus die Gesamtheit jener Züge wiedererkennen zu wollen, die Gramsci unter seiner ›cultura nazionale-popolare‹ verstanden hat, so ist der von ihm geforderte Grundzug, die aufrichtige Hinwendung der Intellektuellen zum Volk, doch deutlich wahrzunehmen.

9. Kapitel
Organisation der Hegemonie
Elemente einer neuen Kulturtheorie

»Die Philosophie der Praxis durchschreitet noch ihre populistische Phase: eine Gruppe unabhängiger Intellektueller zu schaffen ist keine einfache Angelegenheit, sie setzt einen langen Prozeß voraus, mit Aktionen und Gegenaktionen, mit der Bildung von Anhängerschaft und Auflösungserscheinungen und neuen, sehr zahlreichen und komplexen Formationen: es ist die Konzeption einer subalternen gesellschaftlichen Gruppe, die die historische Initiative nicht besitzt, die sich ständig ausweitet, aber auf unorganische Weise und ohne einen gewissen qualitativen Grad überschreiten zu können, was immer jenseits des Besitzes des Staates liegt, der realen Machtausübung über die reale Gesellschaft, die allein ein gewisses organisches Gleichgewicht in der Entwicklung der intellektuellen Gruppen erlaubt.«
Gramsci 1933/1934[1]

»Hauptsächlich in den nichtrevolutionären Situationen kann eine revolutionäre Intelligenz die Revolution in Permanenz halten.«
Brecht um 1930[2]

Gramscis Intellektuellenproblematik ist der Teil seines Denkens, der die Studierenden und Forschenden bisher am meisten angezogen hat, wohl weil sie auf den ersten Blick eine Steigerung der intellektuellen Funktionen in der Gesellschaft zu postulieren scheint. Bei der Beschreibung der Widersprüchlichkeit des Assimilierungsprozesses der Intellektuellen an die subalternen Klassen haben Gramsci und Brecht sehr ähnliche Texte produziert, die für die Intellektuellen jedoch so wenig schmeichelhaft sind, daß sie bislang selten oder gar nicht zitiert, bzw. in die Analyse einbezogen wurden. Für Gramsci und Brecht war die Intellektuellenfrage ein Bestandteil der Bündnispolitik der Arbeiterklasse. Brechts »Tuis« heißen bei Gramsci »traditionelle Intellektuelle«. Sie fühlen sich seit der Antike einer ununterbrochenen »libresken« (sich von Buch zu Buch regenerierenden) Tradition mehr verbunden als den Kämpfen ihrer eigenen Zeit, welche sie – ohne sich die Hände zu beschmutzen – von jenem Olymp aus geistvoll kommentieren, den Brecht wiederum höhnisch die »Verteidigung der Kultur« genannt hat. Hätte Gramsci den brechtschen Ausdruck der »Tuis« gekannt, hätte er Croce zweifellos als den »Obertui« der italienischen Kultur bezeichnet...

Der neue, durch entschiedenes Engagement mit dem historischen Fortschritt verbundene Intellektuelle, jener, der Denken entwickelt, das Brecht als »eingreifend« bezeichnet, wird von Gramsci »organischer Intellektueller« der neuen, aufstrebenden Klasse genannt. Brecht definiert sich selbst als »organischer Intellektueller«:

Ich bin aufgewachsen als Sohn
wohlhabender Leute...
...
Und ich verließ meine Klasse und gesellte mich
zu den geringen Leuten.[3]

Gramscis Kategorie der »organischen Intellektuellen« hat nicht nur politischen, sondern auch methodischen Charakter. Prinzipiell entwickeln alle historisch zur Hegemonie drängenden Klassen »organische Intellektuelle«, deren »Organizität« nicht unbedingt auf der Geburt in jener Klasse gründet, wohl aber im energischen Engagement für ihre geschichtliche Promotion.

Gramsci und Brecht haben mit ähnlichen Schlußfolgerungen den Fakt reflektiert, daß sich ein Großteil der Intellektuellen ihrer Zeit gerade im Zwischenfeld beider gesellschaftlicher Pole bewegten, daß sie weder ganz »traditionell«, noch ganz »organisch« sind: »Die Intellektuellen entwickeln sich langsam, viel langsamer als jede andere gesellschaftliche Gruppe... Zu denken daß er (der Intellektuelle-S.K.) als Masse mit aller Vergangenheit brechen könne um sich ganz auf das Terrain einer neuen Ideologie zu stellen, ist absurd. Es ist absurd, für die Intellektuellen als Masse und vielleicht auch absurd für viele Intellektuelle als Einzelpersonen, trotz all der aufrichtigen Anstrengungen, die sie machen und machen wollen... Es ist sicher wichtig und nützlich für das Proletariat, daß sich einer oder mehrere Intellektuelle individuell an sein Programm anschließen... Das Proletariat als Klasse ist arm an organisatorischen Elementen... Aber es ist auch wichtig und nützlich, daß sich in der Masse der Intellektuellen ein Bruch von historisch bestimmtem organischen Charakter herausbildet, daß sich als Massenerscheinung eine Linkstendenz herausformt, in der modernen Bedeutung des Wortes, d.h. daß sie sich auf das revolutionäre Proletariat hin orientiert.«[4]

Gerade die Entwicklung der italienischen Intellektuellen während und nach der Resistenza bestätigt deutlich die hier von Gramsci angesprochene schillernde Tendenz zur Fluktuation der Intellektuellen zwischen Traditionalismus und Bündnisbereitschaft. Auch Brecht beobachtet mit scharfem Blick jene zwischen den Klassen lavierende Existenz der modernen Intellektuellen, die auch bei zunehmender Proletarisierung ihres Lebens durchaus nicht automatisch proletarische Interessen vertreten: »...die meisten lassen sich lieber von ihrem Gewissen beißen als von den Haifischen der Gesellschaft... für gewöhnlich kämpfen sie für Kompromisse und bleiben in den Klassengrenzen. Es ist nicht ohne Interesse, das Drama Ibsens mit dem Tschechows zu vergleichen. Ibsen sah Lösungen innerhalb des herrschenden Systems, Tschechow sah keine. Die skandinavische Bourgeoisie hatte noch einige Jahrzehnte länger zu leben als die russische. Ihr Professor wird an der Stange gehalten nicht nur durch Drohungen, sondern auch durch einen Beuteanteil.«[5] Und schon 1929 hatte Brecht – in Gramscis Sinne – geschrieben: »Das Erfassen der ganzen intellektuellen Schichten ist weder möglich noch notwendig. Notwendig ist ihre Sprengung.«[6]

Von den Intellektuellen erwartete Brecht die Haltung von »Produzenten«, an die die Forderung zu erheben sei, »den Produktionsapparat nicht zu beliefern ohne ihn zugleich, nach Maßgabe des Möglichen, im Sinne des Sozialismus zu verändern.«[7]

Diese Texte Brechts und Gramscis konnten in der Nachkriegsrealität der westlichen Länder kaum noch als Bestandteil einer Hegemoniekonzeption der Arbeiterklasse erkannt werden, weil diese während der fordistisch-keynesianischen Prosperitätsphase des Kapitalismus in eine Periode abnehmender Führungsfähigkeit eingetreten war.

Wie es Gramsci vorausgesehen hatte, setzte sich – freilich nur in den westlichen Metropolen – ein neues Akkumulationsmodell des Kapitals durch, welches über das System der höheren Löhne die Arbeiter zu Konsumenten ihrer eigenen Produkte machte, ohne ihnen indes den ganzen Mehrwert zukommen zu lassen. Die Reproduktion der Arbeitskraft wurde nun vollständig dem Kapitalverhältnis untergeordnet.[8]

Mit der Durchsetzung des Fordismus auf breiter Front schienen nicht nur die früheren Klassenkampfkonfrontationen an Bedeutung einzubüßen. Der Organisierbarkeit der Arbeiterklasse stellte sich aber auch die mit dem Fordismus zunehmende Individualisierung des Arbeiters in Produktion und Freizeit immer mehr entgegen. Parallel zum Fordismus erfolgte – unter dem Einfluß des Keynesianismus – die Förderung eines breiten staatlichen und privaten Dienstleistungssektors, der ebenfalls zur Belebung des Kapitalumlaufs beitrug. Typisch und keinesfalls zufällig für diese Prosperitätsphase des Kapitalismus war es, daß sie unter starker Mitverantwortung der Sozialdemokratie ablief.

Während die Arbeiterklasse ›befriedet‹ zu sein schien, entging der Intelligenz der weiterhin entfremdete Charakter der kapitalistischen Gesellschaft nicht. Die Rezeption von Gramscis Intellektuellenproblematik ist stark geprägt gewesen von den Selbstdefinitionen der intellektuellen Schichten in dieser scheinbar ›stabilen‹ gesellschaftlichen Situation. Wie Agnes Heller schreibt, entstand die Bewegung der 68er »im Selbstverständnis eines relativen Überflusses, in dem die Wirtschaft keine Grenzen des Wachstums kenne, in dem das Wachstum selbst kein Problem darstelle. Es herrschte die Auffassung, nur die Veränderung der Lebensformen sei das derzeitige Problem.«[9]

So war es kein Zufall, das bei der in den sechziger Jahren einsetzenden internationalen Gramscirezeption das Konzept der ›Zivilgesellschaft‹ isoliert von seinen politökonomischen Verknüpfungen gesehen wurde und somit in einer Hypertrophierung der intellektuellen Funktion mündete.[10] Es schien zu genügen, daß sich eine größere Anzahl Intellektueller von ›traditionellen‹ in ›organische‹ Intellektuelle verwandelten, um eine erneuerte revolutionäre Bewegung zu begründen. Dieser neue ›organische‹ Intellektuelle kam meist aus der Universität, hatte die Kritische Theorie und womöglich auch noch Lukács studiert. Er fühlte sich verpflichtet, die Subalternen auf dem Niveau der Hochkultur zu vertreten, wenn schon das ›Führen‹ praktisch meist unmöglich war. In dieser Optik blieb gerade die Kritik, die Gramsci am Intellektuellentum geübt hatte, ausgeblendet. Die Hypertrophierung der eigenen Funktion durch die Intellektuellen hing freilich auch mit dem allgemeinen Zurückbleiben der Gesellschaftsanalyse hinter den Tatsachen zusammen, wie z.B. das fast völlige Fehlen von Untersuchungen über die Konsequenzen der fordistisch-keynesianischen Transformationen.

Betrachtet man freilich die internationale Ebene, sind die Auseinandersetzungen des Jahres 1968 jedoch keineswegs auf intellektueller Revolte beschränkt gewesen. Besonders in Frankreich und Italien kam es auch zu bedeutenden Arbeiterkämpfen. Dennoch war das Bild dieser Epoche erstmals ganz augenfällig von der Präsenz der an der Peripherie der fordistischen Gesellschaft geborenen und bereits deren erste Korrosionserscheinungen signalisierenden neuen sozialen Bewegungen geprägt.[11]

Da durch die sowjetische Besetzung der Tschechoslowakei auch der Einfluß der sozialistischen Länder auf die Linkskräfte des Westens auf seinen Tiefstand kam, begann u.a. die Diskussion um die Formel der ›Diktatur des Proletariats‹, die in ihrer traditionellen Starrheit aufgegeben werden mußte. Daß die Arbeiterklasse nicht die linear anwachsende revolutionäre Avantgarderolle spielte, die ihr die Klassiker zugeschrieben hatten, war eine ins Auge springende Tatsache. Dazu kam der mehr und mehr beachtete Fakt ihrer anhaltenden Komplizenschaft in den kolonialen und neokolonialen Projekten der nationalen Bourgeoisien (Frankreich, Belgien, England usw.), bzw. der multinationalen Gesellschaften – was, wie wir gesehen haben, ein altes, wenn auch in den verschiedenen europäischen Gesellschaften verschieden stark wirkendes klassisches Erbe der Arbeiterbewegung darstellt. Mit Unruhe wurde bemerkt, daß die traditionell als proletarisch geltenden Schichten – die Handarbeiter der Großbetriebe – prozentual auf die Bevölkerung gerechnet auch nicht mehr linear anwuchsen, was mit den langsam auch ins Bewußtsein rückenden technischen Rationalisierungsprozessen zusammenhing.

Wenn Marx unter dem Proletariat die Schichten verstand, die in Großbetrieben Handarbeit leisteten und ihnen die Führungsrolle in der kommenden Revolution zusprach, so geschah dies unter dem Gesichtspunkt der Qualifikation, die sich diese Schichten etwa im Unterschied zum ausbildungslosen Lumpenproletariat aneignen konnten und die sie potentiell befähigte, die Leitung der Produktion zu übernehmen. Dieses Kriterium ist mit der qualitativ angewachsenen, verallgemeinerten Volksbildung und den vielen aktiven und passiven Weiterbildungsmöglichkeiten, die der heutigen Gesamtgesellschaft gegeben sind, nicht mehr im selben Maße relevant. Meiner Meinung nach war auch bei Marx das Hauptkriterium des revolutionären Subjekts nicht in seiner spezifischen Rolle im Betrieb (als Massenelement) verankert, sondern darin, daß es keine Verfügungsgewalt über die Produktionsmittel besaß. Eine dieses Kriterium anvisierende Gesellschaftsanalyse könnte weitaus größere und größer werdende Schichten als potentiell revolutionäre Subjekte ansehen, d.h. versuchen, sie in den Kampf um die soziale Kontrolle der Produktionsmittel einzubeziehen (vor allem ist hier an die Angestellten zu denken, deren Lage schon lange faktisch derjenigen der Arbeiter angeglichen ist[12]).

Erst in den letzten Jahren, mit dem Ausklingen der fordistischen Ära, das die Ausgrenzung immer größerer Menschenmassen aus dem Produktionsprozeß mit sich bringt, wird es wieder klarer, daß sich ein neues Demokratiemodell um nichts anderes als um die Arbeit als individuelle Legitimation der Teilnahme am Konsum und den gesellschaftlich wichtigen Entscheidungen zentrieren kann. Das, was als gesellschaftlich nützliche Arbeit zu gelten hat, wird freilich ständig neu zu definieren sein. Eine Partei oder Bewegung beginge einen Irrtum, wenn sie gerade hier an alte, am quantitativen Wachstum gemessenen Modell der Arbeitsproduktivität für materielle Güter festhielte. Als gesellschaftlich nützliche Arbeit müssen auch mehr und mehr auf das Qualitative gerichtete Tätigkeiten anerkannt werden wie Umweltschutz, Dienstleistungen und Sozialarbeit.

Da in der jetzigen ›postfordistischen‹ Ära durch die teils erzwungene, teils erkämpfte Arbeitszeitverkürzung die ›Freizeit‹ enorm zugenommen hat, kommen Gramscis Kulturtheorien, kommt dem Kampf um die Zivilgesellschaft unverminderte, wenn nicht gar noch gestiegene Bedeutung zu. Um jedoch nicht im – gerade auch in der Gramscirezeption durchschlagenden – Idealismus der sechziger und siebziger Jahre steckenzubleiben, muß das Ringen um die Zivilgesellschaft freilich mit dem oben skizzierten sozioökonomischen Programm verbunden werden.

Auch das Alltagsleben interessierte die 68er Bewegung eigentlich nur aus dem intellektuellen Blickwinkel der auf der Basis des gesellschaftlichen Reichtums möglich werdenden rationalistisch geprägten Umgestaltung des eigenen Lebens. Sie war gewöhnlich weit entfernt von Gramscis Erkenntnis, daß der, der gesellschaftlichen Einfluß gewinnen will, sich auf das Terrain des Alltagsverstandes begeben muß. Charakteristisch für die Interessenlage hinsichtlich des Alltagsverstandes ist Umberto Ecos Beschreibung des Gegensatzes zwischen »Apokalyptikern«, die auf die moderne Massenkultur vom Standpunkt der Hochkultur mit hysterischem Naserümpfen reagierten, und den »Integrierten«, die sie als moderne Kultur kritiklos als gegeben hinnahmen.[13]

Die Zentralität des Alltagsverstandes bei Gramsci ist merkwürdigerweise noch nicht einmal vom PCI selbst herausgestellt worden, obwohl er – das deutet sich bereits mit Togliattis Lektion über das ›Dopolavoro‹ an – die Bedeutung der Freizeitkultur verstanden hatte und diese auch mit geschickten Initiativen zu beeinflussen verstand. Was Gramsci betraf, so betonte man jedoch auch von italienischer Seite immer viel lieber seine Beziehungen zur Hochkultur, die als Wechselspiel von Inspiration und Kritik dargestellt wurde. Luciano Gruppi schreibt 1972: »...in Gramscis Vision hat eine Konzeption einer antagonistischen oder alternativen Kultur keinen Platz, weil... sich die neue Kultur über eine Konfrontation und eine kritische Begegnung mit der traditionellen Kultur herausformt... Gramsci besteht darauf, daß man mit der hegemonialen Kultur seiner Zeit abrechnen muß, in Italien besonders mit jener Kultur, die sich um das Denken Benedetto Croces schart...«[14]

Und Giuliano Manacorda behauptete noch 1975: »Und was den Alltagsverstand anbelangt, der so oft als Bodensatz einer sogenannten Volksweisheit bezeichnet wird, ist Gramsci weit davon entfernt, ihm Kredit zu geben, er definiert ihn als ›Folklore der Philosophie‹.«[15]

Die ersten Italiener, die den Alltagsverstand in Gramscis Aufzeichnungen überhaupt als würdiges Studienobjekt ansahen – wenn auch unter negativem Vorzeichen – waren junge Vertreter der Nuova Sinistra. Während Alberto Asor Rosa Gramsci einen romantisch volkstümelnden Patriarchalismus im Stile des 19. Jahrhunderts vorwarf[16], meinte Alberto M. Cirese, – wie Manacorda – daß Gramsci den Alltagsverstand vor allem kritisiert hat und praktisch als nicht entwicklungsfähig angesehen habe. Sein Vorbild seien die Ausdrucksformen der gegnerischen Klassen gewesen – also der Hochkultur.[17] Vollkommen unbeachtet blieben Gramscis Hinweise auf den Fakt, daß sich die verschiedenen sozialen Klassen neue Anschauungsweisen auf jeweils sehr verschiedene Art aneignen, daß eine gerade Entwicklungslinie auch von den fortschrittlichen Traditionen der Hochkultur auf die Alltagskultur der großen Mehrheiten nicht möglich ist: Die Volksmassen sind »im Ändern von Konzeptionen schwerfälliger..., auf alle Fälle ändern sie sie nie, indem sie sie in sozusagen ›reiner‹ Form akzeptieren, sondern immer nur in einer mehr oder weniger sonderbaren und bizarren Kombination. Die rationale, logisch kohärente Form, die Vollständigkeit des Denkens, die kein positives oder negatives Argument von einigem Gewicht außer Acht läßt, hat ihre Bedeutung, ist aber bei weitem nicht entscheidend; sie kann in untergeordneter Weise entscheidend sein, wenn die gegebene Person bereits in einer intellektuellen Krise steckt, zwischen dem Neuen und dem Alten treibt, wenn sie den Glauben an das Alte verloren und sich noch nicht für das Neue entschieden hat usw.« Und weil »die Verbreitung der neuen Konzeptionen aus politischen, d.h. in letzter Instanz gesellschaftlichen Gründen erfolgt, ist das formale Element, die logische Kohärenz, das autoritäre und organisatorische Element in diesem Prozess« bedeutend, sobald »sich sowohl in den einzelnen Individuen als auch in zahlreichen Gruppen eine allgemeine Orientierung vollzogen hat. Daraus ist zu schlußfolgern, daß in den Massen als solchen die Philosophie nur als ein Glaube gelebt werden kann.«[18] In dem letzten Satz reflektiert sich freilich wieder die historisch erreichte Stufe des italienischen Alltagsverstandes, der Gramsci zeitgenössisch war.

Wenn wir die methodische Bedeutung dieses Textes unterstreichen, so muß doch zugleich betont werden, daß der heutige Alltagsverstand in allen europäischen Ländern über ein Stadium, »in dem Philosophie nur als Glaube gelebt werden kann«, hinausgekommen ist, allein schon wegen der mit zunehmender Schulausbildung und Berufsausbildung in allen Schichten zunehmenden Stränge rationalen Denkens, aber auch wegen der ungeheuren Zunahme von Information. Diese Vermehrung von Rationalität auch im Alltagsverstand darf ihrerseits auch nicht gradlinig, bereits als Umschlag in eine neue Qualität verstanden werden – wachsen doch gleichzeitig auch Irrationalität und Mystik weiter an – und auch nicht ausschließlich als positiv, vor allem in gesellschaftlichen Bereichen, wo die Rationalisierung der Existenz zu extremer Individualisierung in Form von massenhafter Vereinsamung geführt hat. Gerade auch, weil sich jeder Fortschritt im Alltagsverstand auf widersprüchliche Art entwickelt, gilt noch immer Gramscis Beobachtung, daß insbesondere in Krisenzeiten »die verschiedenen Schichten der Bevölkerung nicht die gleiche Kapazität besitzen, sich im gleichen Rhythmus schnell zu orientieren und neu zu organisieren. Die traditionelle Führungsklasse, die ein zahlreiches, ausgebildetes Personal besitzt, wechselt Männer und Programme und gewinnt so die Kontrolle zurück, die ihr rascher entglitt, als dies bei den subalternen Klassen der Fall ist; sie bringt vielleicht einige Opfer, liefert sich mit demagogischen Versprechungen einer ungewissen Zukunft aus, aber behält die Macht, verstärkt sie für den Augenblick und bedient sich ihrer, um den Gegner zu vernichten und sein nicht sehr zahlreiches und gut ausgebildetes Führungspersonal zu zersplittern.«[19]

Wenn der Alltagsverstand im letzten Jahrzehnt endlich doch mehr und mehr in die theoretische und praktische Perspektive der Linken eindrang, hängt das wohl mit der objektiven Proletarisierung immer breiterer Schichten von Intellektuellen zusammen, jener Schichten nämlich, die im Widerspruch zwischen der Demokratisierung der Bildungsstrukturen und der immer geringeren Assimilationsfähigkeit der Wirtschaft hinsichtlich der Quantität und Qualität des Arbeitskräftepotentials ausgegrenzt wurden. Die Zuwendung der Linken zum Alltagsverstand ist freilich wohl auch zu einem Teil als Reaktion auf den Rechtspopulismus anzusehen, ein für die Bundesrepublik relativ neues Phänomen. In den Jahren der Prosperität war die Rechte bewußt vor allem als Hüter traditioneller und moderner Werte der Hochkultur aufgetreten. Diese Haltung konnte solange konsequent durchgespielt werden, wie kontinuierliches Wachstum des Lebensstandards und zunehmende Demokratisierung des Bildungswesens einen linearen Aufstieg aller in die höchsten Sphären der Kultur zu versprechen schien. Es würde sich sicher nachweisen lassen, daß bis in die siebziger Jahre hinein die affirmativen Ideologien der westdeutschen Arbeiterschaft sich quasi in den Einkaufstaschen heranbildeten.

Zwar führt der gesellschaftliche Reichtum noch lange nicht zur wirklichen Assimilation der Unterschichten an die Hochkultur – andererseits ist es jedoch auch unmöglich, alle kulturellen Phänomene noch mit dem Begriff der ›Klassenkultur‹ zu erfassen, denn der elitäre Charakter einer Vielzahl kultureller Güter ging »immer wieder durch die veränderten Aneignungsmöglichkeiten aufgrund des gewachsenen ökonomischen Reichtums verloren.«[20] Im Freizeitbereich fielen Klassenkonventionen, wenn auch weiterhin »Zeit, Geld, physische wie auch psychische Erschöpfung... über die Möglichkeiten kultureller Aneignung in entscheidendem Maße« bestimmen.[21]

Erst in der Krise, mit zunehmender Arbeitslosigkeit und zunehmendem Sozialabbau wurden ideologische Konstruktionen notwendig, um die verfallende ökonomische Kohäsion durch ideologische Integration zu ersetzen. Die zur Anwendung kommenden populistischen Techniken hatten leichtes Spiel, da die westdeutsche Linke ihrerseits keinerlei populärdemokratische Ideologien hervorgebracht hatte. Peter Glotz charakterisiert rückblickend das Funktionieren des sozialdemokratischen Sozialmodells als kalt-bürokratischen Apparat, d.h. als ideologiefrei laufende Verwaltungsmaschinerie.[22] Und wenn die Sozialdemokratie Kultur brauchte, dann war es ebenfalls Hochkultur. Dieter Dehm schrieb: »SPD-Wählerinitiativen der Vergangenheit mobilisierten, wenn es um Kunst ging, Günter Grass, Siegfried Lenz, Theaterleute und ggfs. noch Kabarettisten. Literaturseiten linker bis konservativer Zeitschriften beschäftigten sich mit Werken in der Regel unterhalb der Auflage von 30.000, eine literaturkritische Auseinandersetzung mit Texten der neueren Pop- und Rockmusik hat es bislang nicht gegeben. Dafür war *Bravo* zuständig... die Feuilletonisten hingegen arbeiteten sich an wenig Gelesenem, meistens auch selbst ungelesen, noch komplizierter, ab.«[23]

Peter Glotz zieht eine Negativbilanz für seine Partei auch hinsichtlich der Hochkultur und gelangt zu einer radikalen Kritik ihrer Vernachlässigung der Alltagskultur: »...wann hat sie... um die ›Neutralen‹, um C.F. von Weizsäcker, um Gräfin Dönhoff, um Christian von Krockhof oder Alfred Grosser geworben? Wann hat sie versucht, aus den Feuilletons der überregionalen in die Unterhaltungsseiten der regionalen Zeitungsseiten vorzudringen? Wann hat sie sich um die Leitbilder der Fernsehunterhaltung und wann um die Publizistik der Ingenieure gekümmert? Wann um die Zirkulare des Handwerks oder der Reservistenverbände? Ich fürchte, die deutsche Linke köchelt im eigenen Saft. Ich fürchte, sie ist teils anpasserisch, teils esoterisch. Ich fürchte, sie traut sich an wichtige Truppenteile des Gegners gar nicht heran.«[24]

So war es für die Rechte relativ leicht, das für beträchtliche Menschengruppen zunehmende ökonomische Vakuum mit ideologischem Material aufzufüllen. Sie setzte nicht zufällig an dem gesellschaftlichen Entwicklungsstrang an, der sich im Windschatten der Prosperität herausgebildet hatte, in der Krise aber objektiv gefährdet war: die auf ökonomischer Autonomie der Individuen basierende Herausformung neuer zwischenmenschlicher Beziehungen. Deren ›Risiken‹ mußten in der Tat mit der Krise anwachsen und für die wirtschaftlich ins Abseits Geratenden, insbesondere auch für Frauen, geradezu untragbar werden.[25] Da die ökonomische Absicherung der Individuen vom Staat nicht mehr grundsätzlich garantiert werden soll, war es kein Zufall, daß der Kern des rechtspopulistischen Programms die ›Familie‹ darstellt, angereichert mit Begriffen wie Mütterlichkeit, Treue, Liebe[26], bis hin zur Reaktivierung des Heimatgefühls. »Das ökonomische Programm, daß Leistung sich wieder lohnen müsse, mit dem die Neokonservativen die Krise zu meistern hoffen, wird deshalb ergänzt durch Aussicht auf Wärme, Nähe und sinnstiftende Gemeinschaft, die sich aus einem Abbau von staatlicher, bzw. bürokratischer ›Bevormundung‹ und einer Förderung der Selbsthilfe und der Familie ergeben sollen. Die magische Beschwörung von Heimat, Gemeinschaft des Volkes und der Nation ist Element populistischer Ideologie von rechts.«[27] Wenn neben der ›Familie‹ auch noch ein Rekurs auf Begriffe wie Volk und Nation zu beobachten ist, so verbergen sich hier bestimmte Strategien hinsichtlich der Ausländerfrage, aber auch eine »Gesamtalternative zum Klassenkampf«.[28]

Die beinahe unangefochtene Besetzung dieser Begriffe durch die Rechte war vor allem wohl deshalb möglich, weil sie für lange Zeit in dieser Akzentuierung im offiziellen Diskurs weitgehend verschwunden waren, ohne freilich aus dem Alltagsverstand selbst verschwunden gewesen zu sein, was ein Blick auf die triviale Heftchenliteratur der letzten Jahrzehnte zeigen würde.

Obgleich es nicht richtig ist, die auf der Autonomie der Individuen basierenden neuen Lebensformen als frei von Treue, Mütterlichkeit und Liebe zu bezeichnen – sie stellen ja durchaus auch Formen dar, die Familienstrukturen ähnlich sind – so war es denen, die sie ausprobierten, doch keineswegs bereits gelungen, diese neue Wertkonstellation als solche in der Öffentlichkeit bewußt zu machen. Die Linke hat der konservativen ›Politik mit Herz‹ bisher nichts entgegenzusetzen. Ihre in besseren Zeiten möglich gewordenen Lebensexperimente hat sie nur in Ghettosituationen ausprobiert: »Weil die Gefühle und Bedürfnisse der Bevölkerung zum Teil in überlebte, traditionelle Werte eingebunden sind, die mit den eigenen entwickelten Lebensvorstellungen nicht mehr übereinstimmten, uns persönlich behinderten, wurden sie lange Zeit als ›bürgerliche Überbleibsel‹ verdammt, die es am eigenen Leibe zu überwinden galt... Die Konsequenz war jedoch, daß die Welt der Gefühle – eingebunden in traditionelle Werte – der gesellschaftlichen und politischen Gegenbewegung überlassen wurde, ohne daß neue, emanzipatorische Zielsetzungen des persönlichen oder gesellschaftlichen Lebens an ihre Stelle getreten wären... Die Linke ist heute mit zwei Tendenzen konfrontiert: Sowohl mit konservativen Strömungen, die auch auf der Ebene der Gefühle und Bedürfnisse alte, gegen die Emanzipation gerichtete Lebensvorstellungen konservieren wollen, und mit dem frustrierten modernen Menschen, für den sich der Umbruch in den gesellschaftlichen Normen und Werten, in den persönlichen Lebensvorstellungen, als konfliktbeladen erweist, als Gefühlskälte und Entfremdung entpuppt und der sich deshalb zurücksehnt nach früheren Verhältnissen, wo die Menschen scheinbar gefühlsreicher und glücklicher lebten.«[29]

So mußte die westdeutsche Linke einschließlich der Sozialdemokratie, die das Regierungsmandat wiedererlangen will, erkennen, daß sie »den Lohnarbeiter nicht länger als einen abstrakten *homo industriesociologicus* betrachten« darf, sondern als ganzen Menschen, als Ensemble gesellschaftlicher Verhältnisse, womit allein »der komplexen Verschränkung« Rechnung getragen wird, die sich »aus den kapitalistisch begründeten Widersprüchlichkeiten von Arbeits- und Nichtarbeitsverhältnissen für das Bewußtsein und für den Wertewandel ergeben.«[30]

Wenn die Linke somit wieder einmal herausgefordert ist, ein neues, komplexeres Politikverständnis zu entwickeln, so dreht es sich im Grunde nur um ein nochmals notwendig werdendes Überwinden von ökonomistischen Positionen, ein Vorgang, bei dem der ›Dialektiker‹ Gramsci neue Aktualität gewinnt. (Peter Glotz möchte sein Werk als »Steinbruch«[91] benutzen.) In den konkreten deutschen Zusammenhängen ist jedoch auch eine Renaissance des »Dialektikers« Bloch zu konstatieren, der bereits beobachtet hatte: »Die Rechten sprechen betrügend, aber zu den Menschen; die Linken sprechen wahr, aber zu den Sachen.« Und: »›Seele‹, ›Unbewußtes‹, ›Nation‹, ›Ganzheit‹, ›Reich‹ und ähnliche Anti-Mechanismen wären nicht so hundertprozentig reaktionär verwertbar, wollte die Revolution hier nicht bloß, mit Recht, entlarven, sondern, mit ebensoviel Recht, konkret überbieten, und sich des alten Besitzes gerade dieser Kategorien erinnern. Des alten Besitzes: was nicht bedeutet, daß es unverändert seit der Zeit des jungen Marx der heutige sein kann. Doch die Pflicht zur Prüfung und Besetzung möglicher Gehalte besteht auch hier...«[32]

Wenngleich gerade der Freizeitsektor heute eine für Gramsci selbst wohl noch unvorstellbare Bedeutung für die Persönlichkeitsentwicklung der Einzelnen, aber auch für Klassen und Schichten insgesamt angenommen hat, sind die heutigen Entwicklungen doch recht gut mit seiner Konzeption der Zivilgesellschaft faßbar, aus der wiederum insbesondere seine Theoriebildungen zum Alltagsverstand hervorzuheben sind.

Von ganz spezifischer Bedeutung scheint mir auch Gramscis Hinweis auf den notwendig nahtlosen »Übergang vom Wissen zum Verstehen, zum Fühlen und umgekehrt, vom Fühlen zum Verstehen, zum Wissen« zu sein.[33] Denn noch immer erweist sich der linke Diskurs als zu rationalistisch und geradezu impotent gegenüber jenen Ausdrucksformen der Überbaukrise, die sich gegenwärtig auch als »Wiederverzauberung der Welt durch Magie und Mystik, Mythologie und Märchen, Meditation und Imagination, Traum und Phantasie, östliche und westliche Religionen, Schamanismus, indianische Kulturen und Rituale, Parapsychologie und Okkultismus« äußert. »Die Sehnsucht nach dem Mythos und nach seiner Qualität als wirklichkeitsstiftender ganzheitlicher Struktur wächst in dem Maße, wie sich Sinnlichkeit und abstraktes Denken weiter gegeneinander verselbständigen. Der Mythos soll als ›Lückenbüßer‹ für die wachsende Leere, die die Krise von Vernunft und Ratio (Sinn-und Wertkrise) im Bewußtsein hinterläßt, einspringen.«[34]

Peter Glotz ist in dieser wichtigen Frage unentschieden. Einerseits verlangt er »eine Sprache, die nicht nur zu den Sachen stimmt, sondern die auch Phantasie und Leuchtkraft hat, die Hoffnungen und Wünsche bindet – und dennoch nicht lügt, dennoch keine Mythen fabriziert.«[35] Und er empfindet es als gefährlich, wenn in der Friedensbewegung auch Ausdrucksformen »vom weiblichen Hexengeflüster bis zu den unablässig eintönig wie ein Herzschlag wiederholten Gebetsformeln und Trommelschlägen buddhistischer Mönche« auftauchen. »Der Ersatz von Politik durch ›echte‹ Gefühle, lila Halstücher und Menschenketten ist für unsere Politik zwar weniger bedrohlich als die Mythen der regierenden Konservativen, aber ungefährlich ist es nicht, denn in ihrer Struktur als *Anti-Politik* sind beide einander gleich.« Glotz kann sich die *»Rekonstruktion des Fortschrittsbegriffs«* letztlich doch nur ganz rationalistisch vermittelt denken.[36]

Das hieße freilich Gefahr laufen, daß der Fortschrittsgedanke im Alltagsdenken noch einmal für eine historische Epoche vertagt wird, denn das Ausufern von irrationalen Geisteshaltungen in der Krise zeigt gerade deutlich die Grenzen der bislang erreichten Stufe des Rationalismus im Alltagsverstand. Daniel Bell hat richtig beobachtet, »daß auf der einen Seite das ökonomische System immer mehr Rationalität erfordere und daß auf der anderen Seite im Bereich der Kultur in hedonistischer Weise immer mehr Emotionalität erwartet werde. Dadurch ist nach Auffassung von Bell der gesellschaftliche Zusammenhang gefährdet.«[37]

Auf den in der Tat gefährdeten gesellschaftlichen Zusammenhalt, bei dem das von Bell beschriebene Phänomen jedoch eher eine Folge als eine Ursache darstellt, werden wir später noch eingehen. Wichtig ist zunächst auch die Feststellung, daß nicht nur der Irrationalismus zunimmt, sondern auch der Rationalismus – letzterer freilich offensichtlich für die meisten Menschen noch zu sehr an die negativen Erfahrungen erzwungener Arbeitsdisziplin gebunden, als daß er zu einer Haltung ausgebaut werden könnte, die alle Lebensbereiche mitgestaltet.

Ein weiterer Grund für eine gewisse Zunahme irrationaler Haltungen kann auch als Reaktion auf die wachsende Irrationalität des Umgangs mit den Produktivkräften seitens derer, die über sie verfügen, verstanden werden[38], als Art und Weise der Menschen, mit den Bedrohungen der Hochrüstung und der Umweltgefahren fertig zu werden.

Wenn im Freizeitverhalten »ein zunehmendes Interesse für Irrationales anwächst, dann wird damit strukturell der alte Gegensatz zwischen Arbeit und Nichtarbeit perpetuiert: auch das Biertrinken, die Begeisterung für passiven Sport oder Mode sind vom Standpunkt der Emanzipation wertlos, teilweise geradezu als gegenläufige Aktivitäten anzusehen, die für die Individuen aber doch Wert haben müssen, allein schon, weil es sich um ›selbstbestimmte‹ Aktivitäten handelt.«[39]

Wenn es also als Tatsache anzusehen ist, daß noch immer ein Großteil der Menschen mit einem rein rationalistischen Diskurs nicht anzusprechen ist, wird den Kräften der Linken, die Hegemonie erringen wollen, nichts anderes übrig bleiben, als das ›Verstehen‹ auch durch ›Fühlen‹ zu ermöglichen.

In diesem Zusammenhang wäre ein Rekonstruktion des Mythosbegriffs von Nutzen. Franz Fühmann hat vorgeschlagen, die leichtfertige Identifizierung von ›Mythos‹ und ›Mystik‹ fallenzulassen und den Mythos als die Kristallisierung realer Menschheitserfahrung zu sehen, die in den häufigsten Ausformungen sogar durchaus materialistisch-realistischen Charakter bewahrt haben – so phantasievoll und irreal ihre Form auch sein mag. Nach Fühmann enthält der Mythos »jahrhunderttausende, vielleicht jahrmillionenalte eingeschliffene Menschenerfahrung im Prozeß des Findens seiner selbst, als Entfaltung seines Existenzwiderspruchs von natürlichem und gesellschaftlichem Wesen«. Er ist ein »Fundus als typisch anerkannter, gleichnishafter Modelle als verallgemeinernde Widerspiegelung objektiver widerspruchsvoller Prozesse des Menschheitsaußens *wie* Menscheninneren.«[40] Der Realismus des Mythos drückt sich für Fühmann u.a. auch darin aus, daß er – im Gegensatz zum Märchen[41] – kein obligatorisches Happy End hat und freier von Wunschdenken ist.[42]

Der Mythosbegriff kann auch für die Linke fruchtbar werden, wenn er in der Bedeutung verstanden und benutzt wird, die er real im alten Griechenland hatte: in den damaligen Mythologien hatte sich die Revolution des Wertewandels zwischen Ur- und Klassengesellschaft verdichtet, wobei die in ihrer Zeit zweifellos ›kämpferischen‹ Werturteile zu den für den Alltagsverstand auch heute noch typischen Konfusionen führten: obgleich die neuen Werte siegten, war sich das kollektive

Bewußtsein der realen historischen Verluste in erstaunlichem Maße im Klaren, denn die Urgesellschaft galt noch immer als das »Goldene Zeitalter« und die Mythen wußten zumeist auch noch, warum. Schon Marx hat auf die Mittlerrolle des Mythos zwischen Realität und Kunst im alten Griechenland aufmerksam gemacht und hervorgehoben, daß die Mythologie »die Naturkräfte in der Einbildung und durch die Einbildung... überwindet und beherrscht«, sie »verschwindet also mit der wirklichen Herrschaft über dieselben«. Marx schlußfolgert, daß die Mittlerrolle des Mythos in der modernen, insbesondere in der kapitalistischen Ära verlorenginge[43] – was jedoch nach unseren heutigen Erfahrungen bestritten werden muß. Mit Marx selbst kann argumentiert werden, daß dort, wo die »wirkliche Herrschaft« über die Naturkräfte noch nicht errungen ist, der Mythos – und freilich auch Mystik – durchaus weiter walten.

Bei den notwendigen Unterscheidungen, welche Erscheinungen als mystisch und welche als mythisch zu gelten haben (wie auch bei der Entscheidung, ob wirklich jede mystische Laus zerdrückt werden muß), wird behutsam vorzugehen sein. Bei den von Peter Glotz attakkierten wiederauflebenden Traditionen von Hexen- und Schamanentum ist die Sache z.B. so einfach nicht. Sowohl die Hexen als auch die Schamanen waren keinesfalls nur Zauberkünstler, sondern verkörperten durchaus auch den geschichtlich jeweils erreichten Stand des volkstümlichen Materialismus in der Medizin und – ich wage es auszusprechen – in der Psychoanalyse. So war die Ausrottung der Hexen, die im Besitz des alten germanischen Wissens um Geburtenregelung waren, eine großangelegte Aktion der soldatenhungrigen Fürsten, mit der ein wesentliches Element rationaler Lebensführung der unteren Klassen vernichtet wurde.[44]

Um die aktuellen, für den Alltagsverstand jedoch schon immer typischen Konfusionen und Verschränkungen von Altem und Neuem besser zu erfassen und funktional zu steuern, sind freilich auch andere Entwicklungen innerhalb der Zivilgesellschaft, speziell im Kulturbereich zu benennen, die noch nicht in Gramscis historischem Horizont lagen und die – obwohl es sich um keine ganz neuen Realitäten handelt – auch noch kaum ins theoretische Bewußtsein gedrungen sind.

Das Grundprinzip demokratischen kulturpolitischen Denkens bestand immer in dem Bestreben, den traditionellen Gegensatz von Kultur und Arbeit, d.h. zwischen der ›Hochkultur‹ der herrschenden Klassen und einer primitiven Kultur für die Beherrschten abzuschaffen. Vom sowjetischen ›Proletkult‹ bis zum ›Bitterfelder Weg‹ in der DDR lassen sich Bemühungen verfolgen, die die kulturelle Aktivität der arbeitenden Klassen nicht nur fördern, sondern sogar privilegieren wollten. Diese Konzeption allein war der für unsere Epoche unabdingbaren Bündnispolitik nicht förderlich, weshalb sich eine zweite Linie fortschrittlicher Ästhetik herausbildete, die besonders von Lukács vertretene Politik der Assimilierung progressiver Teile der Hochkultur samt einer entsprechenden Erberezeption. Während sich beide Linien historisch sogar oft bekämpft haben (z.B. im Bund proletarischer Schriftsteller zu Beginn der dreißiger Jahre), kann Gramscis Ästhetik als Symbol ihrer Versöhnung angesehen werden, ein Verschmelzen von zwei widersprüchlichen, für eine sozialistische Perspektive dennoch beide notwendige Konzeptionen.

So wichtig das Verständnis und die Aufarbeitung dieser mittlerweile historischen Prozesse ist, macht sich doch auch die genauere Analyse einer gewandelten kulturpolitischen Situation notwendig. Zwar besteht der alte Gegensatz von elitärer Hochkultur und Massenkultur weiter und scheint sich mit der ›Postmoderne‹ sogar zu verstärken. Doch nicht nur die Hochkultur flößt aufgrund der zunehmenden konservativen Elemente Unbehagen ein, auch die Massenkultur hat sich verstärkt konservativen Werten geöffnet. Das ist jedoch nicht der einzige Grund, weshalb sie Unbehagen einflößt. Auch sie perpetuiert auf hartnäckige Weise den alten Gegensatz zwischen Arbeit und Kultur weiter: sie steigert sich in immer höhere Sphären eines weltentrückten Hedonismus hinein, der für die Arbeitenden nur teilweise mitvollziehbar ist und insofern oft auch eine unerhörte Provokation für sie darstellt. Warum? Wo liegen heute ihre gesellschaftlichen Funktionen?

Kern der Erneuerung nicht nur der Kulturtheorie, sondern auch der Analyse des gesamten sozialen Dynamismus ist die Neudefinition jenes von Arbeitslosigkeit geprägten gesellschaftlichen Bezirks, der traditionell als ›Lumpenproletariat‹ bezeichnet wurde. Wie bereits weiter oben angedeutet, sind in diesem Bereich große qualitative Veränderungen zu konstatieren, nicht nur durch die zunehmende Schulbildung, sondern auch durch die Tatsache, daß mittlerweile auch bestausgebildete Intellektuelle in diese Sphäre geworfen werden. Diese bislang wenig reflektierten Transformationen haben dazu geführt, daß der Begriff des ›Lumpenproletariats‹ heutzutage nicht mehr zur Anwendung kommt. Wenn Gramsci die Massenkultur noch als eine auch deshalb entfremdete Kultur darstellt, weil sie ›für‹ das Volk hergestellt wurde, so kompliziert sich die Lage jetzt dahingehend, daß die heutige Massenkultur in erheblichem Maße auch aus jenen Teilen der Bevölkerung erwächst, der dem ›Nichtarbeitsbereich‹ angehört und zugleich doch im wesentlichen »Festungsmauer« der alten Gesellschaft geblieben ist.

Hier liegt ein zum ersten Mal um die Jahrhundertwende in den USA zutage tretender Prozeß zugrunde. Die dortige Kulturentwicklung wurde vom Aufsteigen kultureller Elemente der untersten Volksschichten in die Hochkultur gekennzeichnet, ein historisch seltener, aber doch nicht einmaliger Vorgang: er ist in seinen sozio-politischen Funktionen durchaus gleichzusetzen mit dem Aufsaugen des Urchristentums durch den römischen Staat und im Mittelalter mit der Assimilierung der Häresien durch den Katholizismus. Diesen Vorgängen lagen politische Kompromisse der Herrschenden zugrunde, die für sie überlebensnotwendig waren. Mit dem Assimilierungsprozeß von kulturellen Elementen der Unterschichten durch die Herrschenden wandelt sich jedoch der ganze soziale Dynamismus: in der Tat werden durch solche Vorgänge stets neue historische Zeitalter möglich. Für das Aufsteigen von kulturellen Elementen der – wenige Jahrzehnte zuvor aus der Sklaverei entlassenen – Farbigen Nordamerikas in die von protestantisch-puritanischem Sektenwesen geprägte weiße Kultur ist nicht nur die traditionelle Schwäche der amerikanischen Hochkultur verantwortlich, sondern vor allem die Unfähigkeit des ökonomischen Systems, die Schwarzen vollständig zu integrieren. Wenn sie schon nicht alle ihren Platz in der kapitalistischen Wirtschaft finden konnten, war es zweifellos politisch geraten, sie singen und tanzen zu lassen, vor allem, um ihre Organisation in kriminelle oder gar politische Vereinigungen zu verhindern, bzw. einzudämmen. Der Erfolg wiederum, der die von afrikanisch-walursprünglichen Elementen geprägte Kultur der ehemaligen Sklaven in der protestantischen weißen Kultur hatte, läßt sich jedoch nur daraus erklären, daß diese gewisse inhaltliche Reformen dringend nötig hatte – vor allem die Aufgabe des Puritanismus, der dem Fließbandsystem in der Produktion nicht zuträglich war. Die noch bis in die dreißiger Jahre reichenden und sich zeitweilig sogar noch einmal verstärkenden puritanischen Experimente (Prohibitionismus) sind auch als Versuch der herrschenden Klassen anzusehen, die für sie gefährlich scheinende Freisetzung spontaner Elemente der Volkskultur unter Kontrolle zu halten. Es erwies sich jedoch rasch, daß auch die weiße Arbeiterklasse das Fließbandsystem in der Produktion nur unter Aufgabe des Puritanismus, nicht mit seiner Verstärkung, hinzunehmen bereit war. (Berücksichtigt werden muß freilich auch, daß der Puritanismus – insbesondere als Methodismus – natürlich doch auch in die Kultur der Farbigen eindrang – als Voraussetzung der Integration in den ökonomischen Prozeß. Und die aus dem afrikanischen Urwald nach Amerika verpflanzten kulturellen Elemente erwiesen sich auch für die weißen Unterschichten als nützlich. Allein schon die freiere Art zu tanzen schuf wichtige Kompensationen zur Arbeit am Fließband oder im Büro, aber auch für die, *die nicht arbeiteten,* ob freiwillig oder gezwungenermaßen. Erstmals wurde dem Volk auch mehr Ausleben von Sexualität gestattet. Das Versinken einiger Bevölkerungsteile in Alkohol- und Drogenkonsum kommt dem System mit struktureller Dauerarbeitslosigkeit gelegen. Auch die Duldung bzw. Liberalisierung der Droge ist ein kulturpolitischer Akt.

So entstand die moderne amerikanische Massenkultur in dem ständig von Massenarbeitslosigkeit bedrohten und gezeichneten Milieu der Farbigen, dem die Gesamtgesellschaft mit knapper Not die Bürgerrechte und das Überleben gewährleistete. Mit dem Siegeszug des Jazz, der schwarzen Musik und des schwarzen Tanzes gelang es der alleruntersten Gesellschaftsschicht, geschmacks- und kulturbildend zu werden. Daß es sich dabei keineswegs um eine (der traditionellen Rolle des Hofnarren entprechende) Dienerrolle handelte, sondern um eine echte Eroberung im Überbaubereich, zeigt u.a. das Detail, daß Amerika in den fünfziger Jahren stolz war, endlich einen Weißen hervorgebracht zu haben, der wie ein Schwarzer sang – Elvis Presley. Und was mit der schwarzen Musik und dem schwarzen Tanz begann (alles moderne Tanzen beruht auf ihm), wurde zum Charakteristikum der amerikanischen Kultur überhaupt: Sie entwickelte sich in vielen Zügen ›von unten nach oben‹, und nicht wie im alten Europa als komplizierter, mit vielerlei traditionellen Blockaden besetzter, letztlich wenig fruchtbarer Austauschprozeß vor allem von der Hoch- zur Massenkultur.[45] Das Symbol der amerikanischen Entwicklung sind die Blue-Jeans, die das Kleidungsstück von Arbeitenden, Arbeitslosen und Millionären gleichermaßen wurden.[46] Die Entwicklung des politökonomischen Kräfteverhältnisses zwischen den Klassen blieb weiter hinter dem kulturellen Wandel zurück, aber die durch den Kommerz realisierte politische Integrationsfunktion dieser Entwicklung im Sinne des kapitalistischen Systems war so groß, daß sich die amerikanische Kultur sogar ein woanders unbekanntes Maß an Nonkonformismus leisten kann. Wichtig für die relativ rasche Aufnahme von Kulturelementen aus den Unterschichten in die weiße Hochkultur ist freilich auch die in der amerikanischen Gesellschaft nie verlorengegangene protestantische Tradition, die Unterschiede im Lebensstil zwischen ›oben‹ und ›unten‹ zumindest im äußeren Bilde – ganz besonders in der Kleidung – nicht allzu weit aufreißen zu lassen (eine Haltung des ›Haben als hätte man nicht‹).

Hier muß von einer enormen Integrationsfunktion der Zivilgesellschaft gesprochen werden, die in diesem Ausmaß in der alten Welt schon jahrhundertelang nicht mehr zu beobachten war: Hochkultur und Volkskultur hatten in Europa nur wenig Berührungspunkte. Auch die, seit Mitte des 19. Jahrhunderts immer umfangreicher, weil industriell produzierte Massenkultur (Zeitschriften, Heftchenkultur, später

Kino, Radio usw.) war keine Volkskultur, sondern eine Kultur für das Volk. Das alte Europa kannte auch im 20. Jahrhundert zunächst keine so mächtigen kulturellen Integrationsmittel wie die USA: die gesellschaftliche Integration wurde im wesentlichen durch das Ansteigen des Lebensstandards, die zwei Weltkriege und die ihnen vorausgehenden und nachfolgenden Phasen der Vollbeschäftigung erreicht. In diesen Phasen ist ja bekanntlich sogar die Emanzipation der Frauen vorangekommen, ihre wirtschaftlich notwendige Einbeziehung ins Arbeitsleben.

In Westeuropa hat derselbe Prozeß wie in den USA mit einer Verspätung von mehr als einem halben Jahrhundert eingesetzt. Das Bleigewicht der traditionellen Hochkultur (ergänzt durch eine mehr und mehr industrielle Massenkultur) und die Weltkriege als Mittel der Klassenintegration ließen ihn lange Zeit unnötig bleiben. Dennoch muß die enorme Anziehungskraft der amerikanischen Kultur für Europa festgehalten werden: Mit ihren unkonventionellen und demokratischen Elementen stellt sie bereits seit dem 1. Weltkrieg einen wertvollen Exportartikel für die USA dar, der eine nicht unbedeutende Rolle für ihr Vordringen auch in wirtschaftlichen und politischen Bereichen auf dem ganzen Erdball gespielt hat und weiter spielt.[47]

Die eigentliche Amerikanisierung der europäischen Kultur vollzieht sich jedoch nicht als Imitation oder Übernahme bestimmter künstlerischer und kultureller Moden, sondern auf der Basis ähnlicher struktureller Prozesse, die seit etwa 15 Jahren in Gang gekommen sind: dem unaufhörlichen Anwachsen von Bevölkerungsteilen, die nicht mehr dauerhaft ins Arbeitsleben integriert werden.

Die mit den Beatles begonnene und später immer mehr auch durch Elemente der Gastarbeiterkulturen angereicherte Revolution in Form und Inhalt der Musik ist das erste Zeichen dafür gewesen, daß auch in Europa ein Aufsteigen kultureller Elemente von ›unten‹ nach ›oben‹ notwendig geworden ist und stattfindet. Wahrscheinlich ist es auch kein Zufall, daß diese Entwicklung noch einmal von einer stark protestantisch geprägten Gesellschaft ausging, von England nämlich. Die ebenfalls dort geborene Punkmode hat erstmals in Europa Elemente in die allgemeine Bekleidungsindustrie gebracht (einschließlich des Schminkens), die nicht von der Haute couture ausgingen, sondern nonkonformistische Elemente aus ebenfalls unterdrückten exotischen Kulturen eingespeist. Ein Irokesenhäuptling mit Hahnenkamm, der im Londoner Museum of Mankind auf einem monumentalen Gemälde lebensgroß zu sehen ist, hat eine ganze Mode gestiftet, und zwar nicht nur im Bereich der arbeitslosen Flaneurs, sondern bis hinauf in die Hochkultur, die sich mit dem Edelpunk schmückte.

Die Musik und die Mode von ›unten‹ werden nicht nur durch das Modediktat von ›oben‹ bekämpft (Postmoderne), sondern vor allem auch mit dem raschen Aufsaugen durch den Kommerz. Auch der Punk ist aufgesaugt worden. Dadurch wird die Kultur von ›unten‹ schnell eines Teils ihrer nonkonformistischen Potentiale beraubt und insgesamt dem System wieder einverleibt, als »Festungsmauer« der alten Gesellschaft.

Unfreiwillig trägt auch diese Kultur das Stigma des ›Nichtarbeitsbereichs‹, das in der konkreten Sicht des daher stammenden und in den Kommerz aufgestiegenen Künstlers als Befreiung von unangenehmer Arbeit erscheinen kann. Er ist jedoch die Ausnahme, nicht die Regel. Diese ›Volkskultur‹ speist sich vor allem über den Sozialfond der Gesamtgesellschaft. Zum ersten Mal in der Geschichte tritt eine Volkskultur in die Fußstapfen der auf Mäzenatentum basierenden alten Hochkultur, womit auch leicht verständlich wird, wieso sie mit all ihren nonkonformistischen Zügen doch zur Festungsmauer der alten Gesellschaft werden kann. Sie steht den Problemen der Arbeitswelt im Grunde fremd gegenüber. Ein fruchtbarer Austausch kommt nicht zustande, erstens, weil die Arbeitenden auf Grund ihrer Einbindung in die Produktionsdisziplin, die fast ihre ganzen zeitlichen und nervlichen Reserven in Anspruch nimmt, kaum aktiv in den Kulturprozeß eingreifen können (sie nehmen vor allem passiv an ihm teil), und zweitens, weil Arbeitende und Nichtarbeitende von vornherein in ein Konkurrenzverhältnis gedrängt werden. Da die Masse der Arbeitenden aber trotzdem der wichtigste Konsument und damit die eigentliche Zielgruppe dieser Kultur darstellt, läßt sich ein Großteil ihres Inhalts doch als kleinster gemeinsamer Nenner beider Gruppierungen definieren: Es ist in erster Linie eine Spielkultur, wie übrigens alle traditionelle Volkskultur, einschließlich der bäuerlichen Folklore. Sie besteht zum großen Teil aus körperlich reproduktiven Elementen wie Sport, Musik und Tanz. Ihre den Intellekt ansprechenden Seiten bleiben auf der Ebene flacher Unterhaltung stecken: auf rationelle (kommerzielle) Weise werden Modetrends des Denkens befriedigt, es entsteht kein kohärentes, auf Welterkenntnis gerichtetes historisches Bewußtsein – das als unabdingbare Voraussetzung für historisch aktives Handeln weiterhin Privileg der von der Hochkultur profitierenden herrschenden Klassen bleibt.

Ähnlich wie die Hochkultur können auch bestimmte Phänomene der Massenkultur auf die Arbeitenden ambivalent wirken, z.T. nicht mitvollziehbar – sie werden nicht zu Unrecht als ›subkulturell‹ bezeichnet – auf Grund ihres (oft zur Ideologie erhobenen) Nichtstuertums, annehmbar dort, wo sie jene Spielkultur (Musik und Tanz) hervorbringen, bei der sich auch Arbeitende reproduzieren können. Eine Verringerung der Arbeitszeit, d.h. eine gleichmäßigere Verteilung der Arbeitszeit, würde wahrscheinlich rascher Auswirkungen im kulturellen Sektor als auf politisch-organisatorischem Gebiet haben, deren Vorläufer sie jedoch wären. Der Widerstand der Kapitalseite gegen eine Verringerung der Arbeitszeit hat nicht nur profitbesorgte technisch-organisatorische Gründe, sondern auch die Angst vor der größeren Einflußnahme der Arbeitenden auf die Kultur im weitesten Sinne zur Ursache. Die zur Zeit zu beobachtende Entsolidarisierung des Arbeits- und Nichtarbeitsbereichs innerhalb der Subalternen ist als größter politischer Erfolg der Rechten zu werten. Den umgekehrten Prozeß in Gang zu bringen, das Bewußtsein zu entwickeln, daß wirkliche Demokratie nur über die Einbindung aller Individuen in den Arbeits- und Kulturprozeß zu haben ist, wäre wohl die Hauptaufgabe moderner Bündnispolitik – aber auch einer modernen Kulturtheorie.[48]

Wenngleich in der Tat die soziale Bedeutung des Reproduktionsbereiches ungeheuer gewachsen ist, darf ihr emanzipatorisches Kulturverständnis nicht auf den Freizeitsektor beschränkt bleiben: Sie muß auch für die Befreiung der Arbeit sowie die Humanisierung des Arbeitsprozesses selbst eintreten. Die Steuerung dieser Prozesse kann weder dem freien Markt noch den blinden Notwendigkeiten der angeblich von der Weltwirtschaftskonkurrenz diktierten Technikentwicklung überlassen bleiben, sondern nur von demokratischen Regelmechanismen bewältigt werden, die die Gesellschaft auf politische Weise etablieren muß.

Ohne eine aktive Beteiligung der arbeitenden Klassen im Kulturprozeß ist kein ›Heraufarbeiten in die Überbauten‹ möglich. Auf die vermittelnde Rolle von ›Bündnispartnern‹ aus der ›Hochkultur‹ kann zwar nicht verzichtet werden, sie allein werden jedoch die ›Festungsmauern der alten Gesellschaft‹ nicht einreißen können, da die stärksten von ihnen bereits von den ›Subkulturen‹ konstruiert sind. Die Notwendigkeit von ›Vermittlern‹ aus der Hochkultur kann nicht angezweifelt werden, sie bleiben aber subjektiv bedingte Glücksfälle, und der kulturelle Wandel kann sich nicht darauf beschränken, auf sie zu warten.

Eine unbedingt zu berücksichtigende historisch neue Tatsache ist, daß Künstlertalent (wie auch Talent auf jedem anderen Gebiet) heute prinzipiell auf viel breiterer Basis entsteht als früher. Das enorme Anwachsen der allgemeinen Bildung, aber auch die Fortschritte der im Kunstbereich zur Anwendung kommenden Technik (die es z.B. erlaubt zu komponieren, ohne Noten zu kennen), ermöglicht es viel mehr Menschen als früher, künstlerisch aktiv zu sein, auch und besonders aus den unteren Schichten der Gesellschaft. Die Beatles sind auch insofern ein bedeutsames Beispiel des kulturellen Wendepunkts in Europa, weil sie alle Arbeiter- und Kleinbürgerkinder waren, die von den historisch neuen Ausbildungsmöglichkeiten für Künstler Gebrauch gemacht hatten, ohne zunächst ihre Klasse zu verlassen: drei von ihnen waren Mitglieder einer Skiffle-Band, die in den Mittagspausen auf dem Hof von Ringo Stars Maschinenfabrik spielten. Auch George Harrison war noch während der ersten Zeit der Existenz der Band in seinem Beruf als Elektromechaniker tätig.[49] Nach Jochen Zimmer war der Beat in Liverpool die vom amerikanischen Blues angeregte Form des Selbstausdrucks von »Halbstarken, Mods, Rockern, Schülern, jungen Arbeitern und Lehrlingen«. Weil sich rasch erwies, daß der Beat die Kriminalität senkte, wurde er bald von den Behörden unterstützt.[50]

Gerade und insbesondere die Beatbewegung war der Beginn einer neuen Phase der Entwicklung der Massenkultur, die Horkheimer/Adorno in ihrer Analyse aus historischen Gründen noch nicht sehen konnten: der möglich werdende und in der Tat auch in Gang kommende Übergang von rein passivem Kulturkonsum zum ›Selbermachen‹. Nicht zufällig wird diese Entwicklung noch deutlicher im Sport, wo eine klare Entwicklung vom passiven Sportkonsum (Fußball) zum aktiven Freizeitsport zu beobachten ist.

Wenngleich der nach wie vor kommerziell angeheizte Starrummel weiter existiert, sind doch die Zeiten der einsamen Genies und der Stars auf Lebenszeit weitgehend vorbei: Die Kulturindustrie findet für jede Saison ihr neues Non plus ultra. Sei es auf dem Gebiet der Musik, des Films oder der Literatur – schon jetzt ist das talentierte Angebot größer als die Konsummöglichkeiten, freilich auch deshalb, weil der Gesamtkreislauf von Produktion und Konsumtion in der Kultur nicht genügend demokratisiert ist. Die Negativität der kapitalistischen Selektionsprozesse darf nicht den Blick dafür verstellen, daß ein ungeheures Potential demokratischer Kulturentwicklung bereits vorhanden ist. Da, wo es kulturell schon zum Durchbruch gelangt, hat es eine andere, vom saisonbedingten Starrummel verschiedene Kritik zu beanspruchen.

Weil immer mehr hochgebildete Menschen arbeitslos sind, bzw. erst gar nicht in den Arbeitsprozeß einbezogen werden, besteht prinzipiell auch die Chance eines qualitativen Wandels der Massenkultur, vorausgesetzt, daß sich diese Schichten ›proletarisierter‹ Intellektueller nicht mehr nur als gescheiterte Existenzen der Hochkultur empfinden, sondern einen organischen Weg zur Massenkultur finden – was sicher nicht nur vom guten Willen abhängt, sondern auch bestimmte Talente voraussetzt, die bislang im normalen Hochschulstudium nicht entwickelt werden.

Die Kritik der modernen Massenkultur muß über die traditionelle rationalistische Form der Kritik, die vor allem auf Inhaltliches zielt, hinausgehen. So hat z.B. die Massenbedeutung der Rockmusik »zuallererst mit anderem zu tun: mit Emotionalität, Sensibilität, Erotik, Power, sinnlichem Genuß, Habitus, Musikalität... Die Rockmusik war in ihrer ganzen Entwicklung ein wahres Stimulanz in der Ausbildung von Individualität, reicher Gefühlswelt und Hörvermögen... Dies war weniger über Texte vermittelt als über Sound, Dynamik, Instrumentation, Klangfarben, musikalische Differenziertheit und Vielfalt, Aufbau von Stücken, Live-Qualitäten usw., usw. Für das Massenpublikum sind das zurecht wichtige Elemente und Kriterien zur Bewertung des Niveaus von Gruppen und Stücken, und dies greift entschieden weiter als die Kritik einer textlichen Message... Die Texte der modernen Massenmusik sind häufig zweitrangig, oft selbst noch unwichtiger als die Stimme, ihre Klangfarbe. Sie sind aber dennoch nicht gleichgültig. Denn eine Einspielung kann nur erfolgreich sein, wenn sie textlich bestimmte Bewußtseinsdispositionen des Hörers einfängt, anspricht, oder wenn die Interpreten zumindest bestimmte Werthaltungen und einen spezifischen Habitus glaubwürdig symbolisieren. Und selbstverständlich macht es da für die Linke einen Unterschied, ob eine Gruppe einen Antikriegssong einspielt oder den Vietnamkrieg der USA glorifiziert.«[51]

Der hier verwendete Begriff des ›Habitus‹ wurde von Pierre Bourdieu übernommen und scheint sich als Kategorie moderner Kulturkritik bewähren zu können – als Formel eines flexiblen und jeweils konkreten Verhältnisses von Konformismus und Individualität in den verschiedenen Gesellschaftsklassen, in dem rationale und mythische Elemente aufeinandertreffen.[52]

Daß die Subkulturen im ›Nichtarbeitsbereich‹ entstehen, ist ihnen nicht vorzuwerfen, es ist nicht ihre Schuld. Ihr spontaner, zum Teil anarchischer Charakter macht sie nach vielen Seiten hin politisch offen, bis hin zu brutalen neonazistischen Auswüchsen im Rock. Daraus ist, wenn man Gramscis Bewertungen der Widersprüche und Konfusionen des Alltagsverstandes in Betracht zieht, zu schlußfolgern, daß alle diese Phänomene der Massenkultur ernstgenommen, daß sie nach Möglichkeit beeinflußt werden müssen. Und so wichtig die Weiterentwicklung der Kulturtheorie ist, d.h. eine neue Form von Literatur- und Kunstkritik zu finden, der wirkliche Kampf um eine neue Kultur muß von Künstlern geschlagen werden. Die wiederum kann man nicht künstlich erzeugen, wohl aber dort, wo Kulturfonds zu vergeben sind, fördern oder nicht fördern. Gramsci schreibt: »Daß man individuelle Künstlerpersönlichkeiten nicht künstlich erzeugen kann, bedeutet dann nicht, daß die neue kulturelle Welt, für die man kämpft, indem man die

Leidenschaft und den Eifer der Menschheit entfacht, nicht doch notwendigerweise ›neuartige Künstler‹ hervorbringt. Man kann also nicht sagen, daß X und Y mit Sicherheit Künstler werden müssen, aber man kann versichern, daß in der Bewegung neuartige Künstler geboren werden. Eine neue gesellschaftliche Gruppe, die mit Hegemonieanspruch und mit einer Selbstsicherheit ins geschichtliche Leben tritt, die sie früher nicht hatte, erzeugt notwendigerweise aus ihrem Innersten heraus Persönlichkeiten, die früher nicht die genügende Kraft gefunden hätten, sich umfassend in einem bestimmten Sinne auszudrücken.«[53]

Gramscis Kulturtheorien versuchen, die Dynamik der verschiedenen, sich bereits damals immer mehr ausdifferenzierenden Klassen und Schichten des Volkes in Betracht zu ziehen – was den damals möglichen und notwendigen Fortschritt gegenüber den älteren, das ›Volk‹ global anvisierenden Kulturtheorien darstellte.

Obwohl er das im ›privaten‹, d.h. individuellen Bereich verankerte Konsensprinzip als Grundlage moderner Zivilisation überhaupt erkannte, kann man bei ihm dennoch nicht von einer differenzierten Theorie des Individuums sprechen, auf welche eine heute zu entwikkelnde Kulturtheorie jedoch nicht wird verzichten können. Mit dem insbesondere nach dem 2. Weltkrieg in Westeuropa möglich gewordenen relativen Wohlstand der unteren Gesellschaftsschichten ist historisch auch dort die Entwicklung relativ reicher und relativ freier Individualität möglich geworden.[54] Diese Individualität basiert freilich nicht wie die der früheren Klassen vergangener Zeiten auf der Exklusivität der Luxusproduktion, sondern auf der Vielfalt der modernen Massenproduktion, die individuelle Wahl möglich macht. Das moderne Massenindividuum zwischen Freiheit und kultureller Manipulation wäre das Hauptthema einer neuen Kulturtheorie, die sich in diesem Punkte wahrscheinlich mehr auf Marxens Theorie des Individuums als kleinste sozio-ökonomische Einheit stützen könnte als auf Gramsci.

Insbesondere eine Analyse der Kleidermode als Massenkultur kann die Bedeutung dieser Theorien des Individuums zum Ausdruck bringen. Des weiteren ist die Kleidermode ein besonders eindringliches Beispiel für die gegenwärtigen Osmoseflächen zwischen den Kulturen der höchsten und der subalternen Gesellschaftsklassen. Später als in der Musik – etwa nach dem 1. Weltkrieg anzusetzen – ist auch hier eine Trendwende zu konstatieren: die Haute couture ist immer weniger modeformend, im Gegenteil, die oberen Zehntausend kleiden sich mittlerweile gern in veredelten Formen der Massenmode. So ist gerade die Mode nicht nur unter dem Aspekt zu sehen, welchen Profit das Kapital daraus schlägt. Sie ist die historisch erste Gelegenheit einer Wechselbeziehung von Konformismus und Individualismus auf massenhafter

Ebene. Das Kapital treibt die Lohnarbeit »über die Grenzen ihrer Naturbedürftigkeit hinaus und schafft so die materiellen Elemente für die Entwicklung der reichen Individualität, die ebenso allseitig in ihrer Produktion als Konsumtion ist.« An »die Stelle des Naturbedürfnisses« ist »ein geschichtlich erzeugtes getreten«.[55]

Während die Entwicklung von Individualität früher nur herrschenden Klassen möglich war, weil die Produktion insgesamt schmal blieb, kann Individualität heute auf Massenebene entstehen, allein auf Grund der Vielfalt der Produktion und der individuell möglichen Wahl. Dieser Fortschritt kann politisch wohl kaum mehr rückgängig gemacht werden (er stellt eine der größten zivilisatorischen Errungenschaften der Industrienationen dar; in der Dritten Welt steht er noch aus und das wahrscheinlich für längere Zeit, u.a. auf Grund der demographischen Explosion). Der einzige Zwang zur Austerität, der den Völkern auferlegt werden kann und wahrscheinlich auch auferlegt werden muß, ist der ökologisch notwendige.

Bei der Beurteilung jener Phänomene der modernen Massenkultur, die, oberflächlich gesehen, als unverschämte Übersteigerung eines hedonistischen Individualismus und des Konsums wirken, hinter denen ein scheinbar unangemessener Freiheitsbegriff steht, werden wir uns daran zu erinnern haben, daß die Kultur instinktiv stets von den potentiellen (nicht von den realen) Möglichkeiten der materiellen Produktion und Konsumtion ausgeht. Angesichts der offenkundigen Verschwendung für Rüstung, Kriege und auch angesichts der Wertzerstörung in der Natur hat die Kultur sicher recht, ab und zu an diese Freiheitspotenzen zu erinnern.

Ein weiterer Problemkomplex für eine zeitgemäße Kulturtheorie ist die Internationalisierung der bürgerlichen ›Zivilgesellschaft‹ über den ganzen Erdball, die insofern als ›unorganisch‹ zu bezeichnen ist, als daß sich diese Internationalisierung der Überbauten nicht im selben Rhythmus wie die Internationalisierung der sozioökonomischen und der juristischen Strukturen vollzieht, dieser meistens vorangeht. Es handelt sich um einen Prozeß, der in Gramscis Theorien der Flexibilität der Überbauten bereits reflektiert ist. Trotz seines unorganischen Charakters spiegeln sich in diesem Prozeß weltweite Hegemoniebeziehungen wider, nicht zuletzt ein Kampf verschiedener, nicht immer klar zu definierender hegemonialer Systeme. Diese weltweiten hegemonialen Auseinandersetzungen sind keinesfalls nur auf den Kampf zwischen Kapitalismus und Sozialismus zu reduzieren, sie erhalten ihre Spezifik zum Teil auch noch durch die Präsenz vorkapitalistischer Strukturen, die um ihr Überleben ringen. Kennzeichnend für den unorganischen Charakter des Exports der bürgerlich-kapitalistischen ›Zivilgesellschaft‹ ist ihr häufig anzutreffender, zunächst rein formaler Charakter, was nicht nur für das mittlerweile weltweit instaurierte parlamentarische System zutrifft, sondern auch für viele der exportierten kulturellen Überbauten.

Die Beobachtung, die Gramsci für das alte Rußland machte, wo nur ein quantitativ verschwindend kleiner Teil der Intellektuellen dem Einfluß des Westens – vor allem der französischen Revolution – ausgeliefert war und fruchtbar auf die Gesellschaftsentwicklung im eigenen Land anwandte, trifft für die industriell unterentwickelten Völker heute nicht mehr zu. Radio und Fernsehen dringen bis in den letzten Winkel der Welt vor und hinterlassen überall ihre Spuren, sogar dort, wo noch Analphabetismus und religiöses Mittelalter herrschen. Die Elemente der westlichen ›zivilen Gesellschaft‹, die die größte Ausstrahlungskraft besitzen, sind die Musik und die Mode. Hinzu kommt noch das Kino und der Fernsehfilm – die nicht immer mit der dargestellten Intrige fesseln (sie wird nicht immer verstanden), sondern vor allem auch, weil eine faszinierende ›Zivilgesellschaft‹ vorgestellt wird: die glitzernde westliche Konsum- und Freizeitwelt. Das in manchen Weltgegenden auch nur mit Batterie laufende Fernsehen hat es zuwege gebracht, daß in Nomadenzelten heutzutage das Bedürfnis nach einem Staubsauger oder auch nach einem elektrischen Küchenmixer auftauchen kann oder daß man künstliche Kleinkindernahrung gegenüber dem Stillen für einen echten Fortschritt hält. Können solche Produkte gegen natürliche Reichtümer wie zum Beispiel Erdöl eingetauscht werden, werden auch weltumspannende Verschränkungen zwischen Ökonomie und Kultur hergestellt. Eine wirkliche, vollständige Rekonstruktion des ›historischen Blocks‹ einer einzelnen Nation ist heute unmöglich geworden, das wirkliche »komplexe und uneinheitliche Ensemble aller Strukturen und Überbauten« kann nur auf internationaler Ebene erschlossen werden. In welche kulturelle Konfliktsituationen traditionell geprägte Gesellschaften heutzutage geraten, mag jene Episode beleuchten, die sich in den siebziger Jahren im algerischen Sidi-Bel-Abbes zutrug: Ein Spaßvogel sorgte einmal dafür, daß von der Moschee nicht das Tonband mit dem Morgengebet erklang, sondern ein Rock'n Roll.

Der seinerzeit von Gramsci kritisch analysierte triviale Fortsetzungsroman wird in der Dritten Welt durch Fernsehfeuilletons westlicher und zuweilen auch eigener Produktion ersetzt, denn man hat es noch mit einem wenig alphabetisierten, nur selten zum Buch greifenden Publikum zu tun. Wie es Gramsci für die Fortsetzungsromane konstatiert hat, werden auch diese Fernsehfeuilletons besonders ernsthaft von Frauen und Jugendlichen verfolgt. Daß sich z.B. in den – vor allem aus Ägypten, früher auch aus dem Libanon stammenden – arabischen

Feuilletonproduktionen immer wiederholende Grundmuster ist ein traditionelles Familiendrama, welches sich jedoch in einer amerikanisch ausgestalteten Wohnatmosphäre abspielt, und das wohl nicht nur deshalb, weil Außenaufnahmen teuer sind. Für das Publikum ist dieser Dekor – zumal er immer wieder auftaucht – auf die Dauer wichtiger als die banalen Geschichten selbst. Bestimmte Träume und Konsumtendenzen werden stimuliert, die man in Hinblick auf die realen Möglichkeiten der betreffenden Länder nur als Konsumtorheiten bezeichnen kann.

Im Bewußtsein der Fernsehzuschauer der Dritten Welt erscheint die westliche Zivilisation noch mehr als im Westen selbst als reine Freizeitkultur. Gearbeitet wird in diesen Filmen wenig oder höchstens in Berufen wie Arzt, Anwalt, Journalist, Forscher. Nie taucht jene industrielle Aktivität auf, mit denen der ganze, so sehr bewunderte Dekor eigentlich hervorgebracht worden ist und deren Entwicklung die Dritte Welt selbst so nötig hätte: die Arbeit in der Fabrik. Ebensowenig schlägt sich die Zwiespältigkeit der ›Freizeitkultur‹ in den südlichen Fernsehröhren nieder: Die Tatsache, daß sie immer mehr in der Grauzone zwischen traditioneller Künstlerbohème und Arbeitslosigkeit steht.

Während der Fernsehzuschauer in der Ersten Welt das Vergnügen an Fernsehserien wie *Dallas* auch schon mal aus dem Bewußtsein schöpft, die Infantilität der Intrige, die Primitivität der Darstellung zu erkennen und daraus ein gewisses kulturelles Überlegenheitsgefühl entwickelt, können solche Fernsehereignisse in der Dritten Welt sowohl hinsichtlich der materiellen Seite des dargestellten Lebensstils als auch hinsichtlich der gezeigten menschlichen Beziehungen durchaus für bare Münze genommen werden. Die sozioökonomischen Bedingungen einer modernen Industriegesellschaft treten niemals in Erscheinung und sollen wohl auch gar nicht ins Bewußtsein der Drittweltler gelangen. Es genügt, wenn sich die Bedürfnisstruktur entwickelt, die nach Importen verlangt, eine Bedürfnisstruktur, die sich in der Tat nicht am westlichen Arbeiterhaushalt, sondern am Lebensstil von Millionären orientiert. Hier will sich immer auf's neue jener Regelkreis zwischen Überbauten und Basis schließen, der die Dritte Welt dazu bestimmt, weiterhin wertvoller Markt und nur gelegentlich auch Arbeitskräftereservoir für alle möglichen westlichen Industrieprodukte zu bleiben.

Man könnte wohl einen ganzen Band Kulturgeschichte über die langwierigen und vielfältigen Versuche der sozialistischen Länder schreiben, sich von den Einflüssen der bürgerlichen ›Zivilgesellschaft‹ abzuschirmen, sie wenigstens zu kanalisieren oder schließlich in filtrierter Form doch zu assimilieren. Das ›Abschirmen‹ erwies sich als um so schwerer, je schwächer die eigenen Überbauten, aber auch je stärker und technisch mächtiger die westlichen Mediensysteme waren.

Wie schwer es besonders für die Dritte Welt ist, sich dem Einfluß der billigen Fernsehserien zu entziehen, zeigt ein Blick auf die Preispolitik der westlichen Verkäufer. So verlangten die englischen Fernsehgesellschaften Ende der siebziger Jahre für Senderechte zwischen 3.000 und 25 Pfund Sterling, je nachdem ob die Sendung für Europa oder für Afrika bestimmt war. In den USA werden jährlich 150.000 Programmstunden für den Export produziert.[56] Wenn es sich politisch als nützlich darstellt, kann eine Sendung oder Serie auch einmal kostenlos vergeben werden. Algerien hat für seine diplomatischen Anstrengungen im iranisch-amerikanischen Geiseldrama u.a. vom Präsidenten Carter auch die Fernsehserie *Dallas* erhalten und begann sie noch vor dem französischen Fernsehen auszustrahlen.[57]

Der weitgehend vom Westen dominierte Fluß von Informationen und Kultur hat insbesondere für die Dritte Welt schwerwiegende Folgen. Jedoch wird sich das Problem nicht auf administrative Weise, d.h. durch internationale rechtliche Einschränkungen oder Verbote im eigenen Land lösen lassen.[58] Der Vorschlag der UNESCO, eine neue ›Internationale Ordnung der Information und der Kommunikation‹ aufzubauen, ist am Widerstand der westlichen Länder, vor allem der USA gescheitert.[59] Doch auch die Abschirmungsstrategie hat sich als wenig wirksam erwiesen, weil sie technisch bereits überholt ist: das Satellitenfernsehen kommt unwiderruflich. Mit einer auf die jeweiligen Zielregionen genau abgestimmten Mischung aus Werbung und ›Freizeitkultur‹ wird ein ›Krieg der Überbausterne‹ eröffnet.

Hier ist auf Gramscis Aufsatz hinsichtlich der Volkskultur zurückzukommen. Neue fortschrittliche Überbauten müssen – auch wenn sie noch schwach sind – sich dem offenen Kampf stellen, d.h. die einzige wirkliche Antwort und der einzige Selbstschutz für die betroffenen Länder besteht im politischen Mut zu einer eigenen offensiven Nachrichten- und Kulturpolitik. Diese besitzt zweifellos bereits ein viel größeres intellektuelles Potential, als heute sichtbar ist – es muß jedoch politisch freigesetzt werden. Bislang war jedoch sowohl in der Dritten Welt als auch in vielen sozialistischen Ländern die Tendenz festzustellen, sich eher noch auf einen mehr oder weniger selektionierten Kulturimport zu verlassen, als die Konstruktionen der eigenen, unter Umständen auch kritischen Überbauten zu fördern. Dabei hat sich immer gezeigt, daß realistische und selbstkritische Kulturprodukte aus der Zweiten und Dritten Welt nicht nur nach innen, im eigenen Land, sondern auch im Westen Erfolg haben und sogar eine offensive ideologische Rolle spielen konnten. Hier sei daran erinnert, daß Gramsci die

»Gedankenfreiheit« und die »freie Meinungsäußerung« (Presse- und Organisationsfreiheit) als »eine der größten Forderungen der modernen intellektuellen Schichten« bezeichnet hat.[60] In derselben Weise äußerte sich auch Brecht in seiner *Anrede an den Kongreß* für unamerikanische Betätigungen: »...daß das große amerikanische Volk viel verlieren und viel riskieren würde, wenn es irgend jemandem erlaubte, den freien Wettbewerb der Ideen auf kulturellem Gebiet einzuschränken oder gegen die Kunst einzuschreiten, die frei sein muß, um Kunst zu sein«.[61]

Abgesehen davon, daß eine bürokratische Aufteilung der Welt in Einflußbereiche bestimmter Nachrichtenagenturen und Mediensysteme von der Technik bereits überholt ist, wäre eine völlige Abkapselung schon allein deshalb abzulehnen, weil ja weitaus nicht alle Elemente der heute im Kapitalismus produzierten und exportierten Produkte der ›Zivilgesellschaft‹ kapitalkonform sind. Seit Gramscis Zeiten hat sich in der Zivilgesellschaft der kapitalistischen Länder unvergleichlich mehr alternatives, in der Tendenz fortschrittliches Material angesammelt – hier sei noch einmal an den bereits von ihm konstatierten ambivalenten Charakter der Zivilgesellschaft erinnert. Ein Einfluß des ›Amerikanismus‹ in den sozialistischen Ländern, aber auch in der Dritten Welt wird bezeichnenderweise oft und gerade von solchen Kulturprodukten erzeugt, bei denen ein gewisser Nonkonformismus offensichtlich ist.

Ein weltweiter Empfang aller Rundfunk- und Fernsehprogramme wäre weniger problematisch als es der zielgerichtete Export von speziellen Sendungen ist. Die politische Dynamik zwischen Kapital und Arbeit – der Preis also, den die westliche Konsumgesellschaft für ihre Reproduktion zu zahlen hat – würde mehr in den Blickwinkel der Drittweltler rücken.

Allen romantischen Hoffnungen zum Trotz sind diese Länder dazu verdammt, die Herausforderung der Industrialisierung anzunehmen, wodurch sie auf die Dauer nicht umhin können, auch gewisse neue, für die Industrialisierung notwendige Überbauten zu entwickeln, wie zum Beispiel einen mit dem Arbeitsrhythmus einhergehenden Rhythmus des Lebens. Die vorkolonialen ökonomischen Strukturen sind zerstört und auf Nimmerwiedersehen verschwunden – auf Grund ihrer Flexibilität jedoch nicht alle traditionellen Überbauten. Diese hatten in der Periode der antikolonialen Kämpfe auch noch einmal eine positive Rolle gespielt. Sie stellten die Kohäsion der erniedrigten Menschen her, die einzige Identität, die sie konkret einfordern konnten. Für die Entwicklung von modernen oder zumindest einigermaßen funktionierenden Industrienationen verwandeln sie sich jedoch größtenteils schnell in Hindernisse. Meist sind sie an Religionen gebunden, deren spirituelle Seite heutzutage weitaus geringer ist als man in Europa annimmt. Ihr Wesen besteht vielmehr in bestimmten, archaischen kollektiven Verhaltensnormen. Und diese enthalten meist nicht die kleinste Spur von ›protestantischer Ethik‹, d.h. die Kategorie ›Arbeit‹ spielt in ihrem Wertesystem keine oder kaum eine Rolle. Die Riten können sogar in direktem Gegensatz zum industriellen Arbeitsrhythmus stehen. Eindringlichstes Beispiel ist hier wohl der Ramadhan, der muslimische Fastenmonat, der in einigen Nationalökonomien als zweiter Urlaubsmonat zu Buche schlägt. Aber auch die Frage einer neuen Rolle der Frau – nicht nur in der Produktion, sondern auch in der Sexualität, wird oft vom Traditionalismus blockiert. Werden jedoch diese neuen Funktionen der Frauen nicht entwickelt, sehen sie sich oft in eine gesellschaftliche Rolle gedrängt, die hinter jene zurückfällt, die sie vor dem Kolonialismus eingenommen hatten: wichtige, ihnen traditionell zugeordnete ökonomische Funktionen entfallen mehr und mehr wie Hausbau, Landwirtschaft, Webearbeiten usw. Auch kann nicht mehr so früh geheiratet werden, wie es einst üblich war, weil auch die Männer heute mehr Zeit benötigen, sich eine ökonomische Position zu schaffen, deren Früchte dann durch meist reichen Kindersegen mager ausfallen. Allein durch die Verschiebung des Heiratsalters und die gleichzeitige Aufrechterhaltung des alten Sittenkodexes ist es in den islamischen Ländern zu einer sexuellen Krise gekommen, die diese Gesellschaften früher gar nicht gekannt haben. Überbaureformen hinsichtlich der Frau sind unabdingbar. Wenn allgemein festgehalten werden muß, daß die Mehrzahl der importierten Kulturprodukte die historische Aufgabe der Erziehung eines modernen Produzenten nicht fördert, so kann der Einfluß, der über Film und Fernsehen auf die Entwicklung eines neuen Bildes der Frau ausgeht, nicht nur negativ gesehen werden. Er fördert das anzustrebende Resultat zwar nicht auf direktem Wege, sondern eher auch über den Weg von Konsumwünschen, in bezug auf das Freizeitverhalten, Mode, Mobilität usw. Diese Wünsche können jedoch viele junge Mädchen in die Welt der Arbeit führen.

Und wenn es auch wahr ist, daß die Mode vor allem noch Zeichen einer weltweiten Hegemonie des Kapitalismus ist, so geht sie in dieser Formel doch nicht mehr hundertprozentig auf. Der mit ihr zum Ausdruck gebrachte massenhafte Wille eines Konformismus enthält oft auch konkrete Elemente der Sehnsucht nach einer weltumspannenden neuen Zivilisation, nach einem Lebensmodell, das Industrialisierung, Mobilität, Kulturenvielfalt und Kreativität demokratisieren will, eine Kreativität, die zugleich auf's Individuum und auf ein neuartiges Gruppenbewußtsein zielt.

An diesem Punkt will ich jedoch auf den rationalistischen Charakter dieser Ausführungen und Forderungen in bezug auf die weitere Entwicklung der ›Zivilgesellschaft‹ und ihrer Verschränkungen mit der ›politischen Gesellschaft‹ und der sozioökonomischen Struktur hinweisen. Wenig deutet zur Zeit darauf hin, daß in den Ländern der Dritten Welt die politische Einsicht und Kraft zunimmt, sich auf gesellschaftliche Systeme zu orientieren, die die gesamte Bevölkerung, einschließlich der Frauen ökonomisch integriert. Vielmehr ist auch hier eine klare Tendenz auszumachen, durch die zunehmende Anwendung von technikintensiven Produktionsformen nur einen relativ kleinen Teil der Menschen in den ökonomischen Reproduktionsprozeß einzubinden. Die politischen und ökologischen Folgen werden hier freilich schneller durchschlagen als in den von demselben Phänomen heimgesuchten westlichen Metropolen.

Die prinzipielle Frage, ob der Industrialismus an sich für die ganze Welt überhaupt ›notwendig‹ ist und in welchem Rhythmus er sich entfalten soll, muß als romantisch, aber auch als europazentristisch abgetan werden. Rohstofflieferanten und Absatzmärkte für Industrie- oder gar Landwirtschaftsprodukte der alten Industrienationen zu bleiben, stellt keine wirkliche Perspektive für die Entwicklungsländer dar, schon allein deshalb nicht, weil die Rohstoffreserven begrenzt sind. Auch die sozialen Probleme der Dritten Welt können – wenn überhaupt – nur noch mit den Mitteln der Wissenschaft und Technik gelöst werden. Hier ist vor allem das Ernährungsproblem und die galoppierende Bevölkerungsexplosion zu benennen (übrigens auch eine dynamische Verschränkung zwischen Ökonomie und Kultur). Hinzu käme noch die Festschreibung der politischen und ökonomischen Abhängigkeit, in der die Dritte Welt verbleiben würde. Trotz dieser wichtigen Argumente kann auf eine permanente und konkrete Kritik am Industrialismus nicht verzichtet werden – die wir allerdings bei Gramsci noch nicht finden. In diesem Punkte folgte er ganz Lenin, der überzeugt war, daß eine sozialistische Verwaltung die gravierendsten Mängel des Industrialismus vermeiden, beziehungsweise ausschalten könne. Von unserem heutigen Erfahrungshorizont aus gesehen – insbesondere was die Umweltzerstörung anbetrifft – hat sich diese Hoffnung als falsch erwiesen.

Rational ist es daher auch nicht vertretbar, daß die unterentwickelten Länder die Bedürfnisstruktur und damit die industrielle Struktur der alten Industrienationen einfach nur kopieren – wie zum Beispiel die kritiklose Übernahme des individuellen Autoverkehrs und die Vernachlässigung des öffentlichen Verkehrsnetzes. Die rationale Selektion dessen, was vom Industrialismus brauchbar, nützlich und notwendig ist, stellt für jede Gesellschaft ein delikates, wenn auch nicht unlösbares

Problem dar. Die kulturelle Rolle, die die Zivilgesellschaft dabei spielt, kann nicht überschätzt werden. Da der Wunsch nach dem Staubsauger heutzutage so leicht bis hin in die Nomadenzelte getragen werden kann, ist es undenkbar, daß der Industrialisierungsprozeß der Dritten Welt ohne bürokratische Bevormundung des Staates sowie ideologischen und praktischen Zwang hinsichtlich von Konsummöglichkeiten vonstatten gehen könnte. Die politische Kunst würde darin bestehen, diesen schmerzvollen Prozeß so bewußt und konfliktdämmend als möglich durchzustehen. Sonst gerät die Dritte Welt in Gefahr, gravierendere und längerwährendere koerzitive Etappen zu durchleiden, als es der Stalinismus gewesen ist.

Eine hermetische Abkapselung der drei Welten ist weder in ökonomischer noch in kultureller Hinsicht möglich und wünschenswert. Die Reproduktion von neokolonialen Abhängigkeiten wird jedoch mehr und mehr auch für den Westen zur Gefahr. Ökonomische und ökologische Katastrophen, Massenelend und lokale Kriege in den unterentwikkelten Ländern drohen immer deutlicher auf die alten Metropolen zurückzuschlagen. Das ganze Verhältnis zwischen den drei Welten samt den notwendigen kulturellen Strategien und Bündnissen ist zu überdenken.

Politische Strategien, die auf die Rettung der Erde und ihre zunehmende Bewohnbarkeit durch alle Menschen zielen, sollten sich der vielfältigen Wechselbeziehungen zwischen Ökonomie und Zivilgesellschaft auf Weltebene klar werden. Auch eine Generation, die sich bewußt geworden ist, daß eine totale Katharsis nur im Reich der Illusionen stattfinden kann, muß diesen Kampf aufnehmen – bei Strafe des Untergangs unseres einzigartigen Planeten. Denn diesen Untergang könnten wir zweifellos auch verschlafen oder vertanzen.

Anmerkungen

Anmerkungen zum biografischen Abriß

Die Angaben sind folgenden Büchern entnommen:
Giuseppe Fiori: La vie de Antonio Gramsci, Paris 1970
Salvatore Francesco Romano: Antonio Gramsci, Turin 1965
Elsa Fubini: Cronologia della vita di Antonio Gramsci. In: Antonio Gramsci: Lettere dal carcere, Turin 1968, S. XXI-XLVI.

Anmerkungen zu Kapitel 1 Antonio Gramsci – Taktiker der Niederlage, Stratege des Sozialismus

[1] Bertolt Brecht: Gedichte aus dem Nachlaß, Frankurt/Main 1982, S. 234.

[2] Antonio Gramsci: La costruzione del Pertito Comunista 1923-1926, Turin 1974, S. 37.

[3] Bertolt Brecht: Me-ti, Buch der Wendungen. In: Gesammelte Werke, Frankfurt/ Main 1967, Bd. XIII, S. 256.

[4] Costruzione, S. 121.

[5] Antonio Gramsci: Quaderni dal carcere, Turin 1975, S. 1666.

[6] Quaderni, S. 866.

[7] Quaderni, S. 1566.

[8] Lettere, S. 481.

[9] Antonio Gramsci: Marxismus undf Kultur, Hamburg 1983, S. 96.

[10] Gramsci betonte einmal, daß »Vergleiche zwischen der militärischen Kunst und der Politik immer cum grano salis aufzustellen sind«. Quaderni, S. 120.

[11] »Es scheint mir, daß Ilici (Lenin - S. K.) verstanden hatte, daß ein Wechsel vom Bewegungskrieg, der 1917 im Osten siegreich gewesen war, zum Stellungskrieg, der die einzige Möglichkeit im Westen darstellte, notwendig war ... Das scheint mir die Bedeutung der Formel der ›Einheitsfront‹ zu sein ... Nur hatte Ilici keine Zeit mehr, seine Formel zu vertiefen, auch hatte er sie nur theoretisch vertiefen können, während die Aufgabe grundsätzlich nationaler Natur war, d.h. sie erforderte die Sondierung des Terrains und die Erkundung der von den Elementen der Zivilgesellschaft gebildeten Schützengräben und Kasematten.« – Quaderni, S. 866.

[12] Bertolt Brecht: Briefe, Frankfurt/Main 1981, S. 531.

[13] Sabine Kebir: Die Kulturkonzeption Antonio Gramscis, Berlin/ München 1980.

[14] Sabine Kebir: Brecht und Gramsci théoriciens de la periode de transition. In: Révue des langues de l'Institut des Langues vivantes étrangères de l'Université d'Oran, Nr. 1, 1979. Deutsch: Brecht und Gramsci zu Dialektik, Politik und Ästhetik. In: Sozialismus Nr. 5, 1982, S. 41-48. Wolfgang Fritz Haug: Brechts Beitrag zum Marxismus. In: Aktualisierung Brechts. Argument-Sonderband A550, Berlin 1980, S. 7-18. Helmut Fahrenbach: Brecht zur Einführung, Hamburg 1986, S. 145-148. Michael Grabek: Brecht, Gramsci und die Entwicklung der Intellektuellen. In: Brecht 85. Zur Ästhetik Brechts. Dokumen-

tation der Brecht-Tage 1985 v. 10.-13. Februar, Berlin 1986, S. 332-338.

[15] Quaderni, S. 1566-1567.

[16] Quaderni, S. 1620-1621.

[17] Perry Anderson: Sur Gramsci, Paris 1978, S. 108ff.
Auf die reformistische Tendenz des Terminus ›Ermattungsstrategie‹ macht Brecht in einem W. Benjamin gewidmeten Gedicht aufmerksam:
Ermattungsstrategie war's, was dir behagte
Am Schachtisch sitzend in des Birnbaums Schatten.
Der Feind, der dich von deinen Büchern jagte
Läßt sich von unsereinem nicht ermatten.
In: Gesammelte Werke, Bd. X, S. 828.

[18] Detlev Albers: Versuch über Otto Bauer und Antonio Gramsci, Berlin 1983, S. 15.

[19] Siehe: Karin Priester: Hat der Eurokommunismus eine Zukunft? Perspektiven und Grenzen des Systemwandels in Westeuropa, München 1982, S. 133.

[20] Vgl. Quaderni, S. 1734.

[21] Costruzione, S. 11.

[22] Ebenda, S. 41.

[23] Quaderni, S. 1596.

[24] Quaderni, S. 1863.

[25] Quaderni, S. 1861.

[26] Quaderni, S. 1319 und S. 1403.

[27] Quaderni, S. 326.

[28] Siehe: Franz Kaminski, Heiner Karuscheit, Klaus Winter: Antonio Gramsci: Philosophie und Praxis, Frankfurt/Main 1982, S. 268ff. Über die militärischen Aspekte der Strategie des PCI vor Gramscis Verhaftung siehe: Antonio Gramsci: Per la verità, Turin 1974, S. 384-387 und: Costruzione, S. 470.

[29] Quaderni, S. 763-764.

[30] Quaderni, S. 1228-1229.

[31] Perry Anderson: Sur le marxisme occidental. De Lukács à Gramsci, de Satre à Althusser, de Marcuse à Della Volpe ..., Paris 1977, S. 63ff.

[32] Auf Gramscis politökonomische Schriften ausführlicher eingegangen zu sein, ist das Hauptverdienst der ansonsten unhistorisch argumentierenden Arbeit von German Perez: Gramscis Theorie der Ideologie, Frankfurt/Main 1979.

[33] Antonio Gramsci: ON, S. 240-241.

[34] Costruzione, S. 497.

[35] ON, S. 262.

[36] ON, S. 304.

[37] Costruzione S. 281 und S. 117: »Ein Element, das unbedingt festgehalten werden muß ist die Tatsache der absoluten Unterwerfung in die die faschistische Regierung Italien gegenüber Amerika gebracht hat. Bei der Liquidierung der Kriegsschulden, sei es gegenüber Amerika, sei es gegenüber England, hat sich die faschistische Regierung nicht darum gekümmert, irgendeine Garantie über die Kommerzialisierbarkeit der italienischen Obligationen zu bekommen. Die Börse und die Finanzen Italiens sind jederzeit der politischen Erpressung der amerikanischen und englischen Regierung ausgesetzt, die jederzeit enorme Mengen italienischer Werte auf den Weltmarkt werfen können.«

[38] Costruzione, S. 78.

[39] MK, S. 152. Eine ähnliche dialektische Bedeutung gibt Gramsci dem Phänomen des ›Cäsarismus‹: »Cäsar und Napoleon I. sind Beispiele von progressivem Cäsarismus. Napoleon III. und Bismarck sind regressiver Cäsarismus. Man muß sehen, ob in der Dialektik ›Revolution – Restauration‹ das revolutionäre oder das restaurative Element vorherrscht ...« – Quaderni, S. 1619.

[40] MK, S. 152.
[41] Quaderni, S. 2140.
[42] Quaderni, S. 2171.
[43] Quaderni, S. 2155.
[44] Quaderni, S. 2158.
[45] Quaderni, S. 2178-2179.
[46] Christine Buci-Glucksmann sieht im Konzept der ›passiven Revolution‹ wohl auch zurecht eine »allgemeine theoretische und methodische Bedeutung«, eine negative Kampfformel der heute um Demokratie ringenden Linken. – Christine Buci-Glucksmann: Sui problemi politici della transizione: classe operaia e rivoluzione passiva. In: Politica e storia in Gramsci, a.a.O., S. 99-125.
[47] Construzione, S. 43.
[48] Der Fall Jurenev gelangte bis in die Diskussion der Komintern. Siehe: Costruzione, S. 193. Siehe auch: Leonardo Paggi: Le strategie del potere in Gramsci. Tra fascismo e socialismo in un solo paese 1923-1937, Rom 1948, S. 140ff.
[49] Umberto Terracini nach: Paolo Spirano: Gramsci in carcere e il Partito, Rom 1977, S. 36.
[50] Ebenda, S. 57ff.
[51] Ebenda, S. 87.
[52] Siehe Roy Medvedev: Gli ultimi anni di Bucharin, Rom 1979.
[53] Quaderni, S. 1728-1730.
[54] Costruzione, S. 121.
[55] In der Sowjetunion erschienen 1957 drei Bände ausgewählter Werke, etliche Einzeluntersuchungen und 1973 sogar ein Jugendbuch über Gramscis Leben. Zum Gramsci-Kolloquium 1967 in Cagliari trat eine regelrechte Phalanx sowjetischer Gramsci-Forscher auf, deren Beiträge offenbarten, daß man die Bedeutung der antiökonomistischen Polemik, die Theorie von der relativen Autonomie der Überbauten in einer die stalinistische Deformation des Marxismus vermeidenden Stoßrichtung verstanden hatte.
[56] In diesem Zusammenhang ist von Interesse, daß der Faschismus Inhalt eines zwischen Gramsci und Lenin bezeugten Gesprächs war. Siehe: Giovanni Carsano: In Carcere con Gramsci. In: Rinascità 10 (1953) 3, S. 166-167.
[57] Costruzione, S. 12.
[58] Palmiro Togliatti: La formazione del gruppo dirigente del PCI, Rom 1962, S. 246. Die Kommunistische Internationale und die KPD gelangten erst mit dem 7. Weltkongreß 1935 auf diese Position. Wilhelm Pieck 1937: »Wenn die Kommunisten in ihrem Entwurf einer Plattform zur Schaffung der Volksfront die Losung der demokratischen Republik und nicht die Losung der proletarischen Diktatur aufstellten, so berücksichtigten sie dabei, daß zur siegreichen Durchführung des Kampfes für den Sturz des Hitlerfaschismus nicht nur die Arbeiter, sondern auch der Mittelstand und die Bauernschaft und alle diejenigen notwendig sind, die sich von dem barbarischen Faschismus befreien wollen ...« – Zit. nach Werner Mittenzwei: Dialog und Kontroverse mit Georg Lukács, Leipzig 1975, S. 260.
[59] Costruzione, S. 52-53.
[60] Quaderni, S. 121.
[61] Perry Anderson: Sur Gramsci, a.a.O., S. 124-125.
[62] In der vorliegenden Arbeit werden öfter Textpassagen zitiert, in denen »Philosophie der Praxis« für »Marxismus« steht. Gramsci übernimmt hier einen in der italienischen Tradition seit Labriola gängigen Terminus für die von Marx begründete Lehre. Über die Genesis des Begriffs siehe: Gerhard Roth: Gramscis Philosophie der Praxis – eine neue Deutung des Marxismus, Düsseldorf 1972, S. 16-25.
[63] MK, S. 189.

[64] Christian Riechers: Gramsci – Marxismus in Italien, Frankfurt/Main 1970.

[65] Werner Krauss: Literaturgeschichte als geschichtlicher Auftrag. In: Aufsätze zur Literaturgeschichte, Leipzig 1968, S. 47.

[66] A. R. Buzzi: La théorie politique d'Antonio Gramsci, hrsg. v. der Université catholique de Louvain – Paris 1967. Giorgio Nardone: Il pensiero di Gramsci, Bari 1971. Ruggiero Orfei: Antonio Gramsci – coscienza critica del marxismo, Varese 1965. Informationen über die vielfältigen Versuche der Gramscirezeption durch die deutsche Sozialdemokratie vermittelt der Band von Hans Heinz Holz und Hans Jörg Sandkühler (Hrsg.): Betrifft Gramsci. Philosophie und revolutionäre Politik in Italien, Köln 1980. Siehe auch die im letzten Kapitel erwähnten Arbeiten von Peter Glotz.

Anmerkungen zu Kapitel 2 Die antiökonomistischen Ursprünge des Begriffs der Zivilgesellschaft: Die Wiedergewinnung der Dialektik bei Gramsci und Brecht

[1] Bertolt Brecht: Gesammelte Werke, Bd. IX, S. 752.

[2] In diesem Zusammenhang ist an eine Aufzeichnung Brechts über seinen Lehrer Karl Korsch zu erinnern, den er trotz der sich später noch akzentuierenden Unterschiede doch auch immer schätzen sollte: »Mein Lehrer ist ein enttäuschter Mann. Die Dinge, an denen er Anteil nahm, sind nicht so gegangen, wie er es sich vorgestellt hatte ... Mein Lehrer dient der Sache der Freiheit. Er hat sich selber ziemlich frei gemacht von allerlei unangenehmen Aufgaben.« – Gesammelte Werke, Bd. XX, S. 65. Den Bezug auf die reale Bewegung sah Brecht letztlich als unabdingbar für sich selbst an, auch, wenn er »die gegenwärtige Leitung der Partei, eine geistig ziemlich niedrige« nennt (Ebenda, S. 49) und das Lernen bei Korsch vorzieht. Siehe auch: Wolfdietrich Rasch: Bertolt Brechts marxistischer Lehrer. In: Merkur 188, 8. Jahrg. 1963, Nr. 10.

[3] Brief Gramscis an seine Frau Giulia vom 6.3. 1924. Zitiert aus: Rinascita 21 (1964) vom 6. März.

[4] Antonio Gramsci: Scritti giovanili 1914-1981, Turin 1958, S. 150.

[5] Scrit. giov., S. 154-155.

[6] Scrit. giov., S. 219.

[7] Brecht hat Hans Mayer seinen Grabplatz bei Lebzeiten gezeigt. Als dieser zu bedenken gab, daß der Dorotheenstädtische Friedhof seit langem geschlossen sei und wie er denn meine, sein Grab dennoch beziehen zu können, antwortete Brecht: »Durch Schiebung.« Hans Mayer: Brecht in der Geschichte, Frankfurt/Main 1971, S. 186.

[8] Bertolt Brecht: Gesammelte Werke, Bd. XX, S. 50.

[9] Hanns Eisler: Gespräche mit Hans Bunge – Fragen Sie mehr über Brecht!, Leipzig 1975, S. 123.

[10] Siehe auch: Roland Jost: Brecht und Lenin. In: Brecht 83. Brecht und Marxismus, Dokumentation. Protokoll der Brecht-Tage 1983, 9-11. Februar, hrsg. v. Brecht-Zentrum d. DDR, S. 82-90.

[11] Bertolt Brecht: Tagebücher 1920-1954, Berlin/ Weimar 1976, S. 205-206.

[12] Bertolt Brecht: Gesammelte Werke, Bd. XIV., S. 1440.

[13] Ebenda, Bd. XII, S. 469.

[14] Quaderni, S. 1388.

[15] Quaderni, S. 1394.

[16] Bertolt Brecht: Gesammelte Werke, Bd. V, S. 1968.

[17] Bertolt Brecht: Tagebücher 1920-1954, a.a.O., S. 209.
[18] Quaderni, S. 1479.
[19] Vergleiche den Marxschen Relativismus in der diesbezüglichen Frage: »Eine Nation soll und kann von der anderen lernen. Auch wenn eine Gesellschaft dem Naturgesetz ihrer Bewegung auf die Spur gekommen ist – und es ist der letzte Endzweck dieses Werks, das ökonomische Bewegungsgesetz der modernen Gesellschaft zu enthüllen –, kann sie naturgemäße Entwicklungsphasen weder überspringen noch wegdekretieren. Aber sie kann die Geburtswehen abkürzen und mildern.« – Karl Marx: Vorwort zur ersten Auflage des Kapital. In: MEW, Bd. 23, S.16.

Und: »Allerdings muß sich die Darstellungsweise formell von der Forschungsweise unterscheiden. Die Forschung hat den Stoff sich im Detail anzueignen, seine verschiedenen Entwicklungsformen zu analysieren und deren inneres Band aufzuspüren. Erst nachdem diese Arbeit vollbracht, kann die wirkliche Bewegung entsprechend dargestellt werden. Gelingt dies und spiegelt sich nun das Leben des Stoffs ideell wider, so mag es aussehen, als habe man es mit einer Konstruktion a priori zu tun.« – Karl Marx: Nachwort zur zweiten Auflage des Kapital. In: MEW, Bd. 23, S. 27. Siehe dazu auch: Alfred Schmidt: Geschichte und Struktur. Fragen einer marxistischen Historik, München 1971, S. 99.
[20] Bertolt Brecht: Arbeitsjournal 1938-1942, Supplementband zur Werkausgabe, Frankfurt/Main 1974, S. 66.
[21] Quaderni, S. 1316 und S. 1320.
[22] Quaderni, S. 1401ff.
[23] Viele Punkte der Kritik von Lukács an Bucharins Lehrbuch stimmen jedoch auch mit Gramscis Kritik überein. Siehe: Kaminski, Karuscheit, Winter: Antonio Gramsci, a.a.O., S. 134.
[24] Quaderni, S. 1449.
[25] Bertolt Brecht: Gesammelte Werke, Bd. XX, S. 139.
[26] Ebenda, S. 140.
[27] Quaderni, S. 1457.
[28] Quaderni, S. 1443.
[29] Quaderni, S. 1451.
[30] Bertolt Brecht: Gesammelte Werke, Bd. XII, S. 568.
[31] Quaderni, S. 1320.
[32] Bertolt Brecht: Gesammelte Werke, Bd. XX, S. 170-171.
[33] Louis Althusser: Ideologie und ideologische Staatsapparate, Hamburg 1977.
[34] Antonio Gramsci: L'Ordine Nuovo 1919-1920, Turin 1975, S. 16.
[35] Bertolt Brecht: Gesammelte Werke, Bd. XV, S. 132.
[36] Ebenda.

Anmerkungen zu Kapitel 3
Genesis und Begriffsinhalt der ›Zivilgesellschaft‹

[1] Der Beitrag Norberto Bobbios auf dem Gramsci-Kolloquium 1967 in Cagliari, der im Konzept von Gramscis ›società civile‹ eine Rehegelialisierung im Verhältnis zu Marx sieht, hat eine ganze Forschungstradition begründet. Siehe: Gramsci e la concezione della società civile. In: Gramsci e la cultura contemporanea, Bd. I, atti del Convegno internazionale di studi gramsciani tenuto a Cagliari il 23-27 aprile 1967, hrsg. v. Istituto Gramsci, Rom 1969, S. 65-100.
[2] Dieter Wolf, Hegels Theorie der bürgerlichen Gesellschaft, Hamburg 1980, S. 61.

[3] Ebenda, S. 67.
[4] An diesem Punkt gilt freilich Louis Althussers Einwand, daß der Kampf gegen Hegel hier noch auf philosophischem Gebiet geführt wurde, d.h. praktisch noch auf der Ebene der Begriffe und noch nicht mittels des Einbruchs der konkreten Geschichte, wie es dann beim reifen Marx der Fall ist. Vgl. Louis Althusser, Ideologie und ideologische Staatsapparate, Hamburg 1977, S. 9-50.
[5] Zit. nach MEW, Band 1, S. 203.
[6] Ebenda, S. 205.
[7] Ebenda, S. 277.
[8] Ebenda, S. 247.
[9] Ebenda, S. 275-276.
[10] Ebenda, S. 368.
[11] Ebenda, S. 281.
[12] Ebenda, S. 279.
[13] Ebenda, S. 285.
[14] Ebenda, S. 323-324.
[15] Ebenda, S. 369-370.
[16] Ebenda, S. 356-357.
[17] MEW, Band 3, S. 36.
[18] Perry Anderson, Sur Gramsci, Paris 1978, S. 60.
[19] MEW, Band 13, S. 8-9.
[20] In diesem Sinne hat Marx' Begriff der ›bürgerlichen Gesellschaft‹ eine Forschungstradition im Marxismus begründet. Ein typisches Beispiel für die Übernahme des komplexen Begriffsinhalts von Marx stellt Leo Koflers »Geschichte der bürgerlichen Gesellschaft«, Halle 1945, dar.
[21] Costruzione, S. 23.
[22] Antonio Gramsci, Quaderni del carcere, Turin 1975, S. 1636.
[23] Jürgen Habermas, Strukturwandel der Öffentlichkeit, Darmstadt/Neuwied 1981.
[24] Karl Marx, Der 18. Brumaire des Louis Bonaparte, Berlin 1953, S. 60. Zit. nach Habermas, Strukturwandel ..., a.a.O., S. 154.
[25] In meiner hier reproduzierten Übersetzung verwandte ich noch die mechanische Übersetzung ›bürgerliche Gesellschaft‹ für ›Zivilgesellschaft‹. Diese Neuerung wird im folgenden stillschweigend fortgesetzt.
[26] MK, S. 61-62.
[27] Antonio Labriola, Del materialismo storico, Rom 1970, S. 135. Siehe auch zum Vergleich von Gramscis und Labriolas Konzept der Überbauten: Luciano Gruppi, Die Menschen machen ihre eigene Geschichte, in: Marxistische Blätter 6(1968)I, S. 5-15.
[28] Quaderni, S. 1253.
[29] MK, S. 62.
[30] Carlo Marx, Le origini della società borghese, Ed. Il Solco, Città di Castello, 1921. Siehe: Libri e opuscoli del fondo Gramsci. Wissenschaftlicher Anhang zu den Quaderni, S. 3134.
[31] Costruzione, S. 341.
[32] Norbert Elias, Über den Prozeß der Zivilisation, Frankfurt 1981, Bd. I, S. 1-2.
[33] Quaderni, S. 703.
[34] Quaderni, S. 135.

Anmerkungen zu Kapitel 4 Die Verschränkungen von sozioökonomischer Basis, Zivilgesellschaft und Staat

1 Quaderni, S. 1638.
2 Quaderni, S. 1253.
3 MK, S. 98-100.
4 MEW, Bd. 39, S. 206.
5 K. Marx, F. Engels: Ausgewählte Schriften in zwei Bdn., Bd. I, Berlin 1961, S. 338.
6 Costruzione, S. 54.
7 Quaderni, S. 1493.
8 Quaderni, S. 1863.
9 Quaderni, S. 693.
10 Quaderni, S. 1561.
11 Quaderni, S. 1254.
12 Als Taylorisierung, bzw. Taylorismus bezeichnet Gramsci die von Friedrich Winslow Taylor (1856-1915) erarbeitete Methode der Arbeitsorganisation, die tote Zeiten innerhalb des Produktionsablaufs zu eliminieren suchte.
13 Quaderni, S. 1570-1571.
14 Quaderni, S. 1049.
15 Quaderni, S. 1570-1571.
16 MK, S. 117.
17 Quaderni, S. 1244. MEW, Bd. 13, S. 9.
18 MK, S. 67 und S. 165-166.
19 Bertolt Brecht: Gesammelte Werke, Bd. XX, S. 77.
20 Der Text von Marx lautet: »Eine Gesellschaftsformation geht nie unter, bevor alle Produktivkräfte entwickelt sind, für die sie weit genug ist, und neue höhere Produktionsverhältnisse treten nie an ihre Stelle, bevor die materiellen Existenzbedingungen derselben im Schoß der alten Gesellschaft selbst ausgebrütet worden sind. Daher stellt sich die Menschheit immer nur Aufgaben, die sie lösen kann, denn genauer betrachtet wird sich stets finden, daß die Aufgabe selbst nur entspringt, wo die materiellen Bedingungen ihrer Lösung schon vorhanden oder wenigstens im Prozeß ihres Werdens begriffen sind.« – MEW, Bd. 13, S. 9.
21 Bertolt Brecht: Gesammelte Werke, Bd. XX, S. 78.
22 Quaderni, S. 1244.
23 Quaderni, S. 1522-1523.
24 Quaderni, S. 1623.
25 Quaderni, S. 764.
26 Leo Kofler: Eros, Asthetik, Politik. Thesen zum Menschenbild bei Marx, Hamburg 1985, S. 53-54.
27 Quaderni, S. 1587.
28 Costruzione S. 196. In seinem Streitgespräch mit Mussolini im Parlament im Mai 1925 sagte Gramsci: »... die proletarische Gewalt ist daher progressiv und kann nicht systematisch sein. Eure Gewalt ist systematisch und systematisch willkürlich, weil ihr eine Minderheit repräsentiert; die dazu bestimmt ist, unterzugehen.« – Ebenda, S. 81.
29 Quaderni, S. 912.
30 Quaderni, S. 2010-2011.
31 Ebenda.
32 Quaderni, S. 1315 und S. 1576.

[33] Lettere, S. 481.

[34] Gramsci, zitiert nach: Christine Buci-Glucksmann: Gramsci et l'Etat, Paris 1975, S. 160 (ohne Nachweis). Vgl. auch: Quaderni, S. 1589-1590.

[35] Jacques Texier: Gramsci, théoricien des superstructures – sur le concept de societé civile. In: La Pensée, Nr. 139 (Jan. 1969).

[36] Quaderni, S. 810-811.

[37] Ulrich Schreiber: Die politische Theorie A. Gramscis, Berlin 1982.

[38] Daniel Halévy (1872-1962), Essayist. Gramsci bezieht sich auf sein Buch ›Dècadence de la liberté‹, Paris 1931.

[39] Quaderni, S. 801.

[40] Quaderni, S. 691.

[41] Quaderni, S. 866.

[42] Quaderni, S. 662 und 937.

[43] Quaderni, S. 800.

[44] Bobbio: Gramsci et la concezione ... a.a.O., S. 90.

[45] Franco Lo Piparo: Lingua, intellettuali, egemonia in Gramsci, Roma/ Bari 1979, S. 123.

[46] J. Bischoff und K. Maldaner haben für die heutige Bundesrepublik nachgewiesen, daß Clubs, Vereine usw. ein politisches Vorfeld für Parteien, Gewerkschaften usw. bilden. Vereinsmitglieder sind überproportional (39%) noch zusätzlich ›organisiert‹. Die Tendenz steigt mit der sozialen Lage noch an. Siehe: Joachim Bischoff, Karlheinz Maldaner: Kulturindustrie und Ideologie, Teil I: Arbeiterkultur, Theorie des Überbaus, Freizeit, Sport, Hamburg 1980, S. 268ff.

[47] Grégoire Madjarian: La question coloniale et la politique du Parti Communiste francais 1944-1947, Paris 1977. In einem Dokument von 1944 ging die Französische Kommunistische Partei so weit, das nationale Interesse Frankreichs mit seiner Kontrolle über die Bodenschätze der Kolonien zu identifizieren und zwar sowohl für die Dauer des Krieges als auch für die Zukunft. – Siehe: Madjarian, a.a.O., S. 144. Die Broschüre hieß: Au service de la France, Editions du PCF, Paris 1944. Sie trug die Banderole: »Paru pendant la clandestinité, édition revue et corrigée«.

[48] Die 3. Internationale verurteilte offiziell jede Form von Kolonialismus und insbesondere den kolonialen Opportunismus der 2. Internationale. Es war indes kein Zufall, daß Palmiro Togliatti das antikoloniale Referat des 6. Kongresses (1928) hielt, in dem er den kolonialen Opportunismus der zeitgenössischen Arbeiterbewegung folgendermaßen definierte: »1. Die Kolonisierung als solche und insbesondere ihre Methoden werden zwar zurückgewiesen, 2. aber anerkannt wird die Möglichkeit der Verbesserung der kolonialen Herrschaft, man empfielt bestimmte Reformen zugunsten der einheimischen Bevölkerung, 3. Auf diese Weise gelangt man dazu, sogar das Recht und die Möglichkeit der Selbstbestimmung der kolonialisierten Völker sowie ihre Loslösung von der Metropole einzuschränken, d.h. das absolute Recht der kolonisierten Völker, ihr Schicksal selbst zu bestimmen, wird verneint«. – Nach Madjarian, a.a.O., S.59-60.

[49] Jürgen Habermas entwickelt den Begriff der ›bürgerlichen Öffentlichkeit‹ aus dem europäischen Hochmittelalter heraus. In seinem Diskurs über Kunst und Wissenschaft verwendet Rousseau zum ersten Mal den Begriff ›opinion publique‹. Der Begriff gilt »als die von Tradition und bon sens getragene Meinung des Volkes, sei es, daß sich Rousseau kulturkritisch auf ihre Natürlichkeit beruft, sei es, daß die Enzyklopädisten sie ideologisch aufzulösen trachten. Erst als sie von den Physiokraten dem public éclairé selbst zugeschrieben wird, nimmt opinion publique die strenge Bedeutung einer Meinung an, die durch kritische Diskussion in der Öffentlichkeit zur wahren Meinung geläutert ist.« – Strukturwandel ..., a.a.O., S. 116-118.

[50] Quaderni, S. 914-915.

Anmerkungen zu Kapitel 5
Quellen und Entwicklungen des Hegemoniebegriffs. Der historische Block

[1] Lettere, S. 466.

[2] Costruzione, S. 156.

[3] Quaderni, S. 1221.

[4] In umgekehrter polemischer Stoßrichtung, gegen den vulgärmaterialistischen Ökonomismus, hatte Labriola geschrieben: »Es handelt sich immer um Geschichte, nicht um ihr Skelett.« - Antonio Labriola: La concezione materialistica della storia, Bari 1965, S. 95

[5] Quaderni, S. 1238.

[6] Quaderni, S. 1087.

[7] Quaderni, S. 1302.

[8] Quaderni, S. 1222.

[9] Quaderni, S. 1087.

[10] Quaderni, S. 1224.

[11] Quaderni, S. 1235.

[12] Quaderni, S. 1211.

[13] ON, S. 21.

[14] ON, S. 130.

[15] Franco Lo Piparo: Lingua, intellettuali, egemonia in Gramsci, Rom/ Bari 1979.

[16] Lettere, S. 58-59.

[17] Klaus Bochmann: Sprache als Kultur und Weltanschauung. Zur Sprachauffassung Antonio Gramscis. In: Antonio Gramsci: Notizen zur Sprache und Kultur, hrsg. v. Klaus Bochmann, Leipzig 1984, S. 12.

[18] Francesco D'Ovidio: Le correzioni ai Promessi Sposi e la questione della lingua, Neapel 1895, S. 179 (Lo Piparo, S. 29).

[19] Tullio De Mauro: Carena, Giacinto: Dizionario biografico degli italiani, Bd. XX, p. 72-73 (Lo Piparo, S. 108).

[20] Antoine Meillet: Sur le sens linguistique de l'unite latine. In: Révue des nations latines, Paris 1916, S. 311 (Lo Piparo, S. 97).

[21] Matteo Bartoli: Appunti di glottologia. Anno accademico 1912-13, parte 1, S. 24-25 (Lo Piparo, S. 91).

[22] MK, S. 38.

[23] ON, S. 69-70.

[24] Quaderni, S. 1524.

[25] Graziado Isaia Ascoli: L'Italia dialettale. In: Proemio VIII, 1882-85, S. 127.

[26] MK, S. 39.

[27] Antonio Labriola: La concezione materialistica, a.a.O., S. 139. Siehe auch: S. 244-245.

[28] Antonia Labriola: I problemi della filosofia della storia, Bari 1887, S. 211-212.

[29] Siehe: Giuseppe Fiori: La vie de Antonio Gramsci, Paris 1970, S. 110.

[30] Anderson: Sur Gramsci, a.a.O., S.26ff.

[31] Wladimir Illitsch Lenin, Ges. Werke, Berlin 1965, Bd. 8, S. 66.

[32] Zitiert nach: Ulrich Schreiber: Die politische Theorie A. Gramscis, Berlin 1982, S. 36.

[33] Lenin, Bd. 32, S. 2-3.

[34] Manifestes, Thèses et Resolutions des Quatres Premiers Congrès Mondiaux de l'Internationale Communiste 1919-1923, Paris 1969 (Nachdruck), S. 45. Zitiert nach

Schneider, a.a.O., S. 37.

[35] Zum Hegemoniebegriff bei Lenin und Gramsci siehe: Luciano Gruppi: Il concetto di egemonia in Gramsci, Rom 1972.

[36] Programm der Kommunistischen Internationale, Berlin 1929^2, S. 103.

[37] Ebenda, S. 15.

[38] Ebenda, S. 26.

[39] Ebenda, S. 35.

[40] Ebenda, S. 37.

[41] Ebenda, S. 54. Beachte die Parallele zu Gramscis ähnlichen Äußerungen auf S. 60 dieser Arbeit.

[42] Ebenda, S. 61 (auf derselben Seite in derselben Bedeutung nocheinmal).

[43] Ebenda, S. 82.

[44] Costruzione, S. 139-140.

[45] Piero Gobetti »diente uns praktisch als Verbindungsglied erstens mit den aus der kapitalistischen Wirtschaft erwachsenen Intellektuellen, die in den Jahren 1919 bis 1920 eine für die Diktatur des Proletariats günstige linke Position eingenommen hatten und zweitens mit einer Reihe von Intellektuellen des Südens, die aus verschiedenen Zusammenhängen heraus die Frage des Südens anders stellten als es bisher üblich war und das Proletariat des Nordens in sie hineinzogen« – Costruzione, S. 157. Gabetti schrieb Artikel für den *Ordine Nuovo* und nahm in seiner Zeitschrift *Energie Nuovo* Artikel von Gramsci auf, der außerdem in Gabettis *Storia dei comunisti torinesi scritta da un liberale* gewürdigt wird. Gabetti starb 1926 an den Folgen eines faschistischen Attentats.

[46] Costruzione, S. 150.

[47] Costruzione, S. 155.

[48] Costruzione, S. 143.

[49] Costruzione, S. 145.

[50] Costruzione, S. 158.

[51] Quaderni, S. 1051-1052.

[52] Siehe Elsa Fubini: Note al testo (Anmerkungen zu den Quaderni), Quaderni, S. 2632.

[53] Die Kommunistische Internationale (Auswahl von Dokumenten der Kommunistischen Internationale von der Gründung bis zum VI. Weltkongreß 1919-1927), Berlin 1955, S. 248 und S. 250.

[54] Ebenda, S. 257. Auf dieselbe Tradition berief sich der Begriff der ›Blockparteien‹, bzw. der ›Parteien des demokratischen Blocks‹ in der DDR. Es waren angeblich aus verschiedenen sozialen Strömungen hervorgehende Parteien, die durch das gemeinsame Ziel des Sozialismus geeint sein sollten. Freilich lag hier dem Begriff nicht Gramscis Vorstellungen einer auf Demokratie beruhenden Hegemonie sowie des Kompromisses zwischen den sozialen Formationen zugrunde.

[55] Quaderni, S. 1612.

[56] Quaderni, S. 1237.

[57] Das Wort ›popolare‹, das ich in MK noch mit ›volkstümlich‹ übersetzt habe, wird jetzt weitgehend mit ›populär‹ übertragen, ohne daß ich das noch im einzelnen anmerke.

[58] Gramsci bezieht sich auf folgenden Text von Marx: »Die Waffe der Kritik kann allerdings die Kritik der Waffen nicht ersetzen, die materielle Gewalt muß gestützt werden durch materielle Gewalt, allein auch die Theorie wird zur materiellen Gewalt, sobald sie die Massen ergreift.« – MEW, Bd. 1, S. 385.

[59] MK, S. 95.

[60] Quaderni, S. 1591. Siehe auch S. 1120 und S. 1611-1612.

[61] Antonio Gramsci: Per la verità, Rom 1974, S. 391 und: Costruzione, S. 100.

[62] Costruzione, S. 130-131.

[63] Quaderni, S. 1611-1612.

[64] Quaderni, S. 1769-1771.
[65] MK, S. 206.
[66] Quaderni, S. 1618.
[67] MK, S. 257.

Anmerkungen zu Kapitel 6
Historizität der Funktionen der Zivilgesellschaft

[1] Luciano Gruppi: Il concetto die egemonia ... a.a.O., S.154.

[2] Werner Krauss: Literaturgeschichte als geschichtlicher Auftrag. In: Aufsätze zur Literaturgeschichte, Leipzig 1968, S. 61.

[3] Antonio Gramsci: Scritti giovanili, 1914-1918, Turin 1958, S. 328. Zitiert nach: Hermes Coassin-Spiegel: Gramsci und Althusser. Eine Kritik der Althusserschen Rezeption von Gramscis Philosophie, Berlin 1983, S. 223.

[4] Ebenda, S. 222.

[5] Der Band enthält auch eine über den Konflikt mit Gramsci hinausgehende Kritik Althussers, in der der Verfasser nachweist, daß dessen Philosophie selbst einem auch bei Dilthey angelegten und in letzter Konsequenz auch auf Heideggers Daseinsphilosophie verweisenden »Strukturalismus« nahekomme. Althussers als Produktion bezeichnete Erkenntnistätigkeit ist ein ausschließlich in der Theorie ablaufender Prozeß, sie hat nichts mit »konkreten Subjekten« zu tun, »die Ausgangsmaterie einer Wissenschaft existiert immer unter der Form der gegebenen Allgemeinheit ...« (S. 177). So gelange Althusser schließlich zu einer »Ontologie, bei der, genauso wie bei Dilthey ... die objektive Komponente des realen auf das Niveau eines Bewußtseinsproduktes herabfällt.« (S. 176). Andererseits werden bei Althusser weite Gebiete »der geschichtlichen Welt zum Betätigungsfeld von jeglicher theoretischer Sorge befreiter, in ihrer Struktur und Verfahrensweise voneinander vollkommen autonomer Praxen.« (S. 219). Die so erzeugte »Autonomie« der Wissenschaft bringe nach Ansicht des Verfassers keinesfalls eine »Steigerung des Gewichts der Theorie im Bereich der Geschichtsforschung« hervor, eher einen »Verzicht der Wissenschaft auf eine theoretische Erfassung geschichtlicher Probleme.« (S. 220).

[6] Helmut Dubiel: Die Aufhebung des Überbaus. Zur Interpretation der Kultur in der Kritischen Theorie. In: Wolfgang Bonss/Axel Honneth (Hrsg.): Sozialforschung als Kritik. Zum sozialwissenschaftlichen Potential der Kritischen Theorie, Frankfurt/Main 1982, S. 464.

[7] Brief Gramscis an Palmiro Togliatti vom 9.2.1924. Abgedruckt in: Palmiro Togliatti: La formazione del gruppo dirigente del PCI, Rom 1967, S. 197.

[8] Costruzione, S. 64.

[9] MK, S. 96.

[10] Nach: Georgi Filatow: Die Bedeutung der Arbeiten Antonio Gramscis für die Histografie des italienischen Faschismus. In: Antonio Gramsci: Revolutionär und Internationalist, Berlin 1978, S. 48.

[11] Lenin: Ges. Werke, Bd. 29, S. 59.

[12] Ebenda, Bd. 27, S. 464.

[13] Ebenda, S. 85.

[14] Quaderni, S. 1566.

[15] Quaderni, S. 973.

[16] Das Gesetz Le Chapelier setzte am 14. Juni 1791 das Streikverbot für Arbeiter durch, das erst 1864 wieder aufgehoben wurde.

[17] Maximale Festlegung des Brotpreises.
[18] Quaderni, S. 1636-1638.
[19] Quaderni, S. 1620.
[20] Quaderni, S. 1567.
[21] Frantz Fanon: Die Verdammten dieser Erde, Hamburg 1969, S. 29, und Sociologie d'une révolution, Paris 1975.
[22] Quaderni, S. 122-123
[23] Giustino Fortunato (1848-1932) war ein liberaler Reformator, der den Unterschied zwischen Armen und Reichen mit der Durchsetzung bürgerlicher Gleichheitsvorstellungen beseitigen wollte.
[24] Costruzione, S. 155. Diese Situation führte freilich dazu, daß die ›Frage des Südens‹ in alle bedeutenden Zeitschriften des Nordens getragen wurde: in die *Voce,* die Florentiner *Unità,* die Zeitschriften der christlichen Demokraten wie die *Azione,* die Zeitschriften von jungen Liberalen der Emilia und aus Mailand wie die Patria und die Mailänder *Azione* bis zur *Rivoluzione liberale* von Piero Gobetti. Croce und Fortunato, die die eigentlichen »politischen Moderatoren« all dieser Initiativen waren, hätten die politische Chance nicht wahrgenommen, den Süden wirklich zu revolutionieren.
[25] Costruzione, S. 156.
[26] Er zitiert den Abdruck der Protestantischen Ethik in den Nuovi Studi von 1931 – Quaderni, S. 1389. Siehe auch Quaderni, S. 1086.
[27] Im folgenden wird zitiert aus: Max Weber: Die protestantische Ethik 1, hrsg. v. Johannes Winckelmann, Gütersloh 1981. Weber betont, nicht die Absicht zu haben, »an die Stelle einer einseitig ›materialistischen‹, eine ebenso einseitig spiritualistische kausale Kultur- und Geschichtsdeutung zu setzen.« – S. 190.

Und: »die Mehrzahl der reichen Städte hatte sich im 16. Jahrhundert dem Protestantismus zugewandt und die Nachwirkungen davon kommen den Protestanten noch heute im ökonomischen Kampf ums Dasein zugute. Es entsteht aber alsdann die historische Frage, welchen Grund hatte diese besonders starke Prädisposition der ökonomisch entwickelsten Gebiete für die kirchliche Revolution?« – S. 30.

Weber nennt es eine »töricht-doktinäre These ..., daß der ›kapitalistische Geist‹ *nur* als Ausfluß bestimmter Einflüsse der Reformation habe entstehen können, oder wohl gar: daß der Kapitalismus als *Wirtschaftsreform* ein Erzeugnis der Reformation sei. Schon daß gewisse wichtige *Formen* kapitalistischen Geschäftbetriebs notorisch erheblich *älter* sind als die Reformation, stände einer solchen Ansicht ein für alle Mal im Wege ... Dabei kann nun angesichts des ungeheuren Gewirrs gegenseitiger Beeinflußungen zwischen den materiellen Unterlagen, den sozialen und politischen Organisationsformen und dem geistigen Gehalte der reformatorischen Kulturepoche nur so verfahren werden, daß *zunächst* untersucht wird, ob und in welchen Punkten bestimmte ›Wahlverwandtschaften‹ zwischen gewissen Formen des religiösen Glaubens und der Berufsethik erkennbar sind.« – S. 77.
[28] Quaderni, S. 1292. Siehe auch: S. 1860.
[29] Max Weber, a.a.O., S.52. In demselben Zusammenhang weist Weber jedoch auf die noch zu seiner Zeit bestehenden Unterschiede hinsichtlich der Arbeitsdisziplin in protestantischen und katholischen Gebieten hin.
[30] Nach der methodistischen Lehre währt die Vergebung der Sünden nur so lange wie der Reuige nicht wieder sündigt. – Edward P. Thompson: Die Entstehung der englischen Arbeiterklasse, Bd. 1, Frankfurt/Main 1987, S. 392-393.
[31] Ebenda, S. 387.
[32] Ebenda, S. 218.
[33] Ebenda, S. 257.
[34] Ebenda, S. 227.

[35] Ebenda, S. 408-409.
[36] Max Weber, a.a.O., S. 32.
[37] Quaderni, S. 2160-2162.
[38] Zu Berührungspunkten von Gramsci und Weber siehe auch: Paolo Bonetti: Gramsci e la società liberaldemocration, Bari 1980, S. 4ff. Und: Luisa Mangoni: Il problema del fascismo nei *Quaderni del carcere*. In: Politica e storia in Gramsci. Atti del convegno internazionale di studi gramsciani, Firenze, 9.-11. dicembre 1977, hrsg. v. Franco Ferri, S. 402ff.
[39] Quaderni, S. 2145.
[40] Quaderni, S. 2334-2336.
[41] Quaderni, S. 2156.
[42] Quaderni, S. 21.
[43] MK, S. 101.
[44] Quaderni, S. 2167.
[45] MK, S. 103.
[46] Quaderni, S. 2163. Siehe hierzu die ähnliche Darstellung in: Joachim Hirsch, Roland Roth: Das neue Gesicht des Kapitalismus. Vom Fordismus zum Postfordismus, Hamburg 1986, S. 56ff.
[47] Quaderni, S. 692.
[48] Quaderni, S. 2146.
[49] MK, S. 183.
[50] Antonio Gramsci: Sotto la mole, 1916-1920, Turin 1971, S. 433-434.
[51] MEW, Bd. 2, S. 57-81 und S. 172-213.
[52] Lenin, Ges. Werke, a.a.O., Bd. 5, S. 487-488.

Anmerkungen zu Kapitel 7
Der Alltagsverstand – Zentrum der Zivilgesellschaft

[1] MK, S. 97.
[2] Quaderni, S. 1395.
[3] Siehe: Leo Kofler: Zu Lukács' Literaturtheorie. In: Sozialismus 12 (1986) Nr.4, S. 41-45.
[4] Bezeichnend sind die Zeugnisse der Lukács-Schülerin Agnes Heller. In: Das Leben ändern. Radikale Bedürfnisse, Frauen, Utopie, Hamburg 1981: »Lukács glaubte, daß die Philosophie und die bürgerliche Wissenschaft 1848 gestorben seien und daß deshalb in Wissenschaft und Philosophie, aber auch in der Kunst (der Malerei und Literatur) mit wenigen Ausnahmen nur noch Dekadenz vorzufinden sei.« – S. 53. Und: »... seine absolute Hingabe an Fragen des ›Geistes‹, an die Theorie und an die Politik, die einherging mit einer absoluten Mißachtung des Alltagslebens und der alltäglichen Bedürfnisse, sein ironischer, aber unerschütterlicher Glaube, nur die höchsten ›Entelechien‹ – und nur sie – verdienen die Unsterblichkeit ...« – S. 211.
[5] Das Einleitungskapitel der Ästhetik ist ›Problemen der Widerspiegelung im Alltagsleben‹ gewidmet. Das 3. Kapitel behandelt »Prinzipielle Vorfragen der Loslösung der Kunst vom Alltagsleben«. – Georg Lukács: Ästhetik, Neuwied und Berlin, 1963. Siehe auch: Sebastian Herkommer: Eigenart des Ästhetischen (Lukács). In: Einführung Ideologie, Hamburg 1985, S. 76-84.
[6] Siehe: Werner Mittenzwei: Brecht und die Schicksale der Materialästhetik. In: Kampf der Richtungen, Leipzig 1978. Die Materialästhetik ging von der potentiellen Funktionserneuerung der Künste aus, die mit den neuen technischen Materialien und Medien

möglich wurde. Daraus entstand zugleich eine Theorie vom Zusammenrücken von Kunstproduktion und -konsumtion. – S. 12.

Wesentliche Impulse bekam die Materialästhetik durch die Montagetechnik der Filme Eisensteins, die »ein methodisches Verfahren darstellt, das sich mit dem gesteigerten Assoziations- und Abstraktionsvermögen des Menschen zu Beginn des neuen Jahrhunderts herausbildete, und zwar, als die größere Entfaltung der kapitalistischen Produktivkräfte den gesellschaftlichen Widerspruch zu den Produktionsverhältnissen sichtbar machte. Die Entwicklung des montagegerechten Denkens ist zugleich Teil der Materialrevolution. Aber erst mit dem Zusammenfallen von Materialrevolution und der neuen Funktionsbestimmung der Künste wurde die Montage zu einem revolutionärem Element der sozialistischen Kunst. Die Materialästhetik hat diesen Prozeß kräftig vorangetrieben, indem sie das montagegerechte Denken unmittelbar mit der neuen Denkkultur des dialektischen Materialismus verband.« – S. 33.

[7] Lu Märten: Formen für den Alltag. Schriften, Aufsätze, Vorträge, Dresden 1982, S. 43-45.

[8] Paolo Spriano: L'Ordine Nuovo e i consigli du fabbrica, Turin 1971, S. 34.

[9] Sotto la mole, a.a.O., S. 281-282.

[10] MK, S. 35-40.

[11] Antonio Gramsci: Letteratura e vita nazionale, Turin 1968, S. 385-387.

[12] Gramsci schrieb später an seine Schwägerin Tatjana: »Weißt Du, daß ich viel früher als Adriano Tilgher (der als eigentlicher Entdecker Pirandellos gilt – S.K.) das Theater von Pirandello entdeckt habe und daß ich beitrug, es zu popularisieren? Ich habe zwischen 1915 und 1920 so viel über Pirandello geschrieben, daß man ein Bändchen von 200 Seiten zusammenstellen könnte, und damals waren meine Behauptungen originell und ohne Beispiel; Pirandello wurde freundlich geduldet oder offen verspottet.« – Lettere, S. 59.

[13] Attilio Mangano: Sotto la Mole (1916-1920). In: Agazzi, Bermani, Guastini u.a.: Gramsci un eredità contrastata. La nuova Sinistra rilegge Gramsci, Milano 1979, S. 28.

[14] Wegen der frühen Machtergreifung des Faschismus kam es in Italien auch nicht zu einem der Etappe der Weimarer Republik vergleichbaren Aufblühen proletarischer Kultur in den zwanziger Jahren, als deren embryonale Entwicklungsform Gramscis Aktivitäten freilich zu gelten haben.

[15] Scrit. Giov., S. 143-144.

[16] ON, S. 146-149.

[17] Nach Frangias Bericht war es Piero Gobetti, der die Erzählung durch Zufall gelesen und sie Gramsci heimlich zugespielt hatte. – Cesare Bermani: Letteratura e vita nazionale. Le ›osservazioni sul folclore‹. In: Agazzi, Bermani, Guastini u.a.: Gramsci ..., a.a.O., S. 100.

[18] Protagonist einer breiten Strömung katholischer Literatur, auf die wir später zurückkommen.

[19] Cesare Bermani: Letteratura e vita nazionale ..., a.a.O., S. 101.

[20] Sandro Pertini: Ich lernte Gramsci ... In: Gramsci vivo. Hrsg. von Mimma Paulescu Quercioli, Mailand 1977 (Übersetzung Kirsten Scheiwe). In: Programmjournal des Deutsch-Italienischen Kulturfestivals Antonio Gramsci - Rosa Luxemburg, Hamburg 1985, S. 15.

[21] Manfred Hinz: Die Zukunft der Katastrophe. Mythische und rationalistische Geschichtstheorie im italienischen Futurismus, Berlin, New York 1985, S. 153.

[22] MK, S. 51.

[23] MK, S. 23.

[24] Vergleiche die ähnliche Charakterisierung des Feuilltonromans bei Walter Benjamin: Das Paris des Second Empire bei Baudelaire, Berlin, Weimar 1971, S. 55-59.

[25] MK, S. 33-35.
[26] MK, S. 114.
[27] Werner Krauss: Literaturgeschichte als geschichtlicher Auftrag, a.a.O., S. 84.
[28] Paul Nizan: Une littérature responsable. In: Paul Nizan, intellectuel communiste 1, Paris 1970, S. 140.
[29] Werner Krauss: Literaturgeschichte ..., a.a.O., S. 85.
[30] MK, S. 95-96.
[31] MK, S. 96.
[32] MK, S. 114.
[33] Scrit. giov., S. 54-57.
[34] Quaderni, S. 929.
[35] MK, S. 73.
[36] MK, S. 238-239.
[37] Quaderni, S. 1397.
[38] MK., S. 239.
[39] Quaderni, S. 2141.
[40] Quaderni, S. 1396.
[41] MK, S. 72-73.
[42] MK, S. 59.
[43] Quaderni, S. 1396.
[44] Quaderni, S. 1382.
[45] MK, S. 59-60.
[46] Quaderni, S. 2116.
[47] Quaderni, S. 958ff.
[48] Quaderni, S. 1397.
[49] Quaderni, S. 1335.
[50] Quaderni, S. 1483. Da die Bedeutung der Kategorie des Alltagsverstandes von der Gramsci-Forschung bislang weitgehend übersehen worden ist, wurde auch die Übersetzung von ›senso comune‹ und ›buon senso‹ oft verwechselt: So setzt Bochmann auf S. 60 (A. Gramsci: Notizen zur Sprache ..., a.a.O.) für ›senso comune‹ – ›gesunden Menschenverstand‹, auf S. 57 wird der Begriff mit ›allgemeinem Denken‹, auf S. 82 mit ›gemeinem Verstand‹ übersetzt. Coassin-Spiegel (Gramsci und Althusser ..., a.a.O.) setzt auf S. 22 für ›senso comune‹ – ›gemeiner Menschenverstand‹ und auf S. 23 ›gemeines Bewußtsein‹. Ich halte die von Riechers (A. Gramsci: Philosphie der Praxis, Frankfurt 1967) eingeführte Übersetzung ›Alltagsverstand‹ für ›senso comune‹ für die beste und wende sie selbst durchgehend an.
[51] MK, S. 86-87.
[52] MK, S. 77.
[53] Quaderni, S. 328.
[54] Gentile war 1899 mit dem Buch: ›Die Philosophie von Marx‹ hervorgetreten, in welchem er dessen Theorie nur als einfache Synthese zwischen Hegel und Feuerbach beschrieb. Gentile selbst blieb im idealistischen Denken befangen: Der Geist allein sei in der Lage, die an sich unbewegte Materie zu bewegen. Er gelangte zu einer Konzeption der Identität von »Realität und ideeller Sicht, von Objekt und Subjekt, von Fakt und Akt« (La filosofia di Marx, Florenz 1937, S. 128), die er später in faschistischem Sinne als eine Lehre vom Handeln und der Tat (»attualismo«) weiterentwickelte. Er veröffentlichte als Bildungsminister Mussolinis 1933 in der Zeitschrift Il Quadrivio einen ›Rückkehr zu De Sanctis‹ betitelten Aufsatz, der das Ziel hatte, den großen Literaturkritiker des 19. Jahrhunderts ins faschistische Kulturerbe zu integrieren. Siehe Gramscis Reaktion in MK, S. 104. Gentile kam 1944 durch ein Partisanenattentat ums Leben.
[55] Quaderni, S. 1398.

[56] Quaderni, S. 1400.

[57] Es handelt sich um eine Anspielung auf folgende Stelle im Band 1 des Kapital: »Das Geheimnis des Wertausdrucks, die Gleichheit und gleiche Gültigkeit aller Arbeiten, weil und insofern sie menschliche Arbeit überhaupt sind, kann nur entziffert werden, sobald der Begriff der menschlichen Gleichheit bereits die Festigkeit eines Volksvorurteils besitzt.« – MEW, Bd. 23, S. 74.

[58] Vgl. Karl Marx: Zur Kritik der Hegelschen Rechtsphilosophie. Einleitung: »Die Waffe der Kritik kann allerdings die Kritik der Waffen nicht ersetzen, die materielle Gewalt muß gestürzt werden durch materielle Gewalt, allein auch die Theorie wird zur materiellen Gewalt, sobald sie die Massen ergreift.« – MEW, Bd. 1, S. 385.

Und: »Wie die Philosophie im Proletariat ihre *materiellen,* so findet das Proletariat in der Philosophie seine *geistigen* Waffen, und sobald der Blitz des Gedankens gründlich in diesen naiven Volksboden eingeschlagen ist, wird sich die Emanzipation der *Deutschen zu Menschen* vollziehen.« – Ebenda, S. 391.

[59] MK, S. 94-95.

[60] Quaderni, S. 1475.

[61] Quaderni, S. 1319.

[62] Robert Heeger: Ideologie und Macht. Eine Analyse von Antonio Gramscis Quaderni, Uppsala 1975, S. 41.

[63] Quaderni, S.1433.

[64] Quaderni, S. 1377-1378.

[65] Quaderni, S. 1384.

[66] MK, S. 93.

[67] Nach: Helmut Fahrenbach: Brecht ..., a.a.O., S.132.

[68] Bertolt Brecht: Ges. Werke, Bd. XVI, S. 637.

[69] Ebenda, Bd. XVII, S. 1144.

[70] MK, S. 120-121.

[71] Helmut Fahrenbach: Brecht ..., a.a.O., S.146.

[72] Ebenda, S. 22

[73] Bertolt Brecht: Ges. Werke, Bd. XII, S. 443.

[74] Ebenda.

[75] Henri Lefebvre: Kritik des Alltagslebens, München 1974, S. 23.

[76] Siehe: Peter Weiss: Ästhetik des Widerstands, Frankfurt 1978, S. 176-245. Weiss' Text beruht auf den in der königlichen Bibliothek Stockholm liegenden Materialien zu dem fragmentarisch gebliebenen Stück ›Engelbrekt‹ (Fotokopien im Brecht-Archiv d. DDR).

[77] Henri Lefebvre: Kritik ..., a.a.O., S. 28.

[78] Werner Mittenzwei: Dialog und Kontroverse mit Georg Lukács, Leipzig 1975, S. 198.

[79] Quaderni, S. 1860.

[80] Costruzione, S. 56.

[81] Quaderni, S. 1398.

[82] Quaderni, S. 1396-1397.

[83] Quaderni, S. 328 und MK, S. 1401.

[84] Siehe auch: Bela Köpeczi: Idee, Geschichte, Literatur, Berlin und Weimar 1970, S. 48-49.

[85] Quaderni, S. 1401.

[86] Franz Borkenau: Der Übergang vom feudalen zum bürgerlichen Weltbild, Darmstadt 1976.

[87] Quaderni, S. 1426.

[88] Nach einem Zeugnis von Hanns Eisler bestand z.B. die Unersetzlichkeit der Mitar-

beiterin Margarete Steffin im Exil für Brecht u.a. darin, daß die aus dem Berliner Proletariat stammende hochgebildete Autodidaktin »dem Brecht die Kenntnisse von der Berliner Arbeiterschaft in der Wohnküche« vermitteln konnte. Ohne sie hätte ein Stück wie Furcht und Elend des dritten Reiches nicht zustande kommen können. – Hanns Eisler: Gespräche mit Hans Bunge ..., a.a.O., S. 110ff.

[89] Brecht: Ges. Werke, Bd. XIX, S. 325.

[90] Quaderni, S. 331.

[91] Quaderni, S. 320.

[92] Lettere, S. 335-336.

[93] Quaderni, S. 2198.

[94] Quaderni, S. 2232.

[95] Quaderni, S. 2207-2208.

[96] Quaderni, S. 2119.

[97] Quaderni, S. 2197.

[98] Quaderni, S. 2199.

[99] Hier ist Erich Maria Remarques ›Im Westen nichts neues‹ gemeint.

[100] Quaderni, S. 2213.

[101] Quaderni, S. 2198-2199. Daß für Gramsci die Trivialität des Brescianesimo nicht in der künstlerischen Form, sondern vor allem in der Haltung der Autoren ihren Lesern gegenüber lag, wird u.a. dadurch deutlich, daß er die Futuristen pauschal zu den »nipotini«, den »kleinen Neffen« des Padre Bresciani zählte.

[102] MK, S. 127.

[103] Scrit. giov., S. 56.

[104] MK, S. 119-120.

[105] MK, S. 127.

[106] Quaderni, S. 799.

[107] Sigmund Freud: Die Traumdeutung, Frankfurt/Main 1982.

[108] Siehe Martin Jay: Die Integration der Psychoanalyse. In: Dialektische Phantasie. Die Geschichte der Frankfurter Schule und des Instituts für Sozialforschung 1923-1950, Frankfurt/Main 1981, S. 113-142.

[109] Quaderni, S. 26.

[110] MK, S. 210.

[111] Lettere, S. 287.

[112] Quaderni, S. 2128.

[113] Quaderni, S. 2121.

[114] Quaderni, S. 2115.

[115] MK, S. 215.

[116] MK, S. 216.

[117] Brecht: Ges. Werke, Bd. XIX, S. 450-457.

[118] MK, S. 114-115.

[119] Wolfgang Langenbucher: Der aktuelle Unterhaltungsroman. Beiträge zur Geschichte und Theorie der massenhaft verbreiteten Literatur, Bonn 1964, S. 148.

[120] MK, S. 84.

[121] Quaderni, S. 2171.

[122] MK, S. 84-85.

[123] Siehe: Paolo Bonetti: Gramsci e la società liberaldemocratica, Bari 1980, S. 224.

[124] MK, S. 114.

[125] MK, S. 127.

[126] Siehe meine Ausarbeitung in: Die Kulturkonzeption Antonio Gramscis, München 1980, S. 112-115.

[127] MK, S. 209.

[128] MK, S. 206.
[129] Benedetto Croce: Ästhetik als Wissenschaft des Ausdrucks, Leipzig 1905.
[130] Antonio Banfi, zit. nach: Werner Krauss: Literaturgeschichte ..., a.a.O., S. 78.
[131] Benedetto Croce: Poesie und Nichtpoesie, Leipzig 1925.
[132] MK, S. 116.
[133] MK, S. 49.
[134] Raffaello Ramat (1905-1967) stand als Literaturkritiker zunächst unter dem Einfluß Croces. Später entwickelte er auch politische und soziale Interessen.
[135] MK, S. 108.
[136] Brecht: Ges. Werke, Bd. XIX, S. 465. Werner Krauss hat die Forderung des Ernstnehmens zweit- und drittrangiger Autoren (»minores«) im Zusammenhang mit der Erforschung der Aufklärung erhoben. Es ist bedeutsam, daß es sich dabei um eine Forderung handelt, die sich ganz besonders in Perioden welthistorischer Übergänge aufdrängt und zwar mit solcher Vehemenz, daß Krauss sogar ein diesbezügliches Zitat des immerhin doch sehr elitären Voltaire anbringen kann: »Wir sind wahrscheinlich von Broschüren überschwemmt, und die meine mischt sich in die Menge; eine erstaunliche Anzahl Mücken und Raupen zeugen vom Reichtum der Früchte und Blumen. Solche Insekten sehen Sie nicht auf unfruchtbarem Boden; und beachten Sie, daß in dieser ungeheuren Menge kleiner Schriften, von denen die einen die anderen auslöschen ... oft mehr Geschmack und Feinsinn zu finden ist als in allen Büchern, die vor den ›Lettres provencales‹ geschrieben sind.« – Werner Krauss: Die Innenseite der Weltgeschichte, Leipzig 1983, S. 181-182.
[137] Manfred Naumann/ Dieter Kliche: Imperialistische Massenliteratur und Bedürfnismanipulierung. In: Gesellschaft, Literatur, Lesen. Berlin, Weimar 1975, S. 232.
[138] Robert Prutz: Menschen und Bücher, Leipzig 1862. Zitiert nach: Wolfgang Langenbucher: Der aktuelle Unterhaltungsroman. Beiträge zu Geschichte und Theorie der massenhaft verbreiteten Literatur, Bonn 1964, S. IX.
[139] Richard Hoogart: The uses of literacy, 1957 by Chatto und Windus.
[140] Dieter Wellershoff: Von der Moral erwischt. Aufsätze zur Trivial-Literatur. Frankfurt/Main 1983. Und: Literatur und Lustprinzip, Köln 1973.
[141] MEW, Bd. 2, S. 57-81 und S. 172-488.
[142] Franz Mehring: Karl Marx, Geschichte seines Lebens. In: Gesammelte Schriften, hrsg. v. Thomas Höhle, Hans Koch, Josef Schleifstein, Bd. 2, Berlin 1964, S. 503. Zitiert nach: Manfred Naumann: Literatur im ›Kapital‹. In: Blickpunkt Leser. Literaturtheoretische Aufsätze, Leipzig 1984, S. 48.
[143] Max Horkheimer, Theodor Adorno: Dialektik der Aufklärung, Frankfurt/Main 1982, S. 142.
[144] Martin Jay: Die ersten Untersuchungen des Instituts über Autorität. In: Dialektische Phantasie, a.a.O., S. 170.
[145] Walter Benjamin: Das Kunstwerk im Zeitalter seiner technischen Reproduzierbarkeit (1936). In: Lesezeichen, Leipzig 1970, S. 373-414.
[146] Horkheimer/Adorno: Dialektik der Aufklärung, a.a.O., S. 143.
[147] Brecht: Ges. Werke, Bd. XVIII, S. 119-134.
[148] Walter Nutz: Der Trivialroman, seine Formen und seine Hersteller. Köln und Opladen 1962, S. 13.
[149] Quick Nr.11, März 1986, S. 27.

Anmerkungen zu Kapitel 8
Faschismus und Populismus

[1] ON, S. 117.

[2] Quaderni, S. 2058.

[3] Quaderni, S. 2326.

[4] Siehe: Karin Priester: Der italienische Faschismus. Ökonomische und ideologische Grundlagen, Köln 1972, S. 162. Siehe auch S. 84-112. Hier schildert Priester ausführlich die Entwicklungen des frühen Mussolini, bei dem eklektische Elemente von Nietsche und Blanqui in einem gegen die reformistische Parteiführung gerichteten Aktivismus zusammenflossen, dessen Hauptmerkmal das Fehlen von Rationalismus war.

[5] »In der Wirtschaft hoffte man insbesondere, daß die von Hitler in die vom Gedanken des Klassenkampfes beherrschte Arbeiterschaft getragene Idee der klassenlosen Volksgemeinschaft den bisherigen marxistischen internationalen Sozialismus überwinden und damit die bedrohliche Gefahr einer Bolschewisierung bannen werde.« – Memoiren des Staatssekretärs der Reichskanzelei Otto Meissner, zit. nach Wolfgang Ruge: Monopolbourgeoisie, faschistische Massenbasis und NS-Programmatik in Deutschland vor 1933. In: Faschismus-Forschung, Berlin 1980, S. 155.

[6] Walter Benjamin: Das Kunstwerk im Zeitalter seiner technischen Reproduzierbarkeit, a.a.O., S. 402-403.

[7] MK, S. 229.

[8] Ernesto Laclau: Politik und Ideologie im Marxismus. Kapitalismus – Faschismus – Populismus, Berlin 1981. Siehe auch die Analyse des Thatcherismus in: Stuart Hall: Populardemokratischer oder autoritärer Populismus. In: Populismus und Aufklärung, hrsg. v. Helmut Dubiel, Frankfurt/Main 1986, S. 84-105.

[9] Francesco Crispi (1818-1901) war Kampfgenosse von Mazzini und Garibaldi. 1861 wurde er Chef der extremen Linken im Parlament, band sich ab 1865 ans piemontesische Königshaus und gründete die Radikale Partei. Verschiedene Regierungsfunktionen, 1887-1891 und 1893-1896 Ministerpräsident. Er schloß 1889 den Vertrag über das italienische Protektorat in Äthiopien ab, was 1890 zur Schaffung der Kolonie Eritrea führte. Nach dem verlorenen Abessinienkrieg mußte er demissionieren.

[10] Quaderni, S. 2018-2019.

[11] Enrico Corradini (1865-1932) – Schriftsteller und Journalist, Theoretiker des Nationalismus, Anhänger des Faschismus.

[12] Costruzione, S. 54-55.

[13] Siehe hierzu auch Gramscis Kritik an Labriolas Ansicht, daß die Papuas durch die »provisorische Sklaverei« erzogen werden müßten, in der er Überreste vom vulgärmaterialistischem Evolutionismus feststellte. – Quaderni, S. 1366-1370.

[14] Giovanni Pascoli (1855-1912) – Verfasser träumerisch-illusionistischer Lyrik, später auch vaterländischer Gesänge. In seiner Jugend war er Mitglied der Internationale gewesen. 1879 kam er wegen Aufruf zum Aufstand und Beamten- Polizistenbeleidigung sogar einmal ins Gefängnis. Enrico Corradini übernahm von Pascoli die Idee von Italien als »proletarischer Nation«.

[15] MK, S. 179-180.

[16] Costruzione, S. 146-147.

[17] Scrit. giov., S. 3-7.

[18] MK, S. 186.

[19] Renzo De Felice: Mussolini, Bd. I, Il rivoluzionario 1883-1920, Turin 1965, S. 497ff.

[20] Quaderni, S. 1636.

[21] Nino Daniele: D'Annunzio als Politiker, Sao Paolo, o.J.

[22] MK, S. 181.

[23] Soc. e fasc., S.167.

[24] Antonio Gramsci: Scritti politici, Rom 1967, S. 581. »Die Kampfbünde entstanden in der Nachkriegszeit mit dem kleinbürgerlichen Charakter der verschiedenen Assoziationen von Heimkehrern, die in dieser Zeit aufkamen. Auf Grund ihrer entschiedenen Opposition gegen die sozialistische Bewegung, die teilweise ein Erbe der Kämpfe zwischen der sozialistischen Partei und den interventionistischen Organisationen in der Kriegsperiode darstellte, erhielten die Fasci die Unterstützung der Kapitalisten und der Autoritäten. Ihre Stärkung, die mit der Notwendigkeit für die Agrarier zusammenfiel, eine weiße Garde gegen den wachsenden Vormarsch der Arbeiterorganisationen zu schaffen, erlaubte dem von den Gutsbesitzern bewaffneten Bandensystem das Etikett der Fasci anzunehmen...« (25. August 1921) – Soc. e fasc., S. 297-298.

[25] Quaderni, S. 913.

[26] Soc. e fasc., S. 258.

[27] Obwohl die jeweiligen Positionen mit aller Schärfe und zuweilen auch mit List durchgefochten wurden, bewahrten sich Gramsci und Bordiga gegenseitige persönliche Achtung. Das geht aus Gramscis Gefängnisbriefen hervor. Die erste Zeit der Gefangenschaft in Ustica verbrachten beide zusammen.

[28] Thesen und Resolutionen des IV. Weltkongresses der Kommunistischen Internationale, Hamburg 1923, S. 112-113.

[29] Ebenda, S. 10-12.

[30] Costruzione, S. 262.

[31] Am 10.6.1924 wurde der wegen seiner antifaschistischen Position bekannte sozialistische Abgeordnete Giacomo Matteotti von den Faschisten in einem Hinterhalt ermordet. Nachdem sie die Täterschaft eine Weile von sich wiesen, übernahm Mussolini schließlich selbst die ganze Verantwortung in einer öffentlichen Erklärung. Der Vorfall löste eine langwierige politische Krise aus, in deren Verlauf die antifaschistischen Kräfte ihre letzte Chance vergaben, geschlossen und entschlossen gegen Mussolini aufzutreten.

[32] Sergio Caproglio: Un mancato incontro Gramsci - D'Annunzio a Gardone nell aprile 1921. In: Rivista storica del Socialismo V, Juni 1962, Heft 15/16.

[33] Soc. e fasc., S. 546.

[34] Costruzione, S. 420.

[35] Costruzione, S. 548.

[36] Costruzione, S. 420.

[37] Ebenda.

[38] Georgi Filatow unterschätzt offenbar die realen Schwierigkeiten bei der Konstruktion der Einheitsfront, wenn er schreibt, daß Gramsci sie zwar wollte, aber doch »wie auch andere italienische Kommunisten« noch nicht vermochte, »das äußerst feindselige Verhältnis zu den Sozialdemokraten und Liberalen zu überwinden und diese als Verbündete im Kampf gegen die Faschisten anzuerkennen ...«. – Georgi Filatow: Die Bedeutung der Arbeiten Antonio Gramscis für die Histographie des italienischen Faschismus. In: Antonio Gramsci, Revolutionär und Internationalist, Berlin 1978, S. 44.

[39] Giovanni Gentile: La filosofia di Marx, Florenz 1937, S. 128. – Die erste Auflage erschien 1899.

[40] Benedetto Croce: Antihistorismus, München, Berlin 1931 (Vortrag in Oxford 1930).

[41] Quaderni, S. 691. Siehe auch: Jean Toussaint Desanti: Gentile et les origines philosophiques du fascime. In: Elements pour une analyse du fascisme. Hrsg. v. Maria Antonietta Macciocchi, Paris 1976, S. 125: »Alles, was das Individuum sein möchte, kann nur der Staat realisieren, nur der Staat ist frei, nur der Staat ist moralisch. Sein Wollen konstituiert die ethische Substanz der Gesellschaft.«

[42] Zit. nach: Karin Priester: Der italienische Faschismus, a.a.O., S. 225.

[43] Siehe hierzu Brechts Me-ti: »Die Volksvertretung, sagte Me-ti, ist ein großer Betrug. Sie hat nichts zu tun mit der Produktion. Als Produzierende haben die Staatsbürger keine Vertretung. Die Ärzte haben keine Vertretung als Heilende, die Baumeister keine Vertretung als Bauende, die Ingenieure keine Vertretung als Erfindende, die Textilmacher keine Vertretung als Kleidermachende, die Bauern keine Vertretung als Viehbetreuende, Kornpflanzende. Alle wählen ihre Vertretung nur als Klassen, die sich feindlich gegenüber stehen. Einige Politiker, Handlanger der Besitzenden, haben freilich solche Korporationen vorgeschlagen; sie wollen sie begründen, als ob es keine Klassen gäbe, aber dadurch ist der Betrug noch größer, da es eben Klassen gibt und solche Korporationen aus Leuten zusammengesetzt wären, die ganz entgegengesetzte Interessen haben, aus verschiedenen Gründen, zu verschiedenen Zwecken, mit verschiedenen Ansprüchen produzieren. Auf diese Weise würde die herrschende Klasse nur umso leichter die Produktion aller so einrichten können, daß sie nur für die wenigen Besitzenden Vorteile bringt. Solange die Produktion nur Profit für wenige bringen soll, nützen dem Volk Vertretungen nach dem Beruf gar nichts ...« – Bertolt Brecht: Ges. Werke, Bd. XII, S. 259.

[44] Quaderni, S. 996.

[45] Costruzione, S. 509.

[46] Maria Antonietta Macciocchi: Les femmes et la traversée du fascisme. In: Elements pour une analyse ..., a.a.O., S. 128-278.

[47] Nicos Poulantzas: A propos de l'impact populaire du fascime. Ebenda, S. 103.

[48] Togliatti berichtet, daß kulturelle Arbeiterorganisationen vor der Machtergreifung des Faschismus vor allem in den Gebieten existierten, in denen die österreichische Sozialdemokratie einen Einfluß hatte, d.h. vor allem in Venetien.

Das Dopolavoro sollte als Tarnung für die Widerständler dienen, aber auch als Basis der antifaschistischen Information und Propaganda. Wie aus der diesbezüglichen Lektion hervorgeht, trafen diese Weisungen zum Teil noch auf Ablehnung. Togliatti macht dafür Überbleibsel des alten Ökonomismus verantwortlich. – Palmiro Togliatti: Lezioni sul fascismo, S. 97-116.

[49] Erich Maria Remarque: Im Westen nichts Neues.

[50] Curzio Malaparte (Pseudonym für Kurt Erich Suckert, 1898-1957) – Schriftsteller und Journalist, hatte faschistische Tendenzen, reservierte sich aber einen polemischen Grundton.

Macciocchi berichtet, daß Malaparte von einem Besuch der UdSSR im Jahe 1929 so beeindruckt war, daß er 1931 die faschistische Partei verließ und mehrere prosowjetische Bücher in französischer Sprache schrieb, was im 1933 eine Verurteilung zu 5 Jahren Gefängnis einbrachte (von denen er 1 Jahr absaß). Ab 1944 schrieb er unter dem Pseudonym ›Strozzi‹ für die Unita und später auch für andere Zeitschriften des PCI, u.a. begeisterte Reportagen aus der UdSSR und China. Sein Gesuch um Mitgliedschaft im PCI, worum er ab 1944 gebeten hatte, wurde erst auf dem Totenbett 1957 erfüllt. Togliatti selbst soll ihm das Parteibuch gebracht haben. – Maria Antonietta Macciocchi: Lettres de Malaparte à M.A. Macciocchi. In: Elements pur une analyse ..., a.a.O., S. 223-230.

[51] MK, S. 186-187.

[52] Soc. e fasc., S. 251-252.

[53] Mario Gioda alias Mario Sbroda. Anarchosyndikalist, dann Faschist. Erster Sekretär des fascio von Turin. Starb 1923. Er war Autor des Romans ›Bilder des unterirdischen Turin‹.

[54] Avantgardistische Zeitschrift, die zwischen 1901 und 1904 und zwischen 1912 und 1915 wöchentlich erschien. Sie war antibürgerlich, aggressiv, skandalsüchtig. Der Herausgeber Paolo Valera mußte deshalb einmal für 18 Monate ins Gefängnis.

[55] Carolina Invernizio (1858-1916), produktive Autorin vieler beliebter Fortsetzungs-

romane.

[56] Titelfigur eines Stückes von Dario Nicodemini.

[57] Der Artikel ist gezeichnet mit ›Manalive‹ und erschien in der Unità vom 28.2. 1924. In: Costruzione, S. 368-369.

[58] Gramsci schrieb schon 1924: »... wir haben als Haupt des Faschismus Benito Mussolini, wir haben eine offizielle Ideologie, in der das ›Haupt‹ vergöttlicht, als unfehlbar erklärt wird, es wird vorhergesagt, daß er der Organisator und Inspirator eines wiedergeborenen römischen Reiches ist.« – Soc. e fasc., S.14-15.

[59] Gramsci schreibt hinsichtlich dieser Handelsbeziehungen: »Die Verhandlungen zwischen Italien und Russland sind gegenwärtig mehr von dem Wunsch inspiriert, einen Druck auf Frankreich und England auszuüben als vom wirklichen Willen, Handelsbeziehungen zur Republik der Sowjets zu etablieren.« – Costruzione, S. 519.

[60] Leonardo Paggi: Le strategie del potere in Gramsci. Tra fascismo e socialismo in un solo paese. 1923-1929., Rom 1984, S. 140.

[61] Palmiro Togliatti: Lezioni ..., a.a.O., S.59.

[62] Costruzione, S. 78.

[63] MK, S. 189.

[64] Quaderni, S. 1228.

[65] Quaderni, S. 427.

[66] Manfred Hinz: Die Zukunft der Katastrophe. Mythische und rationalistische Geschichtstheorie im italienischen Futurismus, Berlin, New York 1985, S. 14.

[67] Zit. nach: Paul Pörtner: Literaturrevolution 1910-1925. Dokumente, Manifeste, Programme. Bd. 2, Berlin 1961, S. 38-39.

[68] MK, S. 48.

[69] MK, S. 51.

[70] Renzo De Felice: Mussolini ..., a.a.O., S. 480.

[71] MK, S. 49-50.

[72] MK, S. 50-52.

[73] Quaderni, S. 115.

[74] Manfred Hinz: Zukunft der Katastrophe ..., a.a.O., S. 111ff.

[75] Ebenda, S. 9.

[76] Helga Finter: Semiotik des Avantgardetextes. Gesellschaftliche und poetische Erfahrung im italienischen Futurismus, Stuttgart 1980, S. 201.

[77] Manfred Hinz: Die Zukunft der Katastrophe ..., a.a.O., S. 73.

[78] Walter Benjamin: Der Autor als Produzent. In: Lesezeichen, a.a.O., S. 354.

[79] Fotodokumente der Ausstellung »Schicksal einer Sammlung. Die neue Abteilung der Nationalgalerie im ehemaligen Kronprinzenpalais 1918-1945«. Ausstellung vom 3. September bis 15. November 1986 in der Neuen Galerie, Berlin (DDR).

[80] Manfred Hinz: Die Zukunft der Katastrophe ..., a.a.O., S. 212.

[81] Zit. nach: Ebenda

[82] Außerdem noch Leiter der Lavoro fascista und Chefredakteur ›Critica fascista‹.

[83] MK, S. 170.

[84] Ruggero Bonghi (1826-1885). Abgeordneter der Rechten, 1874 Minister für öffentliches Bildungswesen.

[85] Daß freilich die französischen Sympatien der Italiener von den Herrschenden manipulatorisch ausgenutzt wurden, beschreibt Gramsci in folgendem Text:

»Man muß jedoch unterscheiden, daß der Bewunderung für die französischen Angelegenheiten ein antifranzösisches Nationalgefühl beigemischt ist: Man lebt von dem Reflex und empfindet gleichzeitig Hass, zumindest die Intellektuellen. Im Volk sind die ›französischen‹ Gefühle anders geartet, sie erscheinen als ›Alltagsverstand‹, als Dinge, die dem Volk selbst entsprechen, und das Volk liebt und haßt Frankreich, je nachdem es von den herrschenden Kräften aufgehetzt wird. Es war bequem, glauben zu machen, daß die Revolution von 1789, da sie in Frankreich gekommen war, ebenso in Italien hätte stattfinden können. Darum war es bequem, sich der französischen Ideen zu bedienen, um die Massen zu lenken und es war bequem, sich des wildesten Antijakobinismus zu bedienen, um gegen Frankreich vorzugehen, wenn das nützlich war.« – MK, S. 163. Siehe auch: MK, S. 166.

[86] Giuseppe Ungaretti (1888-1970) – Zur formalen Schule gehörender bedeutender Dichter.

[87] MK, S. 178.

[88] MK, S. 181-182.

[89] MK, S. 173.

[90] MK, S. 105.

[91] Quaderni, S. 425ff.

[92] Quaderni, S. 2187ff.

[93] Gerd Würzberg hat meiner Meinung nach Gramscis Kulturtheorie in eben dieser Richtung fehlinterpretiert: Kultur und Politik. Der Beitrag Antonio Gramscis zur theoretischen Grundlegung der politisch-kulturellen Transformation Italiens, Frankfurt/Main 1978.

[94] MK, S. 112.

[95] MK, S. 172.

[96] MK, S. 206.

[97] MK, S. 188.

[98] Alberto Asor Rosa: Scrittori e popolo, Perugia 1969. Asor Rosa erschien auch Gramscis Interesse an der Trivialkultur als Kapitulation vor der Schwierigkeit, Hochkultur ins Volk zu tragen.

[99] Gramsci scheint sich des deutsch-nationalen, bzw. faschistischen Charakters des Begriffs ›völkisch‹ nicht bewußt gewesen zu sein.

[100] Quaderni, S. 2116.

[101] Quaderni, S. 1660.

[102] Arnold Bronnen: Tage mit Bertolt Brecht. Geschichte einer unvollendeten Freundschaft, Berlin 1975, S. 110.

[103] José Manuel Continho e Castro: Brechts Faschismusanalyse in seinen theoretischen Schriften 1920-1945. Inauguraldissertation, Rostock 1980, S. 22.

[104] Brecht: Ges. Werke, Bd. XIX, S. 333.

[105] Ebenda, S. 323-324.

[106] Werner Mittenzwei (Der Streit zwischen nichtaristotelischer und aristotelischer Kunstauffassung. Die Brecht-Lukács-Debatte. In: Dialog und Kontroverse mit Georg Lukács, Leipzig 1975) setzt auseinander, daß die unterschiedlichen Auffassungen von Brecht und Lukács in der Realismusfrage auf unterschiedliche politische Aufsätze zurückzuführen sind. Während Lukács eine lange Transitionsphase voraussah, in der der Hauptschwerpunkt auf der Verteidigung der bürgerlichen Freiheit, der Gewinnung von Bündnispartnern in den Mittelschichten lag, verknüpfte Brecht auch den Volksfrontgedanken stets mit der Projektion eines radikalen Bruchs mit der bürgerlichen Klasse (siehe seine Rede auf dem internationalen Kongreß antifaschistischer Schriftsteller in Paris 1935) – S. 166-167.

Es ist auch zu beachten, daß Lukács von kulturpolitisch-kunstkritischen Gesichtspunkten ausging, Brecht aber auch die Position der Kunstproduzenten mitvertrat. Brechts Realismustheorie entsprang den aktuellen politischen und technischen Möglichkeiten, für Lukács spielte die Kontinuität einer demokratischen Linie in der Kultur eine Rolle, mit der sich nicht allein das Proletariat identifizieren konnte – S. 170-171.

»Während Lukács die Realisten des 19. Jahrhunderts herausstellte und die Linie von

Balzac, Tolstoi zu Thomas Mann zog, ist Brechts Traditionsauffassung wesentlich breiter und ist vor allem den frühbürgerlichen Schriftstellern verpflichtet, Shakespeare, Swift, Rabelais, Voltaire, Diderot. Dazu kam noch, daß sich Brecht auch von der alten didaktischen chinesischen und lateinischen Dichtung, von außerliterarischen Traditionen und Elementen der Volkskultur stark angezogen fühlte, von Traditionen also, für die es in der Literaturkonzeption Georg Lukács keinen Platz gab.« – S. 179.

»Man kann nicht die Form von einem einzigen Realisten nehmen und sie realistische Form nennen. Das ist unrealistisch. So verfahrend kommt man dazu, daß entweder Swift und Aristophanes oder Balzac und Tolstoi Realisten waren.« (Brecht nach Mittenzwei, S. 183).

Auch spätbürgerliche Schreibtechniken könnten «zu aufschlußreichen Momenten der Wirklichkeit vordringen«. – S. 184. (Hier ist an Gramscis Interesse für den Futurismus zu erinnern) Mit der unterschiedlichen Auffassung von Realismus ging auch eine unterschiedliche Auffassung von Widerspiegelung einher (S. 186-187), von Katharsis (192ff.)

Simone Barck hat in demselben Band (Wir wurden mündig erst in deiner Lehre ... Der Einfluß Georg Lukács' auf die Literaturkonzeption von Johannes R. Becher) gezeigt, daß der Einfluß von Lukács auf Becher dazu führte, daß dieser in den Dreißiger Jahren klassische Genres wie Sonette, Balladen nutzte und sich auch in der Stoff-, Themen- und Motivwahl an der Renaissance und der deutschen Klassik orientierte (S. 265) während aktuelle populäre Formen der Arbeiterkunst wie z.B. Agit-Prop keine Rolle bei ihm spielten (S. 272). S. Barck hebt jedoch zurecht hervor, daß die Klassikerrezeption Bechers und Lukács', die beide in die Sowjetunion emigriert waren, von der dort tatsächlich in Gang gekommenen großen Klassikerrezeption beeinflußt war. Becher schrieb: »Die klassische Aufgabe, die wir zu lösen haben, besteht darin, die Volkstümlichkeit der Klassiker zu erreichen, solche volkstümlichen Gestalten zu schaffen, wie sie deren die klassische Literatur zahlreiche aufweist, damit das gestaltete Bild für die vom Faschismus geknechteten Volksmassen zum Vorbild der Erhebung werde.« Hier ist deutlich der unhistorische und normative Ansatz von Lukács wiederzuerkennen (S. 271).

In der 1931 angestrebten, letztlich nicht veröffentlichten kulturpolitischen Plattform des ›Bundes proletarischer Schriftsteller‹ erreichten die Positionen von Becher und Lukács das Übergewicht gegen den ersten Entwurf von Aladár Komját und Karl Biro (beide ebenfalls Exil-Ungarn), in dem den Tendenzen des Proletkult, d.h. der konkreten Arbeiterkultur der zwanziger Jahre Priorität eingeräumt wurde. Komját, der selbst Dichter war, hatte in Berlin bei der Ausbildung von Arbeiterkorrespondenten, in Arbeiterverlagen usw. mitgearbeitet. Der Sieg von Lukács und Becher bedeutete auch die Ausschaltung avantgardistischer Tendenzen, die Komját/ Biro ebenfalls repräsentierten. – Siehe: Helga Gallas: Marxistische Literaturtheorie 1., Neuwied, Berlin 1971, S. 56ff.

[107] Brecht, Ges. Werke, Bd. XIX, S. 318.

[108] Ebenda, S. 324.

[109] Ebenda, Bd. XII, S. 518.

[110] Ebenda, Bd. XIX, S. 324-325.

[111] Ebenda, Bd. XII, S. 518.

[112] Ebenda, Bd. XIX, S. 326.

[113] Ebenda, S. 327.

[114] Im Auftrag der Partei sollte Gramscis Bruder Gennaro im Juni 1930 herausfinden, ob Gramsci mit dem Ausschluß von Tresso, Ravazzoli und Leonetti einverstanden sei. Er bestätigte dann in der Tat auch Gramscis Einverständnis, was jedoch nicht den Tatsachen entsprochen hatte. Nach Giuseppe Fiori (La vie d'Antonio Gramsci, a.a.O.) wollte Gennaro Gramsci seinen Bruder vor dem Parteiausschluß ›schützen‹ (S. 299-300). Einer der drei Ausgeschlossenen schreibt, daß der wahre Sachverhalt nicht mehr zu ermitteln sei. Es ist jedoch unwahrscheinlich, daß derselbe Gramsci, der damals bereits

die ›Costituente‹ theoretisierte und gegenüber den Genossen im Gefängnis auch propagierte, für den Ausschluß gewesen wäre. Leonetti, der später rehabilitiert und wieder Mitglied der PCI wurde, stellt zurecht seine damalige Position als Treue zu dem von Gramsci geleiteten Kongreß von Lyon (1926) hin. Bezeichnend für die 1929 unter Anleitung der Komintern vollzogenen Wende war, daß der wegen trotzkistischer Sympatien ebenfalls ausgeschlossene Bordiga doch triumphierend feststellte, »daß sich die Partei wieder auf mich zubewegt«. – Alfonso Leonetti: Le coup de poing dans l ›oeil‹ ou »La constitution«. In: Notes sur Gramsci, Paris 1974, S. 192-208.

115 Pertini berichtet, daß die Gruppe der eingekerkerten Kommunisten der Auslandszentrale der Partei in Paris einen Bericht über die politischen Abweichungen Gramscis zukommen ließ. Dasselbe Schicksal wiederfuhr übrigens Umberto Terracini und Camilla Ravera, die während ihrer Verhaftung als außerhalb der Partei stehend angesehen wurden. Gramsci soll sehr unter dieser Situation gelitten haben.

Angefeindet wurde er auch von den Anarchisten in Turin, die ihm das Privileg von Federhalter und Papier übelnahmen. Pertini dementiert aber, daß der legendäre, in einem Schneeball versteckte Stein, der auf Gramsci im Gefängnis geworfen wurde, von den Kommunisten kam. Pertini berichtet auch, daß Gramsci von gewissen Untergrundaktivitäten im Land unterrichtet war und mit Bewunderung von ihnen sprach. »Aber er dachte, daß man sich keine Illusionen machen sollte, schon so eine effektive Organisation zu haben, mit der der Sturz des Faschismus bewirkt werden könne«. Gramsci habe auch versucht, ihn, Pertini, zum Übertritt in die Kommunistische Partei zu bewegen. – Sandro Pertini: Ich lernte Gramsci ..., a.a.O., S. 13-15.

116 »Diese Orientierung an den eigenen Verhältnissen, brachte Togliatti und die KP von Italien häufig in Gegensatz zur allgemeinen Faschismus-Analyse und allgemeinen Taktik, wie sie von den Parteien konzipiert und für alle Schichten verbindlich gemacht wurde«. – Helmut Drüke: Zur Faschismus-Analyse von Palmiro Togliatti. In: Spaltung der Arbeiterbewegung und Faschismus. Sozialgeschichte der Weimarer Republik, Hamburg 1980, S. 218.

117 Zit. nach: Paolo Spriano: Gramsci in carcere e il Partito, Rom 1977, S. 161-162.

Anmerkungen zu Kapitel 9 Organisation der Hegemonie. Elemente einer neuen Kulturtheorie

1 Quaderni, S. 1860-1861.

2 Brecht: Ges. Werke, Bd. XX, S. 54.

3 Ebenda, Bd. IX, S. 721.

4 Costruzione, S. 157-158.

5 Brecht: Briefe, a.a.O.

6 Brecht: Ges. Werke, Bd. XX, S. 147.

7 Walter Benjamin: Versuche über Brecht, Frankfurt/Main 1966, S. 105.

8 Hirsch, Roth: Das neue Gesicht des Kapitalismus, a.a.O., S. 53.

9 Agnes Heller: Das Leben ändern, a.a.O., S. 185

10 Charakteristisches Beispiel für diese Rezeptionsform Gramscis ist: Roger Garaudy: Pour un modèle francais du socialisme, Paris 1968, S. 272. Und: Le grand tournant du socialisme, Paris 1969, S. 244-245.

11 Anstelle eines »bipolaren Klassenkampfszenarios« sei von »einem komplexen Muster von Spaltungen und kollektiven Akteuren auszugehen, die sich auf horizontalen

und vertikalen Spaltungen innerhalb der Lohnabhängigen gründen.« – Hirsch, Roth: Das neue Gesicht des Kapitalismus, a.a.O., S. 186.

[12] Ebenda, S. 55. Siehe auch den Klassiker von Siegfried Kracauer: Die Angestellten. Kulturkritischer Essay, Leipzig und Weimar 1981, S. 79: »Die Beamten sind Arbeitnehmer wie die Angestellten ..., weil sie nichts als ihre Arbeitskraft zu verkaufen haben«.

[13] Umberto Eco: Apokalyptiker und Integrierte. Zur kritischen Kritik der Massenkultur, Frankfurt/Main 1984, S. 11.

[14] Luciano Gruppi: Il concetto di egemonia in Gramsci, a.a.O., S. 115.

[15] Giuliano Manacorda: Nachwort zu MK, S. 322.

[16] Alberto Asor Rosa: Scrittori e popolo, Perugia 1969, S. 216-280.

[17] Alberto M. Cirese: Concezione del mondo, filosofia spontanea, folclore. In: Gramsci e la cultura II, a.a.O., S. 299-328.

[18] Quaderni, S. 1390.

[19] Quaderni, S. 1603.

[20] Sozialistische Studiengruppen (SOST): Der Habitus. Zur Vermittlung von Klassenstruktur und individuellem Alltagsleben. In: Sozialismus Nr.3/1986, 12. Jahrg., S. 34.

[21] Ebenda, S. 30.

[22] Peter Glotz: Die Rückkehr zu den Mythen. In: Mythos und Politik, Hamburg 1985, S. 129.

[23] Diether Dehm: Populärästhetik contra Populismus. Vortrag für das Kulturfestival Gramsci-Luxemburg, Hamburg 1986 (Manuskript), S. 1.

[24] Peter Glotz: Die Bedeutung Antonio Gramscis für eine neue Strategie der europäischen Linken. Vortrag für das Kulturfestival Gramsci-Luxemburg, Hamburg 1986 (Manuskript), S. 8-9.

[25] SOST: Lebenswelt und Wertorientierung. Thesen zum Wertewandel. In: Sozialismus Nr.1/1985, 11. Jahrg., S. 41-45.

[26] Anne Drescher, Josef Esser, Wolfgang Fach: Die politische Ökonomie der Liebe, Frankfurt/Main 1986.

[27] Sebastian Herkommer: Kapitalismus – Sozialstaat – Individualität. In: Sozialismus Nr.11/1985, 11. Jahrg., S. 35.

[28] SOST: Populismus. Heimat – Nation – Alltagsleben. In: Sozialismus Nr.11/1984, 10. Jahrgang, S. 35.

[29] SOST: Gefühle – Abseits der Vernunft? In: Sozialismus Nr.12/1985, 11. Jahrg., S. 32.

[30] Sebastian Herkommer: Kapitalismus ..., a.a.O., S. 34.

[31] Peter Glotz: Die Bedeutung Antonio Gramscis ..., a.a.O., S. 1.

[32] Ernst Bloch: Erbschaft dieser Zeit, S. 18 – Zit. nach: SOST: Populismus ..., a.a.O., S. 31.

[33] MK, S. 93.

[34] SOST: Sehnsucht Mythos. In: Peter Glotz, Günter Kunert, SOST: Mythos und Politik. Über die magischen Gesten der Rechten, Hamburg 1985, S. 17-18.

[35] Peter Glotz: Die Rückkehr der Mythen in die Sprache der Politik. In: Ebenda, S. 115.

[36] Peter Glotz: Die Rückkehr zu den Mythen, a.a.O., S. 146-147.

[37] Dieter Sauberzweig: Kulturpolitik – Entscheidungsfeld für die Zukunft der Stadt. In: Harald Nägeli, Roland Günter, Klaus Staeck u.a.: Kultur im Alltag, Hamburg 1985, S. 41 (Bezugnahme auf: Daniel Bell: Die Zukunft der westlichen Welt, ohne Angabe).

[38] Karl Georg Zinn: Dialektik von produktiver und unproduktiver Arbeit. Oder: Zur Unbegrenztheit falscher Bedürfnisse. In: Sozialismus Nr.10/1986, 12. Jahrg., S. 24-25.

[39] Karlheinz Maldaner, Michael Müller: Gegen die Verarmung der politischen Kultur. In: Nägeli, Günter, Staeck u.a.: Kultur im Alltag, a.a.O., S. 80.

[40] Franz Fühmann: Das mythische Element in der Literatur. In: Essays, Gespräche,

Aufsätze 1964-1981, Rostock 1985, S. 127.

[41] Für Fühmann sind Märchen »gesunkene Mythen« – Ebenda, S. 91.

[42] Ebenda, S. 122.

[43] MEW, Bd. 13, S. 640.

[44] Gunnar Heinsohn, Otto Steiger: Die Vernichtung der weisen Frauen, Herbstein 1984.

[45] Siehe: Gerhard Armanski und Paul Graf: Arbeiterkultur zwischen Gestern und Morgen. In: Sozialismus Nr.1/1987, 13. Jahrg., S. 31-38.

Hier wird gezeigt, daß auch die sich in der Weimarer Republik heranbildende Arbeiterkultur in vielem vom Vorbild der bürgerlichen Kultur geprägt war.

[46] Freilich hat die Postmoderne der Jeansmode derzeitig ein Tief beschert: »Die Jeans werden zwar nicht verschwinden, sie haben aber den Platz als Nummer eins unter den Beinkleidern verloren. ›Die jungen Leute von heute sind modisch anspruchsvoller geworden. Ihr Kaufverhalten hat sich geändert – die tragen ihre Sachen eine Saison lang und werfen sie dann weg‹, heißt es in einem Jeans-Supermarkt. ›Der Trend geht eher ins Elegante, hin zu den seidigen Stoffen‹, sagt die Chefredakteurin einer Modefachzeitschrift, und der kürzlich verstorbene konservative Kommentator Matthias Walden sieht die jungen Leute ohne Jeans – in Samt und Seide – freudig der Wende entgegeneilen. Trotz aller subtiler Individualisierungsmöglichkeiten, die sich in der Jeansmode auf die Folie uniformer Kleidung und sozialer Egalisierung schließlich entwickelten, sind Jeans heute ›out‹. In diesem Trend zu mehr Eleganz kommen soziale Unterschiede, die sich in Krisenzeiten verstärken, zum Ausdruck.« – SOST: Sehnsucht Mythos. In: Glotz, Kunert u.a.: Mythos und Politik, a.a.O., S. 12.

[47] »Harlems stolzeste Zeit begann an einem Februarmorgen des Jahres 1919 mit dem Einmarsch der 369. Infanterieregiments über die Fifth Avenue. Die 1300 schwarzen Männer und ihre 18 weißen Offiziere hatten in Frankreich monatelang im Feuer gelegen, waren hochdekoriert und hatten sich den Namen ›Harlem Hell Fighters‹ geholt. Mehr noch als ihre Kampfstärke hatten freilich ihre musikalischen Fähigkeiten Freund und Feind imponiert: Big Jims Europe's Regimentskapelle war eine vorzügliche Ragtime-Band und ihre gestopften (›sprechenden‹) Trompeten waren Gesprächsthemen in den Schützengräben beider Seiten.« – Karl-Heinz Krüger: »Oh Baby. Scheiße. Wie ist das gekommen?« Über Blüte, Zerfall und Sanierung des New Yorker Schwarzenviertels Harlem. In: Der Spiegel, Nr.11/1985, S. 195.

[48] Maldaner, Müller: Gegen die Verarmung ..., a.a.O., S. 82. Und: Joachim Bischoff/ Karlheinz Maldaner: Kulturindustrie und Ideologie I, Hamburg 1981, S. 69

[49] Jochen Zimmer: Rock-Soziologie. Theorie und Sozialgeschichte der Rock-Musik, Hamburg 1981, S. 69.

[50] Ebenda, S. 67.

[51] Redaktion Sozialismus: Demokratische Massenkultur. In: Sozialismus Nr.5/1986, 12. Jahrg., S. 40.

[52] Siehe: Kaspar Maase: Lebensweise im Spätkapitalismus. In: Sozialismus Nr.10/1986, 12. Jahrg., S. 30-37. Und: Dietrich Hachts: Habitus – Zugriff auf die Subjektivität, Ebenda, S. 38-41.

[53] MK, S. 109.

[54] Sebastian Herkommer: Einführung Ideologie, Hamburg 1985, S. 113-114.

[55] Karl Marx: Grundrisse der Kritik der politischen Ökonomie, Berlin 1953, S. 231.

[56] Tsilavina Ralainbimby: Fernsehen in Madagaskar. In: IKA, Stuttgart, Nr.21/1982, S. 32.

[57] Es kam freilich nur zur Ausstrahlung eines kleinen Teils der Serie. Integristisch-fundamentalistische Gruppen erreichten die Einstellung der Sendung.

[58] Siehe Materialien zur internationalen Medienpolitik: Informationen zur Neuen

Internationalen Informationsordnung, Gemeinschaftswerk der evangelischen Publizistik, Frankfurt/Main 1979. Dieter Bielenstein: Arbeitspapiere, Analysen und Empfehlungen zur Neuen Internationalen Informationsordnung und der Entwicklungshilfe für die Massenmedien der Dritten Welt, Bonn 1978/1979. Sean McBride: Viele Stimmen – Eine Welt, Konstanz 1981. Evangelische Akademie Arnoldsheim: Neue Technologien und die Neue Internationale Informationsordnung. Dokumentation zu der gleichnamigen Tagung vom März 1982, Schmitten I. Emil Hoffmann: Anspruch und Wirklichkeit: Medien-Freiheit? Schotten 1981 (enthält auch Dokumente der Blockfreien und der UNESCO).

[59] Maherzi Lofti: Le nouvel ordre international de la communication contesté. In: Algerie Actualite Nr.964 (1.-7. Dezember 1983), S. 23.

[60] MK, S.258.

[61] Brecht: Ges. Werke, Bd. XX, S. 305.

Literatur

Werke Gramscis und ihre Abkürzungen

Quaderni del carcere, Turin 1975 *Quaderni*
Marxismus und Kultur, Hamburg 1983 *MK*
Lettere del carcere, Turin 1968 *Lettere*
Scritti politici, Rom 1967
Per la verità, Rom 1974
Scritti giovanili 1914-1918, Turin 1958 *Scrit. giov.*
Sotto la Mole 1916-1920, Turin 1960 *Mole*
L'Ordine Nuovo 1919-1920, Turin 1954 *ON*
Socialismo e fascismo. L'Ordine Nuovo 1921-1922, Turin 1967 *soc.e.fasc.*
La costruzione del Partito Comunista 1923-1926, Turin 1971 *Costruzione*
Letteratura e vita nazionale, Turin 1968 *LVN*

Konsultierte Übersetzungen

Notizen zur Sprache und Kultur, übersetzt von Klaus Bochmann, Leipzig 1984
Philosophie der Praxis, übersetzt von Christian Riechers, Frankfurt/Main 1967
Zu Politik, Geschichte und Kultur, hrsg. von Guido Zamis, Leipzig 1980

Sekundärliteratur

Adorno, Theodor W. /Horkheimer, Max: Dialektik der Aufklärung, Frankfurt/Main 1982
Albers, Detlev: Versuch über Otto Bauer und Antonio Gramsci. Zur politischen Theorie des Marxismus, Berlin 1983
Althusser, Louis: Ideologie und ideologische Staatsapparate, Hamburg 1977
Althusser, Louis: Die Krise des Marxismus Hamburg, 1978
Anderson, Perry: Sur le marxisme occidental Paris, 1977
Anderson, Perry: Sur Gramsci, Paris 1978
Armanski, Gerhard/Graf, Paul: Arbeiterkultur zwischen gestern und heute. In: Sozialismus Nr. 1/1987, Jahrg. 13, S. 31-38

Asor Rosa, Alberto: Scrittori e popolo, Perugia 1969
Barck, Simone: »Wir wurden mündig erst in deiner Lehre... « Der Einfluß Georg Lukács' auf die Literaturkonzeption von Johannes R. Becher. In: Dialog und Kontroverse mit Georg Lukács', hrsg. von Werner Mittenzwei, Leipzig 1975, S. 249-285
Benjamin, Walter: Lesezeichen. Schriften zur deutschsprachigen Literatur, Leipzig 1970
Benjamin, Walter: Das Second Empire bei Baudelaire, Berlin 1971
Benjamin, Walter: Versuche über Brecht, Frankfurt/Main 1966
Bermani, Cesare: Letteratura e vita nazionale. Le ›osservazioni‹ sul folclore. In: Agazzi, Bermani, Guastini u. a. : Gramsci, un' eredità contrastata. La nuova sinistra rilegge Gramsci, Mailand 1979, S. 91-115
Bielenstein, Dieter. Arbeitspapiere, Analysen und Empfehlungen zur Neuen Internationalen Informationsordnung und der Entwicklungshilfe für die Massenmedien der Dritten Welt, Bonn 1978/79
Bischoff, Joachim: Einführung Gramsci, Hamburg 1981
Bischoff, Joachim/Maldaner, Karlheinz (Hrsg.): Kulturindustrie und Ideologie. Teil 1, Arbeiterkultur, Theorie des Überbaus, Freizeit, Sport, Hamburg 1980
Bobbio, Norberto: Gramsci e la concesione della società civile. In: Gramsci e la cultura contemporanea 1, Atti del Convegno internazionale di studi gramsciani tenuto à Cagliari il 23. -27. aprile 1967, hrsg. v. Istituto Gramsci, Roma 1969, S. 75-100
Bochmann, Klaus: Gramsci – ein Sprachtheoretiker? Einleitung zu: Antonio Gramsci: Notizen zur Sprache und Kultur. a.a.O., S. 7-39
Bonetti, Paolo: Gramsci e la società liberaldemocratica, Rom 1980
Bonino, Guido Davido: Gramsci e il teatro, Turin 1972
Borkenau, Franz: Der Übergang vom feudalen zum bürgerlichen Weltbild, Darmstadt 1976
Buci-Glucksmann, Christine: Gramsci et l'Etat – pour une lecture théorico-politique des cahiers de prison. In: Dialectiques 1 (1974) 4/5, S. 5-27
Buci-Glucksmann, Christine: Gramsci et l'Etat, Paris 1975
Buci-Glucksmann, Christine: Sui problemi politici della transizione: classe operaia e rivoluzione passiva. In: Politica e storia in Gramsci 1, Atti del convegno internazionale di studi gramsciani, Firenze, 9-11. dicembre 1977, hrsg. v. Franco Ferri, Roma 1977
Brecht, Bertolt: Gesammelte Werke in 20 Bänden, Frankfurt/Main 1967
Brecht, Bertolt: Briefe, hrsg. v. Günter Glaeser, Frankfurt/Main 1981
Brecht, Bertolt: Tagebücher 1920-1922, Autobiografische Aufzeichnungen, 1920-1954, Berlin und Weimar 1976
Bronnen, Arnold: Tage mit Bertolt Brecht. Geschichte einer unvollendeten Freundschaft, Berlin 1975
Buzzi, A.R. : La théorie politique d'Antonio Gramsci, hrsg. v. Université catholique de Louvain, Paris 1967
Calabro, Gian Pietro: Antonio Gramsci. La ›transizione‹ politica, Napoli 1982
Caproglio, Sergio: Vorwort zu: Antonio Gramsci: Lettere dal carcere, a.a.O., S. VII-XIV

Caproglio, Sergio: Un mancato incontro Gramsci-D'Annunzio a Gardone nell'aprile 1921. (Con una testimonazione di P. Togliatti) In: Rivista storica del socialismo 5 (1962) 15-16, S. 263-267

Carillo, Santiago: Eurokommunismus und Staat, Hamburg/Westberlin 1977

Carsano, Giovanni: In carcere con Gramsci. In: Rinascita 10 (1953) 3, S. 166-167

Cerroni, Umberto: Gramsci-Lexikon. Zum Kennen- und Lesenlernen, Hamburg 1979

Cirese, Alberto: Concesione del monde, filosofia spontanea, folclore. In: Gramsci e la cultura II, a. a. D., S. 299-328

Coassin-Spiegel, Hermes: Gramsci und Althusser. Eine Kritik der Althusserschen Rezeption von Gramscis Philosophie, Berlin 1983

Continho e Castro, José Manuel: Brechts Faschismusanalyse in seinen theoretischen Schriften 1920-1945. Inauguraldissertation, Rostock 1980

Croce, Benedetto: Ästhetik als Wissenschaft des Ausdrucks, Leipzig 1905

Croce, Benedetto: Poesie und Nichtpoesie, Leipzig 1925

Croce, Benedetto: Antihistorismus, München/Berlin 1931 (Vortrag in Oxford 1930)

De Felice, Franco: Rivoluzione passiva, fascismo, americanismo in Gramsci. In: Politica e storia in Gramsci, a.a.O., S. 161-220

De Felice, Renzo: Mussolini, Bd. I, II rivoluzionario 1883-1920, Torino 1965, Mussolini, Bd. II, II fascista, Torino 1967

Dehm, Diether: Populärästhetik contra Populismus. Vortrag zum Kulturfestival Gramsci-Luxemburg, Hamburg 1985 (Manuskript)

Desanti, Jean Toussant: Gentile et les origines philosophiques du fascisme. In: Elements pour une analyse du fascisme I, Séminaire de Maria Antonietta Macciocchi, Paris VIII – Vincennes 1974-1975, Paris 1976, S. 115-127

Drescher, Anne/Esser, Josef/Fach, Wolfgang: Die politische Ökonomie der Liebe, Frankfurt/Main 1986

Drüke, Helmut: Zur Faschismus-Analyse von Palmiro Togliatti. In: Spaltung der Arbeiterbewegung und Faschismus. Sozialgeschichte der Weimarer Republik, Hamburg 1980, S. 217-239

Dubiel, Helmut: Die Aufhebung des Überbaus. Zur Interpretation der Kultur in der Kritischen Theorie. In: Sozialforschung als Kritik. Zum sozialwissenschaftlichen Potential der Kritischen Theorie, hrsg. v. Wolfgang Bonss und Axel Honneth, Frankfurt/Main 1982

Eco, Umberto: Apokalyptiker und Integrierte. Zur kritischen Kritik der Massenkultur, Frankfurt/Main 1984

Eisler, Hanns: Gespräche mit Hans Bunge. Fragen Sie mehr über Brecht, Leipzig 1975

Elias, Norbert: Über den Prozeß der Zivilisation. Soziogenetische und psychogenetische Untersuchungen I., Frankfurt/Main 1982

Fahrenbach, Helmut: Brecht zur Einführung, Hamburg 1986

Fanon, Frantz: Les damnés de la terre, Paris 1965

Fanon, Frantz: Pour la révolution africaine, Paris 1969

Fanon, Frantz: Sociologie d'une révolution (L'an V de la révolution algérienne),

Paris 1975
Filatow, Georgi: Die Bedeutung der Arbeiten Antonio Gramscis für die Historiographie des italienischen Faschismus. In: Antonio Gramsci, Revolutionär und Internationalist, Berlin 1978, S. 41-54
Finter, Helga: Semiotik des Avantgardetextes. Gesellschaftliche und poetische Erfahrung im italienischen Futurismus, Stuttgart 1980
Fiori, Giuseppe: Le vie de Antonio Gramsci, Paris 1970
Freud, Sigmund: Die Traumdeutung, Frankfurt/Main 1982
Fühmann, Franz: Das mythische Element in der Literatur. In: Essays, Gespräche, Aufsätze 1964-1981, S. 82-140
Gallas, Helga: Marxistische Literaturtheorie I, Neuwied/Berlin 1971
Garaudy, Roger: Pour un modèle francais du socialisme, Paris 1968
Garaudy, Roger: Le grand tournant du socialisme, Paris 1969
Garin, Eugenio: Politica e cultura in Gramsci (il problema degli intellettuali). In: Gramsci e la cultura contemporanea I, a.a.O., S. 37-74
Gentile, Giovanni: La filosofia di Marx, Florenz 1937
Gerratana, Valentino: Labriola e Gramsci. In: Dialectiques I (1974) 4/5, S. 126-132
Glotz, Peter: Die Arbeit der Zuspitzung, Berlin 1984
Glotz, Peter: Die Bedeutung Antonio Gramscis für eine neue Strategie der europäischen Linken. Vortrag auf dem Kulturfestival Gramsci-Luxemburg,-Hamburg 1986 (Manuskript)
Glotz, Peter/Kuhnert, Günter, u. a. : Mythos und Politik. Über die magischen Gesten der Rechten, Hamburg 1985
Gobetti, Piero: Storia dei comunisti torinesi scritta da un liberale, Turin 1967
Grabek, Michael: Brecht, Gramsci und die Entwicklung der Intellektuellen. In: Brecht 85. Zur Ästhetik Brechts. Dokumentation der Brecht-Tage 1985 v. 10. -13. Februar, Berlin 1986, S. 332-338
Grisoni, Dominique/Maggiori, Robert: Lire Gramsci, Paris 1973
Gruppi, Luciano: Il concetto di egemonia in Gramsci, Rom 1972
Gruppi, Luciano: Les concepts d'hégémonie chez Antonio Gramsci. In: Dialectiques I (1974) 4/5, S. 44-63
Gruppi, Luciano: Die Menschen machen ihre eigene Geschichte. In: Marxistische Blätter 6 (1968) I, S. 9-15
Guiducci, Armanda: Dallo zdanovisimo allo strutturalismo, Mailand 1967
Habermas, Jürgen: Strukturwandel der Öffentlichkeit. Untersuchungen zu einer Kategorie der bürgerlichen Gesellschaft, Darmstadt und Neuwied 1981
Hall, Stuart: Popular-demokratischer oder autoritärer Populismus. In: Populismus und Aufklärung, hrsg. v. Helmut Dubiel, Frankfurt/Main 1986, S. 84-105
Haug, Wolfgang Fritz: Brechts Beitrag zum Marxismus. In: Aktualisierung Brechts, Argument-Sonderband A550, Berlin 1980
Heeger, Robert: Ideologie und Macht. Eine Analyse von Antonio Gramscis Quaderni, Uppsala 1975
Heinsohn, Gunnar/Steiger, Otto: Die Vernichtung der weisen Frauen, Herbstein 1984

Heller, Agnes: Das Leben ändern. Radikale Bedürfnisse, Frauen, Utopie, Hamburg 1981
Herkommer, Sebastian: Einführung Ideologie, Hamburg 1985
Herkommer, Sebastian: Kapitalismus – Sozialstaat – Individualität. In: Sozialismus Nr. 11/1985, 11. Jahrgang, S. 29-35
Herkommer, Sebastian/Bischoff, Joachim/Maldaner, Karlheinz: Alltag, Bewußtsein, Klassen, Hamburg 1984
Hinz, Manfred: Die Zukunft der Katastrophe. Mythische und rationalistische Geschichtstheorie im italienischen Futurismus, Berlin/New York 1985
Hirsch, Joachim/Roth, Roland: Das neue Gesicht des Kapitalismus. Vom Fordismus zum Post-Fordismus, Hamburg 1986
Hoffmann, Emil: Anspruch und Wirklichkeit: Medien-Freiheit? Schotten 1981. (Enthält auch Dokumente der Blockfreien und der UNESCO).
Hoggart, Richard: The uses of literacy, Chatto und Windus, 1957
Huyssen, Andreas/Scherpe, Klaus R. (Hrsg.): Postmoderne. Zeichen eines kulturellen Wandels, Reinbek 1986
Jay, Martin: Dialektische Phantasie. Die Geschichte der Frankfurter Schule und des Instituts für Sozialforschung 1923-1950, Frankfurt/Main 1981
Jost, Roland: Brecht und Lenin. In: Brecht 83. Brecht und der Marxismus. Dokumentation der Brecht-Tage 1983 v. 9. -11. 2., Berlin 1983, S. 82-90
Kaminski, Franz/Karuscheit, Heiner/Winter, Klaus: Antonio Gramsci. Philosophie und Praxis, Frankfurt/Main 1982
Kellermann, Klaus: Pluralistischer Kommunismus? Wandlungstendenzen eurokommunistischer Parteien in Westeuropa und ihre Reaktion auf die Erneuerung in Polen, Stuttgart 1984
Kellner, Douglas: Kulturindustrie und Massenkommunikation. Die Kritische Theorie und ihre Folgen. In: Sozialforschung als Kritik, a.a.O., S. 482-515
Kofler, Leo: Geschichte der bürgerlichen Gesellschaft, Halle 1945
Kofler, Leo: Zu Lukács' Literaturtheorie. In: Sozialismus Nr. 4/1986, 12. Jahrg., S. 41-45
Köpeczi, Bela: Idee, Geschichte, Literatur, Berlin und Weimar 1970
Kracauer, Siegfried: Die Angestellten. Kulturkritischer Essay, Leipzig/Weimar 1981
Krauss, Werner: Literaturgeschichte als geschichtlicher Auftrag. In: Aufsätze zur Literaturgeschichte, Leipzig 1968
Krauss, Werner: Das Studium der obskuren Schriftsteller des Aufklärungszeitalters. In: Die Innenseite der Weltgeschichte. Essays, Leipzig 1983
Labriola, Antonio: Del materialismo storico, Rom 1970
Labriola, Antonio: La concezione materialistica della storia, Bari 1965
Laclau, Ernesto: Politik und Ideologie im Marxismus. Kapitalismus – Faschismus – Populismus, Berlin West 1981
Langenbucher, Wolfgang: Der aktuelle Unterhaltungsroman. Beiträge zur Geschichte und Theorie der massenhaft verbreiteten Literatur, Bonn 1964
Lefebvre, Henri: Kritik des Alltagslebens, München 1974
Lefebvre, Henri: La vie quotidienne dans le monde moderne, Paris 1968
Lenin, Wladimir, Iljitsch: Gesammelte Werke, Berlin 1959-1968

Leonetti, Alfonso: Notes sur Gramsci, Paris 1974
Lindner, Burkhardt: Brecht, Benjamin, Adorno – über Veränderungen der Kunstproduktion im wissenschaftlich-technischen Zeitalter. In: Text und Kritik, Sonderband I/1972
Lisa, Athos: Memoire. In carcere con Gramsci, Mailand 1973
Lofti, Maherzi: Le nouvel ordre international de la communication contesté. In: Algérie Actualité Nr. 946 (1. -7. Dezember 1983), S. 23
Lo Nigro, Sebastiano: Antonio Gramsci e la letteratura popolare. In: Lares: 23 (1957) I.
Lo Piparo: Lingua, intellettuali, egemonia in Gramsci, Roma/Bari 1979
Lukács, Georg: Ästhetik Bd. 1, Darmstadt und Neuwied 1972
Luperini, Romano: Gli intellettuali di sinistra e l'ideologia della ricostruzione nel dopoguerra, Rom 1971
Maase, Kaspar: Lebensweise im Spätkapitalismus. In: Sozialismus Nr. 10/1986, 12. Jahrg., S. 30-37
Macciocchi, Maria Antonietta: Les femmes et la treversée du fascisme. Ebenda, S. 128-278
Macciocchi, Maria Antonietta: Lettres de Malaparte à M. A. Macciocchi. Ebenda, Bd. II, S. 223-252
Machts, Dieter: Habitus – Zugriff auf das Subjekt? In: Sozialismus Nr. 10/1986, 12. Jahrg., S. 38-41
Madjarian, Grégoire: La question coloniale et la politique du Parti Communiste Francais 1944-1947, Paris 1977
Maldaner, Karlheinz/Müller, Michael: Gegen die Verarmung der politischen Kultur. In: Nägeli, Günter, Staeck u. a. : Kultur im Alltag, Hamburg 1985
Manacorda, Giuliano: Nachwort zu: Antonio Gramsci: Marxismus und Kultur, Hamburg 1983, S. 307-346
Mangano, Attilio: Sotto la Mole (1916-1920). In: Agazzi, Bermani, Guastini u. a. : Gramsci un'eredità contrastata, a.a.O., S. 27-32
Mangoni, Luisa: Il problema del fascismo nei ›Quaderni del carcere‹. In: Politica el storia in Gramsci, a.a.O., S. 391-438
Märten, Lu: Formen für den Alltag. Schriften, Aufsätze, Vorträge, Dresden 1982
Marx, Karl/Engels, Friedrich: Werke (MEW) Berlin 1963-1971
Marx, Karl: Grundrisse der Kritik der politischen Ökonomie, Berlin 1953
Mayer, Hans: Bertolt Brecht oder die plebejische Tradition, Berlin 1967
Mayer, Hans: Brecht in der Geschichte, Frankfurt/Main 1971
Mayer, Peter: Die Wahrheit ist konkret. Notizen zu Benjamin und Brecht. In: Text und Kritik, Sonderband I/1972, S. 5-13
Medvedev, Roy: Gli ultimi anni di Bucharin, Rom 1979
Mittenzwei, Werner: Bertolt Brecht. Von der ›Maßnahme‹ zu ›Leben des Galilei‹, Berlin und Weimar 1973
Mittenzwei, Werner: Brechts Verhältnis zur Tradition, Berlin 1972
Mittenzwei, Werner: Über den Sinn der Tradition im weltrevolutionären Prozeß. In: Weimarer Beiträge XVIII (1972) 12, S. 13-20
Mittenzwei, Werner: Zur Entwicklung der literaturtheoretischen Position bei

Georg Lukács'. In: Dialog und Kontroverse, a.a.O., S. 9-104
Mittenzwei, Werner: Der Streit zwischen nichtaristotelischer und aristotelischer Kunstauffassung. Die Brecht-Lukács-Debatte. Ebenda, S. 153-203
Mittenzwei, Werner: Brecht und die Schicksale der Materialästhetik. In: Kampf der Richtungen. Strömungen und Tendenzen der internationalen Dramatik, Leipzig 1978, S. 7-59
Mittenzwei, Werner: Der Dialektiker Brecht oder Die Kunst, ›Me-ti‹ zu lesen. Ebenda, S. 60-106
Modrone, D.S.J.: Letteratura e vita nazionale di A. Gramsci. In: Civiltà cattolica CII (1951) 2, S. 170-176
Musolino, Rocco: Gramsci e il metodo della critica letteraria. In: Marxismo ed estetica in Italia, Rom 1963, S. 29-47
Nardone, Giorgio: Il pensiero di Gramsci, Bari 1971
Naumann, Manfred: Literatur im ›Kapital‹. In: Blickpunkt Leser. Literaturtheoretische Aufsätze, Leipzig 1981, S. 46-88
Naumann, Manfred/Kliche, Dieter: Imperialistische Massenliteratur und Bedürfnismanipulierung. In: Gesellschaft, Literatur, Lesen. Berlin und Weimar, 1975, S. 221-232
Nizan, Paul: Intellectuel communiste 1926-1940, Bd. I. Articles et correspondance inédite présentés par J. J. Brochier, Paris 1970
Nutz, Walter: Der Trivialroman, seine Formen und seine Hersteller, Köln und Opladen 1962
Orfei, Ruggero: Antonio Gramsci – coscienza critica del marxismo, Varese 1965
Paggi, Leonardo: Antonio Gramsci e il moderno Principe, 2. Bd., Rom 1970
Paggi, Leonardo: Le strategie del potere in Gramsci. Tra fascismo e socialismo in un solo paese 1923-1929, Rom 1984
Perez, German: Gramscis Theorie der Ideologie, Frankfurt/Main 1979
Pertini, Sandro: Ich lernte Gramsci... In: Gramsci vivo. Hrsg. v. Mimma Paulesu Quercioli, Mailand 1977 (Übersetzung Kirsten Scheiwe). Zit. Nach: Programmjournal des Deutsch-Italienischen Kulturfestivals Gramsci-Luxemburg, Hamburg 1985, S. 13-15
Petronio, Giuseppe: Gramsci e i tempi del Anti-Croce. In: Avanti (1955) 228, S. 3
Petronio, Giuseppe: Gramsci e la critica latteraria. In: Studi gramsciani, Atti del convegno tenuto a Roma nei giorni 11-12 gennaio 1958, Rom 1958, S. 223-258
Petronio, Giuseppe: Capire Gramsci. In: Problemi 3 (1969) 12, S. 590-592
Petronio, Guiseppe: Del neorealismo i di varie altre cose. In: Problemi 4 (1970) 21, S. 893
Petronio, Giuseppe: Gramsci critico. In: I Critici V, Rom 1966, S. 3254-3270
Peukert, Detlev: Thesen zur Faschismusdiskussion. In: Spaltung der Arbeiterbewegung und Faschismus, a.a.O., S. 197-216
Priester, Karin: Die Bedeutung von Gramscis ›erweitertem‹ Staatsbegriff. In: Eurokommunismus und marxistische Theorie der Politik, hrsg. v. Arbeitskreis westeuropäische Arbeiterbewegung. Argument-Sonderband A544, Berlin 1979

Priester, Karin: Der italienische Faschismus. Ökonomische und ideologische Grundlagen, Köln 1972
Priester, Karin: Hat der Eurokommunismus eine Zukunft? Perspektiven und Grenzen des Systemwandels in Westeuropa, München 1982
Poulantzas, Nicos: A propos de l'impact populaire du fascisme . In: Elements pour une analyse du fascisme I, a.a.O., S. 88-107
Ragionieri, Ernesto: Die politische Konzeption Gramscis. In: Marxistische Blätter 6 (1968) 2, S. 44-50
Ralainbimby, Tsilavina: Fernsehen in Madagaskar. In: IKA, Stuttgart, Nr. 21/1982, S. 32-34
Rasch, Wolfdietrich: Bertolt Brechts marxistischer Lehrer. In: Merkur 8 (1963) 188, Heft 10.
Richard, Lionel: Le naszisme & la culture, Paris 1978
Riechers, Christian: Antonio Gramsci – Marxismus in Italien, Frankfurt/Main 1970
Roth, Gerhard: Gramscis Philosophie der Praxis – Eine neue Deutung des Marxismus, Düsseldorf 1972
Röttger, Bernd: Hegemonie, Kultur und Politik bei Antonio Gramsci. Vortrag auf dem Kulturfestival Gramsci-Luxemburg, Hamburg 1985 (Manuskript)
Ruge, Wolfgang: Monopolbourgeoisie, faschistische Massenbasis und NS-Programmatik in Deutschland vor 1933. In: Faschismus-Forschung, Berlin 1980
Sanguineti, Federico: Gramsci e Machiavelli, Rom/Bari 1981
Sassoon, Anne: The people, intellectuals and specialised Knowledge, Kingston Polytechnic, School of economics and politics, Discussion paper in political ecenomy Nr. 56. – Vortrag auf dem Kulturfestival Gramsci-Luxemburg 1985 in Hamburg (Manuskript)
Sauberzweig, Dieter: Kulturpolitik – Entscheidungsfeld für die Zukunft der Stadt. In: Nägeli, Günter, Staeck u. a. : Kultur im Alltag, a.a.O., S. 38-47
Schmidt, Alfred: Geschichte und Struktur. Fragen einer marxistischen Historik, München 1971
Schreiber, Ulrich: Die politische Theorie A. Gramscis, Berlin 1982
Scrivo, Luigi: Sintesi del Futurismo. Storia e documenti, Rom 1968
Seroni, Adriano: La distinzione fra ›critica d'arte'(Estetica) e ›critica politica‹ in Gramsci. Il concetto di lotta culturale e le indicazioni metodiche per un nuovo storicismo critico. In: Studi gramsciani, S. 250-269
Sozialismus, (Redaktion): Demokratische Massenkultur. In: Sozialismus: Nr. 5/1986, 12. Jahrg., S. 40
Sozialismus: Lebensalltag. In: Sozialismus, Nr. 1 (1986), 12. Jahrg., S. 44-49
SOST (Sozialistische Studiengruppen): Populismus. Heimat – Nation – Alltagsleben. In: Sozialismus Nr. 11/1984, 10. Jahrg., S. 27-31
SOST: Lebenswelt und Wertorientierung. Thesen zum Wertewandel. In: Sozialismus I/1985, 11. Jahrg., S. 41-45
SOST: Die Zeichen der Zeit. Thesen zur marxistischen Kunsttheorie. In: Sozialismus Nr. 9/1985, 11. Jahrg., S. 29-36
SOST: Gefühle – Abseits der Vernunft? In: Sozialismus 12/1985, 11. Jahrg., S. 31-38

SOST: Der Habitus. In: Sozialismus Nr. 3/1986, 12. Jahrg., S. 29-36
Spriano, Paolo: Einführung zu: L'Ordine Nuovo e i consigli di fabbrica, Turin, 1971, S. 5-39
Spriano, Paolo: Gramsci in carcere e il partito, Rom 1977
Texier, Jacques: Gramsci, Paris 1966
Texier, Jacques: Gramsci – théoricien des superstructures. In: La Pensée 30 (1969) 139, S. 35-60
Texier, Jacques: Gramsci, sort-il du purgatoire ou va-il en enfer? In: Nouvelle Critique 7 (1974) 16
Thellung, Fabrizio: Antonio Gramsci. La strategia rivoluzionaria nei paesi a capitalismo avanzato, Genova 1983
Thompson, Edward P. : Die Entstehung der englischen Arbeiterklasse, I,II, Frankfurt/Main 1987
Togliatti, Palmiro: Il leninismo nel pensiero e nell'azione di A. Gramsci. In: Studi gramsciani, a.a.O:, S. 15-36
Togliatti, Palmiro: La formazione del gruppo dirigente del PCI, Rom 1962
Togliatti, Palmiro: Sur Gramsci, Paris 1977
Togliatti, Palmiro: Lezioni sul fascismo, Rom 1973
Weber, Max: Die protestantische Ethik, 2 Bd., hrsg. v. Johannes Winckelmann, Gütersloh 1981
Weiss, Peter: Die Ästhetik des Widerstands, Frankfurt/Main 1983
Wellershoff, Dieter: Von der Moral erwischt. Aufsätze zur Trivialliteratur, Frankfurt/Main 1983
Wolf, Dieter: Hegels Theorie der bürgerlichen Gesellschaft. Eine materialistische Kritik, Hamburg 1980
Würzberg, Gerd: Kultur und Politik. Der Beitrag Antonio Gramscis zur theoretischen Grundlegung der politisch-kulturellen Transformation Italiens, Frankfurt/Main 1978
Zinn, Karl Georg: Dialektik von produktiver und unproduktiver Arbeit. Oder: Zur Unbegrenztheit falscher Bedürfnisse. In: Sozialismus Nr. 10/1986, 12. Jahrg.,S. 24-26
Zimmer, Jochen: Rock-Soziologie. Theorie und Sozialgeschichte der Rock-Musik, Hamburg 1981

Sammelbände

auf die zum Teil allgemein Bezug genommen wurde

Studi gramsciani. Atti del convegno tenuto a Roma nei giorni 11-13 gennaio 1956. Hrsg. v. Istituto Gramsci, Rom 1958
Gramsci e la cultura contemporanea I,II. Atti del convegno internazionale di studi gramsciani tenuto à Cagliari il 23-27 april e 1967, Hrsg. v. Eugenio Garin, Rom 1969
Politica e storia in Gramsci. Atti del convegno internazionale di studi grams-

ciani, Firenze, 9. -11. dicembre, 1977, Hrsg. v. Franco Ferri, Rom 1977
La cultura italiana del 1900 attraverso le riviste; Bd. III: La Voce 1908-1914, Hrsg. v. Angelo Romano, Turin 1960. Bd. IV: Lacerba. La Voce 1914-1916, Hrsg. v. Gianni Scaglia, Turin 1961. Bd. VI: L'Ordine Nuovo 1919-1920, Hrsg. v. Paolo Spriano, Turin 1963
Betrifft: Gramsci und revolutionäre Politik in Italien, Hrsg. v. Hans Heinz Holz u. Hans Jörg Sandkühler, Köln 1980
Antonio Gramsci – Revolutionär und Internationalist. Hrsg. v. der Akademie für Gesellschaftswissenschaften beim Zentralkomitee der SED, Institut für Internationale Arbeiterbewegung, Berlin 1978
Populismus und Aufklärung, Hrsg. v. Helmut Dubiel, Frankfurt/Main 1986
Brecht 83. Brecht und der Marxismus. Protokoll der Brecht-Tage 9.-11. Februar 1983, Hrsg. v. Brecht-Zentrum der DDR, Berlin 1983
Brecht 85. Zur Ästhetik Brechts. Fortsetzung eines Gesprächs über Brecht und Marxismus. Protokoll der Brecht-Tage 10. -13. Februar 1986, Hrsg. v. Brecht-Zentrum der DDR, Berlin 1986
Die Kommunistische Internationale (Auswahl von Dokumenten der Kommunistischen Internationale von der Gründung bis zum VI. Weltkongress, 1919-1927), Hrsg. v. der Parteihochschule ›Karl Marx‹ beim ZK d. SED, Berlin 1955
Die Kommunistische Internationale (Auswahl v. Dokumenten und Reden vom VI. Weltkongreß bis zur Auflösung der Kommunistischen Internationale, Verlag der Kommunistiscchen Internationale, Hamburg 1923
Programm der Kommunistischen Internationale, Angenommen vom VI. Weltkongreß 1928, Hamburg/Berlin 1929